Elaria Tamari

# Messerscharf

Vergeltung

AF211569

Das Buch

Für Selina scheint sich alles wunschgemäß zu entwickeln.
Mit dem Ausgang, den der Erbfolgekrieg bei den Scordatos
genommen hat, ist ihr großes Ziel zum Greifen nahe. Sie
ahnt nicht, dass Dante inzwischen herausgefunden hat, welche Rolle sie dabei gespielt hat. Und wie sehr sie ihre Einmi-
schung bereuen wird ...

Die Messerscharf-Reihe

*Band 1:* Verführung
*Band 2:* Vertrauen
*Band 3:* Verrat
Band 4: Vergeltung

Die Autorin

Elaria Tamari lebt mit ihrer Familie in Niederösterreich und
hat nach ihrem Abschluss an der Technischen Universität
ihre Leidenschaft fürs Schreiben entdeckt. Sie schreibt unter
verschiedenen Pseudonymen SM-Erotik und Fantasy.

# Elaria Tamari

# Messerscharf

# Vergeltung

Band 4

Bibliografische Information der Deutschen Nationalbibliothek: Die Deutsche Nationalbibliothek verzeichnet
diese Publikation in der Deutschen Nationalbibliografie;
detaillierte bibliografische Daten sind im Internet über
dnb.dnb.de abrufbar.

Verlag: BoD · Books on Demand GmbH,
In de Tarpen 42, 22848 Norderstedt

Druck: Libri Plureos GmbH,
Friedensallee 273, 22763 Hamburg

ISBN: 978-3-7693-0843-3

# 1

Schweigend saßen Selina und Dante beim Frühstück. Seit nunmehr einer Woche war Dante das neue Familienoberhaupt. Und so ziemlich seine erste Amtshandlung war gewesen, dass er vor zwei Tagen seinen Onkel wegen Verrats exekutiert hatte. Nicht gerade der Start, den man sich wünschte.

Selina wusste nicht, was sich in dieser Nacht in Stefanos Villa genau abgespielt hatte, aber irgendwie musste es Dante ziemlich mitgenommen haben. Zwar gab er sich Mühe, es sich nicht anmerken zu lassen, aber sie kannte ihn einfach zu gut, um nicht zu bemerken, dass irgendetwas nicht stimmte.

„Willst du darüber reden?"

„Worüber?"

„Na worüber wohl? Über Stefano. Immerhin ist er dein Onkel gewesen. Du bist bei ihm aufgewachsen."

Aber Dante schüttelte den Kopf.

„Er ist kein Onkel und erst recht kein Vater für mich gewesen", erklärte er verbittert, „sondern bloß ein mieser Tyrann. Und ich fühle mich in keinster Weise schuldig dafür, dass ich derjenige gewesen bin, der dafür gesorgt hat, dass er bekommen hat, was er verdient."

Selina dachte einen Moment über das nach, was Dante eben gesagt hatte. Das war schon sehr trostlos, wenn man jemandem, mit dem man so lange unter einem Dach gelebt hatte, nicht im Geringsten nachtrauerte. Es mochte stimmen, dass er keinerlei Reue dabei empfand, aber womöglich hatte es dafür alte Wunden wieder aufgerissen.

Über den Tisch langend legte sie ihre Hand auf seine und drückte sie.

„Irgendetwas quält dich. Was auch immer es ist, du sollst wissen, dass ich für dich da bin. Egal, in welcher Form du mich brauchst."

„Ich weiß", meint er, während er leicht abwesend an ihr vorbei sah, ehe er sich auf sie fokussierte.

„Wollen wir einen Spaziergang machen?"

Hand in Hand schlenderten sie über den Rasen und die Wiese, so wie sie es immer taten. Früher hatte Dante ja geglaubt, er wäre nicht der Typ zum Händchen halten. Aber nachdem er es auf Selinas Betreiben hin erst mal probiert hatte, war er zu dem Schluss gekommen, dass er das eigentlich ganz schön fand.

Zumindest hatte er es schön gefunden, solange er sich noch nicht die Frage stellen hatte müssen, wessen Hand er da eigentlich hielt. Er musste sich ganz schön am Riemen reißen, um einfach unbefangen in die Landschaft zu blicken, anstatt permanent die Frau neben sich anzustarren.

Die Frau – seine Frau ... hatte er zumindest geglaubt. Aber in Wahrheit hatte er keine Ahnung, was er sich da eingetreten hatte.

Wusste Selina, dass Stefanos, beziehungsweise Massimos Leute, den Tod ihrer Eltern verschuldet hatten? War sie vielleicht überhaupt nur deswegen hier – um Rache zu nehmen? Sie hatte kurz nachdem sie sich kennengelernt hatten ja nicht mal einen Hehl daraus gemacht, was ihr Ziel war. Wie hatte sie es schön ausgedrückt? Sie wollte der Schlange den Kopf abschlagen?

Nur, dass der Kopf inzwischen er war!

Verstohlen wanderte sein Blick zu ihr. Aber Selina bemerkte es.

Doch sie sagte nichts, stattdessen drückte sie bloß seine Hand fester und schmiegte sich an seinen Arm.

Einen Moment kam Dante ins Wanken. So wie sie ihn ansah, hätte er am liebsten alle seine Zweifel als abstrus abgetan und hochkant über Bord geworfen. Wenn sie tatsächlich die ihr unterstellten Absichten hegte, würde das bedeuten, dass sie, ohne mit der Wimper zu zucken, nicht nur direkt in die Höhle des Löwen marschiert war, nein, sie hatte sich dort auch noch häuslich eingerichtet und nicht einmal davor zurückgeschreckt, dem Löwen wiederholt die Hand ins Maul zu legen. Sie konnte doch unmöglich so abgebrüht sein, dass ihr das absolut keine Sorgen bereitet hätte. Denn ihm wäre rein gar nichts in diese Richtung aufgefallen.

Nur leider: Selina war auch nicht der Typ, der sich einfach damit abgefunden hätte, dass die Polizei den Fall ihrer Eltern nach kurzer Zeit schon ungeklärt zu den Akten gelegt hatte. Er würde jede Wette eingehen, dass sie auf eigene Faust weitergemacht hatte. Und Selina war gut. Und vor allem hartnäckig. Die Wahrscheinlichkeit war hoch, dass sie den Fall gelöst hatte.

Den Kopf immer noch voller ungeklärter Fragen, blieb Dante vor der kleinen Hütte beim Schießstand stehen.

„Willst du ein paar Schießübungen machen?", fragte Selina ihn, offenbar bestrebt, seine Schwermut zu vertreiben.

„Nein. Heute machen wir etwas anderes."

Mit einem plötzlichen Ruck an ihrem Arm zog Dante sie an sich heran, wobei er sie so herumwirbelte, dass sie mit dem Rücken an seiner Brust landete und sein Arm um ihren Hals lag.

„Wehr dich nicht dagegen", raunte er ihr noch ins Ohr, dann drückte er zu, bis sie bewusstlos zusammensackte.

Die Situation kam Selina auf beunruhigende Art vertraut vor, als sie wieder zu sich kam. Der Boden unter ihr war hart und kalt, sie war im Hog-Tie gefesselt und konnte nichts sehen – schon zum zweiten Mal innerhalb einer Woche. Und das letzte Mal hatte sie in der Folge das zweifelhafte Vergnügen gehabt zu erfahren, wie es sich anfühlte, zu ertrinken. Ein Erlebnis, das sie auf gar keinen Fall wiederholen wollte.

Aber anstatt sich von diesen Gemeinsamkeiten verrückt machen zu lassen, konzentrierte Selina sich auf die wesentlichen Unterschiede. Zum Beispiel, dass Dante diesmal statt der Kabelbinder zwei Paar Handschellen verwendet hatte, um den Hog-Tie zu bilden. Und dass sie ihre Schuhe noch anhatte. Was zusammengenommen bedeutete, dass sie diesmal nicht die Rolle des hilflosen Opfers spielen würde.

Mit Schwung warf Selina sich nach links, um von der Bauch- in die Seitenlage zu kommen.

Wozu sich auch noch mit der Schwerkraft anlegen, wenn es nicht sein musste?

Ohne große Mühe bog Selina sich so durch, dass sie mit der Hand ihren Schuh an der Ferse erreichen konnte. Mit einem Finger fuhr sie in das Futter hinein und zog einen Draht heraus, mit dem sie in Null-Komma-Nichts eines der Schlösser der Handschellen offen hatte.

Hastig löste sie das Band um ihren Hals und riss sich den schwarzen Baumwollsack vom Kopf. Wie sie vermutet hatte, befand sie sich unweit von dort, wo Dante sie ausgeknockt hatte, nämlich in dem Häuschen beim Schießstand.

Noch während sie sich weiter umsah, war sie schon dabei, die Schlösser der Handschellen um ihre Fußgelenke ebenfalls zu knacken. So wie es aussah, war sie allein, aber das konnte sich jederzeit ändern. Es war also Eile geboten. Das letzte Schloss um ihr zweites Handgelenk öffnete sie, während sie bereits die Hütte nach Gegenständen durchsuchte, die ihr nützlich sein könnten.

Offen lag nichts Brauchbares herum, und ihr Handy, das sie eingesteckt gehabt hatte, war ebenfalls weg. Blieb noch der Waffenschrank. Der war natürlich versperrt, allerdings mit einem Zahlenschloss, um den Zugang für alle im Haus Tätigen zu vereinfachen. Sofern Dante also nicht gerade die Kombination geändert hatte ...

Gespannt tippte sie die acht Ziffern ein, dann leuchtete das kleine Kontrolllicht mit einem leisen Summen rot auf.

Voila, schon sprang die Tür auf. Mal sehen, was drinnen war, denn dies hier war nur ein temporärer Lagerort und die Befüllung daher sehr unterschiedlich.

Okay, das war nun nicht gerade üppig. Gerade mal eine Pistole lag drinnen.

Aber egal, mehr brauchte sie in Wahrheit auch gar nicht.

Sie nahm die Waffe an sich und warf das Magazin aus, um die Munition zu kontrollieren. Beruhigt schob sie das volle Magazin wieder hinein.

So, und nun war es Zeit, einen Abflug zu machen. Selina griff sich noch rasch die Handschellen und verstaute sie in ihrer hinteren Hosentasche, die Waffe behielt sie vorerst mal in der Hand. Konnte schließlich gut sein, dass Dante bereits vor der Tür stand.

Vorsichtig, so dass sie die Tür nicht gleich ins Gesicht bekommen würde, wenn von außen jemand dagegen schlug, öffnete Selina die Holztür einen Spalt und lugte hinaus. Die Luft schien rein zu sein, es war weit und breit niemand zu sehen.

Selina musste ein paar Mal blinzeln, als sie aus dem Halbdunkel in den gleißend hellen Sonnenschein hinaus trat. Es war jetzt schon ganz schön heiß, dabei war es noch nicht einmal Mittag. Leider hatte sie in der Hütte nichts zum Trinken gefunden.

Sich dicht an der Wand haltend, rückte sie zur anderen Seite der Hütte vor, die Richtung Wald gelegen war. Dies würde der kritischste Teil werden. Sie musste erst ein paar hundert Meter freies Feld über die Wiese überwinden, bis sie den Waldrand erreichte. Und selbst dort gab es zunächst bloß die Bäume, die zwar etwas Deckung, aber keinen wirklichen Sichtschutz boten. Wenn Dante gerade jetzt auftauchte ... möglicherweise auch noch mit einer Waffe mit größerer Reichweite ... dann wäre ihre Flucht vorbei, noch bevor sie richtig begonnen hätte.

Aber immerhin, einen Vorteil hatte sie, nämlich dass Dante ebenfalls über freies Feld hier her kommen musste, so dass sie ihn schon frühzeitig bemerken konnte. Und momentan war von ihm nichts zu sehen.

Also nahm Selina die Beine in die Hand und rannte los, so schnell sie konnte. Dass sie dabei eine überdeutliche Spur durch das hohe Spätsommergras zog, war egal. Es lag ohnehin auf der Hand, dass sie ihr Glück im Wald versuchen würde. Wenn sie erst mal einen ausreichend großen Vorsprung aufgebaut hatte, war dort dann noch genügend Zeit und Gelegenheit, ein paar falsche Fährten zu legen, um Dante in die Irre zu führen.

Als Dante bei der Hütte ankam, war Selina längst über alle Berge. Sie hatte die zehn Minuten Vorsprung, die er ihr eingeräumt hatte, offenbar effizient genutzt.

Mit gezogener Waffe folgte er der Schneise des umgeworfenen Grases in den Wald. Hier wurde ihre Spur dann dünner, aber nachdem es keine ausgetretenen Wege gab, war Dante immer noch in der Lage zu erkennen, wohin sie gegangen war.

Nachdem er der Fährte rund eine dreiviertel Stunde gefolgt war, hielt Dante auf einmal inne. Er kannte diese Stelle. Der Wald lichtete sich hier etwas, weshalb es ein wesentlich dichteres Unterholz aus Büschen und Stauden gab. Wenn er hier gerade weiter ging, so wie Selina es offensichtlich getan hatte, würde er ein Stück weiter vorne in einer Senke landen. Ein idealer Ort für einen Hinterhalt.

Suchend ging Dante ein Stück zurück ... und wieder vor, bis dorthin, wo das Dickicht ihm eine sehr eindeutige Spur präsentierte. Er musste das Stück ganze fünfmal ablaufen, bis er es endlich entdeckte: die Stelle, an der Selina heimlich abgebogen war.

Um ehrlich zu sein, war kaum etwas sichtbar. Es war durchaus möglich, dass er bloß einem Phantom nachjagte, wenn er dem auf den Grund ging. Aber so, wie er Selina kannte, sprach alles dafür, diesem Hauch von Nichts zu folgen. Es war ohnehin bisher viel zu einfach gewesen, ihrer Spur zu folgen. Sie hatte es eindeutig darauf angelegt, dass er hier her finden sollte.

Drei winzige Anhaltspunkte später war Dante überzeugt, auf der richtigen Fährte zu sein. Und da ihm inzwischen klar war, wo Selina wohl hin wollte, war die Spurensuche nicht mehr ganz so sehr die Suche nach der Nadel im Heuhaufen.

Rund zweihundert Meter weiter hatte das Rätselraten dann tatsächlich ein Ende. Offenbar war Selina hier der Meinung gewesen, dass sie ihre Spur ausreichend lang verschleiert hatte und er hoffentlich der falschen Fährte gefolgt war.

Seine Halbautomatik schussbereit erhoben, schlich Dante vorsichtig der umgeknickten Vegetation folgend weiter, direkt hin zu der Stelle, wo er sich ebenfalls auf die Lauer gelegt hätte.

Dort hinter dem Gebüsch musste es sein. Es war der beste Platz, um unbemerkt jemanden ins Visier zu nehmen, der ein Stück weiter unten die Senke durchquerte.

Mit zwei schnellen Schritten umrundete Dante die grüne Wand, die Arme mit der Waffe vor sich ausgestreckt, bereit abzudrücken.

Aber vor ihm war nur ein Fleck großflächig zusammengedrückter Pflanzen. Selina *hatte* hier gelegen, aber nun war sie weg.

Verflucht, sie hatte ihn ausgetrickst!

So schnell er konnte, drehte Dante sich um. Doch noch bevor er überhaupt ein Ziel ausmachen konnte, traf ihn das Projektil auch schon mitten in die Brust. Ein roter Fleck explodierte auf seinem tarnfarbenen Tank-Top. Genau an der Stelle, wo sie ihn schon mal erwischt hatte. Der Schmerz von der inzwischen doch schon über ein halbes Jahr zurückliegenden Wunde war gleich in doppelter Hinsicht so unerwartet heftig, dass er zu seiner Schande tatsächlich ein wenig ins Straucheln geriet.

Selina sprang – immer noch schussbereit – aus dem Gebüsch hervor, hinter dem sie Dante aufgelauert hatte.

„Was ist? Sag bloß, es tut weh?", spottete sie, als Dante mit auf den Oberschenkeln abgestützten Armen ein paar Mal tief Luft holen musste.

„Wolltest du einen auf Westernheld machen? Zwei Schüsse und nur ein Loch?"

„Sieh mich nicht so vorwurfsvoll an. Mir brauchst du nichts zu erzählen, wie weh das aus so kurzer Entfernung tut.

Gibst du auf? Oder muss ich nochmal schießen?"

Kapitulierend hob er aus seiner immer noch gebückten Haltung die Hände und ließ die Waffe fallen, ehe er sich vollständig aufrichtete. Ohne darüber nachzudenken, rieb er sich mit der Hand seine schmerzende Brust.

Selina brach in Gelächter aus.

Oh nein!

Leicht frustriert betrachtete Dante seine Hand. Jetzt hatte er die ganze Farbe da auch noch drauf.

Aber dann fiel sein Blick auf Selina.

„Du warst wirklich gut heute", meinte er, und ging auf sie zu. „Lass dir zu deinem Sieg gratulieren."

„Untersteh dich ...", rief sie noch glucksend, aber da hatte er sie auch schon am Arm erwischt.

Mit einem Ruck zog er sie zu sich heran und umarmte sie, so dass sich die Farbe auch auf ihrem Shirt verteilte.

„Du bist echt ein schlechter Verlierer!", schimpfte Selina lachend, nachdem er von ihr abgelassen hatte und sie die Bescherung auf ihrem Oberteil sah.

„Kann schon sein", gab Dante mit einem selbstgefälligen Grinsen zu. „Ich habe eben keine Übung darin."

„Ja, ja, Bescheidenheit ist eine Zier, doch weiter kommt man ohne ihr."

„Lust auf eine Revanche? Dann beweise ich es dir."

„Okay."

Mit herausforderndem Blick langte sie nach hinten und zog ein Paar Handschellen aus ihrer Hosentasche hervor.

„Aber diesmal musst du entkommen. Ich hoffe mal, dass du vorbereitet bist, sonst wird das eine blamabel kurze Runde für dich werden."

Als sie Stunden später zurückkehrten, wollte Selina als Allererstes gleich einmal duschen gehen. Dante hingegen hatte noch rasch etwas zu erledigen, weshalb er sich in der Eingangshalle von ihr trennte, mit dem Versprechen, in wenigen Minuten nachzukommen.

Während Selina sich nach oben begab, suchte Dante sein im Erdgeschoss gelegenes Arbeitszimmer auf.

Pino erwartete ihn dort bereits.

„Bist du fertig geworden?", fragte Dante, sowie er die Tür geschlossen hatte, woraufhin Pino nickte und ihm ein Handy überreichte.

„Ja, ihr wart lange genug weg. Ich habe einen vollständigen Klon von ihrem Handy erstellt. Alle Nachrichten, egal auf welchem Kanal, die bei ihr ein- und ausgehen, scheinen auch hier auf. Wenn sie telefoniert, kannst du live mithören, außerdem wird alles aufgezeichnet. Die Nachrichten werden übrigens auch gesichert, damit sie nicht verschwinden, wenn Selina sie löscht. Und Standortbestimmung habe ich dir natürlich auch eingerichtet.

In der normalen Nutzung wird für Selina kein Unterschied zu erkennen sein. Ihr Telefon habe ich oben auf den Esstisch gelegt, so wie du es mir gesagt hast."

Dante nahm das Gerät und klopfte Pino auf die Schulter.

„Danke, Pino. Du bist der Beste."

# 2

Selina schnürte ihre Laufschuhe zu, steckte ihr Handy ein und joggte los zu ihrer üblichen Morgenrunde. Diesmal ohne Dante, denn der hatte heute schon früh einen Termin in der Stadt.

Sie war gut eine Stunde gelaufen, auf eine Anhöhe, auf der mitten im Wald eine große Fläche geschlägert worden war. Dort blieb sie stehen und ließ ihren Blick schweifen. Kein Mensch weit und breit zu sehen. Also zog sie ihr Handy heraus und wählte aus dem Gedächtnis eine Nummer.

„Ich bin es", meldete sie sich, als abgehoben wurde.

„Geht es dir gut?"

Selina schmunzelte. Das war stets Tylers erste Frage, wenn sie ihn anrief.

„Ja", versicherte sie ihm bloß knapp.

Das hier war nicht die Kummernummer. Sie würde sich jetzt gewiss nicht bei Tyler ausweinen, dass Dante letzte Woche äußerst überzeugend vorgegeben hatte, sie umbringen zu wollen, weil er sie des Verrats verdächtigt hatte. Das würde Tyler bloß schlaflose Nächte bereiten und tat hier nichts zur Sache.

„Der alte Scordato ist also tot? Und sein Sohn seit Donnerstag auch?"

„Ja. Garcia ist wohl erfolgreich darin gewesen, Stefano gegen uns aufzuhetzen. Hat ihm nicht gut getan, mit Verrätern machen die hier kurzen Prozess."

Tyler gab ein missbilligendes Geräusch von sich.

„Das predige ich dir schon, seit du dort einen Fuß hineingesetzt hast."

„Mach dir um mich keine Sorgen."

„Geht nicht. Aber nachdem wir das bereits zur Genüge diskutiert haben, zurück zum Thema: Gibt es nun Krieg um die Nachfolge des alten Scordatos?"

„Zur großen Überraschung aller ist nicht Stefano, sondern Dante von Don Valerio beerbt worden. Ich habe es selber erst kurz vor allen anderen auf der Beerdigung erfahren. Zwischen Massimo und Dante herrscht nach wie vor Eiszeit. Keine Ahnung, wie er es aufnimmt, dass er den Kürzeren gezogen hat. Aber mit Stefano ist der größte Kriegstreiber mal weg. Und ganz ehrlich, Massimo traue ich es nicht zu, dass er die Eier hat, sich offen mit Dante anzulegen. Ohne jemanden, der ihm im Nacken sitzt und ihn fest dazu antreibt, wird er das nicht tun."

„Und umgekehrt?"

„Nein, keine Chance. Egal wie schlecht es gerade läuft zwischen den beiden, Dante wird sich niemals dazu auf-hussen lassen, etwas gegen Massimo zu unternehmen. Zumindest nicht, solange es keine wasserdichten Beweise für ein schweres Vergehen von Massimo gibt."

„Das heißt dann wohl, wir müssen für einen derarti-gen Beweis sorgen. Irgendwelche Ideen, wie wir das an-stellen?"

„Da muss ich passen."

„Wie? Diesmal gar kein selbstmörderischer Plan, dich in die Schusslinie zu werfen, um Massimo dazu zu verlei-ten, auf dich loszugehen? Du lässt nach."

„Haha, sehr witzig. Komm du erst mal mit einer bes-seren Idee."

„Ich sag ja schon nichts mehr. Stattdessen werde ich in mich gehen und versuchen, etwas Hilfreiches beizu-steuern.

Du meldest dich wieder?"

„Ja, wie üblich."

„Okay. Mach's gut. Und pass auf dich auf!"

„Tu ich doch immer. Bis dann."

Sowie sie aufgelegt hatte, löschte Selina den Anruf sofort aus der Historie, wie sie es auch sonst jedes Mal tat. Aber diesmal blieb ihr Blick gedankenverloren auf der bereinigten Liste hängen.

*Gibt es irgendetwas, das du mir verheimlichst?*, ging ihr Dantes Frage durch den Kopf, nachdem er sie aus dem Wasser gezogen und wiederbelebt hatte.

Wenn Tyler davon wüsste – er würde vor Sorge um sie bestimmt durchdrehen.

Doch es gab keinen Grund zur Sorge. Dante hatte ihr geglaubt. Und es war nicht einmal schwierig gewesen, ihn zu überzeugen.

Aber warum hätte es das auch sein sollen?

Sie erzählte so viel, was nicht stimmte, ohne dass es irgendjemandem auffiel. Tyler hatte eben ja auch nichts bemerkt.

Ein seltsames Gefühl der Schwere legte sich um ihr Herz. Sie musste daran denken, wie Dante Donnerstagnacht heimgekehrt war. Er hatte versucht, es herunterzuspielen, aber für seine Verhältnisse war er ganz schön neben der Spur gewesen. Wie oft hatte er betont, wie sehr er es hasste, sich um diejenigen in der Familie kümmern zu müssen, die die Regeln brachen. Nun war er gezwungen gewesen, seinen Onkel zu richten.

Und das war ihre Schuld.

Das unsichtbare Band um ihre Brust zog sich fester zusammen.

Einen schwachen Moment lang war Selina versucht, sich von dem Gefühl einfach übermannen zu lassen.

Was, wenn sie Dantes Frage ehrlich beantwortet hätte?

Ein reichlich dummer Gedanke. Sie kannte Dante ja und wusste, was er unter 'gnädig' verstand. Bei dem, was sie sich geleistet hatte, wäre das wohl bestenfalls ein schnelles Ableben gewesen. Stefano hätte es sowieso

nichts gebracht, er wäre gewiss trotzdem tot. Und Dante
... würde sich auch nicht besser fühlen, im Gegenteil.

Zur Hölle, was tat sie da?

Selina schob den ganzen Berg, der über ihr zusam-
menzubrechen drohte, energisch beiseite.

Schuldgefühle wären das Eingeständnis von Zweifeln,
und Zweifel waren tödlich. Das hatte das unfreiwillige
Bad, das sie genommen hatte, sehr eindringlich gezeigt.

Und dennoch, irgendwie wünschte sie, sie hätte ihm
die volle Wahrheit erzählen können und nicht bloß eine
Selektion davon.

Entschieden verbannte sie den Gedanken aus ihrem
Kopf.

Sie war am Scheideweg gestanden, und hatte dort eine
Entscheidung getroffen. Sie hatte gelogen, und nun
musste sie diesen Weg weiter beschreiten. Es gab kein
Zurück mehr, zum Umkehren war es jetzt endgültig zu
spät.

Auch wenn sie längst schon nicht mehr so genau
wusste, wo sie eigentlich hinmarschierte. Denn dem Ziel,
das sie einst so deutlich vor Augen gehabt hatte, war in
den letzten Monaten immer mehr die Klarheit abhanden
gekommen.

Nachdem sie eine kühle Dusche genommen hatte,
ging Selina ins Schlafzimmer, um sich etwas Frisches an-
zuziehen. Schwarze Unterwäsche, wie Dante sie mochte,
darüber eine bequeme Hose und ein luftiges Shirt. Fehl-
ten nur noch die Socken. Sie ging zu der entsprechenden
Kommode und öffnete die oberste Schublade.

„Wann wolltest du es mir erzählen?", ertönte es so
unvermittelt hinter ihr, dass Selina vor Schreck leicht zu-
sammenfuhr.

Sie hatte überhaupt nicht mitbekommen, dass Dante
zurückgekehrt war. Bis zu dem Moment, als er sie angesprochen hatte, hatte er nicht das leiseste Geräusch von
sich gegeben. Und seine Stimme hatte einen derart ver-

bitterten Tonfall, dass bei ihr sämtliche Alarmglocken schrillten.

Sie blickte kurz über die Schulter.

„Du hast mich ganz schön erschreckt", zollte sie ihm erst mal Anerkennung für sein Anschleichmanöver. „Und ich habe keine Ahnung, wovon du eigentlich sprichst", gab sie sich völlig unbefangen und ahnungslos und widmete sich wieder der Sockenlade.

„Es ist schon erstaunlich, wie du das machst", erklärte er schneidend. „Wahrscheinlich wäre mir solange nichts aufgefallen, bis ich irgendwann das Messer im Rücken stecken gehabt hätte."

Nun drehte Selina sich doch halb mit der linken Seite zu ihm. Entgeistert sah sie ihn an.

„Sag mal, spinnst du? Was redest du da? In diesem Raum gibt es nur eine Person, die mit Vorliebe Messer zückt. Und das bist du, nicht ich."

„Ja, und es gibt auch genau eine Person, die meine Familie für den Tod ihrer Eltern verantwortlich macht. Und das bin erstaunlicherweise *nicht* ich, denn meinen Vater hat jemand anderer erschossen."

*Wie zur Hölle ...?*

Einen Moment war Selina so überrumpelt, dass sie nicht wusste, was sie darauf sagen sollte.

Er hatte es herausgefunden?!

Das war ihr derart unwahrscheinlich erschienen, dass sie nun völlig unvorbereitet drauf dastand.

Aber für Erklärungen war es ohnehin zu spät. Dante wusste jetzt, dass sie ihn neulich bei seinem Verhör in der Badewanne angelogen hatte. Das war keine Kleinigkeit, die er ihr einfach so nachsehen würde. Vor allem, weil es unweigerlich die Frage aufwarf, wobei sie ihn noch betrogen hatte.

Mit der rechten Hand, die sie immer noch in der Lade hatte, griff Selina nach der Pistole, die sie zwischen ihren Socken lagerte. Blitzschnell wirbelte sie herum, um damit auf Dante zu zielen.

Aber nachdem Dante diese Konfrontation provoziert hatte, war er freilich vorbereitet. In Windeseile zog auch er eine Schusswaffe hinter seinem Rücken hervor und nahm sie damit seinerseits aufs Korn.

# 3

„Also doch.

Du willst wirklich auf mich schießen?

Bist du dir da auch ganz sicher?", inquirierte Dante herausfordernd.

„Von wollen kann keine Rede sein. Aber du weißt, dass ich dazu im Stande bin."

„Oh ja, daran kann ich mich lebhaft erinnern. Und ich kann mich auch noch gut daran erinnern, wie sehr du es danach bereut hast, mich beinahe umgebracht zu haben."

Obwohl sie die Pistole immer noch unverändert auf ihn richtete, spürte Dante, dass seine Worte sie nicht kalt ließen.

„Damals habe ich mich verschätzt bei deinen Absichten", fühlte sie sich zu einer Rechtfertigung genötigt.

„Und was sagt dir, dass du dich diesmal nicht wieder verschätzt?"

Er ließ den Satz einen Moment so im Raum hängen, um ihm Zeit zum Wirken zu geben. Dass Selina darauf keine Antwort einfiel, war vielversprechend.

„Nimm die Waffe runter, Selina", forderte Dante bestimmt. „Wir sind uns doch wohl einig, dass man denselben Fehler nicht zweimal machen sollte."

Seine vernünftigen Worte drangen zu ihr durch, denn es keimten sichtlich Zweifel in ihr. Jetzt hieß es bloß noch

Geduld beweisen, bis sie es mit sich ausgefochten hatte, dabei durfte er sie auf keinen Fall drängen.

Die Sekunden verstrichen, keiner rührte sich, keiner sagte ein Wort. Aber Dante konnte sehen, wie es in Selinas Kopf rund ging.

„Nein. Ich will denselben Fehler nicht ein zweites Mal begehen", stellte sie schließlich fest.

Ihre Schultern lockerten sich und sie zog die Waffe ein wenig zurück. Dante tat es ihr gleich, um die Situation weiter zu entspannen, und so tasteten sie sich Stück für Stück weiter, bis sie beide die Waffe unten hatten.

„Gut", bestärkte Dante sie mit ruhiger Stimme.

„Ich nämlich auch nicht."

Seine Waffe war so schnell wieder oben, dass Selina keine Chance zum Reagieren hatte. Den Fehler, zu zögern, hatte er schon mal bei ihr gemacht, aber das würde ihm garantiert nicht wieder passieren. Sowie er den Lauf auf seinem Ziel hatte, drückte er ab.

Reflexartig wollte Selina ihre Waffe hochreißen und das Feuer erwidern, aber es war schon zu spät. Die Kugel schlug in ihren rechten Brustmuskel ein und riss sie seitlich nach hinten. An Gegenwehr war nicht mehr zu denken, ihr ganzer Arm war momentan wie betäubt, keine Chance, dass sie die Waffe in der nächsten Sekunde hochbrachte. Dass sie bei ihrer Drehung obendrein auch noch das Gleichgewicht verlor und strauchelnd zu Boden ging, spielte damit bloß noch eine untergeordnete Rolle.

Kaum aufgeschlagen, war Dante auch schon über ihr. Ein Tritt traf ihre Flanke und rollte sie auf den Rücken.

„Lass die Waffe fallen", forderte er mit der selbstsicheren Überheblichkeit des Siegers.

Natürlich hätte er sie ihr auch einfach aus der Hand treten können, aber er wollte offensichtlich, dass sie vor ihm kapitulierte. Und sein Geduldsfaden war gerade ziemlich kurz:

„Na los, oder muss ich dir in die andere Schulter auch noch ein Loch schießen, um dich davon zu überzeugen, dass du mit der Knarre ohnehin nichts mehr anfangen kannst?"

Selina schüttelte den Kopf und öffnete mühsam die Finger, die sich krampfhaft um den Griff ihrer Waffe geschlossen hatten. Es machte kaum ein Geräusch, als die Pistole aus ihrer Hand auf den Teppich fiel. Mit einem lässigen Tritt brachte Dante sie außer Reichweite.

„Und was jetzt?", fragte Selina, als Dante einen Schritt von ihr zurücktrat.

Sie bereute die Frage sogleich, denn der Blick, mit dem Dante sie nun ansah, ließ ihr das Blut in den Adern gefrieren.

„Das willst du gar nicht wissen."

Welch wahre Worte.

„Mach ja keine Dummheiten", warnte Dante sie, die Waffe immer noch auf sie gerichtet, während er zwei Paar Handschellen aus der Schlafzimmerkommode fischte. „Wenn du dich wehrst oder versuchst abzuhauen, wird es noch schmerzhafter."

Er steckte die Waffe weg, packte ihren linken Arm und drehte sie rücksichtslos über die verletzte Schulter auf den Bauch. Anstatt eines Schreis stieß Selina einen deftigen Fluch aus.

„Du Arsch, ich habe doch gar nichts gemacht!", beschwerte sie sich.

Rasselnd schloss sich die Handschelle äußerst eng um ihren auf den Rücken gedrehten Arm, dann griff Dante sich den anderen und zog ihn ebenfalls nach hinten, wobei schon wieder Schmerz in ihre Schulter schoss. Erneut schloss sich kaltes Metall so fest es nur ging um ihr Handgelenk.

„Du hörst mir wohl nicht zu. Man möchte meinen, ich hätte klar gemacht, dass du dich in jedem Fall auf Schmerzen einstellen kannst."

Seine beiden Hände legten sich flach auf ihre Schultern.

„Soll ich dir zum Vergleich die Behandlung bei schlechtem Benehmen demonstrieren?"

Noch ehe Selina die Gelegenheit hatte ‚Nein' zu schreien, stützte Dante sich mit seinem vollen Gewicht auf sie. Das war angesichts des beträchtlichen Massenunterschiedes zwischen ihnen schon im unverletzten Zustand kaum auszuhalten, aber mit der Kugel in ihrer Brust war es jenseits von Gut und Böse. Und es war noch nicht einmal das Ende der Tortur. Auf einmal verlagerte Dante sein ganzes Gewicht auf ihre verletzte Seite, um den anderen Ellenbogen auf ganzer Länge über ihren Rücken zu legen. Ihr Schmerzensschrei währte nur kurz, denn als Dante sein Gewicht erneut umverteilte, drückte er sie mit seinem massigen Körper vollflächig so fest zu Boden, dass sie keine Luft mehr bekam.

Die Warnung, sich nicht zu wehren, war völlig vergessen. Mit Atemnot unter Wasser konnte sie umgehen, aber dieses Gefühl erdrückt zu werden, war um Längen schlimmer für sie. Ihr Körper versuchte sich panisch aufzubäumen, freilich ohne jeden Erfolg angesichts der rund hundert Kilo, die da auf ihr lasteten.

Es kam ihr wie eine Ewigkeit vor, bis Dante sich endlich bequemte, sein Gewicht von ihr zu nehmen. Mit einem zischenden Geräusch schoss die Luft durch ihre Nase in die Lungen, als ihr Brustkorb sich wieder frei entfalten konnte.

Dante nutzte indes die Zeit, die sie mit bewusstem Atmen verbrachte, dazu, ihr an den Beinen das zweite Paar Handschellen anzulegen. Als er damit fertig war, langte er nach der Verbindungskette zwischen ihren Armen. Der Ruck, mit dem er sie auf die Knie holte, ließ Selina durch die Kombination von Schmerz und dem plötzlichen Lagenwechsel kurz Sterne sehen.

Wobei, der fette Blutfleck, den sie da am Teppich hinterlassen hatte, dürfte wohl auch seinen Beitrag dazu geleistet haben. Und die Welt drehte sich gleich nochmal, als Dante sie mühelos, doch ohne jede Rücksicht auf ihr Befinden dabei, so über seine Schulter warf, dass sie keine Blutspur hinter sich herziehen würde.

Sie verließen das Schlafzimmer und durchquerten den Flur, dann ging es die große Stiege hinunter ins Erdgeschoss. Wohin brachte er sie …?

Scheiße, nein!

Das war der Weg zum Keller, den er da einschlug!

Selina kratzte alles zusammen, was sie an Selbstbeherrschung aufbringen konnte, um sich weiterhin ruhig zu verhalten, anstatt sich in hysterischer Panik zu winden, denn sie hatte keinerlei Illusionen darüber, wo die Reise hingehen würde. Aber die kleine Demonstration vorhin hatte ihr völlig gereicht, um von jeglichem Gedanken an Widerstand grußlos Abstand zu nehmen, egal was kommen möge. Schließlich war sie in ihrer momentanen Verfassung Dante sowieso absolut chancenlos unterlegen.

Ihr Herzschlag nahm dennoch mit jedem Schritt an Tempo zu und erreichte mit dem Ende der Kellerstiege den Takt eines Trommelwirbels.

Was nicht wirklich gut war mit dem Loch, das in ihrer Brust prangte.

Als Dante die Tür zu seinem Folterraum aufstieß, spannte Selina jeden einzelnen Muskel in ihrem Körper krampfhaft an, um nicht auf der Stelle auszuflippen. Doch als er sie unsanft auf den großen Edelstahltisch warf, war es um ihre Beherrschung geschehen.

Das war kein Bett, das war keine Bahre, das war nicht mal ein verfluchter Tisch, worauf sie da lag!

Das war eine Schlachtbank!

Selinas Gesichtsausdruck, als er sie abgeladen hatte, ließ einen unerwarteten Stich durch Dantes Herz gehen, der sich anfühlte, als würde etwas darin zerspringen. Er kannte diesen Blick, denn er hatte ihn schon mal bei ihr gesehen, damals in der alten Fabrikhalle: Es war Todesangst. Beziehungsweise die Furcht vor weitaus Schlimmerem als dem Tod.

Der gemeinsame Nenner war klar für ihn, vor allem in Anbetracht dessen, wie gefasst sie dagegen durchgehalten hatte, als er vorgegeben hatte, sie ertränken zu wollen: Sie wusste, dass sie aufgeflogen war. Es war praktisch schon ein Schuldeingeständnis. Und das tat gerade verdammt weh, obwohl er nicht verstand, warum.

Die Fakten waren ihm doch längst bekannt, was machte es da noch für einen Unterschied, ob sie es zugab oder nicht? Er war doch nicht so einfältig, den Wunsch mit sich herumzuschleppen, dass Selina eine andere Erklärung parat hätte und sich doch noch alles als großer Irrtum herausstellen würde. Und es war schließlich nicht das erste Mal, dass er sich mit Verrat in den eigenen Reihen befassen musste. Das war immer schwer. Wenngleich es noch nie jemanden betroffen hatte, der ihm wirklich nahegestanden hatte.

Ein weiterer Stich fuhr in sein hartes Herz und trieb einen tiefen Sprung hinein.

*Sie hat mich verraten*, hallte es einsam und kristallklar durch seinen Kopf.

„Dante, warum tust du das?", stammelte Selina aufgelöst vor sich hin. „W- w- was willst du von mir? Bitte, ich ... ich tu alles, ich erzähl dir alles ..."

„Schhh ..."

Er legte ihr den Finger auf den Mund. Seine Stimme war völlig ruhig und nüchtern, als er sprach:

„Ich will, dass du schweigst. Oder muss ich dich knebeln?"

Sofort schüttelte Selina den Kopf.

Mit wenigen Bewegungen rollte Dante sie herum, öffnete die Handschellen hinter ihrem Rücken und fixierte ihre Arme stattdessen neben ihrem Körper am Rand des Tisches. Dass er die Schellen diesmal nicht bis zum Äußersten um ihre Handgelenke zurrte, wertete Selina als sicheres Zeichen dafür, dass sie wohl für längere Zeit dort verbleiben würden. Danach nahm Dante sich noch ihre Beine vor, die er ebenso am unteren Rand des Tisches sicherte, so dass sie sie nicht mehr anziehen konnte.

Ein Frösteln durchschüttelte Selinas Körper. Lag es bloß an dem kalten Metall unter ihr und dem sie abkühlenden Angstschweiß, oder waren es die ersten Anzeichen dafür, dass ihr Kreislauf sich durch den Blutverlust schön langsam verabschiedete?

Benommen verfolgte Selina, wie Dante in dem Raum herumlief, verschiedene Sachen zusammentrug und sich abschließend äußerst gründlich die Hände wusch. Als er zurückkehrte, fiel ihr Blick in die metallene Nierenschüssel, die er neben ihr abstellte: Skalpell, Zange, Nadeln mit voreingefädeltem Faden, Desinfektionslösung, Tupfer und alles was man sonst noch brauchte, um eine Kugel zu entfernen. Dazu der süßliche Geruch von Isopropanol, der wenigstens hoffen ließ, dass auch alles ordentlich desinfiziert war.

Trotzdem drehte sich Selina der Magen um. Und zwar nicht etwa, weil sie Dantes Fähigkeit anzweifelte, den Eingriff durchführen zu können, sondern weil ihr unter seinen Gerätschaften etwas Entscheidendes abging: ein Betäubungsmittel.

Unvermittelt klatsche ihr Dantes in Untersuchungshandschuhen steckende Hand wiederholt ins Gesicht und ließ sie erschrocken hochfahren. Sie musste kurz die Augen geschlossen haben.

„Du wirst mir doch nicht jetzt schon ohnmächtig werden", tadelte Dante sie. „Wo wir den richtigen Spaß doch erst vor uns haben."

Ein reißendes Geräusch erklang, als Dante die Sterilverpackung des Venflow in seiner Hand aufriss. Besser als so manch einer im Krankenhaus stach er ihr versiert die Nadel in eine Armvene, legte den Zugang und sicherte alles mit den zugehörigen Pflastern, ehe er den Tropf mit der Kochsalzlösung anstöpselte. Das würde ihren Kreislauf ein wenig stabilisieren, aber es war kein Ersatz für das Blut, dass weiterhin munter aus ihrer Wunde floss.

Wobei, wenn sie so darüber nachdachte, war die Aussicht, hier auf diesem Tisch an ihrer Schusswunde zu verbluten, wahrscheinlich gar nicht mal so schlecht im Vergleich zu der Alternative.

---

Dante zerschnitt Selinas Oberteil, um ihre Vorderseite freilegen zu können, und wischte den Bereich um die Verletzung herum großzügig mit der jodbraunen Desinfektionslösung ab. Das Ausspülen der Wunde selber ertrug Selina noch ziemlich tapfer, aber als er das Skalpell zur Hand nahm, flammte blanker Horror in ihren Augen auf.

„Nein, Dante, bitte, … bitte tu das nicht", flehte sie erstickt. „Nicht ohne Betäubung. Bitte!"

„Wie bitte?", gab Dante mit Eiseskälte zurück. „Du bist ernsthaft der Meinung, nach allem, was du getan hast, hättest du dir noch den Luxus eines Schmerzmittels verdient?"

Selina zuckte zusammen, scheinbar beschämt, aber das konnte sie sich sonst wo hinstecken.

„Anstatt dass du dankbar bist, dass ich es hiermit machen werde", setzte er in einem für ihn äußerst untypischen emotionalen Ausbruch ziemlich verärgert nach. „Schließlich könnte ich die Kugel auch mit meinem Dolch rausholen und das dabei entstehende Loch danach einfach ausbrennen."

Es verschaffte ihm eine gewisse Befriedigung zu sehen, wie alle Farbe aus Selinas Gesicht wich. Sein erhitztes Gemüt beruhigte sich wieder.

„Also, wie sieht's aus? Willst du, dass ich die Operation wie geplant durchführe?"

„J- J- J- Ja. B- B- B- B- Bitte", stotterte Selina hastig, sichtlich bemüht, ihn nicht neuerlich zu erzürnen.

„Weise Entscheidung", murmelte er und machte sich ans Werk.

Die Reaktion darauf war heftig.

Mit einem genervten Seufzer legte Dante das Skalpell weg. Es war ihm egal, dass sie schrie wie eine Kreissäge, aber das Risiko, dass sie sich dabei unkontrolliert verletzte, war ihm zu groß. Also holte er einen Knebel in Form einer Beißstange, den er ihr zwischen die Zähne schob und gut festzurrte.

Nun konnte es endlich losgehen.

Selina schrie und stöhnte und wimmerte was das Zeug hielt, während er nach der Kugel suchte, der Schweiß schoss ihr aus allen Poren, aber sie schaffte es wenigstens, ihre Schulter soweit still zu halten, so dass er arbeiten konnte. Es dauerte eine Weile, bis er das Projektil zu fassen bekam, denn es war tief eingedrungen und steckte nun in ihrem Schulterblatt fest, das wie geplant einen glatten Durchschuss verhindert hatte. Als er es herauszog, begannen Selinas Lider zu flattern. Ein letztes, gequältes Stöhnen, dann verlor sie das Bewusstsein.

Dante fluchte. Am liebsten hätte er sie neuerlich dafür abgewatscht, dass sie sich noch vor dem Nähen aus der Affäre zog, Aber er wusste, dass sie das diesmal nicht wieder aufwecken würde. Stattdessen fühlte er ihren Puls. Er war unregelmäßig. Offenbar hatte er unterschätzt, um wie viel stärker sich der Blutverlust bei einer zierlichen Frau im Vergleich zu einem stämmigen Mann auswirken würde. Er musste zusehen, dass er die Blutung stillte und die Wunde schloss. Gelang ihm das nicht, dann wäre es um sie geschehen.

Aber das würde er nicht zulassen.

So einfach würde sie ihm nicht davonkommen.

# 5

Benommen kam Selina wieder zu sich. Sie fühlte sich elend. Obwohl sie zugedeckt war, zitterte ihr ganzer Körper vor Kälte, außerdem war ihr so schlecht, dass sie fürchtete, sich gleich übergeben zu müssen. Die Augen zu öffnen kam einem Kraftakt gleich. Und sie war sich auch gar nicht sicher, ob sie wirklich sehen wollte, was Dante mit ihr gemacht hatte, während sie weggetreten gewesen war.

Wenn man vom Teufel sprach ...

Dante lehnte mit den Armen am Tisch aufgestützt neben ihr und betrachtete sie eindringlich. Aus seinem Arm hing ein Schlauch heraus.

„Du gibst mir dein Blut?", wunderte Selina sich mit schwacher Stimme.

„Hast du geglaubt, ich lasse dich an so einer popeligen Schussverletzung in der Schulter sterben? Hätte ich dich umbringen wollen, hätte ich auf die andere Seite gezielt."

Es hätte nett rüberkommen können, wenn sein Tonfall nicht so sehr danach geklungen hätte, dass es ihm nicht darum ging, dass sie lebte, sondern bloß darum, dass sie nicht vorzeitig abtrat.

Ihr Blick wanderte zu ihrer Schulter, aber viel war nicht zu sehen, da die Wunde mit einem großen Pflaster bedeckt war.

Ein surrendes Geräusch ließ Selina zusammenzucken, aber es war bloß ein Blutdruckmessgerät, das sich um ihren Oberarm aufpumpte.

„Deine Werte sind wieder stabil", informierte Dante sie emotionslos und entfernte die Nadel aus seinem Arm, während er sie wieder an den Tropf mit der Kochsalzlösung anschloss.

Ja, es ging ihr tatsächlich ein wenig besser als momentan nach dem Aufwachen. Das Zittern hatte aufgehört und auch ihr Magen war wieder zur Ruhe gekommen. Offenbar kam ihr Kreislauf langsam wieder hoch.

Die Erleichterung darüber währte jedoch nur genau so lange, bis Dante nach etwas griff, das neben ihm bereit lag.

Selinas Magen drehte sich erneut. Es war ein Ballknebel mit einem Loch in der Mitte und einem Stück Schlauch daran. Warum zur Hölle brauchte er das? Sie hätte doch eh nicht den Schneid, sich zu weigern, wenn er schlicht von ihr verlangen würde, irgendetwas zu sich zu nehmen.

Nachdem Dante ihr das Teil angelegt hatte, steckte er außen noch einen Trichter auf das Loch. Mit einer Hand in ihren Haaren hielt er sie fixiert, mit der anderen langte er nach einem Edelstahlbecher, dessen Inhalt er allmählich in den Trichter transferierte. Sie konnte weder sehen noch schmecken, was er ihr einflößte, denn der Schlauch lag hinter ihrer Zunge, wo die ankommende Flüssigkeit ihren Schluckreflex auslöste, so dass sie brav den ganzen Becher austrinken musste.

Und Selina merkte, dass sie inzwischen wirklich bescheiden wurde, denn nach der ganzen Aktion war sie eigentlich bloß heilfroh, dass Dante nicht auf die glorreiche Idee gekommen war, den Knebel einfach in ihrem Mund zu belassen.

Stöhnend und schwer atmend wand Selina sich auf dem harten Metalltisch. Warum nur war ihr nun wieder so furchtbar übel, nachdem es ihr zuvor doch schon bes-

ser gegangen war? Was hatte Dante ihr da bloß eingeflößt? Sie fühlte sich echt elend, noch dazu, wo sie wegen
der Armfesseln in die Rückenlage gezwungen wurde, obwohl sie sich zur Beruhigung ihres Magens unbedingt auf
die Seite drehen wollte.

„Ist dir schlecht?", fragte Dante, der neben sie getreten war.

„Ja", stöhne Selina kläglich.

„Das hier ist gegen Übelkeit", informierte er sie
knapp, während er etwas über ihren Venenzugang inji-
zierte.

*Wer's glaubt.*

Er hatte ihr vorhin auch kein Schmerzmittel geben
wollen, warum sollte er jetzt auf einmal bereit sein, ihr
Linderung zu verschaffen? Viel wahrscheinlicher war
doch, dass das Mittel bloß den Zweck hatte, ihren Brech-
reiz zu unterdrücken, damit das, was sie trinken hatte
müssen, länger in ihrem Magen verblieb.

Die Zeit kroch langsam dahin. Dante hatte in einem
Sessel neben ihr Platz genommen und vertrieb sich die
Zeit mit seinem Handy, während Selina sich unverändert
auf dem Tisch wand. Sie hatte absolut keine Ahnung, wie
lang es dauerte, eine Stunde, zwei, drei, oder noch länger? Aber irgendwann setzte sich ihr Magen schließlich
durch. Mit einem kläglichen Laut fuhr Selina hoch, als sie
spürte, wie das Zeug sich seinen Weg nach oben bahnte.
Auch Dante reagierte mit beachtlicher Schnelligkeit und
hielt ihr sofort eine Schüssel hin, so dass es ihr erspart
blieb, sich anzuspeiben. Würgend beförderte sie eine
dunkle, rotbraune Schlatze nach oben.

War das etwa Blut?

Selina wurde gleich wieder übel, als sie erschöpft zu-
rücksank. Was hatte Dante mit ihr gemacht? Löste sie
sich gerade von innen auf? War das der grausame Tod,
den er als Strafe für ihren Verrat für sie vorgesehen
hatte?

Verdammt, sie hatte sich gerade erst übergeben, und trotzdem ging es ihr noch schlechter als vorher. Und inzwischen war sie viel zu erschöpft, um gegen die aufkommende Panik noch wirksam anzukämpfen.

Es dauerte nicht lange, bis sie sich neuerlich übergeben musste, und wieder war das Bild das gleiche.

„Ist das Blut?", stammelte sie aufgelöst.

„Ich würde sagen, ja", gab Dante nach einem Blick in die Schüssel ungerührt zurück, woraufhin Selina die Tränen der Verzweiflung nicht mehr unterdrücken konnte.

„Los, leg dich wieder hin", wies Dante sie jedoch bloß gleichgültig an, „oder ich muss dich besser festbinden."

Wie betäubt kam Selina der Aufforderung nach. Starr auf dem Rücken liegend, ließ sie so lautlos es ging ihre Tränen laufen, während sie versuchte, bloß nicht darüber nachzudenken, wie es nun mit ihr zu Ende gehen würde.

Bis sie nach einigen Minuten bemerkte, dass die Übelkeit sich deutlich gelegt hatte, seit sie erneut erbrochen hatte. Ihr war zwar immer noch flau im Magen, aber sie fühlte sich bei weitem nicht mehr so elend wie davor.

Zaghaft schöpfte Selina neue Hoffnung. Vielleicht würde sie ja doch nicht so vor die Hunde gehen, wie sie befürchtet hatte.

Erneut kroch die Zeit dahin, und irgendwann stand Dante schließlich auf.

„Gehe ich recht in der Annahme, dass dir nicht mehr schlecht ist?", fragte er rein geschäftsmäßig, nicht aus Interesse für ihr Befinden.

Selina traute sich kaum zuzugeben, dass es ihr besser ging, aber noch weniger traute sie sich, Dante anzulügen.

„Ja."

„Gut. Dann kann ich ja jetzt gehen. Und wehe, ich finde nicht alles wieder so vor, wie es jetzt ist, wenn ich zurückkomme."

Als Dante sich entfernte, schloss Selina einen Moment die Augen und ließ ihren Atem geräuschvoll entweichen. In der Zwischenzeit hatte sie sich einiges zusammengereimt. Blut war ein potentes Brechmittel. Kein Wunder, dass ihr so schlecht gewesen war.

„Ich habe das Blut getrunken, nicht wahr?"

Dante hielt inne und drehte sich halb zu ihr um.

„Ich habe gewusst, dass du es bald herausfinden und der Trick wohl nur einmal ziehen würde."

Damit verließ er den Raum, und Selina blieb allein zurück.

# 6

Selina hatte keinen Schimmer, wie lange es gedauert hatte, bis Dante zurückkehrte. Sie hatte versucht, ein wenig Schlaf zu finden, erschöpft genug war sie ja. Aber für mehr, als immer wieder mal ein wenig wegzunicken, hatte es nicht gereicht. Das Deckenlicht direkt über ihr war so grell, dass es selbst mit geschlossenen Augen nicht richtig finster wurde. Noch schlimmer aber war die harte, kalte Unterlage, auf der ihr bereits jetzt alles weh tat.

Eine baldige Erlösung davon war aber wohl nicht in Sicht in Anbetracht der Bettpfanne, mit der Dante nun anrückte. Wortlos nahm er die Decke weg und zog ihr die Hose und die Unterhose runter.

„Darf ich mich aufsetzen?", fragte Selina zaghaft, was Dante mit einem abfälligen Blick quittierte, aber dann bedeutete er ihr mit einer knappen Kopfbewegung, es zu tun.

Es war nicht einfach, auf der großen, metallenen Leibschüssel Platz zu nehmen, nachdem Dante ihr bloß minimalste Unterstützung leistete und sie ihren rechten Arm nur unter großen Schmerzen belasten konnte. Außerdem boten die Handschellen nicht viel Spiel, um ihre Hände vom Untergrund abzuheben, weshalb sie ziemlich gekrümmt nach vorne gelehnt sitzen musste, dazu noch die Beine von deren Fesseln in Streckhaltung gezwungen.

Während sie ihre Blase entleerte, hängte Dante ihr einen neuen Tropf an. Was nicht besonders lange dauerte.

„Bist du fertig?", drängte er sie, sowie er seine Tätigkeit abgeschlossen hatte.

„Noch nicht, ich brauch noch 'ne Minute", bekannte sie kleinlaut.

Ihr Darm zierte sich ein wenig, das, was sie zuvor zurückgehalten hatte, nun so schnell reisefertig zu machen.

Dante grunzte ungehalten.

„Nur kein Stress, nimm dir so viel Zeit, wie du brauchst."

„Warte, ich bin doch gleich fertig!", rief Selina ihm flehend nach, als Dante sich darauf ernsthaft anschickte, sie wieder allein zu lassen.

„Oh nein, ich werde nicht auf dich warten. Du wirst auf mich warten!"

Damit fiel die Tür zu.

„Oh, fick dich doch, du widerwärtiges, gemeines, hinterfotziges, sadistisches Arschloch!!!!", schrie Selina ihren Frust, ihren Zorn, ihre Verzweiflung und alles, was sich sonst angestaut hatte, aus voller Kehle heraus.

Dante würde es sowieso nicht hören. Niemand würde sie hören. Der Raum war nämlich schalldicht.

Es war eigentlich keine neue Erkenntnis, aber das Bewusstsein, wie verloren sie doch war, stürzte auf einmal wie eine Lawine über sie herein. Es zog ihr den Boden unter den Füßen weg und begrub sie so tief unter sich, dass sie meinte, nicht mehr atmen zu können.

Sie war völlig allein.

Kein Mensch würde ihr zu Hilfe kommen.

Nicht weil niemand wusste, dass sie hier war, sondern weil keiner im Haus es wagen würde, sich gegen Dante zu stellen. Noch dazu, wo wahrscheinlich sowieso alle der Meinung waren, dass dies bloß die gerechte Strafe für sie war. Was auch immer es sein möge, was sie erwartete.

Die Ungewissheit, was Dante wohl für sie geplant hatte, schnürte ihre Kehle noch weiter zu, während ihr Blick panisch durch diesen Raum sprang, der bloß einem einzigen Zweck diente.

Ob sie auch irgendwann von Fleischerhaken durchbohrt von der Decke hängen würde?

*NEIN!*

Entschlossen richtete Selina den Blick starr nach unten auf ihre Beine, während sie mit aller Kraft die grauenhaften Bilder aus ihrem Kopf verbannte. Es reichte, dass Dante Psychotricks wie das mit dem Blut mit ihr abzog. Sie würde ihm gewiss nicht den Gefallen tun, dass sie sich auch noch selber fertig machte.

Sie musste stark bleiben.

Sie musste ruhig bleiben.

Denn andernfalls würde sie hier drinnen irre werden.

Ihr Vorsatz stark zu bleiben wurde in den nächsten Stunden auf eine harte Probe gestellt. Seit sie mit Dante zusammen war, hatte sie ja schon so ihre Erfahrungen mit schmerzhaften Fesselungen gemacht, aber sie hatte noch nie auch nur annähernd so lange und dann auch noch ganz allein in einer so unnatürlichen Position verharren müssen. Ihr Rücken und ihr Nacken schmerzten, als würden sie in Flammen stehen, ihre Beine und ihr Hintern waren eingeschlafen vom langen unbewegten Sitzen auf der harten Leibschüssel, dazu umgab sie der wenig sympathische Geruch von deren Inhalt. Inzwischen sehnte sie sich inständig danach, sich doch nur wieder ausgestreckt auf den harten Tisch legen zu dürfen.

Aber Dante ließ auf sich warten. Der einzige Lichtblick an ihrer Situation war, dass sie wenigstens den halben Liter aus der neuen Infusion nicht stundenlang in ihrer Blase halten musste. Was aber ehrlich gesagt bloß ein geringer Trost war.

Endlich ging die Tür auf.

Selina fühlte sich seltsam hin- und hergerissen zwischen den Gefühlen, die das bei ihr auslöste. Einerseits hatte sie verzweifelt darauf gewartet, dass Dante zurückkommen würde, andererseits ließ sein Erscheinen sofort neue Angst in ihr aufsteigen.

„Na, bist du jetzt fertig?", fragte Dante noch in der Tür stehend.

„Ja, bin ich", bestätigte sie sofort kleinlaut mit einem Nicken.

Angst hin oder her, sie wollte auf keinen Fall, dass er einfach wieder ging.

Dennoch klopfte ihr Herz wie verrückt, als Dante neben sie trat.

„Hoch mit dir", forderte er, aber das war leichter gesagt als getan.

Ihre Beine waren taub, ihr rechter Arm war nicht belastbar, außerdem war der Winkel sowieso ungünstig, um sich hochzudrücken. So sehr sie sich auch abmühte, ihr Hintern hob sich keinen Millimeter von der Bettpfanne. Und Dante hatte keinerlei Geduld mit ihr.

„So, du willst das Ding also nicht hergeben? Soll mir auch recht sein, dann machst du mir wenigstens keine Schweinerei auf dem Tisch."

„Nein! Bitte! Ich versuch's doch ..."

Aber Dante hörte ihr gar nicht zu. Stattdessen löste er die Handschellen an ihren Armen vom Tisch. Ihre Hände festhaltend gab er ihr einen Stoß, so dass sie rücklings nach hinten flog. Zwar verhinderte Dante, dass sie ungebremst mit dem Kopf aufknallte, der dafür notwendige Ruck an ihrem rechten Arm ließ Selina jedoch momentan vor Schmerzen aufjaulen. Und der Schmerz ließ keineswegs nach, als sie zum Liegen kam, denn nun wurde ihr Rücken, nachdem er stundenlang nach vorne gekrümmt gewesen war, in die andere Richtung durchgebogen, weil sie immer noch die Bettpfanne unterm Hintern hatte. Als Dante ihre Arme nach oben zerrte, um sie nun über ihrem Kopf an den Tisch zu fesseln, brach Selina in Tränen aus.

„Nein, Dante, bitte, tu mir das nicht an ... ich kann das nicht mehr ertragen ...", wimmerte sie verzweifelt.

Sein Blick war so hart, als er sie ansah, dass Selina augenblicklich verstummte.

„Weißt du was? Ich kann es auch nicht ertragen, dass meine Frau mich so schändlich hintergangen hat. Aber das Leben schert sich nicht darum, was man meint ertragen zu können. Und jetzt halt dein Maul oder ich stopfe dir deine Lügenfresse mit einem Knebel."

Verschreckt zuckte Selina zurück. Seine Stimme war zwar ziemlich ruhig geblieben, aber seine Augen hatten beim letzten Satz geradezu Funken gesprüht vor unterdrückter Wut. So hatte sie Dante noch nie erlebt, nicht mal annähernd.

Am ganzen Körper zitternd und bebend schaffte Selina es unter großer Anstrengung die Tränen zurückzuhalten, während Dante neuerlich den Tropf wechselte. Aber so wie er den Raum verlassen hatte, öffneten sich alle Schleusen. Sie weinte und weinte, bis sie keine Tränen mehr hatte und irgendwann erschöpft einnickte.

Das Knurren ihres Magens holte Selina aus ihrem seichten Schlaf zurück in die hässliche Wachwelt.

Was hätte sie doch nur dafür gegeben, mehr dieser endlos dahinkriechenden Stunden verschlafen zu können?

Leider konnte sie ihrem Körper aber nicht klarmachen, dass er aufhören sollte, sie dauernd wegen irgendeiner Missempfindung zu wecken, die er registrierte. Das war so sinnlos, denn sie konnte im Wachzustand ja auch nichts dagegen tun.

Ihr Magen knurrte erneut. Das flaue Gefühl, das sie nach dem Erbrechen gehabt hatte, war zuerst in diesen unbestimmten Zwischenzustand übergegangen, an dem der Magen sich irgendwie leer anfühlte, der Gedanke an Essen aber noch reichlich abstoßend war. Inzwischen aber war es eindeutig ein beißendes Hungergefühl, das von ihrem Bauch ausging. Zwar verabreiche Dante ihr neben der Kochsalz- auch Glukoselösung, aber das stellte ihren bis auf den Grund ausgeräumten Magen in keinster Weise zufrieden.

Noch schlimmer als der Hunger war jedoch der permanente Durst. Denn da sie ja am Tropf hing, hatte Dante es nicht für nötig befunden, ihr auch nur einen Schluck zum Trinken zu geben, seit sie hier lag. Das mochte wohl ihren Körper ausreichend mit Flüssigkeit versorgen, ihr Mund und ihre Kehle waren dennoch staubtrocken und schrien lauthals nach Wasser.

Wobei, zu viel trinken war ohnehin nicht gut, befand Selina, als ihre Blase sich meldete. Sie lag zwar noch immer auf der Bettpfanne, aber es war ein ziemlich schwieriges und mühsames Unterfangen, den Harn bloß so verhalten fließen zu lassen, dass er wirklich seinen Weg zwischen ihren geschlossenen Beine nach unten in die Schüssel fand, anstatt dass alles nach oben sprudelte und über die Beine und den Bauch abfloss.

Leider hatte sie dabei keine hundertprozentige Erfolgsquote vorzuweisen. Und es war nicht ansatzweise der Ekelfaktor, warum Selina das schlimm fand. Ihr viel größeres Problem damit war, dass es sie weiter auskühlte, dabei fror sie ohnehin schon wie ein Schneider, seit Dante ihr auch noch die Decke weggenommen und die Hose heruntergezogen hatte, womit sie nun nackt bis auf die Socken auf kaltem Metall lag.

# 7

„Du bist ekelerregend", konstatierte Dante angewidert, als er die Schweinerei unter Selina erblickte.

Allerdings rührte dieses Gefühl nicht vom Urin, sondern von der Frau, die darin lag. Der Frau, die sich in sein Herz geschlichen hatte, nur um es dann in Fetzen zu reißen.

Er schob den Gedanken mit einem unwirschen Laut beiseite.

„Jetzt bin ich schon so unverdient gut zu dir, dir ein Gefäß für deine Notdurft zu geben, und was machst du? Du scheißt, Pardon, pisst einfach drauf."

Selina wollte etwas erwidern, aber Dante kam ihr zuvor:

„Wenn auch nur ein Wort deinen Mund verlässt, hole ich den Knebel."

Normalerweise hätte es ihm Befriedigung verschafft zu sehen, wie durchschlagend seine Anweisung bei ihr ankam, aber selbst das bereitete ihm keinerlei Freude mehr. Ebenso wenig wie ihr Gewimmer, als er ihr die Bettpfanne unterm Hintern herauszog und ihren Körper damit aus der lange eingehaltenen, unnatürlichen Zwangshaltung befreite, was den Schmerz natürlich neuerlich aufleben ließ.

Er fühlte sich hohl, leer.

Zu antriebslos, um endlich seine Messer rauszuholen und ihr zu zeigen, was man bei ihnen mit Verrätern machte.

„Das hat sich nicht bewährt", meinte er stattdessen und ging die Leibschüssel ausleeren und waschen. Dann kehrte er zu Selina zurück. Mit einem schnellen Ruck riss er das große Pflaster von ihrer Wunde.

„Na ein Glück für dich, dass das nicht genauso eklig aussieht wie der Rest von dir", meinte er abfällig, woraufhin Selina hastig den Kopf drehte, um es sich mit eigenen Augen anzusehen.

Die Verletzung sah gut aus, keine Spur einer Entzündung, alles schien ordentlich zu verheilen. Wenn es so weiterging, könnte er in ein paar Tagen die Nähte ziehen.

Das war gut, denn schön langsam wurde es Zeit, dass sie seinen Arbeitstisch räumte.

Aber erst mal nahm er ein Thermometer zur Hand.

„Fünfunddreißig Komma vier", las er den Wert laut ab, den er in Selinas Ohr gemessen hatte.

Ihr Geschlotter war also nicht bloß vorgetäuscht, sie war tatsächlich ein wenig unterkühlt. Was nach zwei Tagen auf einer Metallplatte nicht so überraschend war.

Missbilligend sah er Selina an.

„Sieht so aus, als müssten wir ein paar Veränderungen an deiner Unterbringung vornehmen. Das ist vom hygienischen Standpunkt her nicht tragbar, erst recht nicht, wenn ich dir auch noch eine Decke unterlegen muss, damit du mir nicht erfrierst. Und da deine Wunde gut heilt, gibt es ja auch keinen Grund mehr, dass du noch länger hier herumliegen musst."

Seine Worte lösten sichtliche Panik bei Selina aus, aber auch der Anblick gab ihm nichts, weshalb er darauf verzichtete, sich ein wenig daran zu weiden.

Stattdessen machte er sich auf, das hereinzuholen, was ihm zu ihrer Verwahrung dienen würde: einen Käfig, lauschige ein Meter zwanzig im Quadrat und achtzig Zentimeter hoch. Das schöne Teil war komplett aus Edelstahl gearbeitet, mit daumendicken Stangen an allen sechs Seiten. Die Gitterstäbe des Bodens waren allerdings zwecks Wärmeisolierung mit einer dünnen Kunststoffschicht überzogen. Er brachte den Käfig in die hintere Ecke des Raumes, wo sich ein Abfluss im Boden befand. Das Verschlussgitter davon entfernte er, so dass das großzügig dimensionierte Kanalrohr offen lag. Darüber stellte er den Käfig ab und öffnete einladend dessen Tür.

In Selinas Augen stand der blanke Horror, als er zu ihr zurückkehrte. Ihr Mund ging ein paar Mal verzweifelt ein wenig auf, als wollte sie unbedingt etwas sagen, doch sie hielt sich zurück.

Und das Schlimme war: Es war ihm egal.

Kein Hauch des Bedauerns darüber, dass sie ihm keinen Anlass lieferte, sie doch zu knebeln.

Klar, wenn es ihm ein Anliegen gewesen wäre, könnte er es einfach tun, dazu brauchte es keinen Grund. Aber sonst hatte er diese Art von Spielchen immer geliebt, dem armen Opfer das Gefühl zu geben, dass es Mitschuld an seiner Misere trug.

Doch auch darüber konnte er sich zurzeit nicht freuen. Es war bloße Gewohnheit, dass er es dennoch weiterhin betrieb.

Er löste die Handschelle an Selinas Arm mit dem Venenzugang, um diesen ungehindert entfernen zu können. Dann fasste er ihr grob ans Kinn, damit sie ihn ansah.

„Du rührst dich keinen Millimeter, während ich die restlichen Fesseln löse. Wenn ich fertig bin, ziehst du die Reste von deinem Gewand aus, steigst von dem Tisch und kriechst auf allen Vieren in den Käfig dort."

Mit einem Ruck ließ er sie los und machte sich ans Werk.

Der erste Teil funktionierte tadellos, sie lag steif wie ein Brett da, während er ein Schloss nach dem anderen öffnete.

Part Nummer zwei hätte für seinen Geschmack zwar etwas schneller gehen können, aber es ging gerade noch.

Auch die dritte Aufgabe, das Aufstehen bekam sie hin.

Aber an der vierten Forderung scheiterte sie.

Anstatt wie befohlen auf die Knie zu gehen, blieb sie erst mal wie angewurzelt stehen und starrte mit weit aufgerissenen Augen den Käfig an.

Dante wusste sofort, dass er gar nicht darauf warten musste, dass sie seiner Anweisung doch noch Folge leistete. Aber er beschloss, ihr die Gelegenheit zu geben, hautnah zu erfahren, was für ein lächerlich schwacher, erbärmlicher Gegner sie in ihrem Zustand für ihn war. Noch dazu, wo ihre Handlungen so überaus vorhersehbar waren.

Selina tat, als würde sie sich langsam niederlassen, sprintete dann jedoch aus der Hocke los. Nicht zur Tür, sondern zu der Lade, in der er seine Messer verwahrte.

Aber Dante war schneller, er rutschte ihr mit Anlauf rein und brachte sie damit vornüber zu Fall.

Selina war noch damit beschäftigt ihre Glieder zu sortieren, da sprang er schon wieder auf und setzte mit einem Tritt in ihre Seite nach, so dass sie auf den Rücken kugelte. Noch während sie sich drehte, bekam er ihren Arm zu fassen, zu ihrem Glück bloß den linken. Mit einem heftigen Ruck daran riss er Selina hoch, direkt mit dem Gesicht in seine ihr entgegenkommende Faust. Und weil sie gerade so einladend dastand, trat er mal schnell mit der Schuhkante gegen ihren Unterschenkel. Seine Sohle wirkte wie ein Reibeisen, als er sie über ihr nacktes Schienbein hinunterzog, um seine Ferse in ihren Fußrücken zu rammen, von wo aus er noch seinen Absatz mit festem Druck über ihren gesamten Rist rutschen ließ.

Ihr gepeinigtes Aufjaulen schallte aber nicht lange durch den Raum, denn als nächstes versetzte Dante ihr einen Faststoß in den Magen, der ihr den Atem raubte und sie rücklings zu Boden warf. Die Augen in Panik weit aufgerissen, starrte sie um Luft ringend zu ihm nach oben, während sie verzweifelt versuchte, irgendwie wieder hoch und von ihm weg zu kommen.

Beherzt zugreifend fing er eines ihrer ziellos herumrudernden Beine ein und verdrehte es mit eisernem Griff derart, dass Selina keine Wahl hatte, als sich auf den Bauch zu rollen. Seine Hand fest um ihren Knöchel geschlossen, zog er sie hinter sich her, hin zu dem Käfig, dem sie zu entkommen versucht hatte.

Ihre Versuche zu entfliehen wurden immer verzweifelter, sie schrie, sie strampelte, sie versuchte ernsthaft, ihre Nägel in den Boden zu krallen.

Alles lächerlich, sie hatte nicht den Hauch einer Chance gegen ihn.

Vor dem Käfig angekommen kniete Dante sich auf ihren Rücken, um in aller Ruhe die Handschellen aus seiner hinteren Hosentasche ziehen zu können, die er dort bereits vorsorglich verstaut hatte.

Obwohl Selina weiterhin nach Leibeskräften unter ihm tobte, bereitete es ihm keine Probleme, ihre sich windenden Arme einzufangen und hinter ihrem Rücken zu sichern. Ihre Verzweiflung musste wirklich groß sein, denn selbst an diesem Punkt, an dem ihre Niederlage bereits in Stein gemeißelt war, hörte sie immer noch nicht auf, sinnlos Widerstand zu leisten.

„Wie erbärmlich", zischte er ihr verächtlich zu. „Ich hätte von meiner Frau mehr erwartet, als gleich beim ersten Knall wie ein verschrecktes Reh kopflos in den nächstbesten Abgrund zu rennen. Noch ein Punkt, in dem du mich enttäuscht."

Dann zog er sie an der Verbindungskette der Handschellen ein Stück hoch und schleifte sie daran in den Käfig, während ihr lautstarkes Protestieren und Flehen seinen Höhepunkt erreichte. Denn als er ihre Arme in dem Käfig hinter ihrem Rücken nach oben zog, bis er die Kette durch die Gitterstäbe nach draußen ziehen und dort mit einer zweiten Handschelle sichern konnte, verfiel sie in hemmungsloses Schluchzen, das ihre eben noch so kräftigen Schreie zu einem elenden Gejammer verkommen ließ. Aber auch das würde gleich vorbei sein, denn er war ihr noch etwas schuldig. Die Missachtung seiner Anweisung zu schweigen konnte er keinesfalls ungestraft durchgehen lassen.

Er zog eine Lade heraus und besah die darin befindlichen Knebel in den diversen Größen und Formen, aber die lachten ihn alle nicht an. Stattdessen griff er nach der Mundbirne. Mit einem mittelalterlichen Folterinstrument konnte man in so einem Fall nicht falsch liegen.

Selinas unablässiges Gebrabbel war bereits oder vielleicht auch nur temporär vorbei, als er neben ihr an der offenen Käfigseite in die Hocke ging. Mit tränennassen Augen sah sie ihn herzzerreißend an. Nur, sein Herz lag bereits in Trümmern, da konnte dieser Blick nichts mehr ausrichten.

„Dante, bitte, ...", brachte sie bloß hervor, ehe ihre Stimme versagte.

Sacht strich er über ihre Wange.

„Keine Sorge, ich lass dich nicht so zurück", meinte er sanft.

Die aufkeimende Hoffnung in ihrem Blick entschädigte ihn für die Überwindung, die ihn diese kleine Freundlichkeit gekostet hatte. Er zeigte ihr sein Mitbringsel.

„Ich habe noch ein Abschiedsgeschenk für dich", setzte er bitterböse nach.

Ihr Zustand musste vorher schon ziemlich hinüber gewesen sein, wenn sie so verzweifelt nach jedem Funken Hoffnung griff, dass sie selbst auf diesen billigen Trick hereinfiel. Aber nun ging es endgültig mit ihr den Bach hinunter. Ihr ganzer Körper zitterte und bebte unter dem sie erfassenden Weinkrampf, als die Verzweiflung sich mit aller Gewalt ihre Bahn nach draußen brach.

Aber selbst solch ein Ausbruch, wie er ihn bloß selten erleben durfte, schaffte es nicht, ihn zu berühren, weder im positiven noch im negativen Sinne.

Was für eine Verschwendung.

Also packte er bloß Selinas Kinn und zog es in eine für ihn günstige Position, so dass er ihr die Mundbirne reinschieben konnte. Dankenswerterweise ließ sich der Mechanismus zum Aufspannen mit einer Hand betätigen, denn Selina dachte nicht daran, freiwillig still zu halten, während er die vier Flügel, aus denen die Birne bestand, sukzessive immer weiter aufspreizte, so dass sie sich in Selinas Mund wie eine Blüte entfaltete. Ihre Gegenwehr wurde immer panischer, doch Dante hört erst auf, ihren Mund immer weiter aufzuzwingen, als der Schmerz ihr noch mehr Tränen in die Augen trieb. Er durfte es aber auch nicht zu weit treiben, denn das Teil war durchaus geeignet, ihr ernste Verletzungen zuzufügen, wenn er es noch weiter aufspannte. Und schließlich würde sie es ja eine Weile tragen, da würde die Zeit zuverlässig den Rest übernehmen.

Dante schloss noch den Käfig, dann machte er sich auf den Weg.

„Schlaf schön", meinte er noch süffisant, ehe er das Licht ausschaltete und ging.

Allerdings nicht weit, sondern bloß bis ins Nachbarzimmer.

Emilio saß in der kleinen Kammer hinter einem Bildschirm, der in den für Infrarotaufnahmen typischen bunten Farben strahlte. Leider konnte man darauf nur bedingt verfolgen, was nebenan ablief, aber mit Restlichtverstärkern, wie sie in Nachtsichtgeräten zum Einsatz kamen, war in absoluter Dunkelheit nun mal nichts zu machen.

„Ich übernehme das, du kannst für heute Schluss machen."

Wann immer er einen 'Gast' in seinem Refugium beherbergte, war dieser Posten permanent im Schichtbetrieb besetzt. Nicht, weil es um die werten Besucher besonders schade wäre, wenn ihnen etwas zustieße, sondern schlicht, weil Dante das Privileg zu entscheiden, wann ihnen was passierte, nicht mit dem Zufall oder dem Schicksal teilen wollte. Und erst recht verteidigte er eifersüchtig sein Recht zu bestimmen, wann es vorbei war.

„Bist du dir sicher? Du hast zuletzt ziemlich viel Zeit hier verbracht. Du weißt, wir sind mehr als genug Leute und wir stehen alle voll und ganz hinter dir. Du musst nicht alles selber übernehmen. Lass dir doch von deiner Familie in dieser schweren Zeit zur Abwechslung auch mal ein wenig helfen. Du kannst dich darauf verlassen, dass ein jeder von uns sie wie seinen Augapfel hüten wird, bis du entschieden hast, was mit ihr geschehen soll."

„Ich weiß, dass ich mich auf dich und die anderen verlassen kann", versicherte Dante ihm. „Aber das hier muss ich mir selber ansehen."

Emilio nickte bloß und räumte den Bürosessel für ihn.

„Gib Bescheid, wenn du abgelöst werden willst", erinnerte er ihn noch, ehe er sich zurückzog.

Endlich war Dante allein.

Er ließ sich in den Drehsessel fallen und regelte erst mal die Lautstärke hoch, so dass Selinas gedämpftes Gestöhne und Gewimmer den Raum erfüllte. Trotzdem kam keine rechte Stimmung bei ihm auf.

Ja, er war irgendwie schon zufrieden damit, sie leiden zu sehen, oder vielmehr zu hören, denn das war genau das, was sie verdient hatte. Außerdem stillte es auch endlich seine insgeheim doch gehegte Neugier, wie viel sie aushalten würde, wenn es wirklich hart auf hart kam. Und wie ihr Zusammenbruch aussehen würde.

Aber andererseits ...

... hätte er liebend gerne darauf verzichtet, es jemals zu erfahren, wenn er dafür weiterhin das Vergnügen genießen hätte können, sie vertrauensvoll auf dem Niveau zu quälen, das sie freiwillig für ihn zu akzeptieren bereit gewesen war.

Der Frust über das, was Selina getan hatte, stieg so unvermittelt in ihm hoch, dass Dante sich fluchend wünschte, er hätte sich hier unten einen Sandsack aufgehängt.

Eine so unbändige Wut, einfach nur auf irgendwas einzudreschen, hatte er in seinem Erwachsenenleben noch nie verspürt. Die Episode damals zu seinem sechzehnten Geburtstag war ihm eine Lehre gewesen, und er hatte wirklich hart daran gearbeitet, seine niederen Bedürfnisse in geregelten Bahnen zu halten.

Trotzdem war er nun knapp davor, seine Faust in Ermangelung von Alternativen einfach durch die Tür zu rammen, damit er nicht explodierte.

# 8

Sowie sich die Türen öffneten, stürmte Selina ungeduldig aus dem Aufzug, einfach mal geradewegs darauf
los.

„Selina, halt! Bleib bei mir, du weißt ja gar nicht, wo
wir hinmüssen!", rief Miss Bilmond, ihre Nachbarin, ihr
aufgeregt nach.

Das war leider wahr, weshalb Selina zurücklief, Miss
Bilmond bei der Hand nahm, und versuchte, die alte Frau
zu einem etwas schnellerem Tempo zu drängen.

„Kind, bitte, du reißt mir ja noch den Arm aus", beschwichtigte Miss Bilmond sie. „Wir sind doch schon fast
da. Auf eine Minute mehr oder weniger kommt es nun
auch nicht mehr an."

Und ob es darauf ankam. Es war unglaublich, was sich
Erwachsene doch immer Zeit ließen. Warum gehen, wenn
man rennen konnte? Das war doch so was von langweilig.
Erst recht, wenn man schon so gespannt war.

Miss Bilmond hatte ihr mal erklärt, sie könne nicht
mehr rennen, sie sei schon zu alt dafür. Selina war sich
nicht ganz sicher gewesen, was sie davon halte sollte. Ob
sie es verlernt hatte, weil sie aufgehört hatte zu laufen?

Wann hörten die Leute überhaupt auf damit? Alle Kinder rannten, und alle Erwachsenen gingen. Würde sie auch irgendwann aufhören zu rennen?

Sich dem Tempo von Miss Bilmond anpassend, ging Selina neben ihr her und versuchte, dabei möglichst erwachsen zu wirken.

Es dauerte keine zehn Schritte, bis es Selina regelrecht in den Beinen juckte, wieder loszulaufen. Das hier war einfach nur fad!

Aber sie wusste auch, dass Miss Bilmond sich aufregen würde, wenn sie jetzt davonstürmte, und auch dafür war sie schon zu alt. Und dass es ihrer Nachbarin wegen ihr schlecht ging, wollte Selina nun auch wieder nicht.

„Hier ist es, Zimmer sieben", verkündete Miss Bilmond schließlich und klopfte an die Tür.

Selina wartete nicht darauf, dass jemand antwortete, stattdessen entzog sie Miss Bilmond ihre Hand, riss die Tür auf und stürzte in das Zimmer.

„Mama!", rief sie aufgeregt, als sie ihre Mutter in dem seltsamen Bett auf Rädern erblickt, aber als sie auf sie zulaufen wolle, fing ihr Vater sie ab.

„Nicht so wild, Selina!", mahnte er sie. „Du tust deiner Mama und deiner Schwester sonst noch weh."

Nein, das wollte sie natürlich nicht.

Verunsichert blieb Selina neben dem Bett stehen und betrachtete ihre Mama und das Baby, das sie im Arm hielt.

Das war also ihre kleine Schwester. Nicht ganz das, was sie sich unter einem süßen Baby vorgestellt hatte. So verschrumpelt, mit wenigen, seltsam abstehenden Haaren und ganz komisch rot im Gesicht.

Viel mehr aber irritierte sie der Blick ihrer Mutter. Sie hatte sich doch unglaublich auf das Baby gefreut, warum sah sie so furchtbar traurig aus.

„Mama? Was ist denn?", fragte Selina kleinlaut.

„Selina ...", sprang ihr Vater ein. „Deine Schwester ... ist krank."

„Heißt das, sie muss auch die grausliche Medizin nehmen, die ich letztens bekommen habe, bis sie wieder gesund ist?", fragte sie aus der naiven Weltsicht einer Vierjährigen.

„Nein. Gegen das, was Violett hat, gibt es keine Medizin. Sie wird diese Krankheit ihr ganzes Leben haben. Das bedeutet auch, dass sie ständig Pflege und Unterstützung brauchen wird. Wir alle werden viel Rücksicht auf sie nehmen müssen."

Selina sah ihren Vater mit großen Augen an. Sie begriff, dass das schlimm war, aber sie hatte keine Vorstellung, was genau das für sie bedeuten würde.

# 9

Selina hatte immer von sich selbst geglaubt, sie wäre ein harter Hund. Eine Draufgängerin, die allen Widrigkeiten trotzte. Sie hatte früh allein zurechtkommen müssen, war immer auf sich gestellt gewesen. Nie war jemand da gewesen, der ihr Händchen gehalten hätte. Sie war todesverachtend halsbrecherische Rennen gefahren. Und weil sie selber kein Auto gehabt hatte, hatte sie dafür ungerührt für jeden Kerl mit einer heißen Karre die Beine breit gemacht. Sie hatte die Ausbildung zur FBI-Agentin absolviert, sich zäh durch Trainingseinheiten durchgebissen, die einem alles abverlangten, an denen einige ihrer männlichen Kollegen gescheitert waren. Sie hatte sich freiwillig zum verdeckten Einsatz bei der Mafia gemeldet. Und obwohl sie dabei entführt und niedergestochen worden war, hatte sie darauf bestanden, weiterzumachen. Sie war mit Dante zusammen gekommen, hatte sich unerschrocken Schmerzen jeglicher Art gestellt, deren Existenz sie teilweise zuvor nicht mal erahnt hatte. Selbst nachdem sie erlebt hatte, wie es aussah, wenn Dante nicht mehr bloß spielte, sondern Ernst machte, war ihr niemals der Gedanke gekommen, alles hinzuschmeißen.

Das klang doch nicht nach einem Weichei. Das klang nach jemandem, der stark war.

Aber sie war es nicht. Nicht mehr. Vielleicht auch nie gewesen.

Bei den vielen Lügen verlor selbst sie schön langsam den Überblick. Es war kein Wunder, dass Dante ihr den Mund verbot, weil er das nicht mehr hören wollte. Und Dante hatte Recht, sie war erbärmlich, eine Schande, ein Jammerlappen, der zusammenbrach, sobald man ihm etwas abverlangte. Wäre sie besonnen geblieben, wäre ihr das meiste hiervon erspart geblieben. Die Prügel und der Knebel auf jeden Fall, die Fesseln womöglich auch.

So aber kniete sie mit ihren Blutergüssen und Schürfwunden an den Beinen auf den Metallstäben in einer schrecklich anstrengenden Zwischenposition, in der ihre Beine permanent mit Muskelkraft ihr Gewicht halten mussten. Das klang so harmlos, und doch ließ es in ihrem ganzen Körper Schmerzen wüten, die kaum zu ertragen waren. Wann immer ihre Oberschenkel nachgaben, mussten ihre Arme und Schultern es büßen, dazu kam der permanente Schmerz in Rücken und Nacken von der gebeugten Haltung, sowie die unglaubliche Pein von dem Folterinstrument in ihrem Mund.

In ihrer Zeit bei Dante hatte sie ja schon so einiges mitgemacht, sie war inzwischen tatsächlich so vermessen gewesen zu glauben, sie wüsste, was Schmerz ist und wie man damit umging.

Aber das hier war mit nichts zu vergleichen, was sie bisher erlebt hatte. Es war eben etwas gänzlich anderes, wenn Dante bei ihr war und mit Argusaugen unablässig darüber wachte, wie es ihr ging. Die Aussicht, dass selbst der schlimmste Schmerz beizeiten vorübergehen würde, hatte ihr die Kraft gegeben, alles zu überstehen, womit Dante sie konfrontiert hatte.

Aber Dante war weg. Es gab hier absolut niemandem, der sich um ihr Wohlergehen sorgte. Sie war allein mit ihrem Schmerz, allein mit der Ungewissheit, wie lange sie das ertragen musste, allein mit der Verzweiflung, wie sie das bloß durchstehen sollte.

# 10

Selina saß in Miss Bilmonds Wohnzimmer und starrte beim Fenster raus. Draußen war es so schön, und sie musste hier herinnen sitzen und Hausaufgaben machen.

Seit drei Wochen war sie nun ein Schulkind, und alles in allem mochte sie die Schule eigentlich auch. Dort war sie einfach ein Kind so wie die andern auch, und nicht ‚die Große', die immerzu vernünftig sein und auf ihre kleine Schwester Rücksicht nehmen musste.

Wobei, so ganz stimmte das auch nicht. Sie war nämlich die Einzige gewesen, die am ersten Schultag nicht von ihren Eltern begleitet worden war, sondern bloß von der Nachbarin.

Ihr Vater hatte wie immer sowieso keine Zeit gehabt, weil er arbeiten hatte müssen. Seit ihre Schwester da war, arbeitete er viel mehr als früher, damit er die Behandlungen, die Pflegeunterstützung und die speziellen Möbel bezahlen konnte.

Aber wenigstens ihre Mutter hatte ihr hoch und heilig versprochen, dass sie an diesem besonderen Tag dabei sein würde. Doch dann war die Pflegerin krank geworden, die auf Violett hätte schauen sollen, und das Versprechen war nicht nur vergessen gewesen, Selina war auch noch geschimpft worden dafür, dass sie so rücksichtslos Forderungen an ihre Mutter stellte.

Um sich nicht ganz so anders zu fühlen, hatte Selina behauptet, Miss Bilmond wäre ihre Oma. Was erstaunlich gut funktioniert hatte. Sie hatte sich wirklich besser gefühlt. Und niemandem war aufgefallen, dass das gar nicht stimmte.

Selina klappte ihr Heft zu. Die Zahlen konnten warten. Sie wollte raus und in der schönen Herbstsonne im Laub spielen, das in Miss Bilmonds Garten haufenweise herumlag.

„Selina? Wo willst du hin?", fragte Miss Bilmond überrascht, als Selina durch die Küche zur Gartentür ging. „Du sollst doch Hausaufgaben machen."

Mit Engelsaugen sah Selina sie an. Miss Bilmond hatte noch kein einziges Mal ihre Aufgaben kontrolliert. Und ihre Mutter sowieso nicht. Sie würden heute nicht damit anfangen.

„Ich bin fertig. Darf ich raus gehen zum Spielen? Ich kann auch das Laub in die großen Säcke stopfen."

„Das wäre sehr lieb von dir", freute sich die alte Frau, sichtlich dankbar für die ihr angebotene Hilfe, und schon waren die Hausaufgaben vergessen.

Selinas Oberschenkel hatten den Kampf schon lange verloren, als endlich gleißend hell das Licht anging. Trotz der Schmerzen, die es ihr bereitete, hing sie bloß noch schlaff zusammengesunken an ihren Armen da, denn ihre Kräfte waren bis zur allerletzten Reserve aufgezehrt. Nicht einmal den Kopf konnte sie noch heben, als Dante neben den Käfig trat.

„He, Schlafmütze, aufwachen."

*Schön wär's.*

Wobei Selina sich nicht so ganz sicher war, wie oft sie nicht doch vor Erschöpfung eingenickt war. Bei der absoluten Finsternis, die eben noch geherrscht hatte, verschwammen die Grenzen der Realität auf beängstigende Weise.

Mühsam versuchte sie, eine Regung von sich zu geben, die bezeugte, dass sie bereits wach war, um Dante keinen Grund für einen Weckruf zu liefern. Offenbar war es zu wenig.

„Aufwachen!"

Ihre Arme wurden nach oben gezogen, durch die Gitterstäbe hindurch, wo sie sich jedoch sogleich verkeilten, weil ihr Armabstand zur Schulter hin natürlich breiter wurde. Der Schmerz durch die ruckartige Bewegung nach oben war dennoch so intensiv, dass Selina aller Erschöpfung zum Trotz gepeinigt aufschrie.

„Oh, sieh an, wer endlich aufgewacht ist", kommentierte Dante, schloss die Handschellen auf und ließ den einen Arm einfach fallen. „Dreh den Kopf zur Seite", mahnte er sie, „sonst wird es gleich wehtun."

Leichter gesagt als getan, sie war so schwach, wenn Dante sie jetzt losließ, würde sie frontal auf dem Stiel der Mundbirne landen und sich das Teil reinrammen. Ein Umstand, der Dante wohl auch bewusst war, denn er ließ sie langsam genug nach unten sinken, so dass sie die Drehung unter größter Anstrengung bewältigen konnte.

Das Gefühl, das er damit bei ihr auslöste, ließ Selina heftig mit den Tränen kämpfen, erinnerte es sie doch schmerzlich daran, wie sehr sie vor kurzem noch darauf vertrauen hatte können, dass Dante sie niemals ernsthaft und schon gar nicht unbedacht verletzen würde.

Vielleicht galt das ja sogar immer noch, immerhin hatte er wider Erwarten bisher davon abgesehen, sie zu filetieren. Aber selbst wenn es so war, ihr Schicksal würde das um nichts verbessern, davon war Selina inzwischen überzeugt.

Dante öffnete den Käfig und machte sich daran, die Mundbirne wieder zusammenzuschrauben, damit er sie ihr herausnehmen konnte. Die Selbstgefälligkeit, mit der er den Käfig offenließ, während er das Teil in aller Seelenruhe reinigte und wegräumte, war für Selina wie ein Schlag ins Gesicht. Denn es führte ihr überdeutlich vor Augen, dass sie weder die Kraft hatte, den Käfig zu verlassen, noch den Mumm, es überhaupt zu versuchen. Stattdessen lag sie immer noch exakt so da, wie sie zusammengesunken war, unfähig, sich auch nur zur Seite zu rollen.

Schließlich übernahm Dante es, ihr mit dem Fuß einen Stoß zu geben, der sie seitlich kippen ließ. Der Schmerz, der daraufhin in ihrem ganzen Körper aufloderte war enorm, jeder einzelne Muskel schien dagegen zu protestieren, die so lange eingehaltene Position nun wieder verlassen zu müssen.

„Na komm, stell dich nicht so an", tadelte Dante sie mitleidlos. „Schau her, ich habe dir sogar was mitgebracht."

Er stellte ein Häferl aus Email vor ihr ab. Es maß einen halben Liter und war bis zwei Finger unter den Rand mit Wasser gefüllt.

Selinas Verzweiflung stieg ins Unendliche. Sie war am Verdursten, das Wasser stand vor ihr, aber sie kam nicht ran. Schon allein die Hand nach dem Henkel auszustrecken, verlangte ihr eine übermächtige Anstrengung ab, die ihren ganzen Arm heftig zum Zittern brachte. Sie würde es nie schaffen, das Häferl auch noch aufzuheben.

„Du bist wirklich so was von erbärmlich", ätzte Dante verächtlich. „Erst lullst du dich an, und jetzt schaffst du es nicht mal mehr, alleine zu trinken. Eine Schande ist das. Du willst eine erwachsene Frau sein, aber kannst nicht mehr als ein Baby. Die muss man auch auf die Seite rollen, weil sie sich allein nicht umdrehen können."

Obwohl irgendwo in ihrem Kopf noch das Bewusstsein vorhanden war, dass es Dante bloß darum ging, sie gezielt fertigzumachen, zuckte Selina bei seinen Worten dennoch zusammen. Denn es war ja wahr, momentan war sie wirklich hilflos wie ein Baby.

Bilder aus der Vergangenheit blitzten plötzlich bei ihr auf, Erinnerungen an ihre Schwester. Das beklemmende Gefühl, das sie als Kind oft überkommen hatte bei dem Gedanken, wie das wohl sein musste. Unfähig, die allereinfachsten Dinge selber zu bewerkstelligen und nicht einmal in der Lage, seine Bedürfnisse klar zu äußern. Mehr noch als die Erwartungshaltung ihrer Eltern an sie, war es wohl dieses Gefühl gewesen, das sie dazu getrieben hatte, sehr früh möglichst selbständig zu werden. Der kindliche Versuch, sich von dem abzugrenzen, was ihr Angst machte.

Sie hatte gedacht, dass es funktioniert hätte. Schließlich war sie ja sogar bereit gewesen, sich dem bewusst auszusetzen, indem sie sich mit Dante eingelassen hatte, der von Anfang an fortlaufend in wachsendem Maß an dieser Angst gerührt hatte. Für sie war es eine Prüfung gewesen, ein Nervenkitzel, die Möglichkeit, sich selbst zu beweisen, dass sie es überwunden hatte. Und tatsächlich war es ihr äußerst gut gelungen, alles beiseitezuschieben und sich komplett in Dantes Hände zu begeben.

Zumindest, solange sie gewusst hatte, dass dieser Zustand der Handlungsunfähigkeit künstlich herbeigeführt war und ein sehr eng gestecktes Ablaufdatum hatte.

Aber das hier war kein Spiel, der Käfig war jetzt ihre Lebensrealität. Ebenso wie die Tatsache, dass sie selbst bei offen stehender Tür genauso darin gefangen war, wie ihre Schwester einst in ihrem Bett. Allerdings mit dem Unterschied, dass ihre Schwester eine Mutter gehabt hatte, die sie aufopferungsvoll gepflegt und unterstützt hatte, während sie einen Kerkermeister ertragen musste, der sie hasste und alles dafür tat, ihr Elend weiter zu vergrößern. Und anders als ihre Schwester, die ja nie etwas anderes gekannt hatte, und sich der großen Welt da draußen vermutlich auch gar nicht bewusst gewesen war, fühlte sie gerade allzu deutlich, was es bedeutete, seiner Selbstbestimmtheit bis aufs Letzte beraubt zu werden.

Es war so schon kaum auszuhalten, und es wurde noch schlimmer, als Dante wieder mit dem Knebel zur Zwangsernährung anrückte. Der Gedanke daran, wie elend sie sich das letzte Mal danach gefühlt hatte, ließ eine Panik in ihr aufsteigen, die ihr langsam aber sicher zum fixen Begleiter wurde.

„Nein, nicht", murmelte Selina so schwach, dass es kaum zu hören war, als Dante den Knebel an ihren Mund führte.

„Sorry, aber wenn du nicht selber isst und trinkst, muss ich nachhelfen. Einen Hungerstreik kann ich leider nicht durchgehen lassen."

Ohne große Mühe überwand Dante ihren kläglichen Widerstand, schob ihr den Knebel zwischen die Zähne und zurrte ihn in ihrem Nacken fest. Er zog ihren schlaffen Körper in eine flach am Rücken liegende Position und leerte den ganzen Inhalt des Häferls Schluck für Schluck direkt in ihren Hals. Und als er damit fertig war, griff er nach einem weiteren Gefäß, das er neben dem Käfig abgestellt hatte. Es dauerte tatsächlich nicht lange, bis sich Selinas Befürchtung zu bestätigen schien, denn diesmal rebellierte ihr Magen schon, während Dante ihr das Zeug noch einflößte. Was kein Wunder war, nachdem er nun so lange leer gewesen war, war es recht viel verlangt, dass er nun gleich rund einen Liter auf einmal aufnehmen musste. Aber es half alles nichts, sie konnte nichts weiter tun, als darauf zu warten, dass Dante befand, dass sie genug zu sich genommen hatte.

Die Hilflosigkeit, die Selina dabei empfand, rief ihre zweite neue Begleiterin, die Verzweiflung, wieder auf den Plan, und die hatte nichts Besseres zu tun, als ihr gleich wieder die Frage in den Kopf zu setzen, was sie wohl als Nächstes erwartete.

Diesmal schloss Dante den Käfig, so wie er sie von dem Knebel befreit hatte. Selina wartete eine Weile angespannt ab, was nun passieren würde, aber es geschah nichts Nennenswertes. Dante ging erst den Knebel reinigen, dann machte er sich daran, seinen Tisch wieder blitzblank zu putzen und alles wegzuräumen, was sich zuletzt heraußen angesammelt hatte. Schließlich verließ er sie kommentarlos, und schaltete hinter sich das Licht aus.

Erledigt schloss Selina die Augen. Was hätte sie nur dafür gegeben, ihre gepeinigten Glieder zur Erholung ein wenig strecken zu können. Aber das war in der Enge des Käfigs nicht möglich. Ach ja, und da waren ja noch die Gitterstäbe, auf denen sie lag. Hatte sie vor kurzem wirklich noch geklagt, dass der Tisch unbequem war?

Dafür erschien es ihr aber wie ein kleines Wunder, für das sie unendlich dankbar war, dass Dante sie wenigstens nicht direkt auf das blanke Metall gebettet hatte. Kalt war ihr freilich so splitternackt noch immer, aber unter diesen Umständen wurde man schnell bescheiden. Von daher sollte sie sich wohl entgegen aller Unannehmlichkeiten lieber über die extreme Verbesserung ihrer Situation freuen, nicht mehr angekettet zu sein. Und auch ihr Magen blieb, von dem Völlegefühl einmal abgesehen, wider Erwarten ruhig.

Erledigt wie sie war, wurde sie daher bald von einem erschöpften Schlaf übermannt.

# 12

Selina stand im Garten und beobachtete, wie der Mö-bellaster vor dem Nachbarhaus vorfuhr.

Es war einige Wochen her, da war Miss Bilmond nach dem gemeinsamen Mittagessen in der Küche zusammen-gebrochen. Nachdem Selina gewusst hatte, dass ihre Mutter sowieso weder Zeit noch Nerven hätte, sich auch noch dieses Unglücks anzunehmen, hatte Selina keine Zeit verschwendet und sofort selber einen Krankenwagen gerufen. Mit den Anweisungen der Frau am Telefon hatte sie dann auch ganz allein erste Hilfe geleistet. Laut dem Notarzt hatte sie Miss Bilmond mit ihrem schnellen und besonnen Handeln wahrscheinlich das Leben gerettet.

Miss Bilmond war nach ihrer Entlassung aus dem Krankenhaus dann zu ihrer Tochter gezogen, und das Haus war inzwischen verkauft worden. Zu sehen, wie nun die neuen Möbel hineingetragen wurden, machte Selina traurig, denn damit war offensichtlich, dass Miss Bil-mond nicht zurückkehren würde. Auch wenn die alte Dame bei weitem nicht die Oma für sie gewesen war, als die sie sie ausgeben hatte. Sie hatte für sie gekocht, aber davon abgesehen hatte sie sich nicht viel um Selina gekümmert. Jedoch war es Selina immer leicht gefallen zu erraten, was sie Miss Bilmond erzählen musste, um das zu erreichen, was sie wollte. Weshalb sie ziemlich viele Freiheiten genossen hatte.

Gut, das hatte sie bei ihrer Mutter ebenso heraußen. Selina hatte schon lange gelernt, dass es völlig ausreichend war, ihr zu sagen, was sie hören wollte und davon abgesehen nicht weiter aufzufallen. Das reichte meist schon, um im Prinzip tun und lassen zu können, was ihr gefiel.

Zumindest außer Haus. Aber das war eh viel wichtiger, denn wer wollte schon daheim herumsitzen, wenn man draußen die Welt erkunden konnte? In dem weitläufigen Wald, den man von ihrem Haus aus bequem zu Fuß erreichte, konnte sie Stunden verbringen, ohne dass es ihr langweilig wurde. Es gab Bäume zum Erklettern, kleine Höhlen zum Erkunden, Felswände zum Besteigen, einen Bach, über den man Brücken bauen konnte, Wildtiere, an die man sich anschleichen konnte und noch vieles mehr.

Und das alles völlig kostenlos. Selina bekam nämlich kein Taschengeld, und ihre Eltern waren alles andere als spendabel, wenn es um nicht unbedingt notwendige Ausgaben ging. Immerhin hatte Miss Bilmond stets ein bisschen was springen lassen, wenn sie sich in Haus und Garten nützlich gemacht hatte. So hatte sie sich wenigstens ab und zu mal etwas leisten können. Aber das war nun leider auch vorbei. Und mit zarten neun Jahren war es auch nicht gerade einfach, einen Ersatz für dieses Einkommen zu finden. Die besten Chancen hatte sie wohl, wenn sie sich im Ort nach anderen alten Leuten umsah, die eine helfende Hand für einfache Aufgaben brauchen konnten, die sie zu bewerkstelligen im Stande war.

Auf einmal blieb vor dem Nachbarhaus ein Kombi stehen, dessen Kofferraum bis unters Dach vollgeräumt war. Selina rannte näher heran, als nach den beiden Erwachsenen hinten ein Mädchen ausstieg. Sie war etwa so groß wie Selina, rotblond, eher blass, mit einem Stofftier im Arm, das sie an sich drückte, als bräuchte sie dringend etwas, um sich daran festzuhalten.

„Hallo, ich bin Selina", stellte sie sich ohne Scheu bei dem Mädchen vor. „Ich wohne da drüben. Seid ihr unsere neuen Nachbarn?"

Das Mädchen nickte erst nur schüchtern, aber als Selina sie strahlend anlächelte, freute sie sich scheinbar auch und lächelte zurück.

„Ich bin Vanessa."

Die blonde Frau, die wohl Vanessas Mutter war, gesellte sich zu ihnen.

„Na, hast du etwa schon eine neue Freundin gefunden?", meinte sie erfreut. „Wollt ihr zusammen im Garten spielen, während wir das Auto ausladen?"

„Au ja!", freute sich Selina. „Komm, dann zeige ich dir alles. Ich verrate dir auch meine besten Verstecke."

Übermütig nahm sie Vanessa bei der Hand und lief mit ihr ums Haus herum.

Selina stellte schnell fest, dass Vanessa ganz anders war als sie. In einer Wohnung in der Stadt aufgewachsen, konnte Vanessa mit der ursprünglichen Natur nicht wirklich viel anfangen. Sie hatte Angst vor allem was kreucht und fleucht, weshalb sie weder in Selinas Geheimversteck im Schuppen klettern, noch mit ihr durchs Gebüsch schleichen wollte.

Da Selina es aber gewohnt war, sich stets zurückzuhalten und auf andere Rücksicht nehmen zu müssen, war es keine große Sache für sie zu akzeptieren, dass sie mit Vanessa eben vieles nicht tun konnte, was zu ihren Lieblingsbeschäftigungen gehörte. Und man musste ja nicht ständig durch das Dickicht hirschen. Also holte Selina stattdessen einen Ball hervor, mit dem sie viel Spaß auf dem ordentlich gemähten Rasen hatten.

Irgendwann wurde es für Selina dann Zeit, nach Hause zu gehen. Auf dem Rückweg kam sie an der Garage vorbei, in der Vanessas Vater gerade ein paar Kisten aufstapelte, die noch ausgepackt werden mussten. Ohne jede Scheu ging Selina hinein.

„Sind Sie wirklich ein richtiger Polizist?", fragte sie geradewegs heraus ganz aufgeregt.

Vanessas Vater lachte.

„Ja, bin ich. Aber ich kann es gerade leider nicht beweisen, denn meine Marke steckt noch in einem der vielen Kartons."

„Wow, das ist echt cool!", zeigte Selina sich begeistert. „Lernt man als Polizist auch Kampfsport?"

„Naja, hängt davon ab, was du darunter verstehst. So wie Jackie Chan hüpfen wir nicht herum. Aber natürlich lernt man, wie man sich auch ohne Waffe verteidigen kann."

Sollte sie ... Ach egal, nur wer wagt, gewinnt.

„Könnten Sie mir vielleicht ein bisschen etwas davon beibringen?", fragte sie hoffnungsvoll.

Vanessas Vater sah sie überrascht an, weshalb Selina sich zu einer Erklärung genötigt fühlte.

„Es gäbe ja einen Karateverein im Ort, aber meine Eltern können sich den Kursbeitrag nicht leisten. Und das Geld, das ich bei Miss Bilmond verdient habe, hat nicht dafür gereicht, dass ich es mir selber zahlen hätte können. Aber ich würde das so gerne lernen. Bitte, Mister ... äh ..."

Na toll, sie hatte Vanessa gar nicht nach ihrem Nachnamen gefragt.

„Harrington", half Vanessas Vater ihr schmunzelnd aus. „Aber ich würde sagen, wir vergessen das Mister gleich wieder und du sagst einfach Ted zu mir."

Selina nickte eifrig, doch dann musterte Ted sie nachdenklich und versetzte ihr damit einen empfindlichen Dämpfer.

„Bitte, Ted", kam sie einer möglichen Abfuhr zuvor. „Ich habe zwar kein Geld, aber ich könnte zum Beispiel deinen Rasen mähen, dann wäre es zumindest kein Zeitverlust für dich."

„Nein, darum geht es mir gar nicht", winkte Ted ab. „Ich weiß nur nicht so recht, Selina, ob du nicht noch etwas zu klein dafür bist."

„Nein, bestimmt nicht", protestierte sie ohne zu zögern. „Alle sagen, dass ich schon sehr reif bin für mein Alter."

„Das glaube ich sofort", erkannte Ted schmunzelnd an.

„Na schön", gab er sich einen Ruck. „Ein paar kleine Tricks kann ich dir schon zeigen."

Selina trat näher an Ted heran.

„Jetzt gleich?", urgierte sie euphorisch, was Ted sichtlich gefiel.

„Eher gehst du ja doch nicht nach Hause, nicht wahr?", scherzte er heiter. „Okay, wir fangen mit etwas ganz Einfachem an. Gib mir deinen Arm."

Selina streckte ihren rechten Arm etwas vor, den Ted daraufhin mit seiner viel größeren Hand knapp unterhalb ihres Handgelenks umschloss.

„Wie kommst du da jetzt wieder raus?"

Selina versuchte es erst mit ziehen, stellte aber schnell fest, dass das nichts bringen würde. Also begann sie ihre Hand zu winden.

„Ja, das ist schon recht gut", lobte Ted sie. „Mit Kraft erreichst du hier gar nichts, du brauchst einen Hebel. Aber es kommt darauf an, in die richtige Richtung zu drehen."

Mit seiner freien Hand führte er sie, um ihr zu zeigen, wie sie es machen musste.

„Klar, wie es funktioniert? Dann nochmal, diesmal ohne Hilfe."

Beim ersten Versuch musste Selina noch ein wenig überlegen, aber beim zweiten und dritten Mal wand sie ihre Hand bereits ganz souverän aus Teds Griff.

Nachdem sie alle Kombinationen ihrer vier Hände durch hatten, wie er sie einhändig festhalten konnte, erklärte Ted anerkennend:

„Das hast du sehr gut gemacht. Du begreifst wirklich schnell."

Aber Selina war nicht zufrieden.

„Du hältst mich nicht wirklich fest, stimmt's?", beschwerte sie sich, was Ted zum Grinsen brachte.

„Ich bin nun mal viel stärker als du. Wenn ich dich richtig festhalten würde, wäre das wohl recht frustrierend für dich, weil dann wirst du kein Erfolgserlebnis haben."

Damit ließ Selina sich nicht abspeisen.

„Aber das bringt mir ja nichts, wenn es nur funktioniert, wenn der Andere mitmacht. Lernt man nicht gerade deshalb Kampfsport, damit es nicht nur auf die Kraft ankommt?"

„Ja, schon", räumte Ted ein. „Aber um sich gegen jemanden behaupten zu können, der viel stärker ist, braucht es fortgeschrittenere Techniken als das, was ich dir eben gezeigt habe. Und die lernt man nicht alle an einem Tag."

„Eh nicht alle, nur die, wie ich meine Hand rausbekomme, wenn du mich wirklich festhältst", strahlte Selina so überzeugend, dass Ted gar nicht erst versuchte, es ihr auszureden.

„Okay, ich zeige dir noch die nächste Ausbaustufe davon. Aber dann ist wirklich Schluss für heute. Deine Eltern warten sicher schon auf dich", stellte er mit gespielter Strenge fest, denn eigentlich schien ihm dies ähnlich viel Spaß zu machen wie ihr.

„Ich muss dich aber warnen, wenn du richtig kämpfen willst, kann es auch bald mal wehtun."

„Ich bin keine Heulsuse!", stellte Selina empört fest.

„Das wollte ich auch nicht unterstellen. Ich wollte es nur gesagt haben."

Diesmal hielt er ihr den Arm hin.

„Ich zeige es dir vor, dann darfst du es probieren. Du musst auch nicht besonders fest halten, schau lieber genau zu, wie ich meine Hände bewege."

Selina nickte, nahm Teds Arm, den sie mit ihren kleinen Fingern natürlich bei weitem nicht umfassen konnte, und verfolgte aufmerksam, wie Ted seine freie Hand an seinem Arm entlang nach unten zog, um damit einen Handkantenschlag auf ihre Hand zu vollführen, während er sich gleichzeitig mit einer Drehung aus ihrem Griff entwand.

„Gesehen, wie es geht? Das ist schon etwas schwieriger, weil es hier auch auf das Timing ankommt. Und du darfst dich auch nicht scheuen, richtig reinzuhauen, wenn es bei jemandem, der wirklich fest hält, funktionieren soll. So, du bist dran."

Wie zuvor auch, hielt Ted ihren Arm wieder recht locker, was anfangs okay war, damit Selina den reinen Ablauf üben konnte. Aber nachdem sie es ein paar Mal gut hinbekommen hatte, wollt sie wissen, ob das nun wirklich was taugte.

„Jetzt halt mich richtig fest. Ich will sehen, ob ich damit echt rauskomme", forderte sie von Ted.

„Von mir aus. Aber sei nicht zu enttäuscht, wenn es nicht gleich funktioniert. Das braucht schon etwas Übung."

Diesmal umfasste Ted ihren Arm deutlich fester. Probehalber versuchte Selina sich so herauszuwinden, wie sie es zu Beginn gelernt hatte, aber wie schon erwartet ohne Erfolg. Teds Griff war so fest, dass sie gar nicht erst in den Hebel reinkam.

Zufriedengestellt, dass er sich nun etwas mehr Mühe gab, sie zu halten, versuchte Selina die neue Technik anzuwenden. Was sich aber als gar nicht so einfach herausstellte, denn Ted war es ziemlich schnuppe, dass sie auf seiner Hand herumklopfte, da rührte sich gar nichts.

„Dein Schlag ist zu lasch. Das gibt mir keine Veranlassung, lockerzulassen", kommentierte er ihre Versuche.

Selina hielt inne und sah Ted ernst an.

„Darf ich mal richtig fest draufhauen?"

„Probier es ruhig."

Teds vernehmliches Lächeln ließ Selina vermuten, dass er nicht davon ausging, dass sie genug Kraft hatte, um ihm etwas anhaben zu können.

Na schön, dann konnte sie es ja ohne weiteres mal mit voller Kraft ausprobieren.

Konzentriert brachte Selina sich in die Ausgangsposition. Sie holte tief Luft, nahm ihr Ziel ins Visier und riss ihre Hand mit aller Kraft nach vorne.

Der Aufprall tat weh, aber nicht nur ihr, sondern anscheinend auch Ted, denn diesmal gaben seine Finger tatsächlich nach und sie schaffe es, ihre Hand mit einer schnellen Drehung aus seiner Umklammerung zu ziehen.

Verblüfft sah Ted sie an, während Selina übers ganze Gesicht strahlte und nur ganz unauffällig ihre schmerzende Hand rieb.

„Das war richtig gut", lobte er sie, und diesmal war es ohne dieses Lächeln, das vermuten ließ, dass er ihre Versuche in erster Linie süß fand.

Er nahm die Hand, mit der sie zugeschlagen hatte, und strich besänftigend über die wehe Stelle, die bereits begann, sich blau zu verfärben. An seiner Hand war dagegen gar nichts von der Kollision zu sehen.

„Damit hast du dir eindeutig den Titel ‚harter Knochen' verdient, und zwar in doppelter Hinsicht. Der Schlag ist wirklich hart gewesen. Und dafür, dass das ziemlich wehgetan haben muss, hast du dir kaum was anmerken lassen."

Die Anerkennung, die er ihr zollte, ließ Selina gefühlt fünf Zentimeter größer und ihr Strahlen noch breiter werden.

Mit nachdenklichem Blick musterte Ted sie.

„Weißt du was, du hast mich überzeugt. Du bist eindeutig schon groß genug, um mit dem Training anzufangen. Und du scheinst mir auch sehr talentiert zu sein. Es wäre eine Schande, wenn das nicht gefördert werden würde. Ich werde dich unterrichten – und nicht nur in ein paar harmlosen Tricks, die auf den Gutwill des Gegners angewiesen sind, sondern richtig."

Selinas Begeisterung war so groß, dass sie einen Freudensprung machte und Ted um den Hals fiel.

„Danke! Das habe ich mir schon so lange gewünscht!"

Immer noch ganz aufgekratzt sprang sie vor Freude noch einmal im Kreis, ehe ihr wieder einfiel:

„Jetzt muss ich aber wirklich nach Hause!"

Mit fliegenden Fahnen sauste Selina immer noch strahlend davon. Nie hätte sie gedacht, dass dieser anfangs eher traurige Tag sich noch so toll entwickeln würde.

# 13

Selina erwachte aus einem dieser seltsamen Träume, in denen sie umherirrte und eine Toilette suchte, aber keine fand. Ein sicheres Zeichen ihres Körpers dafür, dass es höchste Zeit für sie war, aufzustehen und ihre Blase zu entleeren.

Aufstehen ... der war gut. Sie konnte sich nicht mal richtig aufsetzen in dem verfluchten Käfig. Und was das andere betraf ... Mittlerweile hatte sie ernste Zweifel, ob sie es erwarten würde, dass Dante wieder aufkreuzte, denn ihr Harndrang war inzwischen ziemlich akut. Lange würde sie es nicht mehr halten können.

Sie hatte sich ja bei Filmen schon oft gefragt, wo die Leute dort eigentlich ihre Notdurft verrichteten, wenn sie längere Zeit in einem winzigen Raum ohne Klo eingesperrt waren. Da kam der Held wie durch ein Wunder nach zwei Tagen erhobenen Hauptes und mit trockenen Hosen aus einer sauberen Zelle wieder heraus.

Nur leider war das hier kein Film, sondern ihr ziemlich vergeigtes, echtes Leben. Und im echten Leben musste man nach ein paar Stunden nun mal unumstößlich pinkeln, wenn einem jemand einen Liter Flüssigkeit eingeflößt hatte!

Zähneknirschend steckte sie ihre Hand durch das Bodengitter und tastete im Dunklen auf dem wenige Zentimeter darunter befindlichem Kunststoffboden nach dem Abfluss unter dem Käfig.

Und nun?

Selina ließ eine heftige Schimpftirade in ihrem Kopf ablaufen. Inzwischen konnte sie sich zwar wieder rühren, aber ihr tat immer noch alles weh, vor allem dort, wo Dante sie geschlagen und getreten hatte. Jegliche Verrenkungen oder Kraftanstrengungen waren damit äußerst beschwerlich, und der vermaledeite Käfig war zu niedrig, als dass sie sich einfach hinhocken so hätte können, wie man das eben normalerweise machte.

Unter Stöhnen und Fluchen mühte Selina sich ab, eine passable Alternative zu finden. Sie kam sich vor wie eine Katze, die in ihrem Kisterl fünf Runden dreht und drei Löcher gräbt, bis sie endlich loslegt.

Das Ergebnis war verbesserungswürdig, um es höflich auszudrücken.

Verärgert legte Selina sich wieder hin, ihre nassen Beine auf den nassen Teil der Gitterstäbe. Einzig die Tatsache, dass sie sich so darüber aufregen konnte, war ein gewisser Lichtblick. Nach dem Schläferchen war sie wohl nicht mehr gar so verstört und komplett neben der Spur wie zuletzt.

Die Entscheidung, nicht auf Dante zu warten, erwies sich als eine gute, denn es dauerte noch ewig, bis er endlich daherkam.

Der Geruch, der ihm beim Näherkommen entgegenschlug, ließ ihn die Nase rümpfen.

„Kommt das aus dem Abfluss, oder stinkst du so elendig?"

Seine Worte beschämten sie dermaßen, dass sie momentan nicht anders konnte, als den Kopf einzuziehen. Nach – wie viel Tagen? – ohne Dusche und den diversen Malheuren beim Pinkeln verströmte sie tatsächlich einen Geruch wie der letzte Sandler. Sie fand sich ja selber grauslich.

Aber das war ja wohl nicht ihre Schuld!

In einem plötzlichen Wutausbruch packte sie das Gitter an der Seite, an der Dante stand.

„Ja, ich stinke wie ein Schwein!", schrie sie ihn außer sich an. „Weil du mich auch hältst wie ein Schwein! Eingepfercht in einen Käfig, in dem ich mich kaum rühren kann, liege ich auf einem Gitterrost, damit meine Notdurft in den Abfluss darunter abfließen kann!"

Von wegen ihre Wut war ein gutes Zeichen gewesen. Sie heulte schon wieder. Es selber laut auszusprechen machte ihr das ganze Elend ihrer Situation bloß noch mehr bewusst.

Dante dagegen ließ es kalt. Er zuckte bloß ungerührt die Schultern und meinte:

„Na dann passt es ja, wenn ich dich jetzt auch wie ein Schwein waschen werde."

Unweit von ihrem Käfig entfernt hing ein Schlauch an der Wand, den nahm Dante nun aus seiner Halterung. Als er den Wasserhahn voll aufdrehte, schoss aus der Düse ein scharfer Strahl. Selina blieb vor Schreck die Luft weg, als die erste Salve kaltes Wasser sie gleich mal hart am Bauch traf, genau dort, wo Dante ihr die Faust reingerammt hatte. Hastig ließ sie die Gitterstäbe los, um sich schützend zu einem Ball zusammenzurollen.

Doch es kam kein weiteres Wasser nach. Ganz vorsichtig steckte Selina den Kopf heraus. Dante hatte den Schlauch abgelegt und hockte neben dem Käfig.

„Kannst du mir erklären, wie ich dich so sauber bekommen soll?", inquirierte er streng, ehe er, ohne eine Antwort abzuwarten, nach ihrem Arm griff und ihn durch das Gitter nach draußen zog. Eine Handschelle klickte um ihr Handgelenk, die Kette wurde rasselnd um die oben liegende Querstange gezogen, dann schnappte auch die zweite Schelle um ihren Arm zu, so dass sie ihn nicht mehr zurück nach drinnen ziehen konnte.

Von oben griff sich Dante nun auch ihren anderen Arm, den er gleich mal mit einer weiteren Handschelle sicherte, um ihn dann bequem zur gegenüberliegenden Seite des Käfigs ziehen zu können. Dort suchte er sich ein von der Geraden so weit versetztes Stangenpaar, dass Selinas Arme auf Zug durchgestreckt waren, nachdem er ihre zweite Hand ebenso wie die erste fixiert hatte.

„Vielleicht sollten wir das grundsätzlich so machen", überlegte Dante, als er die Käfigtür vor ihr öffnete. „Durch das Gitter kann ich dich sowieso nicht ordentlich waschen."

Er holte den Schlauch an die offene Seite.

„Nur damit das klar ist, wenn du dich nochmal danebenbenimmst, lass ich dir die Handschellen so oben, wenn ich gehe."

Ja, als ob sie sich hätte wehren können, so wie sie mit dem ganzen Rücken unter der Decke des Käfigs klebte, denn ihre Oberschenkel waren immer noch geschwächt, da war die durchgestreckte Haltung die einzige Option.

Bibbernd ertrug Selina es, dass Dante sie rundherum gründlich mit dem scharfen Strahl kalt abspritzte. Einzig die Naht ihrer Schusswunde verschonte er.

„Na bitte, ist doch gleich besser so", befand er, nachdem er den Schlauch weggelegt und mal geräuschvoll geschnuppert hatte.

„Allerdings fürchte ich, dass das ohne weitere Maßnahmen nicht so bleiben wird. Nachdem du bereits bewiesen hast, dass du zu unfähig bist, auf die Schüssel zu gehen, wenn es Zeit dafür ist, muss ich mich neben allem anderen wohl auch noch um eine geregelte Verdauung für dich kümmern."

Eigentlich hätte Selina Dante gerne vorgehalten, dass das auch ein paar geregelte Mahlzeiten voraussetzen würde, aber das war gerade bestimmt keine gute Idee. Sie hatte ohnehin schon Angst davor, was sie nun wieder erwartete.

Es war weniger schlimm, als sie befürchtet hatte, denn Dante kehrte lediglich mit einem Irrigator zurück. Einem sehr vollen allerdings.

„Du bleibst so, wie du bist", verfügte Dante, steckte ihr das Endstück in den Hintern und drehte den Hahn auf.

Okay, eineinhalb Liter in einer miesen Position wie dieser waren doch alles andere als ein Zuckerschlecken. Erst recht nicht, wenn man vor Kälte zitterte. In ihrem

Darm rumorte es heftig, und sie hatte keine Hand frei, sich den Bauch zu massieren, um die Verteilung des Wassers zu erleichtern.

„So, das lassen wir jetzt ein bisschen einwirken, damit sich auch alles schön löst. Ich habe nämlich keine Lust, das dreimal wiederholen zu müssen. Wehe du saust mir hier alles an, während ich weg bin. Du weißt, was dir blüht, wenn du dich nicht zu benehmen weißt."

Selina nickte mit einem leichten Schniefen bloß artig, während sie den dummen Drang niederrang, Dante anzuflehen, nicht zu gehen. So gemein er auch zu ihr war, allein zu sein und bloß auf seine Rückkehr zu warten, war noch schlimmer. Aber das würde sie ihm keinesfalls auf die Nase binden, denn das würde ihre Situation gewiss nicht verbessern.

Dante wartete nebenan im Überwachungsraum eine viertel Stunde ab, während er Selina dabei beobachtete, wie sie sich abmühte, seiner Anordnung nachzukommen. Leider schlug sie sich erstaunlich tapfer dabei.

‚Leider' aus gleich zwei Gründen, erstens weil es ihn wieder in diese eklig nostalgische Stimmung versetzte, die ihn daran erinnerte, wie bewundernswert er genau das immer an ihr gefunden hatte, und zweitens, weil er darauf gehofft hatte, sie für ihr Versagen auf einen weiteren Höllenritt schicken zu können.

Naja, konnte man auch nichts machen, länger zu warten hatte wohl keinen Sinn mehr.

Sowohl Selina als auch der Käfig waren größtenteils getrocknet, ihr Körper war aber immer noch komplett mit Gänsehaut überzogen und zitterte heftig. Und das obwohl er die Raumtemperatur aufgrund ihrer Nacktheit eh schon auf sechsundzwanzig Grad hochgestellt hatte und das Wasser mit lauschigen zwanzig Grad eigentlich noch verhältnismäßig wohltemperiert gewesen war. Immerhin hätte er sie auch mit einem Kübel Eiswasser übergießen können.

Er holte das Fieberthermometer hervor und maß erneut die Temperatur in ihrem Ohr. Fünfunddreißig Komma sieben. Nicht berühmt, aber absolut ausreichend. Solange sie ihm nicht unter fünfunddreißig fiel, war es nur recht und billig, dass sie sich den Arsch abfror. Wärme war Luxus, und mehr als das absolut Überlebensnotwendige stand einer miesen Verräterin wie ihr nicht zu. Weshalb er auch keineswegs vorhatte, ihr nochmal die Bettpfanne zu bringen. Wie kam er dazu, das Ding jedes Mal putzen zu müssen, wenn es doch auch anders ging?

„Los, runter mit deinem Hinterteil und raus mit dem Zeug", wies er sie an.

Ihr Gesicht war hinter ihren herabhängenden Haaren verborgen, aber allein das starke Aufblähen ihres Brustkorbs zeigte deutlich ihren Widerwillen. Dennoch begann sie unverzüglich ihre Knie vorsichtig über das Gitter nach vorne und ihren Po nach unten zu bewegen. Es ging allerdings reichlich schleppend.

„Hopp, hopp, ein bisschen mehr Tempo, wenn ich bitten darf. Oder willst du in der Stellung übernachten?"

Die Drohung wirkte. Ungeachtet der Schmerzen, die es ihr bereitete, erst recht mit ihrem verletzen Bein, sah sie zu, dass sie sich zügig seinem Willen fügte. Der Rest war dann ein Kinderspiel. Wenn der Darm sich so dringend entleeren wollte, hatte der Kopf mit Einwänden wie ‚eklig' nichts mehr zu melden.

„Bist du fertig?", erkundigte sich Dante, als es so schien, dass es das gewesen war.

„Ja", antworte Selina kleinlaut und sichtlich beschämt, denn die dünne Suppe war freilich nicht nur im Abfluss gelandet.

„Na wird aber auch Zeit. Und sieh dir mal an, wie du dich wieder aufgeführt hast. Du bist wirklich ein Schwein", trat Dante noch feste nach. „Die machen sich auch von oben bis unten voll, wenn sie kacken."

Ihrem geräuschvollen Schniefen nach stand sie kurz davor, gleich wieder loszuheulen.

„Aber im Gegensatz zu dir weiß man bei einem Schwein wenigstens, warum man sich dessen Haltung antut. Weil wenn ich das Schwein schlachte, kann ich mir

ein schönes Schnitzel daraus machen. Wenn ich dich ab-
schlachte, habe ich bloß eine Leiche, die ich dann auf-
wändig entsorgen muss."

Er fasste ihr harsch ans Kinn und zwang sie, ihn anzusehen. Seine Stimme triefte vor Verachtung, als er zu
ihr sprach:

„Wenn ich dich doch nur gegen ein Schwein eintau-
schen könnte. Wäre ein guter Deal, denn du bist weniger
wert."

Ihre ohnehin schon feuchten Augen verwandelten sich
in Sturzbäche, ihr ganzer Körper schüttelte sich in unkontrollierten Zuckungen, als Selina die ohnehin schon
nur noch mühsam aufrechterhaltene Fassung komplett
verlor.

Doch er schenkte dem keine Beachtung, stattdessen
meinte er bloß:

„Jetzt muss ich dich und deinen Käfig nochmal waschen."

Erneut holte er den Schlauch, allerdings stellte er ihn
diesmal auf eine sanfte Brause ein, schließlich wollte er
ihre Exkremente wegspülen und nicht im ganzen Raum
verteilen. Egal, das kalte Wasser allein reichte auch, um
Selinas Nervenzusammenbruch noch weiter zu befeuern.

Als alles wieder sauber war, drehte Dante neuerlich an
seiner Düse, so dass sie einen wenige Zentimeter hohen
Springbrunnen produzierte. Damit ging er vor Selina in
die Hocke, wobei er mit der freien Hand nebenbei ihre
Haare beiseite strich, damit er ihr Gesicht besser sehen
konnte.

Es war ein gewaltiger Kraftakt für sie, ihr Geflenne
wieder halbwegs unter Kontrolle zu bringen, aber die
Verlockung des Wassers, das so aussichtsreich vor ihr
plätscherte, war offenbar gerade stärker als alles andere,
was ihr zuvor durch den Kopf gegangen war.

Dementsprechend rasant wuchs auch ihre Verzweiflung, als er keine Anstalten machte, den Wasserstrahl in
die Reichweite ihres Mundes zu bringen. Ihre Zerrissen-
heit, ob sie betteln sollte oder nicht, war geradezu greif-
bar. Doch anders als früher waren es weder Stolz noch

Berechnung, die ihre Lippen verschlossen hielten, sondern bloß noch nackte Angst.

„Sieh an, du bist also auch noch eine feige Sau", höhnte Dante und ließ den Wasserstrahl mit einem Druck auf die Brause ganz versiegen.

„Nein! Bitte ..."

Mit einer schallenden Ohrfeige brachte Dante sie zum Verstummen.

„Schweig!", herrschte er sie an. „Feig oder nicht, so was wie du verdient es sowieso nicht, sein Schandmaul mit Wasser befeuchten zu dürfen. Ich wette, so wie man das gießt, sprießen da bloß weitere Lügen. Und nachdem aus deinem Mund ohnehin auch nur Scheiße rauskommt, spielt es ja keine Rolle, auf welcher Seite man bei dir das Wasser einfüllt."

Selinas Nervenzusammenbruch setzte nahtlos dort fort, wo er in Aussicht auf das Wasser eine kurze Pause eingelegt hatte.

„Los, beweg deinen Hintern wieder nach oben", forderte Dante gleichgültig, während er sich erhob. „Du weißt, ich werde unleidlich, wenn man mich warten lässt."

Damit ging er den Irrigator neu mit eineinhalb Liter physiologischer Kochsalzlösung betanken. Erwartungsgemäß hatte Selina nicht den Schneid, ihn warten zu lassen, so dass er ihr sogleich den Schlauch in den Hintern schieben konnte. Und weil er diesmal nicht wieder so lange warten wollte, bis alles durchgelaufen war, holte er noch eine hohe Schachtel, auf die er den Tank unter voller Ausnutzung der Schlauchlänge stellen konnte. Selinas ohnehin schon völlig aufgelöstes Schluchzen wurde nochmal einen Tick kläglicher, als das Wasser nun mit spürbar höherem Druck in sie strömte.

Nachdem alles durchgelaufen war, räumte Dante in aller Ruhe zusammen. Erst als er damit fertig war, schloss er die Käfigtür wieder und löste die Handschellen von Selinas Armen. Es schien ihr nur wenig Erleichterung zu bringen. In einer seltsam gekrümmten, den Hintern irgendwie nach oben geschobenen Position, lag sie verkrampft da, bemüht, die sie schüttelnden Heulkrämpfe irgendwie in den Griff zu bekommen, die ihr die Kontrolle über ihren Schließmuskel sicher mächtig erschwerten.

„Wage es ja nicht, das kostbare Wasser einfach im Abfluss zu versenken, sobald ich draußen bin. Wenn du es nicht freiwillig behältst, gibt es nächstes Mal Zwangsmaßnahmen."

Ein äußerst verzweifelter Laut gab ihm die Bestätigung, dass sie ihn verstanden hatte. Es würde wohl wieder eine sehr lange Nacht für sie werden. Wobei Dante ehrlich gesagt selber keine Ahnung hatte, wie lange der Darm wohl brauchte, um eineinhalb Liter Wasser zu absorbieren. Das hatte er noch nie ausprobiert.

War sein Schwein ja doch nicht ganz nutzlos, wenn er es wenigstens als Versuchskaninchen verwenden konnte.

# 14

Selina hasste Betriebsweihnachtsfeiern. Die Arbeit als Kellnerin in dem Diner war an normalen Abenden schon mühsam genug, aber während der Weihnachtsfeiern war es echt das Letzte. Zuletzt hatte es keinen Abend gegeben, an dem nicht mindestens ein Besoffener weit über Gebühr zudringlich geworden war. Würden die Drecksgriffeln dieser Schwerenöter Abdrücke hinterlassen, dann würde die eigentliche Farbe ihrer Uniform nur noch vereinzelt durchblitzen.

Zum Glück hatte Selina Übung darin, sich als das auszugeben, was von ihr erwartet wurde, anstatt offen zu zeigen, was sie wirklich von ihrer Kundschaft hielt. Andernfalls hätte sie jegliche Aussicht auf Trinkgeld definitiv begraben können.

So aber räumte sie lächelnd die Gläser vom Tisch ab, während sie sich gleichzeitig so ganz nebenbei die nach ihr grapschenden Hände vom Leib hielt. In einem regelrechten Spießrutenlauf durch die ausgelassen Feiernden bahnte Selina sich einen Weg, bemüht die zerbrechliche Fracht auf ihrem Tablett sicher in die Küche zu bringen.

Sie hatte es fast geschafft, als ihr kurz vor der Tür ein Mann reinrannte. Er war gut einen Kopf größer als sie und fiel ihr mit einem vollen Glas in der Hand so unbeholfen um den Hals, dass er sie gleich zu Boden riss. Mit lautem Geklirr fielen neben ihr die Gläser von ihrem Tablett zu Boden, und Scherben sprangen in alle Richtungen davon.

Selina landete rücklings mitten in dem Scherbenhaufen. Der Vollidiot, der sie umgeworfen hatte, landete mitsamt dem Inhalt seines Glases auf ihr drauf.

Nur mit äußerster Mühe konnte Selina sich zurückhalten. Aber wenn sie dem Vollkoffer fluchend anschrie und ihm eine wohlverdiente Ohrfeige verpasste, wäre sie ihren Job los.

„Oh, das tut mir furchtbar leid", lallte der Mann. „Hast du dir eh nicht wehgetan?"

*Doch, natürlich tut es weh! Auf mir liegt ein Fettsack, der mich in die Glassplitter drückt!*

„Sir, wären Sie wohl so freundlich, von mir runter zu steigen?", meinte sie stattdessen höflich und ganz ohne sarkastischen Unterton.

„Natürlich, Entschuldigung", murmelte er, als wäre ihm gerade erst aufgefallen, dass er sie unter sich begrub.

Mit der Eleganz eines gestrandeten Wals robbte er von ihr runter, wobei er sich auch noch an ihr abstützte, um selber nicht in die Scherben zu greifen.

Da kam ihr Boss angelaufen. Er half dem gestürzten Gast hoch und bat ihn, sich doch einen Ersatz für sein verschüttetes Bier zu holen.

Dann wandte er sich an Selina. Sie hatte sich inzwischen ebenfalls aufgerappelt und damit begonnen, die Splitter aus ihrem nackten Arm zu ziehen. Immerhin hatte sie am Rücken die Uniform wohl recht gut geschützt.

„Geht's?", fragte er knapp.

„Ja."

Was sollte sie auch anderes sagen? Ihr Boss hätte kein Verständnis dafür, wenn sie ihn in der Mitte eines solch regen Abends einfach im Stich ließ. Wenn sie sich jetzt krankmeldete, ohne dass sie nicht mindestens ein riesiges Glasbruchstück mitten in ihrer Hauptschlagader stecken hatte, dann bräuchte sie morgen gar nicht mehr herzukommen.

„Gut. Dann geh dich umziehen und mach dich frisch", wies er sie an. „Du bist voller Bier und Scherben. Ich kehre das hier auf. Aber trödle nicht, ich brauche dich rasch wieder hier!"

„Ja, Boss", bestätigte Selina scheinbar pflichtbewusst und verschwand durch die Tür neben der Bar, die mit »Nur für Personal« angeschrieben war.

Der kleine Raum dahinter war Besenkammer und Umkleide in einem. Natürlich gab es keine Dusche, sondern lediglich ein Waschbecken, an dem sie sich notdürftig sauber machen konnte.

Äußerst mies gelaunt öffnete Selina die vordere Knopfleiste ihres knielangen Kellerinnenkleids, das widerlich nass, kalt und nach Bier stinkend an ihr klebte. Sie war gerade bis zur Brust gekommen, als die Tür ohne anklopfen geöffnet wurde. Selina vermutete ihren Boss, der wohl nach einer Schaufel suchte, und hielt mit der Hand den offenen Ausschnitt ihres Kleids wieder zusammen.

Aber es war nicht ihr Boss, der da hereinkam. Es war einer der Gäste. Und die verstohlene Art, wie er sich umsah, verhieß nichts Gutes. Ebenso wenig wie das falsche Lächeln, das er nun aufsetzte, als er sie ansprach:

„Ich habe gesehen, was passiert ist und habe mir gedacht, ich schau mal nach, ob du Hilfe benötigst."

*Von dir sicher nicht!*

„Danke, aber es geht schon. Ich muss mir bloß etwas Frisches anziehen."

*Und ob du es glaubst oder nicht, das schaffe ich ganz ohne fremde Hilfe.*

„Du bist in den Scherben gelandet. Das sollte sich jemand ansehen, mein Kind", meine er und kam langsam auf sie zu.

*Gut erkannt, du Päderast! Ich bin sechzehn und du könntest leicht mein Vater sein!*

Sie machte demonstrativ einen Schritt zurück und zeigte ihren Arm.

„Ich habe die Splitter schon alle entfernt. Wenn Sie nun so freundlich wären zu gehen, ich würde mich jetzt gerne umziehen."

Aber er kam immer noch näher und fasste oberhalb ihrer Hand an den offenstehenden Ausschnitt ihres Kleides.

„Und was ist mit deinem Rücken?"

„Meinem Rücken geht es gut. Es ist nichts durch den Stoff durchgegangen", versuchte Selina ihn abzuwimmeln.

„Das solltest du mich nachprüfen lassen. Na komm schon, zier dich doch nicht so. Es gibt keinen Grund, schüchtern zu sein."

Mit kleinen Zupfbewegungen forderte er sie auf, ihr Kleid nicht mehr länger zusammenzuhalten.

*Fuck!*

Und was jetzt?

Seine Absichten waren mehr als eindeutig. Eigentlich sollte sie kurzen Prozess mit ihm machen und ihn einfach niederschlagen. Nach inzwischen sieben Jahren intensiven Trainings bei Ted war sie absolut in der Lage, sich gegen den Bürohengst da vor ihr zur Wehr zu setzten.

Aber Selina war nicht naiv. Sie wusste genau, wie das ablaufen würde, wenn sie das tat und anschließend ohne eine einzige Schramme hier rausspazieren würde. Der werte Herr würde behaupten, dass sie völlig grundlos auf ihn losgegangen war, obwohl er sich aus berechtigter Sorge doch bloß ganz unaufdringlich und uneigennützig nach ihrem Befinden erkundigen hatte wollen.

Es würde Aussage gegen Aussage stehen, wenn sie dagegenhielt, dass er ihr an die Wäsche gewollt hatte. Und wem man am Ende glauben würde, dem honorigen Mann mittleren Alters, der gewiss einen angesehenen Job hatte, oder einem kellnernden Teenager-Mädchen, konnte sie sich leicht ausrechnen.

Nein, wenn sie wollte, dass der Typ bekam, was er verdiente, dann musste sie es raffinierter angehen. Auch wenn ihr das gewisse Opfer abverlangen würde. Aber das war ihr egal, sie würde garantiert nicht zulassen, dass er mit dieser Nummer hier durchkam!

Anstatt loszulassen nahm sie auch die zweite Hand zu Hilfe, um die beiden Hälften ihres Kleides noch fester zusammenzuhalten. So, wie er hier aufgekreuzt war, war Selina sich sicher, dass er auf der Suche nach einem leichten Opfer war. Und sie hatte nicht vor, seine Erwartung zu enttäuschen.

„Bitte, Sir, lassen Sie das", bat sie mit zitternder Stimme.

Ihre passive Haltung gab ihm sichtlich Auftrieb.

„Hör auf, dich so aufzuführen, und lass jetzt endlich das Kleid los", fuhr er sie nun gar nicht mehr freundlich an, aber Selina schüttelte bloß ängstlich den Kopf.

Wie erhofft beschloss er daraufhin, die Sache selber in die Hand zu nehmen. Er packte sie und riss ihre Hände auseinander. Selina aber hatte unauffällig mit der zweiten Hand in die Knopfleiste hineingegriffen, so dass sie verstärkt von seiner Kraft das Kleid unter fliegenden Knöpfen bis zum Bauch aufriss.

Scheinbar schockiert starrte sie ihren Angreifer an, der sie nun gegen den hinter ihr stehenden Spind drängte.

„Keinen Mucks!", warnte er sie, ehe er damit begann, ihre Brüste zu befingern.

Selina schlug planlos um sich, um ihn von sich wegzudrücken.

„Nein, nicht!", jammerte sie, aber bei dem Lärm der Feiernden draußen würde es wohl kaum jemand hören. Ihren Angreifer machte es trotzdem nervös.

„Du sollst still sein!"

Aber Selina dachte gar nicht daran. Sie wollte ihn provozieren, ihn zum Handeln drängen.

Was ihr auch ziemlich gut gelang.

Der Schlag ins Gesicht, den er ihr verpasste, um sie zum Schweigen zu bringen, traf sie derart, dass ihre Lippe blutend aufriss. Und obendrein ließ sich der Vollidiot auch noch dazu hinreißen, ihre Arme zu packen und so fest gegen den Spind zu knallen, dass es für einige blaue Flecken reichen würde.

Ein längeres Vorspiel war ihm inzwischen wohl zu heiß geworden, denn anstatt sich noch länger ihren Brüsten zu widmen, begann er nun an ihrer Unterhose zu zerren, während er gleichzeitig bemüht war, ihr verzweifeltes Fuchteln im Zaum zu halten. Schlechte Karten also für die Feinstrumpfhose, die ihm dabei im Weg war.

Nachdem er es geschafft hatte, ihr das Höschen halb auszuziehen, machte er sich an seiner Hose zu schaffen, aus der sein Penis waagrecht heraussprang.

Okay, das musste reichen. Sie war noch Jungfrau, und sie hatte fest vor, es heute Nacht auch zu bleiben.

Mit deutlich mehr Kraft in der Stimme als zuvor, brüllte Selina so laut um Hilfe, dass man sie garantiert auch draußen hören würde. Dann ging sie zum Gegenangriff über und zeigte dem Abschaum vor ihr, wie es sich anfühlte, mit Karacho ein Knie in die Weichteile zu bekommen.

Wimmernd und halb zusammengesackt ließ er so weit von ihr ab, dass sie aus ihrer eingekeilten Position entschlüpfen konnte. Sie hätte weglaufen können, aber Selina dachte gar nicht daran, einen schnellen Abgang zu machen. Stattdessen ließ sie es zu, dass er sie von hinten neuerdings zu fassen bekam. Aber im Gegensatz zu ihr, hatte er sich grob verrechnet. Noch im Fallen bekam Selina die Tür zu fassen, und als er sie zurückzog, riss sie sie auf.

Eine kleine Traube von verdattert dreinsehenden Gästen, die sich ob der seltsamen Geräusche schon eher unschlüssig vor der Tür versammelt hatten, wurde Zeuge davon, wie dieses Schwein mit offener Hose von hinten auf ein weinendes Mädchen mit aufgerissenem Kleid und zerfetzter Strumpfhose fiel, der das Blut von der Lippe rann.

Erleichtert fiel Selina Ted um den Hals, als er ankam. Da es sowieso sinnlos gewesen wäre, ihre Eltern anzurufen, hatte sie ihn kontaktieren lassen. Ted dagegen, der heute Nacht keinen Dienst hatte, war innerhalb kürzester Zeit da gewesen.

Bei ihrer Befragung durch die örtlichen Kollegen hielt Ted sich still im Hintergrund, denn dies hier fiel nicht in seinen Zuständigkeitsbereich. Aber allein schon, dass er da war, gab Selina ein Gefühl der Sicherheit.

Nachdem die Formalitäten schließlich alle erledigt waren, durfte Ted mit Selina nach Hause fahren. Aber als sie ins Auto eingestiegen und die Türen zu waren, sah er sie auf einmal äußerst seltsam an.

„Jetzt lügst du sogar schon die Polizei an?", fragte er streng.

„Was? Nein! Es ...", setzte sie zu einer Rechtfertigung an, aber Ted fiel ihr ins Wort:

„Selina!", wies er sie scharf zurecht. „Das geht gar nicht! Und dass du es jetzt bei mir auch versuchst, geht erst recht nicht! Außerdem wird es nicht funktionieren. Auch wenn es unbestritten eine reife Leistung von dir ist, dass weder den Kollegen noch den Zeugen irgendetwas spanisch an deiner Geschichte vorgekommen ist, mich kannst du nicht hinters Licht führen. Dazu kenne ich dich zu gut."

„Das ist unfair! Nur weil ich so tue, als würde ich das ganze Mädchenzeug auch super finden, auf das Vanessa so abfährt, stehe ich jetzt unter Generalverdacht?"

„‚Nur' ist schon mal die nächste Lüge. Mir scheint, du machst das inzwischen so oft und so selbstverständlich, dass du dich verstellst – und das nicht nur Vanessa gegenüber – dass es dir gar nicht mehr auffällt. Aber darum geht es hier gerade überhaupt nicht. Ich weiß, dass das, was du erzählt hast, so nicht stimmt, und ich will wissen, was da wirklich passiert ist."

„Das Schwein wollte mich vergewaltigen, das ist passiert!", fuhr Selina ihn außer sich an. „Und wenn du glaubst, dass ich bei so etwas lügen würde, dann kennst du mich kein bisschen!"

„Warum hast du dich nicht gewehrt?", inquirierte Ted unnachgiebig.

„Habe ich doch ..."

„Nein, hast du nicht! Wenn du dich gleich richtig verteidigt hättest, würdest du jetzt nicht so aussehen!"

„Ja, und dann würde ich jetzt in dem Streifenwagen sitzen und nicht der!", rechtfertigte Selina sich aufgebracht, schließlich hatte es tatsächlich keinen Sinn, Ted bezüglich ihres Könnens etwas vormachen zu wollen. „Ich habe nichts falsch gemacht! Und ich lass mich weder als dummes Ding hinstellen, das eine zufällige Berührung völlig missverstanden hat und total unbegründet ausgezuckt ist, noch als Lolita, die den armen Mann gelockt hat und glauben hat lassen, es wäre okay! Alles, was ich getan habe, war ihm die Gelegenheit zu geben, sein hässliches Gesicht zu zeigen, damit es alle sehen können! Das ist nichts, wofür ich mich schämen müsste!"

Ted fasste sich mit der Hand ins Gesicht und schüttelte den Kopf.

„Ich glaube es nicht, du hast das wirklich aus Kalkül so ausufern lassen?"

Er nahm die Hand wieder weg und sah sie entgeistert bis schockiert an.

„Selina, hast du eigentlich auch nur einen Gedanken daran verschwendet, wie gefährlich das gewesen ist?"

„Ich kann mich verteidigen. Das hast du gerade selber festgehalten."

„Ja, aber ich habe dir auch eingetrichtert, dass du dich beim Kämpfen nicht dumm spielen sollst. Was, wenn der Typ mehr draufgehabt hätte, als sein Aussehen vermuten hat lassen? Was, wenn er eine Waffe gehabt hätte? Und erst recht hättest du dich nicht schlagen lassen dürfen! Was hast du dir dabei nur gedacht?! Du weißt genau, dass du – harter Knochen hin oder her – nichts einstecken kannst. Dafür bist du einfach zu zart gebaut. Jeder Couchpotato könnte dich k.o. schlagen, wenn du dich nicht wehrst. Und wenn du bewusstlos bist, bringt dir deine technische Überlegenheit gar nichts mehr!"

Mit hängenden Schultern sah Selina Ted schuldbewusst an. Sie sah ein, dass er Recht hatte.

„Daran habe ich wirklich nicht gedacht", räumte sie kleinlaut ein. „Tut mir leid."

Ted nahm ihre Hand und drückte sie aufmunternd.

„Na zum Glück ist es ja diesmal gut gegangen. Aber du musst in Zukunft wirklich vorsichtiger sein.

Und was das Lügen betrifft, Selina, das solltest du ebenfalls bleiben lassen. So versiert du darin auch bist, und so gut gemeint deine Absichten dahinter auch sein mögen."

„Ja, ich weiß, das hast du mir schon oft genug gesagt", wich Selina abweisend aus.

„Aber es ist anscheinend noch immer nicht zu dir durchgedrungen, Selina. Du bist ein liebenswertes Mädchen, du musst dich nicht verstellen, um angenommen zu werden."

Selina sagte nichts darauf, stattdessen schüttelte sie bloß unmerklich den Kopf. Ted sagte das zwar immer, aber in diesem Punkt irrte er sich.

Sie wusste genau, dass ihre Eltern allen voran wollten, dass sie ihren Erwartungen entsprach. Aber das konnte sie nicht, das konnte sie bloß vorgeben. Sie war nun mal nicht das, was ihre Eltern sich von ihr erhofften.

Und auch Vanessa wäre nie ihre Freundin geworden, wenn sie sich nicht an ihre Vorstellungen angepasst hätte, dazu waren sie einfach zu verschieden. So wie auch die anderen Mädchen aus ihrer Klasse. Keine davon war auch nur annähernd so abenteuerlustig und draufgängerisch wie sie. Und für die Buben war sie trotz allem nur ein Mädchen gewesen, und Mädchen waren doofe Zicken. Da herrschte in ihrem verstaubten Kaff noch fest das Machotum.

Ted seufzte.

„Selina, ich mache mir deshalb wirklich Sorgen um dich. Ich weiß, du glaubst mir das jetzt nicht, weil es momentan ja noch gut läuft, aber irgendwann wird dir dieser Berg an Lügen ganz furchtbar um die Ohren fliegen."

# 15

Sie war im freien Fall.

Wie oft schon war sie an diesem Abgrund gestanden, hatte über den Rand nach unten geschaut und sich gefragt, wie tief es da wohl hinunter gehen würde. Was für ein Gefühl es sein würde, da hineinzufallen.

Ob einen der Aufprall wohl zerschmettern würde?

Und selbst wenn nicht, gab es einen Weg zurück nach oben?

Manchmal war sie wirklich schon so weit gewesen, dass ihre Zehenspitzen über der Klippe hinausgeragt hatten. Doch Dante hatte sie immer sicher gehalten und sie rechtzeitig zurückgezogen, bevor ihr der Boden unter den Füßen weggebrochen war.

Immer.

Er würde sie niemals einfach fallen lassen, das wusste sie genau. Das war nicht seine Art. Dante kannte keine Unachtsamkeit. Keine Chance, dass ihm das einfach so passierte.

Nein, er hatte sie mit voller Absicht hinabgestoßen, mit Anlauf.

Und seitdem fiel sie. Mit wachsender Geschwindigkeit, wie das im freien Fall nun mal war.

Es beantwortete die Frage, was für ein Gefühl das sein würde, auch wenn sie alles dafür gegeben hätte, wenn sie es nie herausfinden hätte müssen. Und auch wenn sie auf die anderen Fragen noch keine Antworten hatte, war sie sich jetzt schon verdammt sicher, dass sie die noch viel weniger aufklären wollte. Denn das Loch schien weitaus tiefer zu sein, als sie es für möglich gehalten hätte. Und ihre Hoffnung, aus dem Aufschlag besser hervorzugehen als ein Insekt, das bei voller Fahrt gegen eine Windschutzscheibe knallte, sank gerade rapide gegen null.

Was mochte Dante sich wohl noch alles für sie einfallen lassen? Jedes Mal, wenn er ging, dachte sie, schlimmer könne es nun kaum noch kommen. Aber jedes Mal, wenn er wiederkam, setzte er doch noch eins drauf.

Damals, in der alten Fabrik, hatte er gesagt, er würde ihr Leben zur Hölle auf Erden machen, wenn sie ihn anlog.

Inzwischen wusste sie, das war keine Übertreibung gewesen. Zwar war sie nie gläubig gewesen und kannte sich mit der Bibel nicht so aus, aber sie war sich sicher, dass das hier zur Vorstellung vom Fegefeuer wohl ziemlich gut passen würde: eingesperrt in ewiger Dunkelheit, gequält von Durst, der nie gestillt wird, und gepeinigt von ständigen Schmerzen, die einen trotz unendlicher Müdigkeit keinen richtigen Schlaf finden lassen.

Und was am allerschlimmsten war: Es bestand keine Hoffnung auf Erlösung.

# 16

Ihr Oberteil knapp unter der Brust zusammengeknotet, spazierte Selina mitten in der Nacht mit einem aufreizenden Hüftschwung, der ihr kurzes Röckchen lasziv in Bewegung versetzte, auf den abgelegenen Parkplatz zu, von dem ihr schon das Röhren aufgemotzter Motoren entgegenklang.

Inmitten von drei auf Hochglanz polierten Boliden stand ein kleines Grüppchen junger Männer, die sich angeregt unterhielten.

Selina stieß einen Pfiff aus, um auf sich aufmerksam zu machen und ließ ihre Hand verzückt über das heißeste der zur Wahl stehenden Fahrzeuge gleiten.

„Wer von euch darf denn dieses Hammergefährt sein Eigen nennen?", flirtete sie bewundernd, woraufhin einer der Männer mit stolz geschwellter Brust aus der Gruppe hervortrat.

„Das ist meiner. Gefällt er dir?"

Sie musterte den Mann. Er war wohl Mitte zwanzig, groß und dunkelhaarig. Bei weitem kein Bodybuilder-Typ, aber sein enges Tank-Top ließ einen wohldefinierten Oberkörper erkennen, und auch seine Arme sahen durchaus muskulös aus.

Ihre Hand glitt von der Karosserie zu seiner Brust hinüber.

„Das kann man wohl sagen. Du musst wissen, ich steh nämlich voll auf schnelle Karren."

Und zwar nur auf das Auto. Der Typ dazu war ihr völlig egal. Aber das würde der Hohlkopf eh nicht überreißen.

„Na da bist du bei mir ja genau richtig. Das Baby geht nämlich ab wie eine Rakete", prahlte er stolz und legte ihr die Hand an die Hüfte.

„Wirklich?", säuselte Selina herausfordernd. „Das musst du mir unbedingt zeigen. Dann hätten dein Auto und ich nämlich was gemeinsam."

„Wenn du meinst, dass deine Nerven stark genug sind für den Ritt, dann steig ein", ging er auf ihr Spiel ein und öffnete ihr die Beifahrertür.

Oh ja, diesmal hatte sie wirklich einen guten Fang gemacht. Der Wagen war echt ein heißer Ofen, und der Bursche neben ihr sogar ein ganz passabler Fahrer.

Mit Vollgas rasten sie fast eine halbe Stunde über die nächtlichen Landstraßen, ehe sie mitten im Nirgendwo anhielten.

„Na, hat dir die Fahrt gefallen?"

„Oh ja, du hast nicht zu viel versprochen."

Ihr Begleiter lehnte sich zu ihr rüber.

„Und wie sieht es jetzt mit deinem Versprechen aus?", flüsterte er ihr erwartungsvoll zu.

„Lass uns Plätze tauschen, dann zeig ich es dir."

„Was?" Ruckartig setzte er sich auf. „Ich habe geglaubt, du meinst ..."

Selina legte ihm lächelnd den Finger auf den Mund.

„Ich weiß genau, was du gedacht hast. Dass mich die Fahrt heiß machen würde. Und das stimmt auch. Aber noch heißer würde es mich machen, wenn du mich auch fahren lassen würdest."

„Ey, sorry, Baby, aber das ist kein Oma-Mobil, mit dem man jeden einfach so fahren lässt ..."

Als Selina sich über ihn lehnte, verstummte er.

„Glaub mir, ich weiß, was ich tue", versicherte sie ihm, während sie ihre Hand verheißungsvoll über seinen Schritt gleiten ließ.

„Das kommt mir schön langsam auch so vor", meinte er mit vor Lust leicht belegter Stimme. „Woher weiß ich, dass du mich dann auch wirklich ranlässt, wenn ich dich bereits fahren habe lassen?"

Sieh an, doch nicht so ein Hohlkopf. Einige andere waren nicht so schlau gewesen wie er. Aber für so ein Auto war sie durchaus bereit, den Einsatz zu erhöhen. Sie schob zwei Finger in ihren BH und zog ein Kondom heraus.

„Wenn du willst, kannst du es auch jetzt gleich haben. Dann wird es aber nicht so heiß werden."

„Macht nichts, du bist mir so auch scharf genug."

Er griff nach dem Hebel, um den Sitz zurückzuschieben, dann fasste er Selina an den Hüften und zog sie auf seinen Schoß. Seine Hände glitten unter ihren Rock und schoben ihn hoch.

„Du bist dran", forderte er, während seine Finger sich an ihrem Stringtanga zu schaffen machten.

Mit einem verruchten Lächeln öffnete Selina ihm ohne Umschweife die Hose und zog seine Boxershorts so weit nach unten, dass sie seinen Penis befreien konnte. Dann riss sie das Kondom auf. Als sie es ihm überziehen wollte, stoppte er sie jedoch.

„Ohne Gummi läuft nichts, das kannst du vergessen", hielt Selina unumstößlich fest, woraufhin er bloß zu grinsen begann.

„Schon klar, aber das macht man doch nicht mit der Hand. Das ist ja voll unsexy."

„Ja wie denn sonst?", fragte Selina verwirrt. „Soll ich es etwa mit den Füßen machen?"

„Nein, mit deinem süßen Mund natürlich."

Als sie ihn weiterhin nur fragend ansah, nahm er ihr das Kondom ab und setzte es auf der Spitze seines Penis an.

„Der erst Teil benötigt wohl etwas Übung, aber ab hier dürfte es auch ohne Vorkenntnisse gehen."

Okay, das war neu, das hatte bisher noch nie einer von ihr haben wollen. Aber warum nicht.

Sie kletterte wieder von ihm runter und nahm seine Eichel mit dem Kondom darüber in den Mund. Es war tatsächlich ganz einfach, den aufgerollten Rand mit ihren Lippen nach unten zu schieben. Und seinem Stöhnen nach war er auch recht zufrieden damit, wie sie es gemacht hatte.

„Komm her."

Mit einem erregend festen Griff an ihre Taille zog er sie wieder auf sich. Selina schob das dünne Band ihres Strings zur Seite und umfasste seinen Schwanz, um ihn sich einzuführen, damit er sie nicht loslassen musste.

„Oh ja", stöhnte er zufrieden, „und jetzt tanz für mich."

Selina begann gerade die Hüften zu bewegen, als er sich unter ihr unvermittelt aufsetzte und hinter sie griff. Wie er sich wieder zurücklehnte, hatte er den Schlüssel seines Autos in der Hand. Lockend ließ er ihn vor Selina baumeln.

„Ich weiß, dass du es haben willst. Komm und zeig mir, wie sehr du es begehrst."

Wahnsinn, der Typ war ja wirklich zur Abwechslung mal ein unerwarteter Glücksgriff gewesen. Da fing der Spaß sogar schon an, bevor sie fahren durfte.

Ihr Becken in rhythmischen Bewegungen wiegend stellte Selina sich mit geschlossenen Augen in allen Einzelheiten vor, wie er ihr den Schlüssel gab, wie sie ihn ins Zündschloss stecken und mit Vollgas davonbrausen würde. Als die Tachonadel die Marke von zweihundert durchschlug, kam Selina mit einem Jubelschrei, und ihre wogenden Kontraktionen rissen auch ihn mit, wenngleich sein Höhepunkt lediglich von einem ausgedehnten Stöhnen bezeugt wurde.

„Wow, das war großartig", meinte er staunend, als Selina sich von seinem erschlaffenden Glied erhob.

„Scheint, als wärst du auf deine Kosten gekommen. Und jetzt ist dein Auto dran."

Wie hypnotisiert überreichte er ihr den Schlüssel.

„Wenn du das genauso reitest, dann mach ich dir einen Antrag."

Selina lachte.

„Daraus wird wohl leider nichts. Aber wenn dein Wagen dir in nichts nachsteht, wäre ich bereit, dir meine Nummer zu geben, und wir wiederholen das mal wieder."

# 17

Selina lag apathisch auf der Seite und rührte sich nicht, als Dante auf den Käfig zuging.

„Schläfst du jetzt schon mit offenen Augen?"

„Ich weiß nicht mehr, wann ich wach bin und wann ich schlafe. Und auch nicht, ob ich meine Augen offen habe oder nicht. Ich weiß bloß, sobald das Licht an ist, kommst du, um mich erneut zu bestrafen", erwiderte sie teilnahmslos.

„Soll das eine Entschuldigung dafür sein, wie erbärmlich du dich gehen lässt?"

„Ich werde diesen Käfig nie wieder verlassen, nicht wahr?"

Da konnte Dante bloß abfällig schnauben.

„Glaubst du ernsthaft, so was wie dich würde ich jemals wieder frei rumlaufen lassen? Damit du weiter versuchen kannst, meine Familie zu Grunde zu richten? Und versuch ja nicht es abzustreiten. Ich weiß von deinem letzten Telefonat mit Callahan."

Die Offenbarung dieses Details ließ Selina leicht zusammenzucken, aber ihre Stimme blieb völlig flach, als sie antwortete:

„Nein. Ich weiß, dass du mir nie wieder vertrauen kannst. Das habe ich unwiederbringlich zerstört, und das bereue ich aufrichtig. Ich wünschte wirklich, ich hätte es nicht getan."

„Das kann ich mir vorstellen, denn wenn du nicht aufgeflogen wärst, würdest du jetzt nicht da drinnen sitzen."

„Um deinen Onkel tut's mir nicht leid, das will ich gar nicht behaupten. Ich habe ihn schon gehasst, bevor wir uns kennengelernt haben und danach noch mehr. Aber dich kann ich nicht hassen. Ja, ich gebe es zu, ich habe es versucht, ich habe mit aller Kraft daran festhalten wollen, aber irgendwann habe ich mir eingestehen müssen, dass meine Gefühle für dich echt und nicht bloß vorgetäuscht sind. Ich habe auch Tyler was vorgemacht. Dass ich noch keinen weiteren Plan habe – das liegt daran, dass ich keinen mehr machen wollte."

Ein äußerst missmutiges Grollen entrang sich Dantes Kehle. Ihre Worte waren wie ein Messerstoß, der weitere Sprünge in den Stein trieb, der einst sein Herz gewesen war.

Wie konnte sie es wagen, ihn immer noch mit ihren Lügen einwickeln zu wollen!

„Keine Sorge, es wird nicht mehr lange dauern, bis du wieder auf dem rechten Pfad bist und mich aus tiefster Seele abgrundtief hassen kannst."

Wie ferngesteuert bewegte sich ihr Kopf ein wenig, so dass sie ihn ansehen konnte. Ihre Augen waren mit Tränen gefüllt.

„Wieso erlöst du mich nicht einfach von diesem Elend? Es scheint dir ja nicht mal Spaß zu machen."

„Fuck, nein, es macht mir verdammt nochmal keinen Spaß!", donnerte Dante, und es war ihm so was von egal, dass seine Beherrschung gerade direkt vor Selinas Augen flöten ging.

Sollte sie sich doch in ihrem finsteren Verlies in dem Bewusstsein sonnen, wie sehr sie ihn fertig gemacht hatte. Wen interessierte es, ob er hier gerade an Autorität verlor? Sie saß in einem verdammten Käfig, da war es völlig schnuppe, was sie von ihm dachte!

„Für was für einen Psycho hältst du mich eigentlich, dass du meinst, ich könnte Spaß daran haben, meine Frau foltern zu müssen?! Alles, was ich je von dir wollte, war mit dir zusammen ein glückliches Leben zu führen! Ich hätte dir die Welt zu Füßen gelegt! Ich hätte alles für dich getan! Wenn du bloß ehrlich zu mir gewesen wärst! Ich hätte mir die beiden Weichbirnen vorgeknöpft für dich. Ich hätte dir sogar das mit Stefano durchgehen lassen, denn der hat bloß bekommen, was er verdient hat. Aber nein, du musstest mich ja hintergehen! Das war ganz allein deine Entscheidung! Ich habe mir das hier nicht ausgesucht! Das hast du mir aufgezwungen! Also jammer mir jetzt gefälligst nicht die Ohren voll, was für ein elendes Schicksal du für dich gewählt hast!"

Endlich zeigte Selina eine nennenswerte Regung, sie warf sich verzweifelt an das Gitter, ihre Stimme versagte fast, als sie sprach:

„Ich weiß, dass ich mir das selber zuzuschreiben habe. Ich wünschte wirklich, ich hätte dir nicht bloß meinen Körper, sondern auch meine Seele vorbehaltlos anvertraut. Aber dazu bin ich zu feig gewesen, denn ich habe mir nicht vorstellen können, dass irgendwer mich einfach so wie ich bin nehmen würde, ganz ohne, dass ich mich verstellen muss. Erst recht nicht, wenn die Wahrheit so hässlich ist wie in deinem Fall."

„Ja, ja, du bist schon immer gut darin gewesen, mir genau das zu erzählen, was ich gerade hören will", kommentierte Dante ihren vermeintlichen Seelenstrip bloß missmutig.

„Damit hast du leider recht, darin bin ich Meister. Aber ich will mich doch gar nicht rausreden", flehte Selina tränenerstickt. „Ich bitte dich lediglich, es endlich zu Ende zu bringen."

„Nein."

Seine knappe Antwort brachte Selina wieder dorthin, wo alle Dämme kurz vorm Brechen waren.

„Wieso nicht?", schrie sie verzweifelt. „Dein Onkel hat es in einer Nacht hinter sich gehabt! Warum vergönnst du mir das nicht?!"

Mit einem verärgerten Knurren ließ Dante sich zu Selina herunter und packte sie durch das Gitter hindurch am Hals.

„Weißt du was, ich werde den nächsten, den ich kaltmachen muss, hierher bringen und dich zwingen, vom

Anfang bis zum Ende zuzusehen. Dann werde ich deinen Käfig offenlassen und dir offerieren, dass du bloß herauskommen musst, wenn du es auch so hinter dich bringen willst. Ich garantiere dir, du wirst dich freiwillig in den hintersten Winkel deines Käfigs drängen, weil du auf die Art bestimmt nicht abtreten willst."

„So will ich aber auch nicht weiterexistieren", röchelte Selina mühsam. „Das ist kein Leben, das ist bloß vegetieren."

Ja, da hatte sie Recht. Das, was er ihr hier antat, war langfristig gesehen kaum weniger grausam. Nur ...

Mit einem Stoß, der sie hart mit dem Kopf gegen die hinteren Gitterstäbe prallen ließ, gab Dante sie wieder frei und trat von dem Käfig zurück.

Er konnte es nicht.

Ja, er hätte einfach fester zudrücken und die Sache beenden können, aber er brachte es nicht über sich.

Wie sollte er die Einzige, die er jemals wirklich geliebt hatte, töten?

Am liebsten wäre er auf der Stelle einfach wieder abgehauen, um sich einen Sandsack zu suchen, an dem er seinen Frust auslassen konnte.

Aber das ging nicht. Es war absolut inakzeptabel, bei ihr den Anschein zu erwecken, sie könne ihn mit ihrem verlogenen Gequatsche in die Flucht schlagen.

Als Selina sah, wie er die Handschellen herausholte, schlug die Apathie, die sie eben noch gezeigt hatte, ins krasse Gegenteil um. Wild um sich schlagend kreischte und schrie sie wie eine Verrückte, dass sie das nicht wollte und er sie gefälligst in Ruhe lassen solle.

Nachdem er das dritte Mal durch die Stangen ins Leere gegriffen hatte, riss Dante der Geduldsfaden. Wenn sie es unbedingt auf die harte Tour wollte, dann bitte.

Entgegen seiner Erwartung war sie aber gar nicht mal so blöd, einen Fluchtversuch zu starten, so wie er die Käfigtür öffnete. Stattdessen kugelte sie sich so klein und so fest es nur ging zusammen, während ihr Geschrei eine Lautstärke erreichte, die ihn wünschen ließ, er hätte Ohrstöpsel bei der Hand.

Freilich hätte er sie mit seiner Kraft auffalten können, aber wozu sich dermaßen abmühen, wenn es einen billigeren Weg gab?

Ein knackiger Tritt mit seiner Schuhspitze in die Nierengegend reichte, dass die Kugel sich von selber so weit auflöste, dass er ohne große Anstrengung Selinas Hände zu fassen bekam, um sie auf den Rücken zu werfen und ihre Arme hinter ihrem Kopf durch die Gitterstäbe zu ziehen. Und weil die Wahnsinnige weiterhin wie eine Furie tobte und wie verrückt um sich trat, sicherte er ihre Beine kurzerhand auch gleich an der Käfigkante über ihrem Kopf. Fehlte nur noch der Knebel, den er diesmal auch mit einiger Vehemenz anbringen musste.

Damit war dann wenigstens endlich Schluss mit dem in den Ohren schmerzenden Geschrei. Davon, dass sie Frieden gegeben hätte, konnte aber noch immer keine Rede sein. Während er ihr den Flüssignahrungsbrei einflößte, musste er die ganze Zeit ihren Kopf fixiert halten, weil sie weiterhin derart tobte, dass er sonst nicht in den Trichter getroffen hätte. Erst beim Waschen beruhigte sie sich ein wenig, vermutlich, weil ihr langsam die Kraft ausging und es ohnehin nicht viel hergab, gegen Wasser anzukämpfen.

Als er jedoch mit dem Einlauf kam, ging das Theater von Neuem los. Natürlich hätte er sie festhalten können, um den Schlauch einzuführen, aber sie war nass und er hatte echt keine Lust, sich minutenlang auf sie draufzulegen, damit sie stillhielt und das Teil auch drinnen blieb.

Stattdessen holte er sich kurzerhand einen Butthook mit einer ordentlich großen Kugel drauf, damit das Ding auch sicher nicht einfach herausrutschen konnte. Zwar machte die Größe es bei ihrem Getobe nicht gerade einfacher, die Kugel ungeschmiert in ihrer Scheide zu versenken, aber mit etwas Nachdruck war das nun auch kein allzu schwer zu lösendes Problem. Das dabei heftig auflodernde Geschrei wurde dankenswerterweise eh von dem Knebel auf ein sehr moderates Maß gedämpft. Es ging auch noch eine Weile weiter, während er den Haken nach hinten zog und ebenfalls hinter ihrem Kopf unten am Käfig befestigte. Das Gestrampel ließ daraufhin schlagartig nach, denn nun bekam sie jede Bewegung in die falsche Richtung – und das waren alle bis auf genau eine – ziemlich schmerzhaft zu spüren. Ob sie ihn wollte oder nicht, ihrem Einlauf stand damit nichts mehr im Wege.

Die Zeit, während das Wasser lief, nutzte Dante indes, um Selinas Beine von der oberen an die untere Querstange umzuhängen, wodurch ihr Hintern nun oben und ihre Beine unten, hinter ihrem Kopf waren, was freilich von weiteren lautstarken Klagelauten begleitet war. Ehrlich gesagt war Dante verblüfft, woher Selina die Energie nahm, sich so lange derart energisch und sinnlos zu wehren. Mal sehen, ob sie das Finale auch noch so vehement bestreiten würde, denn gleich würde sie nochmal einen guten Grund bekommen, heftig zu klagen.

Er räumte den Einlauf weg und kam stattdessen mit etwas zurück, dessen Anblick allein Selina schon panisch erschauern ließ.

„Na, kommt dir das bekannt vor? Ich hab's ja schon mal gesagt, bei dir ist nicht viel Unterschied zwischen deinem Mund und deinem Arsch."

Das Teil, das er mitgebracht hatte, war vom Prinzip wie die Mundbirne aufgebaut, bloß dass es für den Allerwertesten gedacht war. Anders als bei der Mundbirne war hierbei allerdings schon das Einführen im geschlossenen Zustand ziemlich herausfordernd für jemanden, der anal noch so vergleichsweise unerfahren wie Selina war. Ihre Augen schwammen bereits in Tränen, als der Plug überhaupt erst mal seinen Platz gefunden hatte, aber als Dante ihn auch noch so weit aufspannte, dass man ihn sicher nicht mehr herausziehen konnte, nahm ihr hysterisches Geflenne nochmal eine neue Dimension an. Was ihn aber nicht davon abhielt, ein Seil hervorzuholen und damit den Ring des Plugs auch noch an der gegenüberliegenden Käfigseite festzubinden, so dass sie sich nun überhaupt nicht mehr rühren konnte, ohne dass der Plug oder der Haken an ihr zogen.

So weit, so gut. Nun aber kam der unangenehme Teil.

Kaum, dass er den Knebel löste, hallten Selinas Klagen wieder ungedämpft in voller Lautstärke durch den Raum.

Das leise Klicken der Käfigtür, als er sie verschloss, war darunter kaum zu hören.

„NEIN, DANTE, NICHT! DAS KANNST DU MIR DOCH NICHT ANTUN!"

Okay, er würde den Knebel draußen waschen gehen, denn das war ja kaum auszuhalten.

„NEIN, GEH NICHT! BITTE!"

Noch das Licht ausschalten …

„DANTE!!

DANT…"

Die sich schließende Tür ließ augenblicklich Ruhe einkehren.

# 18

Mit einem Seufzen ließ Dante sich mit dem Rücken gegen die Tür fallen, während er einen Moment die Augen schloss. Bestimmt würde Emilio wieder versuchen, ihn hinaufzuschicken, aber so, wie er Selina zurückgelassen hatte, würde es ihm doch keine Ruhe lassen, wenn er sie nicht selber beaufsichtigte.

Moment mal, was war das für ein Geruch, der da an seine Nase drang?

„Was willst du hier?", fragte Dante genervt, noch ehe er die Augen wieder richtig geöffnet hatte.

„Nach dir sehen, was denn sonst."

„Es tut mir leid, Dante", entschuldigte Emilio sich für den ungebetenen Gast, „ich habe ihm gesagt, dass du beschäftigt bist, aber er hat darauf beharrt, dass er erst wieder gehen würde, nachdem er mit dir gesprochen hat."

„Gut, du hast mich gesehen, du hast mit mir gesprochen, damit kannst du jetzt wieder abziehen. Wo die Tür ist, weißt du ja. Oder soll Emilio dich hinausbegleiten?"

Massimo warf Emilio einen scharfen Blick zu, der ihn daran erinnern sollte, wer vor nicht allzu langer Zeit noch sein Boss gewesen war, ehe Dante mitsamt einiger seiner besten Leute bei ihm ausgezogen war.

„Ich glaube, Emilio hat gerade etwas Besseres zu tun. Denn was ich so vernommen habe, findet er auch, dass du mal mit jemandem reden solltest."

Entgeistert sah Dante die beiden Männer an.

„»Wir sollten mal darüber reden …«? Sagt mal, seid ihr bekifft? Wir sind doch hier nicht in einer verfickten Seifenoper!"

„Ähm, äh, also ich hätte tatsächlich etwas zu erledigen", druckste Emilio herum, der sichtlich gerade überall, nur bloß nicht hier sein wollte.

„Ja, hau schon ab", scheuchte Dante ihn mit einer Handbewegung fort, während er Massimo bedeutete, ihm in den Überwachungsraum zu folgen.

Wieso eigentlich konnte nicht er sich verdrücken und Emilio und Massimo dieses Gespräch über das führen, von dem beide so überzeugt waren, dass man darüber reden sollte?

Massimo trat an den Monitor heran und legte den Kopf in verschiedene Richtungen schief, während er wohl versuchte, aus dem Infrarotbild schlau zu werden.

„Wow. Emilio hat mir zwar berichtet, dass du deine Frau neuerdings im Folterkeller in einem Käfig hältst, aber von den verschärften Haftbedingungen habe ich nichts gewusst."

„Und ich habe gar nicht gewusst, dass Emilio neuerdings so eine Klatschtante ist", murrte Dante.

„Ich weiß, du hörst das nicht gerne, aber er macht sich Sorgen um dich. Zurecht, wie ich finde. Du campierst ständig in diesem Raum, du schläfst nur unregelmäßig, und das bloß auf einer Liege gleich hier nebenan. Und wenn Roberta dir nicht das Essen nachtragen würde, würdest du darauf auch komplett vergessen."

„Der Job macht sich halt nicht von allein", rechtfertigte Dante sich verstimmt. „Aber als jemand, der keinen Schimmer von harter Arbeit hat, hast du natürlich nie verstanden, dass das keineswegs bloß ein lustiger Zeitvertreib für mich ist."

„Und wie lang hast du vor, das noch so zu betreiben?", wurde nun auch Massimo ungehalten. „Irgendwann muss der Job ja wohl auch mal erledigt sein."

Einen Moment erwog Dante, Massimo zusammenzustauchen, dass er gefälligst aufhören sollte, ihm seine Arbeit erklären zu wollen.

„Ich weiß es nicht", bekannte er stattdessen kopfschüttelnd. Irgendwie fühlte er sich auf einmal furchtbar ausgelaugt.

Auch Massimo schüttelte nun verständnislos den Kopf.

„Ich versteh nicht, warum du dir das antust. Das ist doch nicht deine übliche Art, mit Verrätern umzugehen. Und die Beweise sind ja wohl eindeutig. Wieso nimmst du dir also nicht einfach deine Messer und erledigst das Miststück so, wie du es sonst auch tust? Meinst du, du musst hier etwas beweisen? Ein Exempel statuieren, weil sie dir so nahegestanden ist? Ich kann die neuen Gruselgeschichten jetzt schon hören:

,Schau, das ist Dante. Der hat sogar seine eigene Frau in einen Käfig gesteckt, in dem sie seither unentwegter Folter ausgesetzt ist. Willst du auch in so einem Käfig enden?'

Das hast du doch gar nicht nötig. Außerdem würde es hier drinnen bald recht voll werden, wenn du deine Methodik derart änderst."

Dante konnte über den Scherz nicht lachen. Denn leider war es keineswegs so, dass er das bloß tat, weil Selina es verdient hatte, dass er ihr Leid in die Länge zog.

Wortlos zog er seinen Dolch und betrachtete ihn. Bei all dem Vermögen, das er besaß, war diese schmucklose, aber ausgesprochen gut verarbeitete Waffe sein am meisten geschätzter Besitz. An dem Dolch klebte schon wirklich viel Blut. Er hatte ihm immer gute Dienste geleistet, und es war stets ein gutes Gefühl gewesen, ihn in die Hand zu nehmen. Neuerdings aber fühlte es sich an, als würde jemand einen eisernen Gürtel um seine Brust festziehen. Denn es klebte nicht nur Blut, sondern auch ein Haufen Erinnerungen daran.

„Ach, komm schon, Dante", setzte Massimo fort, als er nicht antwortete. „Lass es doch gut sein. Mach die falsche Schlange einfach kalt, so wie es sich gehört, und damit hat sich die Sache."

„Willst du dich jetzt mit Selina verbünden?" schlug Dante matt vor. „Die hat mich vorhin ebenfalls angejeiert, es doch endlich zu beenden."

Massimo zog eine Augenbraue hoch.

„Respekt. So weit hast du das zähe Luder also schon? Na worauf wartest du dann noch? Deinem Ruf ist damit eindeutig Genüge getan. Zeit, die Messer zu wetzen."

Mit einem tiefen Seufzen drehte Dante gedankenverloren den Dolch in seiner Hand.

„Du wirst es nicht glauben, aber ich kann es nicht."

Warum er das Massimo überhaupt erzählte, wusste er selber nicht. Womöglich hatte Massimo doch Recht damit gehabt, dass er einfach jemanden zum Reden brauchte.

„Was soll das heißen, du kannst nicht?", fragte Massimo verwirrt. „Ich meine, nichts für ungut, ich weiß, wir reden hier von deiner Frau. Aber ganz ehrlich, was ich hier sehe, wirkt nicht gerade so, als ob du deswegen irgendwelche Hemmungen hättest, zu tun, was erforderlich ist."

„Sie zu foltern ist eine Sache. Das mit dem Dolch ist eine ganz andere."

„Versteh ich nicht. Seit wann?"

Wahrscheinlich würde Massimo ihn auslachen ...

„In unserer Hochzeitsnacht sind wir nach der Feier auf unser Zimmer gegangen. Als ich sie hineingetragen habe, hat Selina mir zugeflüstert, ich solle sie ausziehen. Sie hätte ein ganz besonderes Hochzeitsgeschenk für mich. Eines, das man für alles Geld der Welt nicht kaufen kann. Aber ich dürfe nicht vorschnell sein, ich müsse mich gedulden, bis sie es mir gibt.

Also habe ich sie splitternackt ausgezogen und ihr zugesehen, wie sie sich mit verwegenem Blick an mich rangeschmissen hat. Ich habe angenommen, sie würde mich ausziehen, so wie sie an meinem Sakko herumgefummelt hat, aber sie hat es bloß darauf abgesehen gehabt, mir meinen Dolch aus dem Halfter zu ziehen. Sie hat ihn hochgehalten, die Zunge herausgestreckt, ihn auf voller Länge abgeleckt und gefragt, ob ich das heiß finde. Es hat mich ganz schön Beherrschung gekostet, nicht sofort über sie herzufallen.

Und dann hat sie mir mein Geschenk überreicht:

Sie ist vor mir auf die Knie gegangen, hat mir den Dolch hingehalten, mich mit diesem Wahnsinnsblick voller Vertrauen angesehen und gesagt, sie wäre nun mein, und dass ich mit ihr machen dürfe, was auch immer mir Freude bereiten würde.

Erst habe ich es nicht annehmen wollen. Ich habe sie daran erinnert, dass es ihr beim letzten Mal nicht sonderlich gefallen hat, als ich mich mit dem Dolch an ihr vergriffen habe. Und dass es mir gar keine Freude bereiten würde, wenn sie morgen Früh bereits wieder die Scheidung einreichen würde.

Aber sie ist so entschlossen gewesen, als sie mir erklärt hat, sie sei sich diesmal voll und ganz bewusst, worauf sie sich da einlasse, und sie wolle, dass ich ihr Geschenk in vollem Umfang ausreize.

Da ist es um mich geschehen gewesen. Ich habe den Dolch genommen, ihr gesagt, dass ich sie über alles liebe, und dann habe ich losgelegt. Gut eine Stunde lang habe ich leidenschaftlich ihren ganzen Körper mit meiner Klinge bearbeitet, und sie hat die Schmerzen ohne Bedauern und ohne jeden Vorwurf ertragen. Es ist einfach unglaublich gewesen, ein so unvergleichliches Gefühl, das kannst du dir gar nicht vorstellen.

Zu guter Letzt habe ich sie auf meine Arme gehoben und bin mit ihr über die Terrasse an den Strand hinaus gegangen. Sie ist bereits völlig erledigt gewesen und hat die Arme um meinen Nacken gelegt gehabt und den Kopf an meine Schulter gebettet. Ich bin mit ihr direkt ins Meer marschiert, bis es mir bis zur Hüfte gereicht hat. Als ich stehen geblieben bin, hat sie ihren Kopf gehoben, das wogende Wasser knapp unter ihr betrachtet, dann hat sie mich angesehen.

Es war unbeschreiblich, diese Angst in ihren Augen zu sehen, aber nicht vor mir, sondern bloß vor dem Meer.

‚Zeit loszulassen‘, habe ich zu ihr gesagt, und sie hat es ohne Widerrede getan. Dann habe ich sie hineingeworfen. Sie hat geschrien wie am Spieß, als das kalte Salzwasser ihre zerschnittene Haut umhüllt hat. Und weil es so einladend gewesen ist, habe ich sie auch noch so lang untergetaucht, bis sie keine Luft mehr gehabt hat.

Irgendwann habe ich sie dann wieder herausgefischt und zurückgetragen. Ich habe mein Glück gar nicht fassen können, denn sie hat sich immer noch genauso vertrauensvoll an mich gekuschelt wie zuvor. Und als ich sie ins Bad gebracht habe, um das Salzwasser von ihrer Haut abzuwaschen, hat sie mich einfach nur voller Dankbarkeit angesehen."

Dante sah Massimo ratlos an.

„Ich habe wirklich geglaubt, dass sie mich liebt. Es ist mir ein absolutes Rätsel, wie sie das auf die Art ertragen hätte können, wenn es nicht so wäre. Sie hat mir vertraut in dieser Nacht. Da bin ich mir ganz sicher. So etwas kann man doch nicht vortäuschen."

Nun seufzte auch Massimo.

„Falls es dir ein Trost ist, sie hat uns alle getäuscht. Das muss ihr der Neid lassen, so wie sie lügt sonst niemand."

„Es hat jedenfalls seinen Zweck erfüllt. Jedes Mal, wenn ich den Dolch jetzt in die Hand nehme, sehe ich sie vor mir, wie sie mich in jener Nacht angesehen hat.

Und dann stecke ich ihn wieder weg. Weil ich es nicht über mich bringe, dieses bedingungslose Vertrauen in mich auf die Art zu zerstören. Und weil das eine meiner schönsten Erinnerungen überhaupt ist. Ich weiß, das muss für dich peinlich gefühlsduselig klingen, aber ich will sie nicht durch die Erinnerung ersetzen, wie derselbe Dolch, mit dem sie mir das schönste Geschenk von allen gemacht hat, vom Blut meiner untreuen Frau trieft."

„Es steht nirgends geschrieben, dass du sie abstechen musst. Die Möglichkeiten sind vielfältig, aber das muss ich dir ja nicht erklären. Und es wäre auch keine Schande, wenn du Emilio damit beauftragen würdest, dass ..."

„Kommt nicht in Frage!", schnitt Dante ihm grimmig das Wort ab. „Das ist allein meine Aufgabe. Wenn irgendwer anderer ihr auch nur ein Haar krümmt, bekommt er es mit mir zu tun! Ich hoffe, wir verstehen uns."

Beschwichtigend hob Massimo die Hände.

„Okay, schon gut, war ein dummer Vorschlag von mir. Vergessen wir das einfach wieder. Natürlich kümmerst du dich selbst darum.

Aber dann musst du mir die Frage erlauben, was du nun zu tun gedenkst."

„Ganz ehrlich: Ich weiß es nicht."

Darauf wusste Massimo erst mal nichts zu sagen, stattdessen sah er ihn bloß mit großen Augen irritiert an. Kein Wunder, denn Massimo war daran gewöhnt, dass Dante immer einen Plan hatte und genau wusste, was zu tun war.

„Na, schön, fangen wir mal ganz grundlegend an und arbeiten uns dann schrittweise vor: Du wirst sie umbringen."

Dantes seufzendes Kopfschütteln brachte Massimo sogleich wieder aus dem Konzept.

„Wirst du nicht?", fragte er entgeistert.

„Ja, ich weiß, ich sollte es! Aber ...", fuhr Dante ihn an, um dann betrübt nachzusetzen: „Aber ich weiß nicht, ob ich sie gehen lassen kann."

„Das ist doch jetzt nicht dein Ernst! Wie stellst du dir das denn vor? Willst du sie ewig in dem Käfig halten? Weil rauslassen kannst du sie nicht. Du kannst ihr nicht vertrauen! Du bist bisher daran gescheitert, zu erkennen wann sie lügt, und das wird sich auch nicht auf magische Weise ändern."

Geistesabwesend sah Dante auf den Monitor.

„Das Problem würde sich erledigen, wenn ich sie dazu brächte, mich nicht mehr anzulügen."

Es dauerte einen Moment, bis es bei Massimo Klick machte.

„Sag mal, bist du völlig von allen guten Geistern verlassen? Das ist es also, was du hier abziehst: isolieren, foltern und ihr dann die Hand reichen? Du möchtest ihr eine Gehirnwäsche verpassen? Das ist doch Wahnsinn! In jeglicher Hinsicht! Wie zum Teufel willst du dir sicher sein, dass das wirklich funktioniert hat, wenn du sie wieder rauslässt? Die Frau könnte ebenso gut eine tickende Zeitbombe sein!"

„Wenn ich es gründlich mache, wird es schon funktionieren."

„Deine Zuversicht in Ehren", ätzte Massimo. „Aber selbst wenn es funktioniert, was um alles in der Welt versprichst du dir davon? Von dem, was du an Selina geliebt hast, wird absolut nichts mehr übrig sein, wenn du erfolgreich bist! Im besten Fall wird dir ein höriger Zombie bleiben, der bloß noch aussieht wie deine Frau. Und dass dich das auch nur in irgendeiner Hinsicht zufriedenstellen wird, kannst du jemand anderem erzählen. Du schiebst das Unvermeidliche doch bloß hinaus."

„Vielleicht", murmelte Dante. „Aber noch bin ich nicht so weit, diese Entscheidung zu treffen."

Massimo schnaubte ungehalten und drückte den Knopf, der den Ton einschaltete. Sofort war der Raum von Selinas verzweifeltem Schluchzen erfüllte.

„Ich glaube, die Entscheidung wird sich bald von selbst treffen. So wie ich dich kenne, sind diese Verrenkungen, die ich hier sehe, bei weitem nicht alles, was du ihr antust. Selina mag ja viel stärker sein als sie aussieht, aber lange wird sie das trotzdem nicht mehr aushalten, wenn ich mir das so anhöre. Ich kann nur hoffen, dass du spätestens dann zur Vernunft kommst, wenn du siehst, wohin das führen wird. Vermutlich direkt in den Wahnsinn, denn Selina ist nicht der Typ dafür, sich einfach aufzugeben. Das wird sie zerreißen. Schau es dir ruhig an. Und dann überlege dir gut, ob du dieses Häufchen Elend wirklich behalten möchtest."

Selina stand in einer Ecke des Wohnzimmers ihres Elternhauses und starrte einfach nur vor sich hin. Sie fühlte sich gerade furchtbar deplatziert hier.

Die Beileidsbezeugungen waren inzwischen vorbei, und die Gäste der Trauerfeier fingen an, sich über das Buffet herzumachen. Jeder Einzelne hatte ihr kondoliert zum Tod ihrer Schwester, die kurz vor ihrem zwanzigsten Geburtstag von ihnen gegangen war. Kein Einziger hatte sich getraut, die Wahrheit auszusprechen: dass es doch eigentlich ein Segen für alle Beteiligten war.

War sie ein schlechter Mensch, dass sie so dachte? Oder dachten die anderen das eh auch und gaben es bloß nicht zu?

Sie selber hatte ja auch am Grab geweint. Weil sie das Gefühl gehabt hatte, ihre Eltern würden das von ihr erwarten.

In Wahrheit war ihr Herz leer, wenn sie an ihre Schwester dachte. Sie hatte nie eine Beziehung zu ihr aufgebaut, denn seit der Geburt ihrer Schwester war sie daheim eigentlich bloß noch ein Übernachtungsgast gewesen. Wann immer es gegangen war, war sie außer

Haus gewesen. Und Violett war geistig so eingeschränkt gewesen, dass Selina nie so recht gewusst hatte, ob sie sie überhaupt erkannte und ob es bei ihr auch nur irgendetwas auslöste, wenn sie mit ihr zusammen war.

Als kleines Kind hatte sie freilich keinerlei Verständnis dafür gehabt, dass Violett nun alle Aufmerksamkeit ihrer Mutter bekam, während für sie fast nichts mehr übrigblieb. Anfangs hatte sie mit Trotz darauf reagiert – was bloß dazu geführt hatte, dass ihre Mutter ihre spärliche freie Zeit erst recht nicht mit ihr verbringen hatte wollen.

Selina hatte rasch begriffen, dass ihre einzige Chance, überhaupt noch Zeit mit ihrer Mutter zu verbringen, darin bestand, ihr alles recht zu machen und so zu sein, wie sie es erwartete.

Inzwischen verstand sie zwar, wie sehr ihre Mutter sich bei Violetts Pflege aufgeopfert hatte, und dass man wirklich nicht noch mehr von ihr verlangen hätte können. Doch das änderte nun auch nichts mehr daran, dass sie als Kind jahrelang die Schuld für die fehlende Zuwendung bei sich gesucht hatte.

Eigentlich möchte man ja meinen, dass sie es inzwischen besser wissen sollte. Ted hatte es ihr immer wieder gesagt, und nach dem Psychologie-Kurs, den sie im Zuge ihrer Ausbildung beim FBI absolviert hatte, waren ihr die Mechanismen, die hier am Werk waren, durchaus bekannt.

Aber wer sagte ihr, dass sie nicht ganz unabhängig von den Verhältnissen in ihrer Kindheit einfach ein zu schwieriger Charakter war, um mit all ihren Extravaganzen akzeptiert oder gar geliebt zu werden?

Außerdem war es letztlich doch auch völlig egal, woher es rührte, die Erklärung: ‚Ich habe eine ganz schlimme Kindheit gehabt‘, machte sie um keinen Deut liebenswerter.

Und die Tatsache, dass sie ihrer Schwester keine einzige echte Träne nachweinte, erst recht nicht.

Aber das wusste zum Glück keiner.

# 20

Bereits als Dante den Raum betrat, konnte er sehen, dass Selina am ganzen Körper zitterte. Zunächst dachte er, dass ihr wohl einfach kalt war, weil sie sich in ihrer verdrehten Haltung garantiert ziemlich vollflächig angelullt hatte. Aber als er näherkam, bemerkte er die unbändige Angst in ihrem Gesicht, die mit jedem Schritt von ihm scheinbar noch weiter zunahm.

Nanu, was war denn das?

Wo kam all das Blut denn her?

Ihr ganzer Oberkörper war verschmiert damit, und in der Kuhle unter ihrer Brust hatte sich tiefrot und dickflüssig ein richtiger kleiner See davon gebildet.

Ach so, ja, das hatte er doch glatt vergessen. Es war wieder so weit. Eine Frau zu sein war einmal im Monat echt ganz schön unpraktisch. Und nun fürchtete Selina sich davor, was er daraus machen würde.

Wortlos öffnete er den Käfig und ließ sich neben ihr in die Hocke nieder. Bedächtig tauchte er zwei Finger in die Blutlache und rührte ein wenig darin herum.

Ihn würde das Blut ja nicht im Geringsten stören, aber Selina war es wohl irgendwie unangenehm, nachdem ihre Scheide an den zwei bis drei starken Tagen immer Sperrgebiet für ihn war.

Wenn das nicht wunderbare Möglichkeiten bot, ihr einen Strick daraus zu drehen.

Nur leider war ihm gerade gar nicht danach, sein Hirn dafür anzuwerfen, um sich die nächste Folter für sie auszudenken. Das Gespräch mit Massimo hatte ihn noch mehr demotiviert, als er es ohnehin schon gewesen war, hatte es doch die Sinnhaftigkeit des Ganzen arg in Frage gestellt. Und ohne ein Ziel vor Augen, warum er das tat, blieb bloß noch das, was Selina auch schon festgestellt hatte: Es bereitete ihm wirklich keine Freude.

Lustlos wischte er seine Finger in Selinas Gesicht ab, ehe er sich daran machte, sie von dem Füllmaterial und den Fesseln zu befreien.

Selina hatte sich panisch vor Dantes Reaktion gefürchtet, seit der erste Tropfen auf ihren Bauch gefallen und der Geruch des Blutes in ihre Nase gestiegen war.

Wie schon die letzten Male war sie von der Fesselung völlig am Ende ihrer Kräfte. Sie wusste nicht, wie sie es durchstehen sollte, wenn Dante sie postwendend mit der nächsten strafen würde. Dazu plagte sie die Erinnerung daran, wie elend schlecht ihr gewesen war, als Dante ihr das Blut eingeflößt hatte. Ein guter Nährboden für die Horrorvorstellung, er könnte ähnliches angesichts der sich bietenden Gelegenheit wieder machen.

Allein die lähmende Angst davor, ungut aufzufallen und damit neue Repressalien zu provozieren, hielt sie davon ab, sofort auszuflippen, als Dante ihr das Blut quer übers ganze Gesicht und die Lippen strich.

Was hatte er bloß nun wieder mit ihr vor? Und warum war er so verdächtig schweigsam?

Sie hatte erwartet, dass er sie ausschimpfen und niedermachen würde, aber nichts, keine Silbe. Wobei sein Schweigen sogar noch schwerer zu ertragen war. Einerseits, weil das nichts Gutes bedeuten konnte, und andererseits, weil sie sich ungeachtet seiner zumeist grausamen Aussagen trotzdem danach sehnte, seine Stimme zu hören. Wenn man mehr als dreiundzwanzig Stunden am Tag völlig allein in absoluter Dunkelheit verbrachte, war jedes noch so böse Wort besser als die sonst herrschende Stille.

Selinas Nerven waren zum Zerreißen angespannt, als Dante aufstand und den Käfig öffnete. Sie wagte kaum zu atmen, als er die Verankerungen des Hakens und des Buttplugs von den Gitterstäben trennte und sie endlich von den beiden Teilen erlöste. Selbst das leise Klicken der sich wieder schließenden Käfigtür jagte ihr einen furchtbaren Angstschauer durch den ganzen Körper, der sich bloß mäßig beruhigte, als Dante sich gleich darauf daran machte, auch die Fesseln zu entfernen.

Ihre Befreiung war freilich keine Erlösung, vielmehr fühlte es sich an, als würde ihr Rücken gleich brechen, als er nach der langen Streckung wieder in eine normale, gerade Haltung zusammengestaucht wurde. Doch an faul auf dem Rücken liegen bleiben war erst mal sowieso nicht zu denken, denn Dante war bereits dabei, den Schlauch zu holen.

Es war ein Kraftakt sondergleichen, aber irgendwie schaffte Selina es, sich an den Gitterstäben hochzuziehen und halb kniend so zu positionieren, wie sie hoffte, dass es Dantes Ansprüchen genügen würde. Auf keinen Fall wollte sie ihm irgendeinen Anlass liefern, das widerliche Gemisch aus Blut und Urin, dass sich großflächig auf ihrem Oberkörper verteilt hatte, nicht von ihr abzuwaschen. Selbst wenn sie danach wieder elendig frieren würde.

Sein prüfender Blick ließ ihren Herzschlag in einen Trommelwirbel verfallen.

War ihr vorauseilender Gehorsam ein Fehler gewesen?

Wenn Dante erkannte, wie sehr sie diese Dusche aller Unannehmlichkeiten zum Trotz ersehnte, hätte er noch etwas, das er ihr nehmen konnte.

Zu ihrer unendlichen Erleichterung drehte Dante jedoch bloß kommentarlos das Wasser auf, um sie und den Käfig wie gehabt einmal rundherum abzuspritzen.

Selina hing noch immer mit den Händen am Gitter, als Dante sich danach ohne Umschweife zur Tür wandte. Er hatte kein einziges Wort verloren, während er bei ihr gewesen war.

Eigentlich war sie einfach nur heilfroh, dass er wieder verschwand, ohne ihr neuerlich unerträgliche Schmerzen zuzufügen. Aber seine völlige Ignoranz ihr gegenüber war genauso eine Art Folter. Und das nicht bloß, weil er ihr noch mehr des ohnehin schon so spärlichen zwischenmenschlichen Kontakts nahm und sie damit noch ein Stück weiter isolierte in dieser Hölle, die nun ihr Leben war. Denn als Dante das Licht ausschaltete, keimte auf einmal eine in Windeseile alles überwuchernde Panik in ihr.

Was, wenn er gänzlich das Interesse an ihr verlieren würde? Was sollte dann aus ihr werden? Würde er sie einfach vergessen, bis ihn irgendwer Wochen später auf den üblen Verwesungsgeruch aus dem Keller hinwies?

Sie wollte hier nicht völlig allein, einsam und vergessen ganz langsam zu Grunde gehen!

Die Tür fiel zu und stürzte sie zurück in die Dunkelheit.

„Dante", rief sie ihm leise voller Verzweiflung unter Tränen nach.

Ihre Hände und Arme verließ auf einmal jegliche Kraft. Wie eine Marionette, deren Fäden man alle auf einmal kappte, sackte Selina in ihrem Käfig zusammen. Ihr ganzer Körper zitterte heftig, und das nicht nur vor Kälte, während sie bittere Tränen weinte.

Sie hatte solchen Hunger.

Sie hatte unsäglichen Durst.

Sie war so unglaublich müde.

Sie war so furchtbar verzweifelt.

Sie war schlichtweg am Ende.

Sie würde hier drinnen irre werden, genauso, wie in dem grauenhaften Alptraum, den sie zuletzt gehabt hatte. Und das Schlimmste daran war, dass ihr völlig bewusst war, wie sie in den Wahnsinn abglitt. Nichts mit der tröstlichen Hoffnung, dass man es selber nicht mitbekam, wenn man verrückt wurde.

Ein kalter Wassertropfen fiel von der Käfigdecke und landete neben Selinas Mundwinkel. Wie ferngesteuert streckte sie die Zunge heraus, und holte das bisschen Flüssigkeit in ihren Mund.

Es war bloß ein Tropfen.

Aber wo der herkam, gab es noch mehr.

Ganz vorsichtig, um den Käfig nicht zu erschüttern, richtete Selina sich unter großen Mühen wieder auf. Da sie nichts sehen konnte, berührte sie erst mal zaghaft einen der Gitterstäbe. Sie konnte den Tropfen fühlen, doch er fiel verschwendet ins Leere. Also streckte sie ihre Zunge aus.

Welche Stufe des Wahnsinns war es wohl, für ein paar Tropfen Wasser und ein wenig Zeitvertreib akribisch einen ganzen Käfig abzuschlecken?

# 21

Ohne sich besondere Mühe beim Einschlichten zu geben, warf Selina ihr ganzes Gewand in ihren Koffer. Ihre Mutter würde sowieso gleich alles waschen und bügeln, also wozu falten? Seit Violetts Tod waren ihre Eltern nämlich äußerst bemüht, die Versäumnisse der letzten zwanzig Jahre wieder gutzumachen. Besser spät als nie, und so versuchte auch Selina, jeden Monat wenigstens ein Wochenende bei ihren Eltern zu verbringen.

Anfangs hatte ihre Mutter es eindeutig übertrieben. Aber gut, wenn man zwanzig Jahre lang jemanden rund um die Uhr umsorgt hatte, dann war es sicher eine große Umstellung, plötzlich so viel Zeit für sich zu haben. Da fand man dann wohl nichts dabei, sich mal einen ganzen Tag in die Küche zu stellen und als Vorbereitung für den Besuch der Tochter alles Mögliche zu kochen und zu backen, bis sich der Tisch bog. Wenigstens das hatte Selina geschafft, auf ein vernünftiges Maß einzuschränken. Bei der Wäsche dagegen war sie gescheitert, das wollte ihre Mutter sich partout nicht nehmen lassen. Also brachte sie jetzt jedes Mal einen ganzen Koffer voll Schmutzwäsche mit, damit ihre Mutter das gute Gefühl hatte, etwas für sie tun zu können.

Nachdem sie also alles, was sie an getragener Wäsche finden konnte, in den Koffer gestopft hatte, machte Selina sich auf den Weg zum Flughafen. Wie üblich hatte sie den Nachtflug gebucht, damit sie am Samstag zeitig in der Früh daheim ankam.

---

Selina saß in der Abflughalle und las eine Zeitung, die sie sich zuvor am Flughafen gekauft hatte. Es war erst kurz nach elf, das bedeutete, dass sie noch gut eine halbe Stunde Zeit hatte, bis das Boarding losging.

Da brummte auf einmal ihr Handy.

Wer rief denn um die Zeit noch an?

Schmunzelnd holte Selina ihr Telefon aus der Hosentasche, während sie daran dachte, wie sehr sich die Dinge doch änderten. Vor ein paar Jahren war elf für sie genau die Zeit gewesen, sich gerade erst aufzumachen, um noch Leute zu treffen. Aber das war inzwischen vorbei.

Nanu, auch noch eine unbekannte Nummer?

„Hallo?"

„Hallo, hier ist Officer Ruben. Spreche ich mit Miss Selina Nesbit?"

„Ja."

„Miss, es tut mir sehr leid, Ihnen das am Telefon mitteilen zu müssen. Ihre Eltern sind mit dem Auto verunglückt und dabei ums Leben gekommen."

Selina wäre beinahe das Telefon aus der Hand gefallen.

Der Mann am anderen Ende der Leitung redete zwar noch weiter, aber davon bekam sie nichts mehr bewusst mit.

Warum?

Warum war das Leben so unfair?!

# 22

„*Die Umbauarbeiten scheinen ja schon recht weit fortgeschritten*", stellte Dante auf Italienisch fest, als er in die große Bibliothek trat, in der seine Mutter gerade mit zwei Hausmädchen dabei war, die Sammlung neu zu sortieren.

Nachdem Massimo nämlich keinerlei Intentionen hegte, in das Haus seiner Kindheit zurückzukehren, war die Villa nach Stefanos Tod an seine immer noch dort wohnende Schwester gefallen. Und es überrasche Dante nicht im Geringsten, dass seine Mutter bereits begonnen hatte, alles niederreißen und umgestalten zu lassen, kaum dass ihr Bruder unter der Erde war.

Seine Mutter stieß einen missbilligenden Laut aus, ehe sie in feurigem Italienisch loslegte:

„*Ja, inzwischen läuft es, aber am Anfang hat dieses Handwerkerpack doch tatsächlich geglaubt, sie könnten mich für dumm verkaufen. Ich sage es dir, es ist ein Drama, zweitausendsiebzehn und noch immer muss ich mich damit herumschlagen, als Frau nicht ernst genommen zu werden. Und wenn man dann mal auf den Tisch haut, um für klare Verhältnisse zu sorgen, verschafft einem das ja auch keinen Respekt, dann ist man bloß als*

Furie verschrien. Ich habe erst Angelo damit beauftragen müssen, meine Anweisungen zu übermitteln, damit sie spuren."

„Vielleicht liegt es ja weniger am Geschlecht, sondern viel mehr daran, dass Angelo eine Knarre trägt?", schlug Dante vor, um das erregte Gemüt seiner Mutter etwas zu besänftigen.

„Ja und warum habe ich als Einzige hier keine Knarre?", warf sie hitzig in den Raum. „Weil Papa und Stefano der Meinung gewesen sind, das schickt sich für eine Dame nicht! Weshalb ich auch nie schießen gelernt habe!"

Mit funkelnden Augen nahm sie Dante ins Visier.

„Hm, aber eigentlich, nun da die beiden weg sind, könntest du es mir doch beibringen. Du bist zum Glück ja nicht so verstaubt, schließlich trägt Selina auch eine Waffe. Apropos, wo ist Selina eigentlich? Ich habe euch beide erwartet."

„Selina ist gerade etwas angehängt daheim und hat daher leider nicht mitkommen können."

Ihr Blick wurde misstrauisch, als sie näher an ihn herantrat, während sie mit einem knappen „Raus!" und einer Handbewegung Richtung Tür die Hausmädchen dazu brachte, eilig das Feld zu räumen.

„Dante", mahnte seine Mutter ihn streng. „Diesen Blick kenne ich, der riecht verdächtig danach, dass du das eben wörtlich gemeint hast. Also versuch hier nicht, mich mit billigen Ausreden abzuspeisen. Du erzählst mir jetzt auf der Stelle, was du mit Selina gemacht hast und warum."

Mit einem unwirschen Knurren gab Dante es auf, seiner Mutter so etwas wie Normalität vorspielen zu wollen.

„Selina hat sich als falsche Schlange und miese Verräterin entpuppt, weshalb sie nun einen kleinen Käfig im Keller bewohnt."

Seine Mutter zog verwundert eine Augenbraue hoch.

„Wenn das so ist, wie kommt es, dass sie dann überhaupt noch lebt? Los, ich will Einzelheiten hören."

Also erzählte Dante die ganze Geschichte, wie Selina ihre Finger im Spiel gehabt hatte, um Stefano zu Fall zu bringen, und wie sie ihn hintergangen hatte.

„*Ja und? Das ist alles?*", fragte seine Mutter überraschend unbeeindruckt, nachdem Dantes Erzählung geendet hatte.

„*Ist das denn nicht genug?*", empörte sich Dante grimmig.

„*Was hat sie denn schon großartig verbrochen?*", konterte sie mit einer Unbekümmertheit, die Dante nicht im Geringsten nachvollziehen konnte. „*Sie hat Stefano die Möglichkeit gegeben, sich auf Abwege zu begeben, und er hat es prompt getan.*

*Wenn ich doch nur Selinas Möglichkeiten gehabt hätte ... ich hätte es vor dreißig Jahren schon versucht.*

*Wenn wir ehrlich sind, hat sie uns allen damit doch eigentlich einen Gefallen getan. Dein Onkel ist dir sowieso immer nur im Weg gestanden. Er hat dich all die Jahre genauso geringgeschätzt, wie es mein Vater mit mir gemacht hat. Oder trauerst du ihm etwa nach?*"

„*Nein, ich bestimmt nicht*", räumte Dante unumwunden ein.

„*Es trauert ihm auch sonst keiner nach. Massimo hat mich noch vor dem Begräbnis angerufen, um mir zu sagen, dass er weder das Haus noch sonst etwas aus dem persönlichen Besitz seines Vaters haben will, und dass ich mit dem ganzen Krempel machen kann, was ich will. Und Alessandra hat den Witwentrauerschleier bei der Beerdigung doch bloß getragen, damit keiner das glückselige Lächeln sieht, mit dem sie herumläuft, seit sie dieses tyrannische Ekel von einem Ehemann los ist.*"

Dante verkniff es sich anzumerken, dass Alessandra wohl ebenso froh war, damit auch endlich von ihrer kaum minder tyrannischen Schwägerin wegzukommen. Sie war mit dem Kofferpacken sogar noch schneller gewesen, als seine Mutter mit dem Anheuern der Handwerker. Ihr Anteil am Erbe würde ihr fortan ein sorgenfreies Leben in einem schmucken Penthouse ermöglichen.

„Dass Stefano zufälligerweise ein Arsch gewesen ist, ändert aber nichts an Selinas verräterischen Machenschaften", hielt er stattdessen fest.

„Na mein Gott, sie hat halt gelogen. Und?" Seine Mutter lächelte milde. „Damit passt sie doch richtig gut in unsere Familie. Wer legt denn hier die Karten schon offen auf den Tisch? Und immerhin lügt sie wenigstens gut, das ist eine Fähigkeit, die man anerkennen sollte."

Daran konnte Dante nichts Erheiterndes finden.

„Stefano sind seine Intrigen nicht besonders gut bekommen."

„Stefano ist es nicht gut bekommen, dass er ein Idiot gewesen ist!", schimpfte seine Mutter abfällig. „Außerdem ist er immer schon ein schlechter Lügner gewesen. Noch etwas, worin er mir unterlegen gewesen ist. Also hör auf, gerade ihn hier als leuchtendes Beispiel zu sehen.

Wieso schaust du mich so an?"

Ihr Ton wurde milder.

„Ach komm schon, Dante, du bist doch kein kleines Kind mehr. Wir sind eine Familie voller Lügner. Und das ist wenigstens mal was gewesen, wo ich sogar etwas davon gehabt habe, dass ich besser als mein Bruder gewesen bin."

„Ich kann dir nicht so recht folgen."

Das überlegene Lächeln, mit dem sie ihn nun leicht herablassend bedachte, erinnerte Dante jedoch frappant daran, dass nicht gerade wenige der miesesten Charakterzüge, die er geerbt hatte, eindeutig auf das Konto seiner Mutter gingen.

„Hältst du mich denn wirklich für so blöd, dass ich mit nicht mal zwanzig von der ersten großen Liebe ungewollt schwanger geworden bin? Also ich kann dir sagen, Liebe ist nicht der Grund dafür gewesen, dass ich deinen Vater geheiratet habe. Ich habe ihn mir ausgesucht, weil ich es Papa heimzahlen habe wollen, dass er in mir nie mehr gesehen hat als die Möglichkeit, mich wenigstens gewinnbringend verheiraten zu können. Und das, obwohl ich weit mehr als mein Bruder das Zeug dazu gehabt hätte, in seine Fußstapfen zu treten."

„*Hat Papa das gewusst?*", fragte Dante düster, woraufhin seine Mutter zu lachen begann.

„*Wo denkst du hin, natürlich nicht. Womöglich hätte er mich dann ja gar nicht geheiratet. Nein, das Risiko habe ich nicht eingehen wollen. Ich habe einen ganz klaren Plan gehabt: schwanger werden, heiraten, und um dem ganzen noch die Krone aufzusetzen, nach zwei bis drei Jahren dann eine Scheidung. Das wäre ein Skandal gewesen, das hätte deinen Großvater umgebracht.*

*Aber rate mal: Nachdem ich zwei Jahre mit deinem Vater zusammen gewesen bin, in denen ich seine ihn liebende Frau gemimt habe, habe ich festgestellt, dass ich ihn gar nicht mehr verlassen wollte. Eine Zeit lang habe ich mit mir gehadert, weil meine Gefühle mir meinen schönen Racheplan zerstören würden, wenn ich sie zulassen würde. Aber irgendwann ist mir klar geworden, dass die Entscheidung schon längst ohne meine Zustimmung gefallen ist. Gefühle fragen nicht um Erlaubnis, und sie gehen auch nicht weg, bloß weil man sie verleugnet.*"

Dante wusste nicht, was er darauf sagen sollte. Was seine Mutter da erzählte war naheliegend, aber er hatte sich wohl nie so wirklich Gedanken darüber machen wollen.

„*Ich weiß, das ist keine romantische Geschichte, die man seinen Kindern verzückt bei jeder Gelegenheit erzählt. Was ich dir damit sagen will, ist: Auch wenn die ursprünglichen Beweggründe vielleicht fragwürdig sind, unterm Strich ist es am Ende egal.*"

„*Na ich weiß nicht, ob das so egal ist. Es ist schon was anderes, ob bei einer arrangierten Ehe – und das ist deine mehr oder weniger gewesen, bloß dass du sie selbst arrangiert hast – man sich wider Erwarten dann doch gut leiden kann, oder ob man sich an jemanden ranmacht in der Absicht, ihn fertig zu machen. Das ist wohl ein bisschen eine andere Liga.*"

„*Was die initiale Überwindung betrifft, ja. Der Sprung, den Selina gemacht hat, ist definitiv größer. Aber das Ergebnis ist das gleiche.*"

„*Du glaubst wirklich, dass sie mich liebt?*", fragte Dante skeptisch.

„*Natürlich liebt sie dich*", stellte seine Mutter resolut fest, als wäre es völlig offensichtlich. „*Und das weißt du auch. Immerhin hast du sie sogar geheiratet. Du bist doch kein liebeskranker Trottel, dem schon ein paar Lippenbe-kenntnisse genügen, um seiner Angebeteten blind zu folgen. Du bist ein Experte darin, Leute zu verhören und auf ihre Glaubwürdigkeit zu überprüfen. Bei dir läuft der Lü-gendetektor doch ständig im Hintergrund.*"

„*Vielleicht ist ihre Fähigkeit zu lügen einfach größer als die meine, Lügen zu erkennen.*"

„*Mhm. Sicher.*

*Weiß du, warum du bei Selina gescheitert bist? Weil sie nicht einfach nur lügt, sondern weil sie selber dran glaubt. Das ist ihr großes Talent, so in die Rolle einzutau-chen, dass sie es wirklich fühlt. Und du weißt doch: Wir lachen, weil wir glücklich sind. Aber wir werden auch glücklich, wenn wir lachen.*

*Von den intimen Details will ich gar nichts erfahren, aber ich kenne meinen Sohn gut genug, um zu wissen, dass das Zusammenleben mit dir einer Frau wesentlich mehr abverlangt als einmal in der Woche nach dem Motto: ‚Augen zu und durch' die eheliche Pflicht zu er-füllen. Wenn man dich und deine Veranlagung vollum-fänglich kennt, gehört ja schon einiges dazu, einfach nur friedlich neben dir schlafen zu können.*

*Ich habe Selina bei eurer Hochzeit gefragt, ob sie wirklich weiß, auf wen sie sich da einlässt. Darauf hat sie mich zur Seite genommen und mir die Narbe über ihrer Brust gezeigt. Meinst du wirklich, sie würde noch mit dir und deinem Dolch seelenruhig das Schlafzimmer teilen, wenn sie dir nicht wirklich vertrauen würde?*"

„*Vielleicht hat sie ja auch nur darauf vertraut, dass* ich *wirklich in sie verliebt bin. Das heißt noch lange nicht, dass das umgekehrt auch zutrifft.*"

„*Für meine These spricht aber, dass du immer noch wohlauf bist, obwohl Selina scheinbar Grund hätte, dich kalt zu machen.*"

„Noch. Weil sie mich weiterhin brauchen hätte können, um auch Massimo zu beseitigen."

„Unsinn. Massimo hat bereits bewiesen, dass er ohne dich nichts ist. Für so einen kleinen Fisch schiebt man sein Primärziel nicht unnötig auf. Wenn es Selina wirklich ernst gewesen wäre damit, ihren Plan eiskalt durchziehen zu wollen, hätte sie dich schon längst umgelegt. Du hast ihr vertraut, sie hätte sicher reichlich Gelegenheiten dazu gehabt."

Da war was Wahres dran. Und Selina hatte bereits bewiesen, dass sie durchaus fähig war, tödliche Gewalt einzusetzen. Was aber keineswegs bedeutete, dass es ihr so leicht von der Hand ging wie ihm. Vielleicht hatte sie bisher einfach nur Hemmungen gehabt, ihn heimtückisch zu ermorden. Das könnte nach der letzten Woche nun aber auch ganz anders aussehen.

„Die Frage, die du dir wirklich stellen solltest, ist doch in Wahrheit: Liebst du Selina?"

„Offensichtlich, nachdem sie noch relativ wohlauf ist", bekannte Dante unglücklich.

„Dann musst du dich entscheiden, wozu du dich eher durchringen kannst: ihr zu vergeben, oder sie zu opfern. Beides wird verdammt schwer werden. Aber Massimo hat Recht: So kann es nicht weitergehen. Und wenn du deine Entscheidung nicht bald triffst, wird die Zeit sie für dich treffen. Was, wie wir beide wissen, absolut inakzeptabel für dich wäre."

Darauf konnte Dante bloß stumm nicken. Er wusste nur zu gut, dass er an einem Scheideweg stand und ihm die Zeit davonlief. Das machte die Wahl des richtigen Weges nur leider um nichts einfacher.

# 23

„Was? Du hast mit Eric Schluss gemacht?", wiederholte Vanessa entgeistert. „Aber warum denn? Ihr seid
doch ein so schönes Paar gewesen. Ich finde, ihr habt
richtig gut zueinander gepasst."

Nein, das hatten sie nicht. Es hatte bloß so ausgesehen, weil Selina mal wieder das getan hatte, was sie immer machte: Sie hatte sich angepasst und Interesse für
seine Vorlieben geheuchelt, aber in Wahrheit hatte er sie
recht bald gelangweilt.

„Es ist unterm Strich dann halt doch zu wenig gewesen, was wir gemeinsam haben", gab Selina sich vage,
denn was sollte sie Vanessa schon sagen?

Dass sie eigentlich all ihre Freunde belog, nur hatte
sich bei Eric der Aufwand einfach nicht mehr gelohnt?

Eher nicht.

„Zu wenig? Die meisten Paare, die ich kenne, haben
noch weniger gemeinsam. Kann es sein, dass du einfach
zu viel erwartest?"

„Vielleicht", seufzte Selina.

War es zu viel erwartet, dass sie sich einen Mann wünschte, bei dem sie sich nicht verstellen musste? Der bereit war, sie so zu nehmen, wie sie war?

Und es lag keineswegs an einem eingebildeten Komplex von ihr, dass sie so einen noch nicht gefunden hatte.

Bei Eric hatte sie sich anfangs echt Hoffnungen gemacht, dass es mit ihm vielleicht wirklich etwas werden könnte. Aber das hatte sich recht bald als Trugschluss erwiesen.

Ja, er war sportlich. Aber Triathlon? Ein bisschen Laufen, Schwimmen und Radfahren war schon okay, um sich fit zu halten, aber Eric hatte ja nichts anderes gemacht. Das war actionmäßig dann schon sehr dünn, weshalb es sie schnell furchtbar gelangweilt hatte.

Und was noch schlimmer war, Eric hatte ein entscheidendes Manko: Er kam nicht damit zurecht, wenn sie etwas besser konnte als er – also etwas, das nicht in die Kategorie Küche und Haushalt fiel. Und damit reihte er sich bei seinen Vorgängern ein. Offenbar war es für das männliche Ego äußerst schwer zu verkraften, wenn die zierliche Freundin in der Lage war, einen ohne viel Aufhebens zu Boden zu schicken.

Es war schon ein Dilemma. Die paar Männer, mit denen sie eine ernsthafte Beziehung versucht hatte, spielten einfach nicht in ihrer Liga, was zu besagtem Frust führte. Und die Männer, die in der Lage waren, ihr das Wasser zu reichen, waren wiederum nicht von der Sorte gewesen, mit der sie sich länger hätte abgeben wollen. So ein One-Night-Stand mit einem Bad-Boy war ja was ganz Anregendes, aber jeden Tag wollte sie den sicher nicht daheim auf der Couch sitzen haben.

Aber egal. Ihre Prioritäten hatten sich zuletzt sowieso verschoben.

Die Polizei hatte bei den Ermittlungen zum Tod ihrer Eltern ziemlich kläglich versagt. Der Fall war schnell zu den Akten gelegt worden, niemand schien sich wirklich bemüht zu haben, den Verursacher des Unfalls herauszufinden. ‚Das ist aussichtslos‘, so hatte man Selinas Nachfrage abgespeist.

Aber damit hatte sie sich freilich nicht abgefunden. Sie hatte selber angefangen nachzuforschen. Und sie war tatsächlich auf etwas gestoßen.

Soweit die gute Nachricht. Die schlechte Nachricht war, dass es kaum für eine Anzeige und bei weitem nicht für eine Verurteilung reichen würde. Erst recht, wenn man bedachte, um wen es hier ging. Denn die Spur führte in den Dunstkreis des Scordato-Clans, einer äußerst wohlhabenden und einflussreichen Familie, wie sie herausgefunden hatte. Und wo Geld war, war gewiss auch ein Heer von Anwälten.

Doch auch damit würde Selina sich nicht abfinden. Sie hatte sich noch weiter umgehört – und herausgefunden, dass das FBI die werten Scordatos bereits am Radar hatte. Es gab ein Team unter der Leitung von Tyler Callahan, das mit Ermittlungen wegen des Verdachts von organisiertem Verbrechen begonnen hatte. Und genau dort wollte sie hin.

So gesehen sollte sie der Polizei für ihre schlampige Ermittlungsarbeit wohl dankbar sein. Denn hätte irgendjemand gewusst, warum sie wirklich in Callahans Truppe wollte, wäre ihr Ansuchen von Vornherein rundweg abgelehnt worden. Völlig zurecht, denn Selina hatte vor, die Scordatos zur Rechenschaft zu ziehen, koste es, was es wolle. Und wenn das auf dem regulären Dienstweg nicht zu erreichen war, würde sie andere Wege finden.

Denn in Wahrheit wünschte sie sich nichts Geringeres, als zu sehen, wie das ganze Syndikat in Flammen aufging und zu Staub zerfiel.

# 24

Dante wusste nicht so recht, was er davon halten sollte, dass sowie er den Raum betrat, Selina sich an die Käfigtür warf und ihn unter lautlosen Tränen auf ziemlich verschrobene Weise beinahe glücklich ansah. Es ging ganz eindeutig rapide bergab mit ihr.

Wahrscheinlich würde sie ohnehin nichts Dummes versuchen, wenn er den Käfig gleich öffnete, aber Dante wollte kein Risiko eingehen. Also zog er ein Paar Handschellen aus seiner Hose und trat hinter den Käfig.

„Leg dich hin, den Kopf auf diese Seite, linke Hand zu mir raus", wies er sie an.

„Natürlich, alles was du willst", versicherte sie ihm sogleich unterwürfig, in dem offensichtlichen Bemühen, ihn nur ja nicht zu verärgern, während sie seinem Wunsch auch schon nachkam.

Während er erst ihren Arm und dann auch ihre Beine am Käfig ankettete, musste Dante sich eingestehen, dass Massimo sich diesmal als Prophet erwiesen hatte. Seine Bemühungen begannen langsam Früchte zu tragen, aber er konnte nicht behaupten, dass ihm das Ergebnis gefiel. Diese erbärmliche Kreatur, die da vor ihm lag, hatte jetzt schon kaum noch etwas gemeinsam mit der Frau, die er geliebt hatte.

Der Frau, die ihn verraten und hintergangen hatte.

Im Stillen stieß Dante einen deftigen Fluch aus.

Diese Situation war so dermaßen zum Kotzen!

Die Selina, die er liebte, barg das Potential, ihn und womöglich auch weitere Mitglieder seiner Familie zugrundezurichten. Und die Selina, die das niemals wagen würde, war bloß ein minderwertiges, nichtswürdiges Etwas.

Warum nur konnte er sich nicht dazu durchringen, jetzt einfach seinen Dolch zu ziehen und der Sache ein Ende zu bereiten?

Aber anstatt seines Dolchs holte Dante sich bloß eine Pinzette und eine kleine, spitze Schere. Damit ließ er sich am geöffneten Käfig neben Selina nieder, um ihr die Fäden an ihrer Schusswunde zu ziehen. Auch wenn ihm dabei die Frage durch den Kopf ging, ob sich das überhaupt noch lohnte.

Entsprechend unmotiviert zwang Dante sich danach noch dazu, die Fütterung und Waschung durchzuführen, ehe er das Häufchen Elend von den Ketten befreite, um sich danach endlich verdrücken zu können.

Im Überwachungsraum starrte Dante einfach nur abwesend den Monitor an. Er hatte keine Ahnung, wie lang er reglos so dagesessen war, und er hätte auch noch länger so verharrt, hätte nicht Selinas Telefon auf einmal neben ihm zu brummen begonnen.

*Unbekannter Teilnehmer.*

Da wurde aber jemand schnell nervös, weil Selina sich nicht wie verabredet gemeldet hatte.

Dante hob ab.

Dann herrschte erst mal Stille auf beiden Seiten.

„Sie brauchen nicht gleich wieder aufzulegen, ich weiß, dass Sie es sind, Callahan", brach Dante ganz sachlich als erster das Schweigen.

„Wieso melden Sie sich auf Selinas Handy?", verlangte Callahan zu erfahren.

„Dass Selina mit Ihnen redet, ist nicht so ein großes Geheimnis, wie Sie vielleicht denken. Hat sie Ihnen denn gar nicht erzählt, dass ich davon weiß, dass sie sich mit Ihnen trifft?"

„Nein. Das wäre mir neu", erwiderte Callahan mit deutlich hörbarem Misstrauen. „Aber wenn das so ist, sind wir wohl eh alle gut Freund miteinander, und Sie können mir Selina jetzt geben."

Sieh an, ihn hatte Selina also genauso belogen.

„Tja, also ganz so einfach ist die Sache nun doch wieder nicht. Denn ebenso wie Ihnen offenbar auch, hat Selina mir ein paar nicht ganz unwichtige Details unterschlagen. So Dinge, wie dass sie mit Ihnen zusammen den Sturz der Scordatos plant. Und machen Sie sich gar nicht erst die Mühe, es abzustreiten. Ich kenne die Einzelheiten ihres Telefonats mit Selina von letzter Woche."

„Sie elender Bastard! Was haben Sie mit Selina gemacht?", ging es mit Callahan durch.

„Was *ich* mit *ihr* gemacht habe? Haben Sie sich auch so echauffiert, als sie Ihnen dargelegt hat, was *sie* mit *mir* machen will?"

„Selina hat bloß ihren Job gemacht", knurrte Callahan unwirsch.

„Nein wie süß, Sie glauben das wirklich.

Sie haben keinen Schimmer, worum es Selina wirklich geht, nicht wahr?

Hat Sie ihnen jemals vom Tod ihrer Eltern erzählt?"

„Äh, nein", erwiderte Callahan einsilbig, der dem plötzlichen Themenschwenk offenbar nicht so ganz folgen konnte.

„Wundert mich nicht. Nun, dann klär ich Sie mal auf: Selina ist bloß aus einem Grund bei uns beiden gelandet, nämlich um den Tod ihrer Eltern zu rächen. Sie hat nie für Sie gearbeitet, sie hat von Anfang an bloß ihre eigenen Ziele verfolgt.

Herzlich willkommen im Club derer, die Selina erfolgreich belogen, betrogen und benutzt hat."

„Ziemlich plumper Versuch, mich gegen Selina aufzubringen, finden Sie nicht?", unkte Callahan scheinbar unbeeindruckt.

„Ob Sie es glauben oder nicht, aber genau so habe ich auch reagiert, als man es mir gesagt hat. Tun Sie, was ich auch getan habe: Prüfen Sie es nach."

„Das werde ich, darauf können Sie Gift nehmen. Aber völlig unabhängig davon, ob es nun wahr ist oder nicht, will ich jetzt trotzdem endlich wissen, was Sie mit Selina gemacht haben."

„Regen Sie sich ab, sie lebt noch", meinte Dante lapidar.

„Und in welchem Zustand?"

„Naja, sagen wir mal, es ist ihr sicher schon mal besser gegangen. Aber bevor Sie jetzt gleich wieder ausflippen, es ist noch alles an ihr dran."

„Und das soll ich Ihnen jetzt einfach mal vertrauensvoll glauben?"

„Sie sind nicht in der Position, Beweise verlangen zu können. Und Sie sind auch nicht in der Lage, Selina zu Hilfe zu kommen. Das sollte Ihnen bewusst sein. Nur, um das klarzustellen: Ich habe Sie bei unserer letzten Begegnung einzig und allein Selina zuliebe verschont. Zwar habe ich inzwischen keine Ahnung mehr, wie echt das, was sie für Sie empfindet, überhaupt ist. Aber wissen Sie was? Das ist auch völlig egal. Selina würde es sich so oder so nie verzeihen, wenn Ihnen bei dem Versuch, sie zu retten, etwas zustieße.

Also, wenn Sie wirklich etwas für Selina tun wollen, dann bleiben Sie schön brav daheim und halten die Füße still. Sie wollen doch nicht als Selinas schlimmstes Folterinstrument enden?"

„Ich warne Sie, Napolitani", zürnte Callahan. „Wenn Sie Selina ernsthaft etwas antun, werde ich nicht ruhen, ehe ich Sie zur Strecke gebracht habe."

„Ja, ja, schon klar. War nett, mit Ihnen geplaudert zu haben. Rufen Sie ruhig wieder an, wenn Sie sich davon überzeugen konnten, dass Selina Sie ebenso gelinkt hat wie mich. Vielleicht kommen wir dann ja eher auf einen grünen Zweig."

Damit legte Dante einfach auf.

Dantes Stimmung war ziemlich im Keller, als Massimo kurze Zeit später wie angekündigt aufkreuzte.

„Und, hast du dich entschieden?", kam Massimo gleich nach der Begrüßung ohne Umschweife zur Sache.

„Die Antwort wird dir nach wie vor nicht gefallen."

Sein Cousin schüttelte bloß missbilligend den Kopf.

„Du willst sie also wirklich leben lassen."

„Sagen wir lieber, ich bin zum momentanen Zeitpunkt nicht bereit, sie umzubringen."

Massimo enthielt sich eines Kommentars dazu. Er hatte bereits bei ihrem gestrigen Telefonat sehr deutlich gemacht, was er als die beste Lösung erachtete.

Da klopfte es an der Tür, und Emilio streckte seinen Kopf herein.

„Ich störe dich ja nur ungern, Dante, aber Guiseppe hat gerade angerufen und nach dir gefragt. Es gibt Probleme am Hafen, die ihn wohl gerade etwas überfordern."

„Wenn man sich nicht ständig um alles selber kümmert ...", motzte Dante unwirsch.

„Hältst du hier inzwischen die Stellung?" wandte er sich an Massimo.

„Geh ruhig. Ich schau auf Selina, während ich auf dich warte."

„Ich check mal ab, was los ist. Wenn es länger dauern sollte, schicke ich jemanden, der dich ablöst."

„Los, geh schon. Wird eh Zeit, dass du mal wieder rauskommst und etwas Sinnvolles machst."

# 25

Die sich öffnende Tür ließ Selina erschrocken zusammenfahren. Ihr Zeitgefühl mochte schon ziemlich hinüber sein, aber es reichte noch so weit, um zu wissen, dass Dante weitaus früher als erwartet zurückkehrte. Was Selina automatisch als hochgradig beunruhigend einstufte.

Aber das angehende Licht offenbarte eine äußerst unerwartete Überraschung.

„Massimo?", fragte Selina völlig perplex und verunsichert.

Sie hatte in der ganzen letzten Woche, die sie schon hier drinnen war, niemand anderen als Dante zu Gesicht bekommen.

Also jedenfalls nahm sie an, dass es knapp eine Woche sein dürfte, nachdem Dante vorhin die Fäden entfernt hatte.

Eine Woche bloß – es kam ihr vor, als wäre es ein Monat gewesen.

Als Massimo näherkam, stieg eine heftige Panik in Selina auf. Was hatte sein Hiersein zu bedeuten? War ihre Befürchtung wahr und Dante ihrer überdrüssig geworden? Würde er sie nun durchreichen an alle, die sich an ihrem Leid weiden und vielleicht auch noch ein Schäufelchen beisteuern wollten? Da wäre Massimo doch garantiert der Erste, der Interesse anmelden würde.

Oh Mann, das war ja noch weitaus krasser, als er es erwartet hatte.

Gleich beim Öffnen der Tür schlug Massimo schon der sympathische Geruch eines Bahnhofsklos aus der völligen Finsternis entgegen, und der helle Schein der kurz darauf aufflammenden Lichter offenbarte ein Bild, das sogar bei ihm so etwas wie einen Funken Mitleid aufkommen ließ.

Völlig verstört kauerte Selina von oben bis unten mit Blut verschmiert in diesem eigentlich für sie viel zu kleinen Käfig. Ihr ganzer Körper war grün und blau, teilweise scheinbar von Schlägen, teilweise wohl vom Liegen auf den Gitterstangen, die Hand- und Fußgelenke rot und aufgewetzt von langen Stunden in Fesseln unter Belastung. Ihre ganze linke Wange war in allen Schattierungen eines üblen Blutergusses von blau über braun, grün und gelb verfärbt, die Haut war fahl, ihre Lippen ausgetrocknet und aufgesprungen, die Lider von tiefen, dunklen Ringen unterlegt.

Aber mehr als all das waren es ihre Augen, die Massimo das Ausmaß der Verheerung offenbarten.

Er hatte Selina durchaus schon in schlechter Verfassung erlebt. Damals, als er sie kennen gelernt hatte, war sie nach einer ganzen Nacht voller Quälereien ziemlich am Ende ihrer Kräfte gewesen. Das zu Beginn noch so wild lodernde Feuer in ihren Augen war zu einem bloß noch schwachen Glühen heruntergebrannt gewesen, aber die Glut war immer noch kräftig genug gewesen, um sofort wieder zu einem Flächenbrand aufzulodern, wenn man ihm bloß ein wenig Nahrung gab.

Doch nun war selbst von einem schwachen Glühen nicht mehr der leiseste Hauch zu sehen. Das Feuer war weg.

Vielleicht war sie stark genug, um sich irgendwo versteckt noch einen ganz kleinen Funken bewahrt zu haben, den man mit viel Mühe wieder entfachen könnte. Aber es war gut möglich, dass es komplett ausgegangen war, erstickt und erloschen, für immer.

Das Einzige, was in ihren weit aufgerissenen, starr vor Angst auf ihn gerichteten Augen nun noch loderte, war intensive Furcht, sowie etwas, das einen Hauch von Wahnsinn verströmte.

Er fühlte tatsächlich einen Anflug von Bedauern darüber, was Dante hier in der kurzen Zeit bereits so gründlich zerstört hatte. Wodurch er in seiner Ansicht bloß bestärkt wurde, dass Dante dringend einen endgültigen Schlussstrich ziehen sollte.

„Wieso bist du hier?", presste Selina schließlich verängstigt hervor, nachdem Massimo eine Weile nichts weiter getan hatte, als sie zu studieren.

„Nicht wegen dir, nur um das gleich klarzustellen. Grundsätzlich wäre es mir ja scheißegal, was Dante mit dir macht, um dich für deinen Verrat büßen zu lassen. Zumindest, wenn dabei bloß du leiden würdest und nicht er ebenso. Denn das hier tut ihm nicht gut."

Er sah Selina scharf an.

„*Du* tust ihm nicht gut."

Zu seiner Überraschung fing das untreue Miststück bei seinen Worten doch tatsächlich zu Weinen an.

„Ich weiß. Und ich habe ihn auch angefleht, uns beide von diesem Elend zu erlösen. Aber er weigert sich, mich zu töten."

„Ich behaupte mal, deine Einsicht rührt eher von dem Käfig, als von deiner Sorge um Dante. Aber wie auch immer, du hast das Glück, dass das, was für ihn gut ist, dir auch deinen Wusch erfüllen wird."

Überrascht drängte Selina sich an das Gitter und sah ihn voller Hoffnung an.

„Meinst du das Ernst? Du bist hier, um das zu beenden?"

„Allerdings. Denn ich habe nicht vor, weiter zuzusehen, wie Dante sich quält."

Irgendwie war es irritierend, dass Selina schon wieder in Tränen ausbrach, und noch mehr, dass es diesmal aber scheinbar vor Erleichterung war. Als er das letzte Mal mit einer Waffe und der Drohung, sie umbringen zu wollen, vor ihr gestanden war, hatte das noch ganz anders ausgesehen.

„Die Sache hat bloß einen Haken."

Selina war augenblicklich wieder im Panikmodus.

„Welchen?", fragte sie mit erstickter Stimme.

„Dante will nicht, dass du stirbst. Und erst recht will er nicht, dass dich jemand anderer als er selbst über den Jordan befördert. Soll heißen, wenn er dahinterkommt, dass ich nachgeholfen habe, wird er mich einen Kopf kürzer machen, Cousin hin oder her, so mies, wie er momentan drauf ist. Damit sind die Klassiker erschießen, erstechen, erwürgen und vergiften aus dem Rennen."

„Aber du hast einen Plan, nicht wahr?", meinte Selina bang. „Sonst wärst du doch nicht hier."

„Ja, ich habe einen Plan. Aber ich weiß nicht, ob er dir gefallen wird."

Er zog ein kleines Fläschchen, das mit einem Durchstechverschluss für Injektionskanülen versiegelt war, aus der Innentasche seines Sakkos.

„Was ist das?"

„Eine konzentrierte Bakterienkultur von ein paar ziemlich üblen Gesellen, wie mein Freund mir versichert hat: multiresistente Krankenhauskeime, gegen die gängige Antibiotika nicht wirken. Wenn wir dir das direkt in die Blutbahn injizieren, stehen die Chancen gut, dass du davon eine schwere Blutvergiftung bekommst, die du wohl nicht überleben wirst. Am wahrscheinlichsten, weil entweder dein Kreislauf oder deine Organe versagen werden.

Ja, ich weiß", setzte Massimo hinzu, als Selina bei seiner Erläuterung sichtlich schluckte. „Es besteht ein geringes Risiko, dass es vielleicht nicht funktioniert. Und es klingt auch nicht gerade nach einem schnellen Ende, wie du es dir wohl wünschen würdest."

Resigniert ließ Selina den Kopf hängen.

„Es klingt wesentlich besser als die Aussicht, in diesem Käfig noch Wochen, Monate oder vielleicht sogar Jahre vor mich hinzusiechen. Ich habe da keine großen

Ansprüche mehr, außer, dass ich in absehbarer Zeit tot bin."

„Tja, es ist schön zu hören, dass du mein Vorhaben unterstützen wirst. Aber nun kommen wir zu dem Haken, von dem ich gesprochen habe."

„Ich habe geglaubt, das ist schon der Haken gewesen", wunderte Selina sich irritiert.

„Nicht doch", erklärte Massimo mit einem kurzen, abfälligen Lächeln. „Was sollte es mich kümmern, wie elend du vor die Hunde gehst? Etwas Besseres hast du sowieso nicht verdient.

Nur wirft die Tatsache, dass du nicht gleich abkratzen wirst, das Problem auf, dass du noch reichlich Zeit haben wirst, Dante zu stecken, dass ich hierbei meine Finger im Spiel gehabt habe."

„Warum sollte ich das tun?"

„Ja, warum wohl, verlogenes Miststück? Weil das genau die Gelegenheit wäre, Dante gegen mich aufzuhetzen, auf die du immer gehofft hast."

Verzweifelt krallte Selina sich an das Gitter, während sie entschieden den Kopf schüttelte.

„Nein, bitte Massimo, du musst mir glauben, ich werde Dante absolut nichts hiervon verraten."

„Fällt mir schwer, bei deiner Vorgeschichte."

Auch wenn die bitteren Tränen, die sie nun weinte, vermutlich sogar echt waren.

„Bitte, Massimo", flehte sie kläglich, „ich will einfach nur noch, dass das aufhört. Dafür tue ich alles, wirklich alles, was du verlangst."

„Ja, blöd nur, dass dich nichts mehr an dieses Versprechen binden wird, sobald ich meinen Teil der Abmachung erfüllt habe."

Ihr Blick war ängstlich, beschämt, als sie nun zu ihm hochblickte. Nur zögerlich begann sie kleinlaut zu sprechen:

„Ich weiß, das wirst du mir jetzt erst recht nicht glauben, dazu habe ich zu viel Mist gebaut. Dass ich dich nicht leiden kann, ist nicht mal ein Geheimnis und ja, ursprünglich wollte ich dich loswerden. Aber ich habe es nicht über mich gebracht. Du bist wie ein Bruder für ihn.

Ich will nicht, dass er dich verliert. Das könnte ich ihm niemals antun."

Ihr Blick drehte eine rastlose Runde in dem Käfig, während sie heftig damit rang, nicht gleich wieder laut loszuschluchzen.

„Selbst jetzt nicht", fügte sie irgendwie abwesend hinzu, als würde sie es mehr für sich als für ihn feststellen.

Eine Weile sah Massimo sie nachdenklich an, ehe er meinte:

„Du hast es wirklich drauf, das muss ich dir lassen. Wenn ich nicht genau wüsste, was für eine falsche Schlange du bist, würde ich dir das alles ungefragt abkaufen. Um ehrlich zu sein, ich habe keine Ahnung, ob du ausnahmsweise mal die Wahrheit sagst oder nicht. Aber zu deinem Glück weiß ich aus erster Hand, dass es Dante hierbei um nichts besser geht. Und mit der Schussverletzung und der Wunde am Bein ist die Geschichte mit der Blutvergiftung unter den hier herrschenden hygienischen Bedingungen durchaus naheliegend, selbst wenn es oberflächlich betrachtet recht gut zu verheilen scheint. Jedenfalls wäre es glaubhafter als alles, was aus deinem Mund kommen könnte.

Um es kurz zu machen, mir fällt leider kein Weg ein, mit dem ich dich auf der Stelle zum Schweigen bringen könnte, außerdem kann ich diese Gelegenheit nicht ungenutzt verstreichen lassen. Wer weiß, ob ich noch eine bekomme. Wir werden es also durchziehen."

Massimo wusste nicht warum, aber irgendwie bescherte ihm die in Selinas Blick aufkeimende Hoffnung und Dankbarkeit ein seltsames Gefühl. Dabei war es eigentlich nichts Neues für ihn zu erleben, dass Dante jemanden dazu trieb, die Aussicht zu sterben mit Erleichterung aufzunehmen.

Doch bei ihr war es anders. Da war irgendwie mehr, als bloß der Wunsch, es einfach nur hinter sich zu bringen. Er vermochte beim besten Willen nicht, es zu benennen, aber es berührte etwas in ihm, das es eigentlich nicht dürfte.

Sollte seine Tante am Ende doch Recht gehabt haben? War hier wirklich Liebe im Spiel?

Es war schwer vorstellbar für ihn, aber dieses unbestimmte Gefühl schien in diese Richtung zu gehen.

Egal, jetzt war nicht die Zeit, philosophisch zu werden.

⚔

„Streck deinen Arm raus", wies Massimo Selina an, während er seine Krawatte löste, um sie ihr um den Oberarm zu binden.

Dann holte er aus seiner Tasche eine kleine Spritze und eine Injektionskanüle. Er entfernte die Sterilverpackung und setzte beides zusammen, um damit aus dem Fläschchen einen Milliliter der Suspension aufzuziehen.

Seine Hände waren wunderbar warm auf ihrer kalten Haut, als er ihren Arm damit umfasste. Wer hätte gedacht, dass sie seine Berührung jemals als so angenehm empfinden würde?

Leider trübte die Tatsache, dass er nun schon ziemlich lange nach einer Vene suchte, die sich zaghaft einstellende leichte Entspannung sogleich wieder.

„Hast du das schon mal gemacht?", wagte Selina vorsichtig zu fragen, worauf Massimo den Kopf schüttelte.

„Ist bisher noch nie nötig gewesen. Aber so schwer kann es ja nicht sein."

Unter normalen Umständen hätte sie seine Aussage einfach mit einem genervten Seufzen hingenommen und resolut nach der Spritze verlangt, aber in ihrer momentanen Verfassung reichte es, um sie neuerlich an den Rand eines Nervenzusammenbruchs zu bringen. Sie brauchte vier Anläufe, ehe sie ganz schüchtern hervorbrachte:

„Lass mich das machen."

Misstrauisch sah Massimo sie an.

„Wenn du schlecht stichst, gibt das einen riesigen Bluterguss. Das wird Dante nicht entgehen", gab Selina ihm zu Bedenken.

„Und du meinst, du kannst das besser?"

„Naja, immerhin habe ich es schon mal gemacht."

„Auch bei dir selber?"

Es behagte ihm sichtlich nicht, aber schließlich rang er sich dazu durch, ihr die Spritze auszuhändigen.

„Mach ja keine Dummheiten damit", warnte er sie noch.

„Werde ich nicht", versicherte sie ihm.

Hoffentlich würde sie es wirklich besser hinbekommen als Massimo. Es war Ewigkeiten her – oder kam ihr das gerade nur so vor? Seit sie hier drinnen war, schien sich das Wesen der Zeit drastisch geändert zu haben. Außerdem fehlte ihr gerade ein guter Teil der Härte, die sie sonst besaß, um so etwas durchzuziehen. Weshalb sie beim ersten Versuch auch prompt zurückzuckte.

„Ich glaube, das ist keine gute Idee gewesen", wurde Massimo sogleich ungeduldig. „Gib mir das wieder."

„Nein, ich schaff das schon", wagte Selina kleinlaut zu widersprechen.

Das hier war notwendig. Und der kleine Pieks lächerlich im Vergleich zu dem, was sie in der vergangenen Woche schon ertragen hatte. Und erst recht war es nichts im Vergleich zu dem, was sie erwartete, wenn sie es nicht tat.

Ihr Ziel so klar vor Augen schaffte Selina es kurzfristig, wieder so ruhig und fokussiert zu sein, dass sie die Kanüle mit sicherer Hand in ihre Vene schieben und den Inhalt der Spritze injizieren konnte.

Ihr kurzes Wiederaufleben hielt jedoch gerade mal so lange an, bis sie fertig war und den Daumen auf die Einstichstelle presste. Sie hatte schlicht nicht mehr genug Energie, um sich noch länger so stark zu konzentrieren.

Der von jetzt auf gleich stattfindende Verfall von dem, was sie mal gewesen war, zu dieser unwürdigen Existenz, die sogar weniger als ein Schatten ihrer selbst war, war dabei in seiner Klarheit mehr als erschreckend. Einzig die Aussicht, dass ihr Abstieg nicht so weitergehen würde, verhinderte, dass sie kopfüber in das bodenlose Loch fiel, das sich gerade vor ihr auftat. Es würde ein Ende finden, bald schon, und noch ehe sie komplett den Verstand verlieren würde.

Mit letzter Mühe reichte sie Massimo die Spritze und seine Krawatte, wobei sie noch ein aufrichtiges „Danke", hauchte, ehe sie erschlagen von ihrer Situation mal wieder kraftlos in ihrem Käfig zusammensank. Bloß am Rande nahm sie noch wahr, wie Massimo alles wieder sorgfältig in seinem Sakko verstaute. Danach lehnte er sich noch auf ihren Käfig und sah sie von oben herab an.

„Warum nur bist du so blöd gewesen, Dante zu hintergehen? Du hättest es eigentlich besser wissen sollen. Was für eine Verschwendung, denn du bist echt außergewöhnlich gewesen. Es ist wirklich schade um dich."

Er klopfte zum Abschied auf das Gitter und wandte sich zum Gehen.

Womöglich hätte Selina es in ihrem apathischen Zustand gar nicht bemerkt, wäre ihr das Teil nicht direkt auf die Nase gefallen. Verwundert bewegte sie im Zeitlupentempo den Kopf, um nachzusehen, was da von ihrer Nase weiter durch das Gitter unter ihr gefallen war. Aber das Licht ging aus, ehe sie es entdecken konnte. Und noch bevor ihr dämmerte, dass sie Massimo zurückrufen hätte sollen, war er bereits weg.

Eigentlich war sie viel zu demotiviert, um auch nur einen Muskel zu rühren, weshalb mit Sicherheit einige Minuten vergingen, bis Selina sich dazu aufraffen konnte, mit der Hand unter ihrem Käfig nach dem Ding zu tasten, das sie vorhin gestreift hatte. Wahrscheinlich hatte sie sich das sowieso bloß eingebildet. Es fiel ihr zunehmend schwerer zu unterscheiden, was ein Traum und was real war.

Allerdings wäre es das erste Mal, dass ihr das im Hellen passierte. Vielleicht wurde sie doch noch rechtzeitig verrückt, ehe sie abtrat.

Oder auch nicht ... Da war tatsächlich etwas!

Mit spitzen Fingern nahm sie es vom Boden und holte es nach oben. Es war flach, rund, glatt. Mit Löchern in der Mitte.

Ein Knopf.

Er musste von Massimos Sakko oder Hemd abgerissen sein, als er den Arm über das Gitter zurückgezogen hatte.

Der Fund löste eine unbändige Verzückung in ihr aus, die gewiss nicht ganz normal war. Begeistert befühlte Selina den Knopf bis ins kleinste Detail, sie strich darüber, und ließ ihn zwischen ihren Fingern herumgleiten. Wie ein kleines Kind freute sie sich, ein so tolles Spielzeug gefunden zu haben. Etwas womit sie sich die Zeit vertreiben konnte. Etwas, das ihr gehörte.

Das Einzige, was sie besaß, nachdem Dante ihr alles genommen hatte.

Ihre Finger schlossen sich besitzergreifend um den Knopf.

Wäre sie bei klarem Verstand gewesen, wäre ihr wohl die frappierende Ähnlichkeit zu Gollum aufgefallen, wie sie hier kauerte und mit ihrem Schatz spielte. So aber genoss sie es einfach nur, endlich wieder etwas in Händen halten zu können, das weder ein Teil von ihr noch von dem Käfig war.

Selina spielte noch immer mit ihrem Schatz herum, als sie das Gefühl überkam, dass es hier drinnen deutlich kälter geworden war, denn sie fror auf einmal noch mehr als sonst. Und das, obwohl ihre Haut sich ausnahmsweise gar nicht mal so kalt anfühlte. Vor allem ihre Stirn und Wangen fühlten sich ungewöhnlich warm an. Sie musste wohl Fieber haben.

Zitternd rollte Selina sich zu einer möglichst kleinen Kugel in der Embryonalstellung zusammen.

Das war er nun also, der Anfang vom Ende.

Und was sollte jetzt aus ihrem Schatz werden? Wenn Dante den Knopf fand, würde er wissen, dass Massimo hier gewesen war. Sie würde ihm gar nicht erst erzählen müssen, was passiert war, er würde ganz alleine eins und eins zusammenzählen.

Und Massimo hatte wohl Recht, Dante wirkte zurzeit wirklich nicht, als wäre er in der Stimmung, großzügig darüber hinwegzusehen, dass nun auch noch sein Cousin ihn hintergangen hatte. Womöglich war er tatsächlich frustriert genug darüber, es bei ihr nicht geschafft zu haben, dass er dafür mit Massimo kurzen Prozess machen würde.

Aber selbst, wenn nicht, würde es zumindest einen tiefen Graben zwischen ihnen aufreißen.

So oder so, es wäre Massimos Untergang.

Wer von ihnen beiden war hier nun der Idiot, der es besser wissen hätte müssen?

# 26

„Was ist los mit dir?", fragte Dante, als er Selina von argem Schüttelfrost gebeutelt vorfand.

„Ich habe Fieber", klärte sie ihn über die Schulter mit klappernden Zähnen auf, denn sie lag mit dem Rücken zu ihm, und sich umzudrehen erschien ihr wie ein unbewältigbares Unterfangen.

„Woher solltest du Fieber haben?", unkte Dante, aber er ging dennoch das Thermometer holen.

Wenige Sekunden, nachdem Dante es ihr ins Ohr gesteckt hatte, fing das Gerät auch schon aufgeregt zu piepsen an.

„Neununddreißig Komma vier", las er überrascht vor.

Als würde er dem Apparat nicht trauen, legte er ihr die Hand auf die Stirn. Normalerweise war Dante im Vergleich zu ihr ein Backofen, aber diesmal fühlte seine Hand sich angenehm kühl auf ihrer erhitzten Haut an.

„Das kann doch nicht sein, wo kommt das auf einmal her", murmelte Dante vor sich hin, während er sie von der Seiten- in die Rückenlage drehte, um ihre Schussverletzung zu inspizieren. „Es scheint doch gut verheilt zu sein."

„Es tut aber weh", behauptete Selina.

Also ja, es tat tatsächlich weh, so wie ein Loch in einem Muskel nun mal wehtat, aber keineswegs so, als ob es entzündet wäre.

Dante murmelte einen Fluch. Auf Italienisch. Er musste wirklich ernsthaft besorgt sein.

„Hoffen wir darauf, dass es eine bakterielle Infektion ist, weil viel mehr, als dir Antibiotika zu geben, kann ich leider nicht tun. Es sollte sogar noch eines da sein, das man spritzen kann, das wirkt schneller."

Selina griff nach Dantes Arm, als er aufstehen wolle.

„Nein. Ich will kein Antibiotikum", erklärte sie schwach, aber entschieden.

„Selina, lass den Unsinn! Wenn sich die Wunde wirklich innerlich entzündet hat, dann hast du in Anbetracht des hohen Fiebers wahrscheinlich eine Blutvergiftung. Ohne Behandlung wird dich das umbringen!"

„Wäre das so schlimm? Bitte Dante, wenn du es schon nicht tun willst, dann lass den Dingen wenigstens ihren Lauf."

Seine Hand schloss sich um ihre, so fest, dass es weh tat.

„Nein."

„Warum nicht?", flehte Selina verzweifelt. „Meinst du nicht, ich hätte schön langsam genug für meine Sünden gebüßt? Bei allem Schuldbewusstsein für das, was ich verbrochen habe, aber du kannst mich doch nicht ewig dafür bestrafen."

„Ich kann es einfach nicht", erklärte er bedauernd. „Die Wahrheit ist, ich würde es nicht ertragen, dich zu verlieren."

„Aber das wirst du sowieso, siehst du das denn nicht? Ich sterbe hier drinnen, ganz langsam, jeden Tag, Stück für Stück, aber niemals ganz. Meinst du wirklich, es wird leichter, wenn du dich so lange auf Raten von mir verabschiedest, bis du endlich so weit bist, dem unkenntlichen Rest von mir den Gnadenstoß zu geben?"

„Nein", räumte Dante widerwillig ein. „Aber diese Entscheidung ist endgültig. Was, wenn es die Falsche ist?"

Selina musste den Blick abwenden, es tat einfach zu weh, Dante bei ihrer Antwort darauf in die Augen zu sehen.

„Das scheint mir unwahrscheinlich, denn offenbar erträgst du es noch weniger, mich zu behalten. Was ich verstehe, nachdem du mir nicht mehr vertrauen kannst. Ich wünschte wirklich, ich könnte dir eine geheime Schwachstelle von mir verraten, damit du sicher erkennen könntest, wann ich lüge. Aber leider fällt mir keine ein. Für dieses Dilemma, dass ich einfach zu gut lügen kann, gibt es wohl keinen Ausweg."

Darauf wusste Dante offenbar auch nichts zu erwidern. Stattdessen ließ er ihre Hand los und stand auf.

„So oder so, ich werde jedenfalls sicher nicht untätig dabei zusehen, wie das, was dieses Fieber verursacht, dich dahinrafft. Du wirst das Antibiotikum einnehmen, das ist nicht verhandelbar."

Ohne ihr die Gelegenheit für weitere Widerworte zu lassen, wandte er sich entschlossen ab und eilte davon.

Bibbernd rollte Selina sich wieder ein. Fieber konnte ja so schon ätzend sein, aber ohne die geringste Möglichkeit, sich wärmen zu können, fühlte sie sich gleich noch um Längen elender.

Wenn es doch hoffentlich nur die letzte Folter war, die sie ertragen musste. Sie hatte gleich gewusst, dass die Aussichten, Dante zu diesem Gnadenakt überreden zu können, mehr als gering waren. Nun konnte sie bloß noch darauf hoffen, dass Massimo nicht zu viel damit versprochen hatte, dass diese Infektion auf die Mittel, die Dante zur Verfügung hatte, nicht ansprechen würde.

Es dauerte nicht lange, da kam Dante auch schon mit der Medizin zurück. Zum Glück lag sie so, dass er ihren rechten Arm nahm, sonst wäre ihm womöglich aufgefallen, dass sie im linken bereits eine frische Einstichstelle hatte.

Anstatt ihr das Mittel einfach so zu spritzen, legte Dante ihr vorausschauenderweise gleich einen Venenzugang, um es zu verabreichen, denn es würde kaum mit dieser einen Injektion getan sein.

Was ... was machte er jetzt mit ihrer Hand ...?

*Nein!*

Mit aller Kraft versuchte Selina Dante ihre Hand zu entwinden, wovon er jedoch nicht mal Notiz zu nehmen schien, so erbärmlich schwach wie sie schon war. Klickend rastete die Handschelle ein.

„Nein, bitte nicht!", protestierte Selina völlig verzweifelt, während Dante ihre Hand durch das Gitter zog und fixierte.

Sie fühlte sich schon am Erfrieren, wenn sie sich ganz klein zusammenrollte, wie konnte er sie da so entblößen?

Doch er nahm sich auch noch die andere Hand, um sie auf der gegenüberliegenden Seite ebenso zu fesseln.

„Warum tust du mir das an?!", kreischte sie hysterisch. „Wenn du mich so sehr hasst, wieso willst du mich dann partout nicht sterben lassen?!"

In dem Bestreben sie zu beruhigen, legte Dante ihr einen Finger auf den Mund.

„Nicht, weil ich dich hasse", erklärte er völlig nüchtern. „Aber bei deiner Todessehnsucht kann ich dich mit dem Venenzugang nicht einfach so allein lassen. Wer weiß, auf was für dumme Ideen du noch kommst."

„Nein, nicht weggehen! Lass mich bitte nicht so zurück! Ich schwöre, ich fasse das Ding nicht an! Nein ..."

Ihre Stimme versagte vor weinen und zittern.

„D ... a ... n ... t ... e ..."

Aber er drehte sich nicht einmal um, sondern ließ einfach die Tür hinter sich zufallen.

Selina war so dermaßen verzweifelt, dass sie nicht einmal mehr richtig weinen konnte vor lauter gequältem Schluchzen. Selbst nach allem, was sie zuletzt schon erlebt hatte, so elend hatte sie sich mit Abstand noch nie gefühlt.

Nicht, dass sie sich irgendwelche schönen Hoffnungen zu ihrem Tod gemacht hatte, den sie inzwischen ohne Zweifel willkommen hieß. Aber nun, da er praktisch schon anklopfte, war die Aussicht, hier in diesem Käfig, ganz allein, in Fesseln von Fieber gebeutelt, dahingerafft zu werden, doch reichlich erschreckend. Aber immerhin würde sie bei Licht abtreten. So konnte sie wenigstens sicher sein, dass es nicht bloß wieder ein Traum war.

Selina hatte sich noch nicht mal richtig gefangen, als die Tür auch schon wieder aufging und Dante mit Sack und Pack hereinkam.

War das wirklich für sie, was er da anschleppte?

Sie wagte kaum daran zu glauben.

Mit angehaltenem Atem sah sie zu, wie Dante eine Yogamatte auf seinem Tisch ausrollte, ehe er zu ihr kam, wo er die Handschellen vom Käfig löste und ihn öffnete.

„Kannst du gehen?"

So schön die Aussicht auch gewesen wäre, hier hinauszukrabbeln, aufzustehen und den Käfig hinter sich zu lassen – wahrscheinlich würde es eher mit einem blamablen Zusammenbruch enden. Sofern sie überhaupt hochkäme. Also schüttelte Selina schweren Herzens den Kopf.

„Ich fürchte nicht", bekannte sie äußerst kleinlaut, während sie inständig hoffte, dass Dante nicht ungehalten darauf reagieren würde.

Tatsächlich seufzte er zwar ziemlich unerfreut darüber, aber dann fasste er mit seinen Armen unter sie, um sie hochzuheben.

Es war eigentlich wirklich nichts Besonderes daran, wie er sie eher notgedrungen das kurze Stück trug, und doch blieb für Selina für diese kurze Zeit die Welt stehen. Seine starken Arme, die sie so sicher hielten, seine wohltuende Wärme auf ihrer nackten Haut, sein vertrauter Geruch, der ihr in die Nase stieg, als sie den Kopf an seine breite Brust bettete.

Dass sie das alles noch mal erleben würde, hatte sie nicht mal in ihren kühnsten Träumen zu hoffen gewagt.

Dante hatte schon befürchtet, dass Selina in einem derart schlechten Zustand war, dass sie selbst für die paar Meter seine Hilfe benötigen würde. Und er hatte es auch kommen gesehen, dass es keine gute Idee sein würde, derart mit ihr auf Tuchfühlung zu gehen. Schon allein sie auf seine Arme zu heben, löste einen regelrechten Gefühlssturm bei ihm aus.

War sie immer schon so leicht gewesen? Realistisch gesehen konnte sie in einer Woche nicht nennenswert abgenommen haben. Und doch kam sie ihm auf einmal so furchtbar zart und zerbrechlich vor, erst recht, da ihre Haut momentan so blass wie Elfenbein war.

Die Erinnerung daran, dass er eigentlich geschworen hatte, stets auf sie aufzupassen und sie zu beschützen, fuhr ihm wie ein Fauststoß in den Magen ein.

Warum nur hatte es so weit kommen müssen zwischen ihnen beiden?

Er hatte seinen Schwur wirklich halten wollen. Niemals hatte er zu dem Monster werden wollen, das ihr zuletzt all die furchtbaren Dinge angetan hatte.

Und das Gefühl wurde noch viel schlimmer, als Selina sich auch noch an ihn kuschelte, anstatt sich gegen ihn zu sträuben, als sollte sie einen Kaktus umarmen. Er musste wirklich ganze Arbeit geleistet haben, wenn sie sich schon so sehr nach einem Hauch von Nähe und Zuwendung sehnte, dass sie sich sogar ihrem Peiniger derart beglückt in die Arme warf.

So ungern er es zugab, das, was ihm alle prophezeit hatten, war tatsächlich eingetreten: Was er hier vor sich hatte, war gerade erst der Anfang, und es schmeckte ihm jetzt schon nicht. Es fühlte sich falsch an, sie so halten zu dürfen, als wäre nichts gewesen. Einerseits, weil er sich ewig schuldig fühlen würde, und andererseits, weil das einfach nicht mehr seine Selina war. Die Frau, die er geheiratet hatte, hätte bis zum letzten Atemzug gekämpft, anstatt sich so in ihr Schicksal zu fügen. Aber von dieser Rebellin war nichts mehr zu erahnen.

Es fiel Dante verdammt schwer, Selina neuerlich auf jenem Tisch abzulegen, den allein ob seiner üblichen Funktion schon der Hauch des Grauens umgab. Aller widerstreitenden Emotionen und besseren Wissens zum Trotz hätte er sie am liebsten einfach mit nach oben genommen und so getan, als hätte das alles niemals stattgefunden.

Aber er konnte es sich nicht leisten, jetzt schwach zu werden. Nicht, solange er nicht wusste, ob Selina eine Gefahr für seine Familie darstellte oder nicht.

Selina hätte nicht gedacht, dass sie sich jemals freuen würde, auf diesem Tisch zu landen. Aber im Vergleich zu den Gitterstäben in dem beengten Käfig, und erst recht mit der dünnen Matte darauf, gab er eine geradezu luxuriöse Schlafstätte ab. Da nahm sie es gerne hin, dass Dante ihre Arme dafür wieder seitlich neben ihrem Körper am Tisch festkettete. Erst recht, als er sie im Anschluss auch noch mit einer warmen Decke einhüllte.

„Wenn das Fieber wieder sinkt und dir heiß wird, sag es, dann decke ich dich ab", offerierte Dante sogar noch überraschend fürsorglich.

Wobei diese Fürsorge wohl lediglich darauf begründet war, dass er vermeiden wollte, dass sie einen Kreislaufkollaps erlitt. Weshalb er ihr vorsorglich auch noch einen Tropf mit Kochsalzlösung anhängte.

Was er als Nächstes tat, konnte Selina sich jedoch nicht so ganz erklären.

„Nimm die Beine auseinander", forderte er sie auf, während er etwas aus seiner Hosentasche zog.

„Na los, mach schon", wurde er gleich ein wenig ungehalten, als sie ihn bloß starr ansah, wobei er ihr das Ding in seiner Hand vor die Nase hielt. „Es ist bloß ein Tampon, damit du hier nicht alles vollblutest."

Warum tat er das? Er hatte doch sehr deutlich gemacht, dass sie bloß das Allernötigste von ihm bekommen würde. Und das fiel eindeutig nicht mehr in diese Kategorie.

Mit einem äußerst beklommenen Gefühl kam sie seiner Aufforderung nach. Dabei war Dante sogar so entgegenkommend, sie nicht einmal abzudecken und neuerlich der Kälte auszusetzen, stattdessen ließ er seine Hand unter die Decke wandern. Trotzdem brach Selina beinahe wieder in Tränen aus, als seine Hand ihr Ziel erreicht hatte, und das gleich aus mehreren Gründen. Es war echt erbärmlich, was für eine Heulsuse sie geworden war.

Den Atem angehalten harrte Selina aus, bis Dante seine Hand wieder zurückzog. Um dann festzustellen, dass das befürchtete Drama ausgeblieben war.

Er hatte nichts bemerkt.

Stattdessen sah Dante sie jetzt bloß mit einem großen Fragezeichen über dem Kopf an.

„Woher weiß man eigentlich, wann es Zeit wird, den zu wechseln?"

Selbst in ihrem überaus mitgenommenen Zustand brachte Dantes Ahnungslosigkeit sie unerwartet ein klein wenig zum Schmunzeln. Sie hatte tatsächlich immer geglaubt, Dante wäre der allwissende Experte, wenn es um blutige Angelegenheiten ging. Und nun offenbarte sich, dass sein Wissen gerade dort aufhörte, wo es für fünfzig Prozent der Menschen normal wurde.

„Wenn er sich durch leichten Zug wieder herausziehen lässt", klärte sie ihn mit schwacher Stimme auf. „Ich schätze, dass er so an die vier Stunden halten wird."

Mit einem Nicken nahm Dante ihre Erklärung zur Kenntnis.

Sonst gab es offenbar nichts mehr für ihn zu tun, weshalb er sich einen Sessel holte und unweit von ihr Platz nahm.

„Dante?", flüsterte Selina zaghaft.

Er hob den Blick von seinem Smartphone.

„Ja?"

„Danke, dass ich nicht in diesem Käfig sterben muss", hauchte sie mit erstickter Stimme.

„Du wirst an diesem Fieber nicht sterben", erklärte er überzeugt.

„Falls doch, dann sollst du wissen, dass es mir leidtut."

„Ich denke, das sollten wir nicht jetzt besprechen", meinte er abweisend.

„Vielleicht gibt es später aber keine Gelegenheit mehr, dir das zu sagen."

„Du wirst deine Gelegenheit schon noch bekommen. Ruh dich jetzt ein wenig aus", verfügte Dante und konzentriere sich wieder auf sein Handy, womit das Gespräch für ihn eindeutig beendet war. Dabei hätte es noch so viel gegeben, was Selina ihm hätte sagen wollen.

Aber nachdem er scheinbar sowieso nicht bereit war, irgendetwas davon zu glauben, war jedes weitere Wort ohnehin bloß verschwendet.

# 27

Zum ersten Mal, seit sie hier herunten war, erwachte Selina einigermaßen ausgeschlafen und nicht, weil Schmerzen ihr den Schlaf raubten. Zwar war sie weit davon entfernt, richtig erholt zu sein, aber jedenfalls hatte sie sich nicht mehr so gut gefühlt wie jetzt, seit Dante auf sie geschossen hatte.

Der Frust darüber war so groß, dass Selina am liebsten lauthals einen Fluch ausgestoßen hätte.

Warum nur war sie so dumm gewesen daran zu glauben, dass ausgerechnet Massimo ihr dazu verhelfen könnte, dieser Hölle zu entfliehen? Wäre es doch das erste Mal gewesen, dass er ihr irgendetwas Gutes getan hätte. Sie hatte auf ein Wunder gehofft, das freilich nicht eingetreten war. Der Mann war schließlich nichts weiter als ein perverses, selbstverliebtes, reiches Arschloch, das selber offensichtlich rein gar nichts auf die Reihe brachte.

Beim Gedanken daran, was das für sie bedeutete, zog ein Schauer durch ihren Körper, der ihr eine Gänsehaut bescherte. Sie würde wieder in diesem Käfig landen. Womöglich für lange Zeit. Und sie hatte keinerlei Chance, dem zu entgehen.

„Na, aufgewacht?", fragte Dante schlicht, der neben den Tisch getreten war. Doch seine Stimme hatte einen so schneidenden Unterton, dass Selinas ohnehin schon große Verzweiflung augenblicklich noch einen gewaltigen Schub erfuhr.

Verschreckt öffnete sie die Augen und sah Dante an, der ihr etwas vor die Nase hielt.

„Sieh mal, was ich gefunden habe, als ich meinem tief schlafenden Dornröschen den Tampon gewechselt habe."

Selinas Herzschlag verfiel in einen unkontrollierten Trommelwirbel, als sie den blutbeschmierten Knopf erblickte. Und auch ihre höheren Hirnfunktionen schienen gerade zu entgleisen, denn ohne auch nur einen Moment darüber nachzudenken, stieß sie impulsiv wie ein kleines Kind hervor:

„Nein, nicht meinen Knopf! Das ist meiner! Den darfst du mir nicht wegnehmen!"

„Deiner, hm? Das kann ich mir nicht so recht vorstellen. Wo willst du den denn herhaben?"

„Den habe ich am Boden gefunden. Und wer es findet, darf es auch behalten! Bitte, gib ihn mir wieder! Es ist doch bloß ein Kopf!", flehte Selina so inständig, dass man meinen könnte, Dante wäre hier gerade dabei, einer Vierjährigen das Lieblingsstofftier wegzunehmen.

„Und wie bitteschön soll der Knopf dorthin gekommen sein?"

Einen Augenblick sah Selina ihn perplex an, es war das erste Mal seit Beginn dieses Gesprächs, dass sie darüber nachdachte, was sie da überhaupt von sich gab, ehe sie den Mund aufmachte. Wodurch ihr schön langsam auch endlich dämmerte, dass der Verlust ihres Knopfes gerade ihr geringstes Problem war.

„Keine Ahnung. Muss wohl irgendwer verloren haben."

„Ja, irgendwer muss ihn verloren haben", stimmte Dante leicht ungehalten zu, den ihre zugegebenermaßen eher dümmlichen Antwort inzwischen wohl zu nerven begannen. „Und um die Sache abzukürzen, nein, er ist nicht von mir, weil der Knopf ist weiß, während ich bloß schwarze Hemden trage. Und nein, er ist mit Sicherheit auch nicht schon dort gelegen, bevor du in deinen Käfig eingezogen bist. Denn wie du weißt, reinige ich diesen Raum so penibel, dass jeder Forensiker daran verzweifeln würde, hier auch nur ein Haar zu finden. Also hast du wohl heimlich Besuch gehabt. Und du wirst mir jetzt sagen, wer das gewesen ist."

Erneut verfluchte Selina Massimo. Wie konnte man bloß so unfähig sein? Er musste sich den Kopf am Gitter abgerissen haben, denn bei seinen sündteuren Maßhemden lösten sich die Knöpfe doch gewiss nicht einfach von allein, weil sie schlecht vernäht waren. Obendrein hatte der Vollidiot es nicht mal bemerkt. Ziemlich peinlich für den Spross einer Mafiafamilie.

Aber momentan war sie es erst mal, die nun deshalb in der Tinte saß.

Ja, sie hatte Massimo versprochen, ihn nicht zu verpetzen.

Andererseits versuchte sie aber seit Tagen Dante davon zu überzeugen, dass sie ihn nicht mehr hintergehen würde.

Außerdem, wenn Dante keine befriedigende Antwort erhielt, würde er es an ihr auslassen, anstatt an Massimo.

Eine weitere Reihe von Flüchen sprudelte lautlos hervor.

Wie kam sie dazu, für Massimo den Kopf hinzuhalten? Sie hasste den Kerl!

„Es tut mir leid, aber darauf habe ich keine Antwort für dich."

Sehr diplomatisch formuliert. Keineswegs das, was er hören hatte wollen, aber immerhin auch keine Lüge. Was er jedoch keineswegs als Zeichen der Läuterung ansah, sie war bloß nicht dämlich.

„Lass den Unsinn! Willst du es wirklich darauf ankommen lassen, dass ich es mit Gewalt aus dir heraushole?"

Resigniert schüttelte Selina den Kopf, ihre Stimme klang kraftlos, als sie antwortete:

„Als ob es einen Unterschied machen würde, was ich dir erzähle oder nicht. Du wirst mich doch sowieso wieder in den Käfig stecken und damit fortfahren, mich zu foltern."

Die Hände neben ihr aufgestützt beugte Dante sich drohend dicht über sie.

„Sei bloß nicht so dumm zu glauben, ich könnte dir das Leben nicht noch mehr zur Hölle machen."

Aber Selina blieb davon unbeeindruckt.

„Dazu hättest du auch bisher schon allen Grund gehabt, aber du hast davon abgesehen. Keine Ahnung, warum, aber nachdem du deinen Dolch nun schon so lange stecken hast lassen, gehe ich davon aus, dass du gar nicht vorhast, ihn zu ziehen. Erst recht nicht wegen so einer Lappalie."

„Wenn sich hier jemand hinter meinem Rücken hereinschleicht, ist das keineswegs eine Lappalie", zürnte Dante.

„Was auch immer es für dich ist, es ist jedenfalls nicht meine Schuld!", schrie Selina ihn wütend an. „Also warum soll ich nun dafür büßen?"

„Musst du ja gar nicht. Sag mir einfach, wer es gewesen ist, dann knöpfe ich mir den Typen vor und lasse dich in Ruhe."

„Es war niemand! Bloß ein Schaulustiger! Lass es doch einfach gut sein!"

Ihre Vehemenz veranlasste Dante zu einem ungehaltenen Knurren.

„Wenn dir irgendeiner der Kerle hier genug bedeutet, dass du bereit bist, den Kopf für ihn hinzuhalten, vergesse ich vielleicht doch noch, warum ich dir bisher keinen überaus langsamen, qualvollen Tod bereiten habe wollen."

Auf einmal stiegen ihr Tränen in die Augen.

„Du willst dir den vornehmen, für den ich das mache?", presste sie mühsam um Fassung bemüht hervor. „Da kannst du dich selber ohrfeigen gehen!"

Etwas aus dem Konzept gebracht sah Dante sie an.

„Wenn du für mich etwas tun willst, dann rück endlich einen Namen raus", hielt er an seiner ursprünglichen Forderung fest, ohne näher darauf einzugehen.

Aber Selina schüttelte energisch den Kopf.

„Nein, das kannst du vergessen. Ich werde sicher nicht diejenige sein, die es dir sagt. Wenn du meinst, du willst es unbedingt wissen, dann sieh zu, dass du es auf andere Weise herausfindest. Ich rate dir, lass es bleiben, das ist es gar nicht wert. Auch wenn ich weiß, dass du nicht auf mich hören wirst."

Dante trat einen Schritt zurück und hielt den Knopf hoch.

„Na schön, wie du meinst. Ich finde auch so raus, wem der gehört. So groß ist der Kreis der Verdächtigen schließlich nicht. Was ich danach mit dir mache, wird sich zeigen. Ich an deiner Stelle würde schon mal zu Beten anfangen, dass ich nichts finde, was darauf hindeutet, dass deine Motive gar nicht so selbstlos sind, wie du behauptest."

Völlig unvermittelt stieß Selina ein ziemlich irre klingendes Lachen aus.

„Selbstlos? Ich lebe hier in einem Käfig, schlechter als jeder Zwingerhund! Du solltest es mir schon hoch anrechnen, dass ich nicht die erstbeste Gelegenheit nutze, um dich zu beißen!"

„Es wird sich zeigen, wie handzahm du wirklich bist", meinte er bloß unbewegt, ehe er sie verließ.

# 28

„Also, wobei soll ich dir helfen?", kam Massimo gleich zur Sache, kaum, dass er Dante begrüßt hatte, denn Dante hatte am Telefon bloß gesagt, dass er herkommen sollte, ohne ins Detail zu gehen.

„Ich würde vorschlagen, du ziehst dir erst mal das Sakko aus."

Massimo verzog das Gesicht.

„Das klingt mir mehr nach etwas, wobei dir Emilio besser helfen könnte."

„Ich würde dich gar nicht erst fragen, wenn ich jemanden bräuchte, der mich wirklich tatkräftig unterstützt. Und jetzt los, du Faulpelz, raus aus der Jacke. Sonst beschwerst du dich nachher bloß, wenn du Blutflecken drauf hast."

Überaus überrascht sah Massimo ihn an, während er das Sakko ablegte.

„Heißt das etwa, du hast dich anders entschieden? Ich habe geglaubt, dein Plan ist ..."

„Der Plan hat sich geändert. Aber mach dir keine Sorgen, du musst das Hemd nachher nicht verbrennen. Denn es wird nicht Selinas Blut sein, das darauf landet."

Noch ehe Massimo wusste, wie ihm geschah, haute Dante ihm auch schon eine rein, direkt ins Gesicht.

Die Hände schmerzerfüllt über seine blutende Nase gelegt, versuchte Massimo taumelnd, auf den Beinen zu bleiben und gleichzeitig Abstand zu Dante zu gewinnen, was in den beschränkten Dimensionen des Überwachungsraums aber nur schwer möglich war.

„Du wirst es nie lernen, nicht wahr?", schimpfte Dante entnervt, angesichts dessen, wie oft er Massimo das schon erklärt hatte. „Wenn dich jemand angreift, dann nimmst du die Hände vor dem Kopf hoch, sonst hast du überhaupt keine Chance, dich zu verteidigen. Also hör endlich auf, dir die Nase zu halten, die ist angewachsen, die kann nicht weglaufen. Auch wenn sie es bestimmt wollen würde, bei deinen Kampfkünsten."

„Fuck, Dante, was soll der Scheiß!", fuhr Massimo ihn außer sich vor Wut an, als er seine blutverschmierten Finger aus dem Gesicht nahm. „Willst du mir schon wieder die Nase brechen?! Du hast mir beim letzten Mal hoch und heilig versprochen hast, das nie wieder zu tun!"

Ohne irgendetwas zu antworten, schlug Dante erneut zu, wieder ins Gesicht, womit er Massimo arg ins Straucheln brachte.

„Anstatt so zu lamentieren, solltest du besser auf deine Deckung achten."

Schon landete der nächste Schlag.

„Na was ist? Willst du vielleicht endlich mal zu kämpfen anfangen, oder lässt du dich einfach verprügeln von mir? Früher habe ich ja immer gesagt, du kämpfst wie ein Mädchen, aber weißt du was, ich bin inzwischen draufgekommen, das stimmt gar nicht: Du bist noch viel schlechter. Selina kann das nämlich wesentlich besser als du, sowohl was das Ausweichen als auch das Austeilen angeht."

Noch ein Treffer, diesmal allerdings in den Magen, nachdem Massimo nun endlich halbwegs passabel seinen Kopf schützte.

„Los, hoch mit dir", forderte Dante gnadenlos, als Massimo um Luft ringend einknickte. „Du willst nicht wirklich zu Boden gehen. Sicher weißt du noch, was dich erst da unten erwartet."

# 29

Die Augen weit aufgerissen setzte Selina sich ruckartig auf dem Tisch auf.

„Was hat das zu bedeuten?"

„Das weißt du ganz genau. Oder erkennst du deinen Besucher etwa gar nicht mehr? So schlimm habe ich ihn doch gar nicht hergenommen."

Das war relativ. Massimo war halb bewusstlos, als Dante ihn mit auf den Rücken gefesselten Armen hereinschleifte. Sein Gesicht war übel zugerichtet, mit gleich zwei blauen Augen und verschmiert vom Blut, das aus seiner Nase sickerte. Aber ja, er hätte auch viel ärger aussehen können, nachdem Dante ihn in der Mangel gehabt hatte.

Dante ließ Massimo auf der freien Fläche unweit von Selinas Tisch einfach fallen, um sich dann zu ihr zu begeben.

„Und, wie sieht's aus? Willst du mir nun doch etwas erzählen? Oder soll ich einfach die Version nehmen, die Massimo mir verkauft hat? Im Gegensatz zu dir ist er nämlich ziemlich redselig gewesen, um sich möglichst schadlos zu halten."

„Vielleicht behauptest du das aber auch nur, um mich zum Reden zu bringen."

Dante fasste an ihren linken Ellbogen und drehte ihn leicht. Zielsicher fand sein Daumen die Einstichstelle in ihrer Armbeuge. Seine Mine wurde grimmig.

„Er hat versucht, dich umzubringen. Obwohl er genau gewusst hat, dass das nicht in meinem Sinne ist."

Völlig ruhig und geschäftsmäßig zog er die Decke von Selinas nacktem Körper und warf sie beiseite, dann schloss er ihre Handschellen auf. Ihre Augen weiteten sich erneut, als er hinter sich langte und eine Pistole aus seiner Hose hervorzog. Und mehr noch, als er ihr die Waffe provokant hinlegte.

„Verflucht, Dante, bist du irre geworden?!", meldete sich Massimo entsetzt zu Wort, aber keiner beachtete ihn.

„Was soll das werden?", fragte Selina wesentlich ruhiger als Massimo, aber dennoch deutlich verunsichert.

„Wir werden hier jetzt mal klar Schiff machen", erklärte Dante, mit den Händen auf den Tisch gestützt und dicht zu ihr gebeugt. „Ich bin es nämlich leid, von Leuten hintergangen zu werden, von denen ich geglaubt habe, ihnen vertrauen zu können. Und außerdem habe ich es satt, dass ich dann auch noch Richter und Henker für alle aus der Familie sein muss, die sich danebenbenommen haben, egal wie nahe sie mir stehen.

Habt ihr eigentlich die leiseste Ahnung, was ihr mir damit antut?!

Meint ihr wirklich, ich könnte so einfach, mir nichts, dir nichts, meine Frau erschießen?! Oder gar mit einem Messer zerstückeln?!"

Er holte einmal tief Luft und stieß sich vom Tisch ab. Aus ein paar Schritten Entfernung nahm er Selina scharf ins Visier.

„Ich werde dich nicht umbringen", erklärte er unzweifelhaft. „Heute nicht, morgen nicht und auch an keinem anderen Tag. Du gehst zurück in den Käfig und wartest dort darauf, ob ich dich vielleicht irgendwann wieder rauslasse."

Selina wurde erst kreidebleich, dann schnellte ihr Blick zu der Waffe.

„Du willst nicht wieder in den Käfig? Dann nur zu, nimm sie dir", ermunterte Dante sie.

Doch anstatt zuzugreifen, wich Selina davor zurück. Wenngleich es ihr sichtlich schwer viel.

„Für wie blöd hältst du mich? Das ist doch bloß ein Trick. Du würdest nie eine geladene Waffe in meiner Reichweite ablegen. Ich wette, sobald ich die auch nur mit der Fingerspitze berühre, erwartet mich Dantes Inferno. Oder willst du bloß testen, ob ich schon verzweifelt genug bin, entgegen aller Wahrscheinlichkeiten nach jedem Strohhalm zu greifen?"

„Es ist kein Trick. Das ist deine eigene Waffe, geladen und funktionstüchtig, genau in dem Zustand, in dem ich sie dir abgenommen habe. Du kannst dich gerne davon überzeugen."

Anstatt zu reagieren, blickte Selina ihn nur starr an.

„Nein? Das heißt dann also, du gehst jetzt brav in deinen Käfig zurück."

Offenbar war Selina doch schon so weit, sich auf etwas einzulassen, was sie sogar selbst als aussichtslose Verzweiflungstat betrachtete. In einem Affenzahn griff sie sich die Pistole und nahm Dante damit ins Visier. Hinter ihm stieß Massimo auf Italienisch einen deftigen Fluch aus und lamentierte halblaut etwas davon, dass die Irre sie bestimmt alle umbringen würde.

„Du hast dich gar nicht vergewissert, dass sie auch wirklich geladen ist", merkte Dante an.

„Das Magazin ist jedenfalls voll, das spüre ich am Gewicht. Und ich kann ja jetzt wohl schlecht anfangen, sie zu zerlegen und eingehend auf Manipulationen zu untersuchen. Weil dann zerlegst du in der Zwischenzeit mich, während ich wehrlos bin."

„Ich würde so lange warten", offerierte Dante großzügig.

„Ja, klar", ätzte Selina, ohne die Waffe zu senken.

„Warum nicht? Schon vergessen, du hättest deine Knarre nicht mal, wenn ich sie dir nicht gegeben hätte."

„Ja, und du hast mir noch immer nicht erklärt, warum zum Teufel du das gemacht hast."

„Das würde ich auch gerne wissen", gab Massimo neuerlich seinen Senf dazu, aber Dante ignorierte ihn völlig und sah weiterhin bloß Selina an.

„Hast du mir vorhin nicht zugehört?

Weil ich es satthabe!

Ich kann dich nicht rauslassen!

Ich kann dich nicht umlegen!

Und ich bin echt nicht scharf darauf, die Verräterin für immer tagein tagaus in ihrem Gefängnis versorgen zu müssen!"

Mit einem Ruck zur Seite riss er sein Hemd auf und legte seine linke Brust frei, die von zahlreichen Schnittwunden gezeichnet war.

„Ich vermisse meine Frau, so schmerzlich, dass ich mir selber meinen Dolch durch die Haut ziehe, weil ich es nicht ertrage, derartige Schmerzen zu fühlen, ohne einen sichtbaren Grund dafür zu haben.

Dabei war meine Frau nie real, nicht wahr? Du hast es bloß darauf abgesehen gehabt, den Tod deiner Eltern zu rächen und nach Stefano auch Massimo zu beseitigen. Und letztendlich mich wohl ebenfalls. Es wird Zeit, dass ich das endlich einsehe. Also los, runter mit der Maske und Schluss mit der Scharade! Ich will endlich dein wahres Gesicht sehen. Zumindest das bist du mir schuldig! Du hast jetzt die einmalige Chance, deine Rache zu vollenden, denn Massimo hat sein Anrecht auf meinen Schutz verwirkt, als er mich hintergangen hat."

Selinas Augen waren vor Unglauben immer größer geworden, während er gesprochen hatte. Ihr Blick begann unstet umherzuspringen, während sich zunehmend wieder dieser leicht geisteskrank wirkende Ausdruck manifestierte.

„Das ist nicht real, nicht wahr?"

Vor lauter Verwirrung nahm sie sogar die Waffe etwas herunter, während sie sich ziellos umsah.

„Es wird immer schlimmer. Diesmal bin ich mir doch ganz sicher gewesen, dass ich wach bin."

Ihr Blick fiel auf ihre Pistole, dann auf Massimo und schließlich auf Dante.

„Aber das kann nur ein Traum sein."

„Es ist kein Traum", versicherte Dante ihr. „Ganz im Gegenteil. Du bist gerade dabei, ein paar entscheidende Weichen für die Zukunft zu stellen."

Aufgebracht riss Selina die Waffe wieder hoch.

„Zukunft? Was für eine Zukunft? Ich habe keine, zumindest keine, für die es sich zu leben lohnt! Das hast du doch gerade selber mehr als deutlich gemacht!"

„Also momentan hast du die Waffe in der Hand."

„Weil du genau weißt, dass ich damit auch nicht hier herauskommen werde, nicht wahr?! Auf der anderen Seite der Tür erwartet mich mindestens ein halbes Dutzend bewaffneter Kerle auf dem Weg nach draußen, das Ding hier hat gerade mal zwanzig Schuss, und ich bin nicht mal in der Verfassung zu rennen, geschweige denn zu kämpfen!"

„Hast du nicht gerade angedeutet, dass du ohnehin nichts mehr zu verlieren hast?"

„Bist du des Wahnsinns? Warum stachelst du sie auch noch an?", warf Massimo entsetzt ein. „Wenn du hier eine Tragödie à la Romeo und Julia inszenieren möchtest, dann lass mich da wenigstens raus!"

„Wie wär's, wenn du jetzt mal die Klappe hältst!", fuhr Selina Massimo äußerst gereizt an und schwenkte den Lauf auf ihn. „Du verdienst es sowieso am allerwenigsten, hier wieder lebend rauszumarschieren! Die Typen, die meine Eltern auf dem Gewissen haben, haben für dich gearbeitet! Das waren deine Leute, die es so dermaßen verkackt haben! Meine Eltern könnten noch leben, wenn du deinen verdammten Job auch nur halbwegs ordentlich gemacht hättest! Aber für dich gibt es nur dich, dich und nochmal dich! Du bist ein Nichtsnutz und ein narzisstisches Ekel obendrein! Ein verfickter Egomane bist du, dessen liebste Beschäftigung es scheinbar ist, Leute wie Dreck zu behandeln!"

Mit einiger Besorgnis verfolgte Dante, wie Selina sich immer weiter reinsteigerte.

Was hatte er nur getan?

Es hatte alles so logisch geklungen, was seine Mutter gesagt hatte, aber vielleicht hatten sie sich doch beide verkalkuliert. Ihr Hass richtete sich, selbst nach allem, was er getan hatte, gar nicht gegen ihn, sondern gegen Massimo. Und er schien abgrundtief. Wenn das so weiterging, würde sie am Ende wirklich abdrücken.

„Verschwendest du eigentlich auch nur hin und wieder einen flüchtigen Gedanken daran, dass dir das irgendwann auf den Kopf fallen könnte? Oder lebst du mit all deinen Bodyguards und Anwälten in der Sicherheit, dass dir niemand was anhaben kann?"

Sie bekam keine Antwort auf ihre Frage, denn Massimo starrte sie bloß kreidebleich an, ohne ein Wort herauszubringen. Es war tatsächlich immer noch das gleiche Trauerspiel wie damals in ihrer Kindheit: Sobald es brenzlig wurde, war Massimo handlungsunfähig. Aber Selina hielt sich auch nicht damit auf, lange auf eine Erwiderung zu warten.

„Also ich habe oft darüber nachgedacht. Wie befriedigend es wäre, dich hinter Gitter zu bringen. Dorthin, wo du nichts zu sagen hast, wo dann andere auf dir herumhacken, wo du dann das arme Opfer wärst, das sich nicht wehren kann."

„Ich weiß nur zu gut, wie das ist!", spie Massimo ihr unvermittelt erbost entgegen. „Glaubst du ernsthaft, das wäre das erste Mal, dass er mich so zurichtet! Und die Prügel, die ich bei unseren Raufereien von ihm bekommen habe, waren noch gar nichts im Vergleich zu denen von Vater! Aber über meinen Vater brauche ich dir wohl nichts zu erzählen, den wolltest du schon tot sehen, noch ehe du ihn kennengelernt hast, und das hat sich danach auch nicht geändert!"

„Von dem Traum dich einzusperren habe ich mich schon längst verabschiedet", entgegnete Selina nun beängstigend abgebrüht, ohne jeglichen Hauch von Mitleid. „Wenn man sich mit euch anlegen will, dann muss man auch nach euren Regeln spielen, sonst hat man sowieso nicht die geringste Chance. Bei euch geht man nicht in den Knast – sondern unter die Erde."

„Selina … nein … bitte … tu das nicht … Du weißt, dass du hier nicht lebend rauskommst, wenn du mich erschießt."

„Wenn du nicht so ein Egomane wärst, wüsstest du inzwischen, dass mir das egal ist", zischte sie. „Ich geh nicht zurück in den Käfig!"

„Natürlich weiß ich das. Und ich wollte dir doch auch helfen", beteuerte Massimo, was ihm aber lediglich Hohn einbrachte.

„Ja, noch so eine glorreiche Tat von dir. Du siehst ja, wohin es uns gebracht hat.

Kannst du mir auch nur einen einzigen *guten* Grund nennen, dich nicht zu erschießen?"

Ratlos starrte Massimo Selina an, ehe er sich hilfesuchend Dante zuwandte. Aber um ehrlich zu sein, fiel auch ihm nichts ein, was bei Selina überzeugend für Massimo gesprochen hätte.

Verärgert schüttelte Selina den Kopf.

„Natürlich nicht, weil du ja ein völlig empathieloser Soziopath bist!"

Er hatte es befürchtet, und doch kam der plötzlich ohrenbetäubend durch den Raum hallende Knall des Schusses so überraschend für ihn, dass Dante einfach nur fassungslos zusehen konnte. Nicht minder schmerzhaft für die Ohren war der unmittelbar darauffolgende gellende Schrei von Massimo.

Als Dante das Blut wahrnahm, wäre er in einer reflexartigen Reaktion beinahe zu Massimo gestürzt, ehe er bemerkte, dass es seinen Ursprung auf der Außenseite seines Oberarms hatte – es war bloß ein Streifschuss gewesen.

Sein Blick schnellte zu Selina, wobei er feststellen musste, dass sie ihn und nicht Massimo beobachtete. Entgegen dessen, was der präzise Schuss vermuten hätte lassen, wirkte sie sehr aufgewühlt. Trotzdem hatte Dante keinerlei Zweifel daran, dass der Schuss genau ins von ihr angepeilte Ziel gegangen war.

„Wenn du auch nur einen Funken Einfühlungsvermögen hättest, wärst du nämlich vielleicht daraufgekommen, auch mal einen Moment an Dante, statt bloß an dich zu denken", sprach sie mit Massimo weiter. „Ginge es hier nur um dich, dann wärst du jetzt tot. *Mir* ist dein Leben gar nichts wert – aber Dante schon."

Mit einer leichten Drehung wandte sie sich ihm zu.

„Egal was für ein verachtenswerter Abschaum er auch ist, er ist wie ein Bruder für dich. Ich könnte dir das nie antun, ihn umzubringen."

Ihre eben noch überaus bemüht ruhige Stimme stieg sprunghaft an:

„Und das weißt du auch, verdammt nochmal, sonst hättest du Massimo hier nicht so auf den Präsentierteller gesetzt! Ich habe genau gesehen, wie dir das Herz stehengeblieben ist, als du kurz geglaubt hast, ich würde ihn echt abknallen!"

Völlig aufgelöst und außer sich nahm sie neuerlich die Waffe hoch, aber so, wie sie sie hielt, war Dante sich sicher, dass sie nicht wirklich vorhatte, auf ihn zu schießen.

„Du hast es gewusst und trotzdem hast du mich in diesen verfickten Käfig eingesperrt!

Warum?!

Um mich zu bestrafen?! Aus Rache?! Gekränkter Eitelkeit?!

Scheißegal, aber gib es wenigstens zu!

Wozu dieses Gerede, dass du mir nicht mehr vertrauen kannst? Wozu diese Farce hier?

Als Strafe für Massimo, weil er das nicht länger mitansehen wollte?

Aber diesmal hast du dich verrechnet. Ich geh nicht zurück in den Käfig! Niemals!"

„Hier raus kommst du aber auch nicht, das werde ich verhindern. Was willst du also tun? Mich erschießen? Kann ich mir nicht vorstellen, nachdem du es meinetwegen nicht mal übers Herz gebracht hast, an Massimo die Vergeltung zu verüben, auf die du so lange hingearbeitet hast."

Der Zorn wich schlagartig aus Selina, so dass nur noch die Verzweiflung zurückblieb, die ihre Augen feucht werden ließ.

„Auch das hast du die ganze Zeit gewusst, andernfalls wären wir jetzt nämlich nicht mal hier. Ich hätte schon oben im Schlafzimmer die Gelegenheit gehabt, dich umzulegen. Aber ich hege keinerlei Wunsch, dass du stirbst.

Ganz im Gegenteil! Nur deshalb bin ich so blöd gewesen, dir zu glauben, dass wir das friedlich regeln können."

Mit seiner eben noch so demonstrativ zur Schau gestellten Selbstsicherheit war es augenblicklich vorbei, als Selina den Lauf herumdrehte und unter dem Kinn auf sich selbst richtete.

Fuck, das lief alles überhaupt nicht so, wie er es geplant hatte. Natürlich war ihm der Gedanke gekommen, dass Selina die Waffe gegen sich selbst richten könnte, doch er hatte das eher als eine rein theoretische Möglichkeit angesehen. In seiner Arroganz hatte er wirklich gedacht, dass er die Situation wie üblich im Griff haben würde.

Beschwichtigend nahm Dante die Arme hoch und machte vorsichtig einen kleinen Schritt auf sie zu.

„Selina, bitte, tut das nicht", flüsterte er ihr eindringlich zu, wobei er sich noch ein Stück vorschob.

„Warum nicht? Du hast mich doch eh schon lange abgeschrieben."

„Das ist nicht wahr ..."

„Wenn du noch einen Schritt näherkommst, drücke ich ab", drohte sie entschlossen, woraufhin Dante seine langsame Vorwärtsbewegung sofort stoppte. „Ich werde nicht zulassen, dass du mich nochmal einsperrst."

„Ich habe dich nicht aufgegeben, aber ich ringe seit einer Woche mit mir, ob ich dir noch vertrauen kann, oder ob ich bloß ein liebeskranker Idiot bin, der die Wahrheit nur nicht sehen will."

„Hör auf damit! Diesen Blödsinn kannst du dir sparen! Hast du mir etwa nicht zugehört?"

„Ich bin mir keineswegs so sicher gewesen, wie du glaubst", gestand Dante reumütig. „Im Gegensatz zu meiner Mutter. Sie hat mir so weit zugeredet, dass ich schließlich bereit gewesen bin, dich auf die Probe zu stellen. Und du hast bestanden, wie man sieht."

Leider war Selina alles andere als überzeugt von seiner Erklärung, dafür aber zumindest so entgeistert, dass sie wenigstens die Waffe ein klein wenig senkte.

„Also entweder du bist irre, oder du hältst mich dafür. Hast du dir das eigentlich schon mal auf der Zunge zergehen lassen? Was für ein Test soll das sein, jemandem eine Waffe zu geben und zu schauen, ob er einen erschießt? Entweder du warst dir vorher schon sicher, dann ist der ganze Test hinfällig, oder warst dir nicht sicher, dann ist es purer Wahnsinn!"

„Damit hast du wohl recht", bekannte Dante, wobei er sich ungeachtet der Situation eines verlegenen Schmunzelns nicht erwehren konnte. „Aber du weißt ja, wie ich bin. Ich muss es immer ganz genau wissen, und Waffen machen mir keine Angst."

Einen Augenblick glaubte Dante, damit zu ihr durchgedrungen zu sein, doch dann schüttelte Selina leicht den Kopf und umfasste die Pistole wieder entschlossener.

„Ja, du bist so.

Und du bist auch so, dass du versuchen würdest, mich in Sicherheit zu wiegen, damit ich die Waffe senke und du mich in einen Käfig verfrachten kannst!"

„Okay, ich gebe es ja zu, das ist richtig hinterhältig von mir gewesen. Aber zu meiner Verteidigung, ich habe zu dem Zeitpunkt echt nicht gewusst, ob du mich nicht doch erschießen würdest. Immerhin hättest du ja ebenso gut die gleiche Taktik verfolgen können."

„Später hast du es aber schon besser gewusst, oder zumindest angenommen. Trotzdem hast du bis zuletzt daran festgehalten, mich weiterhin gefangen halten zu wollen!", klagte Selina ihn aufgelöst an.

„Weil ich nicht riskieren wollte, dass du mir bloß was vormachst, weil du hoffst, mich damit um den Finger wickeln zu können. Und weil ich dich etwas unter Druck setzen wollte, um auch wirklich sicher sein zu können, dass du es dir im Zweifelsfall nicht doch anders überlegst. Aber das ist ja inzwischen vom Tisch. Ich habe natürlich nicht vor, dich wieder in den Käfig zu stecken."

„Wäre auch ziemlich blöd von dir, das nicht zu behaupten."

Leicht verzweifelt fuhr Dante sich mit der Hand durch die Haare. Aber was hatte er erwartet? Dass sie ihm in die Arme fallen und ihn vor Freude küssen würde?

Wohl kaum.

Natürlich vertraute sie ihm nicht mehr, so wie er sie behandelt hatte. Aber dass ihre Entschlossenheit, sich lieber in den Tod zu stürzen, so groß sein würde, hatte er nun auch wieder nicht angenommen. Dafür war sie eine viel zu starke Kämpfernatur. Oder hatte er das wirklich bereits so weit zerstört, dass sie jegliche Hoffnung aufgegeben hatte?

Er musste sich irgendetwas einfallen lassen. Und zwar dringend, wenn er sich Massimo so ansah. Mochte die Verletzung auch nicht übermäßig schwer sein, ohne Druck auf die Wunde, den Massimo in den Handschellen selber nicht ausüben konnte, hatte der Blutfleck auf seinem Hemd doch deutlich an Größe zugenommen.

„Wie wäre es, wenn wir beide das untereinander fertig ausdiskutieren?", schlug er vorsichtig vor. „Massimo geht das doch eigentlich nichts an, und seine Verletzung muss versorgt werden ..."

„Ach, jetzt auf einmal, was?", unterbrach ihn Selina ungehalten. „Wieso hast du ihn dann überhaupt mitreingezogen?"

„Weil ich sichergehen wollte, dass du nicht nur mir, sondern auch ihm gegenüber kein Verlangen nach Rache mehr verspürst. Was offenbar durchaus berechtigt gewesen ist, angesichts der abgrundtiefen Verachtung, die du ihm gegenüber hegst."

„Da ist es dir ja sehr gelegen gekommen, dass Massimo sich dir gerade jetzt widersetzt hat. Sei ehrlich, ist Massimo wirklich so ein Vollkoffer, ein derart verräterisches Beweisstück zu verlieren, oder hat er sowieso auf dein Geheiß gehandelt?"

Sie gab ihm gar keine Gelegenheit zu antworten, stattdessen sprach sie fassungslos weiter, als ihr die Wahrheit schlagartig bewusst wurde.

„Es ist alles nur inszeniert gewesen ... und ich habe dir deine geheuchelte Besorgnis tatsächlich abgekauft!

Wie konntest du nur ...?

Du bist echt das Letzte! Ich habe wirklich gedacht, dass ich in diesem verfluchten Käfig elendig verrecken würde!"

„Und wie hast du dich dabei gefühlt?!", gab Dante nun ebenfalls einigermaßen erregt zurück. „Glücklich? Erleichtert? Nein, es war scheiße, nicht wahr! Du willst doch gar nicht sterben! Also sei vernünftig und nimm verdammt nochmal jetzt endlich die Knarre runter!"

„Nein, ich will nicht sterben", gestand Selina, wobei ihr neuerlich Tränen in die Augen traten, als der Zorn verpuffte. Doch sie fing sich schnell wieder, um mit unerbittlicher Entschlossenheit festzuhalten:

„Aber ich sehe keine Perspektive auf ein Leben, das diesen Namen auch verdient."

„Dann gib mir die Chance, sie dir zu zeigen. Ich bringe nur schnell Massimo raus und dann ..."

„Vergiss es, er bleibt hier!", fuhr Selina ihn außer sich an. „Für wie bescheuert hältst du mich denn? Glaubst du, ich lasse dich mal eben einen kurzen Spaziergang machen, damit du dir ein paar Waffen holen kannst?"

„Dann lass mich ihm wenigstens die Handschellen abnehmen und seine Wunde verbinden", forderte Dante entschieden.

Keine gute Idee, denn Selina schwenkte ohne das geringste Zögern den Lauf wieder auf ihn, und diesmal nahm sie ihn wirklich ins Visier, bereit jeden Augenblick abzudrücken.

„Du bleibst, wo du bist, oder du kannst dich gleich selber verarzten."

„Selina, Massimo braucht Hilfe, siehst du das denn nicht?", appellierte er eindringlich an sie. „Du hast gesagt, du willst nicht, dass er stirbt. Aber wenn ich die Blutung nicht stille, dann wird ihn dieser Streifschuss doch noch umbringen."

„Ich weiß, und genau deswegen wirst du nicht zu ihm gehen. Sobald Massimo verarztet ist, hast du nämlich keinen Ansporn mehr, diese ganze Farce zu einem baldigen Ende zu bringen. So aber kannst du nicht auf Zeit spielen."

Fassungslos angesichts ihrer Kaltschnäuzigkeit starrte Dante Selina an.

„Du wärst bereit, sein Leben zu opfern? Was ist jetzt geworden aus: ‚Er ist für mich wie ein Bruder, das würdest du mir nicht antun‘?“

„Wenn er stirbt, dann hast du ihn umgebracht, nicht ich“, stellte Selina eiskalt klar. „Schließlich liegt es an dir, dieses Drama endlich zu beenden.“

„Wenn er stirbt, dann hast du bis dahin hoffentlich die Entscheidung parat, ob du dich oder mich erschießen willst. Ansonsten war‘s das nämlich mit dir, wenn du deinen Finger nicht schnell genug am Abzug hast, und zwar auf die richtig grausliche Art“, drohte Dante mit finsterer Entschlossenheit.

Und es war sein voller Ernst. Falls sie wirklich bereit war zuzusehen, wie Massimo den Löffel abgab, dann würde er sie fertig machen bis zum Letzten, dagegen würde ihr die Zeit im Käfig wie das reinste Paradies vorkommen.

„Noch habe ich die Waffe“, gab Selina unbeeindruckt zurück.

„Genau das ist ja das Drama!“, fluchte Dante ungehalten. „Wenn du sie endlich weglegen würdest, könnten wir alle friedlich nach Hause gehen!“

Selina stieß ein ungehaltenes Schnauben aus.

„Du meinst alle außer mir. Denn ich habe kein Zuhause!“

Ihre Worte versetzten ihm einen seltsamen Stich, der ihn wieder runterkommen ließ.

„Das ist nicht wahr. Dein Zuhause ist hier, bei mir. Und ich will, dass du heimkommst. Zumindest, wenn du das jetzt nicht im letzten Moment alles kaputt machst.“

Selinas Blick nahm einen gequälten Ausdruck an. Ein verhaltener Fluch kam über ihre Lippen.

„Du wirst mich nie gehen lassen, nicht wahr? Bis dass der Tod euch scheidet – so hast du es mir versprochen. Und wie wir wissen, pflegst du deine Versprechen zu halten.“

Dante blieb beinahe das Herz stehen, als Selina den Lauf neuerlich drehte, um ihn wieder von unten gegen ihr Kinn zu pressen. Das war nicht bloß ein Bluff, sie würde wirklich abdrücken, wenn ihm nicht in der nächsten Sekunde irgendetwas einfiel, um das zu verhindern.

# 30

„Nein, bitte, ich flehe dich an, tu das nicht!", versuchte Dante, sie aufzuhalten.

Selina schloss einen Moment die Augen. Das Gewicht der ihr so vertrauten Pistole in ihren Händen schien ihr immer schwerer zu werden, so dass sie es kaum noch halten konnte. Wenn sie das wirklich durchziehen wollte, dann sollte sie sich beeilen, ehe sie nicht mehr die Kraft dazu hatte. Und die von Dante zur Schau gestellte hilflose Panik machte es nicht gerade leichter, selbst wenn sie nicht mehr daran glaubte, dass irgendetwas davon der Wahrheit entsprach. Wahrscheinlich war es lediglich der Kontrollfreak in ihm, der versuchte, an ihr weiches Herz zu appellieren, weil er es nicht verkraften konnte, dass sie sich ihm entzog.

Mit einem tiefen Atemzug schlug Selina die Augen wieder auf. Wenn sie schon ging, dann wollte sie dem Tod auch mit offenen Augen begegnen.

Doch anstatt des Todes sah sie erst mal nur Dante, der scheinbar ziemlich verzweifelt vor ihr stand.

„Das ist der einzige Ausweg", hauchte sie tonlos.

„Nein, ist es nicht! Bitte, gib mir wenigstens noch eine Minute!"

Noch ehe Selina das ablehnen konnte, riss Dante sich auch schon das Hemd vom Leib, gefolgt von den Schuhen.

*Was zum Teufel ...?*

Die linke Hand beschwichtigend ausgestreckt, griff er nun mit der Rechten langsam in seine rechte Hosentasche.

Ein missbilligendes Knurren entsprang spontan Selinas Kehle. Das würde er nicht wirklich wagen!

„Ganz ruhig, ich will ihn nur ablegen", beeilte Dante sich, sein Tun zu erklären.

Überaus vorsichtig zog er seinen Dolch durch die nach unten offene Tasche aus dem Oberschenkelholster, legte ihn auf den Boden und gab ihm einen Schubser in ihre Richtung, sodass er praktisch zu ihren Füßen landete.

Mit wachsender Verwunderung sah Selina zu, wie Dante nun auch noch seine Anzughose, sein Holster, die Socken und schließlich sogar die Unterhose auszog.

„Was ...? Wieso ...?"

Völlig aus dem Konzept gebracht dachte Selina überhaupt nicht mehr daran, die Waffe weiter hochzuhalten, stattdessen sah sie nur ungläubig zu, wie Dante nun splitternackt vor ihr auf die Knie sank.

Vielleicht war das alles doch nur ein verrückter Traum.

Dante ging nicht auf die Knie, vor niemandem, auch nicht vor ihr, noch nicht mal, als er um ihre Hand angehalten hatte. Noch so ein seelischer Knacks, den er seinem Onkel zu verdanken hatte.

Und doch kniete er nun hier vor ihr, mit Massimo als Zeugen, und nicht bloß in der höflich-respektvollen Variante auf einem, sondern in der unterwürfigen Variante auf beiden Knien, den Kopf und Oberkörper gebeugt, die Hände vor sich flach auf den Boden gelegt.

„Warum tust du das?", hauchte Selina, unfähig die Szene vor ihr irgendwie zu deuten oder einzuordnen, passte sie doch so gar nicht in auch nur irgendeines der Bilder, die sie momentan von Dante hatte.

Langsam richtete er sich so weit auf, dass er sie ansehen konnte.

„Lass mich bitte ausreden, bevor du irgendetwas sagst oder gar tust", bat er, was Selina ihm mit einem Nicken zugestand.

„Es stimmt, ich kann dich nicht gehen lassen. Du kennst die Regel: Niemand verlässt die Familie. Und wenn du als Familienmitglied nicht für uns bist, dann bist du gegen uns. Du weißt einfach viel zu viel über uns, als dass ich zulassen könnte, dass du damit zum FBI rennst.

Aber es gibt noch einen ganz anderen Grund, nämlich, dass ich dich liebe. Von mir aus nenn mich schwach und erbärmlich, aber ich ertrage den Gedanken nicht, ohne dich sein zu müssen. Ob du es glaubst oder nicht, aber du bist die ganze Zeit hier herinnen nicht eine Minute allein gewesen. Ich habe dich nebenan auf dem Bildschirm beobachtet und gegrübelt, bis mir die Augen zugefallen sind. Und wenn ich mich mal ein Zimmer weiter auf einem Feldbett kurz aufs Ohr gehaut habe, dann hat Emilio auf dich geschaut.

Es hat mich zerrissen, einfach nicht zu wissen, ob ich meine mich liebende Frau oder doch bloß eine eiskalte Verräterin vor mir habe.

Ich weiß, ich habe dir Furchtbares angetan. Vor allem habe ich dein Vertrauen zerstört, dass ich immer auf dich achtgeben und dir nie etwas zumuten würde, das sich ins Unerträgliche auswächst. Es ist kein Wunder, dass du bei der Vorstellung, weiterhin mit mir zusammen sein zu müssen, sofort das Schlimmste annimmst, nachdem ich dir so übel mitgespielt habe. Und ich verstehe auch, dass du diese Angst nicht einfach runterschlucken kannst. Aber bitte, lass sie nicht an dir aus. Wenn einer das schultern muss, dann bin ich das.

Ich weiß, es ist verdammt dünn im Vergleich zu dem, was ich getan habe, aber es ist das Einzige, was mir einfällt, das auch nur den Hauch einer Chance verspricht, dir zu beweisen, dass du keine Angst mehr vor mir haben musst."

Anstatt etwas darauf zu antworten, wuchtete Selina reichlich behäbig ihre Beine vom Tisch. Nur äußerst vorsichtig ließ sie sich nach unten rutschen, damit ihre Füße langsam ihr Gewicht aufnehmen konnten. Es war schlimm, wie sehr ihr schon die wenigen Tage in Gefangenschaft und das hohe Fieber zugesetzt hatten. Den

Dolch aufzuheben, während sie gleichzeitig versuchte, mit der anderen Hand die Pistole auf Dante gerichtet zu halten, wurde zu einem regelrechten Kraft- und Balanceakt.

Unschlüssig besah Selina die beiden Waffen in ihren Händen. In einer impulsiven Entscheidung aus dem Bauch heraus legte sie die Schusswaffe weg, während sie den Dolch fest mit ihrer Hand umschloss.

Es hatte schon einiges zu bedeuten, wenn Dante das geliebte Stück ablegte. Das tat er sonst bloß zum Duschen oder Schlafen. Und auch das nur daheim, wo er sich sicher fühlte, wobei er das Teil freilich trotzdem ständig griffbereit neben sich liegen hatte. Es musste ihm wirklich eine Herzensangelegenheit sein, wenn er bereit war, in dieser Situation, in der von Sicherheit keine Rede sein konnte, ihr seinen Dolch auszuhändigen, um ihr zu zeigen, dass er wirklich völlig nackt vor ihr war und keine Gefahr für sie darstellte.

Dennoch schlich Selina mit reichlichem Misstrauen näher an Dante heran. So plakativ er es auch darstellte, in Wahrheit hatte das Ganze ja doch bloß Symbolcharakter. Denn in ihrer miserablen Verfassung wäre es ihm immer noch ohne weiteres möglich, sie zu überwältigen, sollte dies doch bloß eine Falle sein. Die paar Schnitt- oder Stichwunden, die ihm das möglicherweise bescheren würde, würde er dafür ohne Zweifel in Kauf nehmen.

Aber wie gesagt, allein schon, dass er sich dazu herabließ, sich so unterlegen zu geben, war derart außergewöhnlich, dass sie bereit war, genauer zu ergründen, was dahintersteckte.

Tatsächlich verharrte Dante vollkommen reglos, selbst als sie so dicht vor ihm stand, dass er sie problemlos an den Beinen packen und zu Fall bringen hätte können.

„So, du willst also, dass ich es an dir auslasse?", flüsterte sie mit einer Stimme, in der der ganze Wahnsinn durchklang, den sie hier zuletzt durchlitten hatte, weil die Erinnerung daran gerade wieder lebhaft aufloderte.

Doch Dante zuckte nicht einmal, stattdessen erklärte er völlig ruhig und entschlossen:

„Alles was ich will, ist dich dazu zu bringen, freiwillig bei mir zu bleiben. Dafür bin ich bereit zu tun, was immer es erfordert."

„Es erfordert vor allem Ehrlichkeit", stellte Selina impulsiv klar.

„Das versteht sich von selbst."

„Scheinbar nicht. Was ist dann das hier?"

Anstatt lediglich mit dem Zeh auf Dantes aufgeschlagene Fingerknöchel zu zeigen, ließ Selina es darauf ankommen und stellte sich mit dem ganzen Fuß und vollem Gewicht darauf. Was Dante erstaunlicherweise tatsächlich ohne den Hauch von Gegenwehr tolerierte.

„Wenn du die ganze Zeit vor der Tür da campiert haben willst, wüsste ich nicht, wie du in eine Schlägerei geraten sein solltest. Oder willst du mir etwa weismachen, die Einrichtung hätte es auf dich abgesehen gehabt?"

„Es hat sich zur Schonung des Mobiliars tatsächlich als nötig erwiesen, dass ich mir einen Sandsack aufgehängt habe, der ziemlich viel einstecken hat müssen.

Aber davon abgesehen bin ich in der Tat zweimal weggegangen. Einmal um meine Mutter zu besuchen, da ist Emilio stattdessen dagewesen. Und das zweite Mal, um mich um ein dringendes geschäftliches Problem zu kümmern, das leider meine persönliche Anwesenheit erfordert hat. Da hat Massimo dich gerade besucht."

„Du hast mich ausgerechnet mit dem Psycho da wirklich allein gelassen?", entfuhr es Selina aufgebracht.

„Auch wenn das, was du vorhin über Massimo gesagt hast, keineswegs unbegründet gewesen ist – ich kenne ihn gut genug, um genau zu wissen, wann ich mich sehr wohl auf ihn verlassen kann. Außerdem habe ich eine Aufnahme mitlaufen lassen, um mir das nach meiner Rückkehr anzusehen. Damit ich auch wirklich über jedes Detail Bescheid weiß, nachdem Massimo ja teilweise den Sinn fürs Wesentliche etwas vermissen lässt."

„Was ist in der Spritze eigentlich tatsächlich drinnen gewesen?"

„Bloß ein Mittel, um künstliches Fieber auszulösen. Ich hätte doch nie riskiert, dich derart in Gefahr zu bringen."

„Was war dann das angebliche Antibiotikum?"

„Ein Schmerzmittel. Ich wollte, dass du ausgeschlafen bist, ehe ich dir eine Waffe in die Hand drücke."

„Wow, das klingt zur Abwechslung sogar mal vernünftig.

Und das hier?", kehrte sie zu ihrer ursprünglichen Frage zurück und trat mit dem Fuß fester auf. „Soll das bloß vom Sandsack sein?"

„Nein", gab Dante zähneknirschend zu.

Ausgerechnet die Frage schien ihm ziemlich unangenehm zu sein.

„Ich habe wohl bei der Lösung des Problems, zu dem ich gerufen worden bin, ein wenig die Beherrschung verloren", räumte er widerwillig ein.

*Na großartig.*

„Seit du nicht mehr bei mir bist, lässt meine soziale Verträglichkeit leider etwas zu wünschen übrig – sogar noch weitaus mehr, als bevor wir uns kennen gelernt haben", versuchte Dante sich zu erklären, aber es half nicht viel.

Zwar musste sie ihm anrechnen, dass er ehrlich gewesen war, obwohl dies seine Ziele konterkarierte, aber das änderte leider auch nichts an dem Verhalten, das er zutage gelegt hatte. Und dass er ihr eine Mitverantwortung dafür anhängte, machte es nicht gerade besser.

Als Selina einen Schritt zurückwich, schnellte Dantes Blick zu ihr hoch, offensichtlich besorgt, ob sein Geständnis sie verschreckt hatte. Doch sie war lediglich von seiner Hand heruntergestiegen.

Sein Blick blieb an ihr hängen, während sie eine Weile den Dolch in ihrer Hand betrachtete. Obwohl er sich nicht viel anmerken ließ, während er scheinbar bloß geduldig wartete, konnte sie deutlich sein Unbehagen spüren. Offenbar war er sich keineswegs sicher, ob sie nicht doch gleich über ihn herfallen würde. Oder aber er wollte sie das bloß glauben machen, damit es zumindest so aussah, als wäre er zu allem bereit, obwohl er genau wusste, dass das nie eintreten würde.

„Ich will, dass du dort reinkriechst", verfügte sie auf einmal entschieden, wobei sie mit dem Dolch auf den Käfig zeigte.

Damit hatte Dante eindeutig nicht gerechnet. Und zu sehen, dass sie ihn damit eiskalt genau dort erwischt hatte, wo es wehtat, erfüllte Selina mit einer derartigen Befriedigung, dass es sie beinahe erschreckte.

„Was ist, hast du es dir anders überlegt?", fragte Selina scharf, als Dante keinerlei Anstalten machte, ihrer Forderung nachzukommen, wobei sie sicherheitshalber ein Stück zurückwich und den Dolch abwehrbereit umfasste.

Aber Dante rührte sich nicht, bloß sein Blick schweifte unschlüssig von ihr zu Massimo und wieder zurück.

„Wie sollte ich dir vertrauen, wenn du mir noch immer nicht traust?", fuhr sie ihn ungehalten an.

Nicht nur, dass sein Zögern sie verletzte, viel mehr noch löste es eine unbändige Angst in ihr aus, dass sein Versprechen zur Rückkehr zu so etwas wie Normalität bloß leere Worte waren.

Immerhin blieb es ihr aber erspart, die Frage zu klären, was sie als Konsequenz darauf tun sollte, denn Dante neigte kurz entschuldigend den Kopf und erklärte:

„Tut mir leid. Ich bin es bloß nicht gewohnt, die Verantwortung abzugeben."

Während Dante ohne Mucken in den Käfig kroch, der für ihn ob seiner breiten Statur noch wesentlich einengender ausfiel, als er es für sie schon gewesen war, spürte Selina, wie in ihr etwas zur Ruhe kam. Als würde wenigstens ein Teil des Wahnsinns, der diese unerträgliche Unruhe in ihr verursachte, von ihr genommen.

Zumindest, bis sie die Käfigtür hinter Dante zuwarf und das Einrasten des Schlosses vernahm. Mit einem gewaltigen Sprung nach hinten schreckte Selina zurück, als äußerst lebhaft die Gefühle wieder hochkamen, die sie auf der anderen Seite der Tür jedes Mal empfunden hatte, wenn sie sich geschlossen hatte.

Ein Teil ihrer Panik wandelte sich jedoch nahtlos in Wut, als sie die Besorgnis registrierte, mit der Dante sie ansah.

„Was ist? Hast du Angst, dass ich durchdrehe und dich nicht mehr rauslasse?", blaffte sie zornig. „Nur zu, mal es dir aus!"

Ihre Stimme steigerte sich zu einem verzweifelten Brüllen:

„Stell es dir vor, in allen Details, was das für dich bedeuten würde, wenn ich mich jetzt doch erschieße und du bis ans recht baldige Ende deiner Tage da drin hocken kannst, bist du elendig zu Grunde gehst!"

Auf einmal fühlte Selina sich so schwach, dass sie sich an Ort und Stelle auf den Boden plumpsen ließ. Den Kopf in ihren Händen vergraben weinte sie bittere Tränen, die gar nicht mehr zu versiegen schienen.

Die Hände fest um die Gitterstäbe geschlossen konnte Dante nichts weiter tun, als untätig dabei zuzusehen, wie Selina sich die Seele aus dem Leib weinte, während ihm langsam erst so richtig die volle Tragweite seiner Taten bewusst wurde. Und er verfluchte sich dafür, dass er so misstrauisch und voreingenommen gewesen war, dass er nicht mit ihr geredet hatte, sondern auf seine übliche Art brachial nach der Wahrheit geforscht hatte, als wäre sie bloß eine dieser miesen Ratten, mit denen er es sonst zu tun hatte.

Glaubte er wirklich, dass sie ihm das jemals verzeihen würde?

Er war sich nicht sicher, ob er es an ihrer Stelle könnte. Es fiel ihm schon schwer, ihr das mit Stefano zu vergeben, und dass obwohl alle, die ihm wichtig waren, übereinstimmend die Meinung vertraten, dass Stefano niemandem abgehen würde. Aber allein, dass sie ihn belogen und benutzt hatte, war schon nicht einfach runterzuschlucken. Dabei war es nichts im Vergleich dazu, was er ihr angetan hatte.

Wie gerne wäre er jetzt zu ihr gegangen und hätte sie tröstend in den Arm genommen. Auf körperlicher Ebene würde es ihm gewiss leichter fallen, sie von seinen Absichten zu überzeugen. Verbal dagegen … er hatte keine

Ahnung, was er sagen könnte, das tröstlich für sie wäre. Und selbst wenn ihm etwas einfiele, würde sie es wahrscheinlich eh nicht hören wollen. Was ihm ganz recht geschah, schließlich hatte er sich auch tagelang geweigert, sie anzuhören.

Auf einmal hob Selina den Kopf. In ihrem Gesicht zeichnete sich neuerlich aufkeimende Wut ab.

„Du hast hier eindeutig noch immer zu viel Unterhaltung, um das Leben im Käfig so richtig verinnerlichen zu können."

Vermutlich wäre sie gern entschlossen aufgesprungen, aber es wirkte reichlich gequält, wie sie sich mühsam erhob. Umso zielstrebiger ging sie dafür zu den Laden, in denen er die Kleinteile aufbewahrte, die er hier herunten so benutzte. Allerdings hatte sie keine Ahnung, welche die Richtige war. Wahllos zog sie eine in der obersten Reihe auf. Es war die mit den Messern.

„Versuch es mal mit der zweiten von unten, eine Reihe weiter links", schlug Dante möglichst unaufdringlich vor.

Er wollte gerne vermeiden, dass Selina alle Laden durchsuchte, denn neben den recht harmlosen Utensilien, die er bei ihr verwendet hatte, gab es da auch ganz andere Gerätschaften zu finden. Und es war wohl kein guter Zeitpunkt sie daran zu erinnern, dass er Dinge wie eine Nagelpistole nicht zum Heimwerken verwendete.

Über die Schulter warf Selina ihm einen bösen Blick zu, der klar ausdrückte, dass er hier kein Mitspracherecht hatte. Dennoch stieß sie die Lade mit den Messern wieder zu und nahm diejenige, die er vorgeschlagen hatte. Offenbar ein Volltreffer von ihm, denn Selina begann gleich darin zu kramen. Und zu seinem Leidwesen sollte er auch Recht behalten mit seiner Vermutung, was Selina herausfischen würde.

„Setz das auf", befahl sie knapp, während sie eine Maske durch die Gitterstäbe stopfte. „Und die gibst du dir auch rein."

Ein Paar Ohropax fielen hinterher.

Seine Gedanken fest darauf gerichtet, warum er das überhaupt auf sich nahm, drückte Dante das Wachs in seine Ohren und hob die Maske auf. Natürlich hatte Selina sich zielstrebig das grauslichste Modell ausgesucht: Eine den ganzen Kopf eng umschließende Maske zur Sinnesdeprekation. Da ging kein Funken Licht hinein, es gab bloß zwei winzige Atemlöcher an der Nase, die Ohren waren dick gepolstert wie ein Gehörschutz, und um jeglichem Gejammer vorzubeugen, war auch gleich ein Knebel integriert.

„Du wirst die Riemen genauso fest anziehen, wie du es sonst auch tust", mahnte Selina ihn noch, ehe er in die Ruhe der Finsternis eintauchte.

Wobei sich Ruhe bloß auf seine Umgebung bezog, seine eigene Gemütsverfassung verhielt sich genau invers dazu. Gerade in der momentanen Situation, mit Massimo verletzt und Selina am Rande des Nervenzusammenbruchs, war es die Hölle für ihn, weder sehen noch deutlich hören zu können, was gerade vor sich ging. Dazu kam noch, dass er es sowieso hasste, untätig zu sein. Er hatte kein Problem damit, stundenlang herumzustehen und Leute zu beobachten und zu studieren, aber wirklich gar nichts zu tun zu haben, fand er echt ätzend.

Was seine Frau natürlich auch wusste.

Aber es stand ihm wohl kaum zu, sich zu beschweren, denn umgekehrt galt schließlich genau das gleiche.

Seine eigene Dummheit abermals verfluchend, versuchte Dante sich also mit den von ihm selbst verursachten Gegebenheiten zu arrangieren und in den äußerst beengten Verhältnissen eine Position zu finden, in der er es eine Weile aushalten konnte. Denn er rechnete nicht damit, dass Selina sich damit begnügen würde, ihm dies bloß im Vorbeigehen kurz zu zeigen.

Nachdem Selina in Dantes Kleiderhaufen den Schlüssel für die Handschellen gefunden hatte, ging sie vorsichtig auf Massimo zu, der immer noch, so wie er umgefallen war, seitlich dalag. Zwar hatte er, seit sie auf ihn geschossen hatte, kein Wort mehr gesagt, aber so, wie er sie nun ansah, war sie keineswegs überzeugt, dass er vorhatte, friedlich zu bleiben, sollte sich ihm eine Gelegenheit ergeben.

„Du hast hier bloß eine Statistenrolle", belehrte sie Massimo verächtlich. „Und du weißt hoffentlich, dass Statisten, die sich in den Vordergrund drängen, ihren Auftritt damit im Allgemeinen auch jäh beenden. Also sei schön unauffällig und überlass es wie üblich Dante, dir den Arsch zu retten.

Schaffst du es, dir die Handschellen selber aufzuschließen?"

„Meinst du denn, Dante hätte mir gar nichts beigebracht?"

„Viel kann es aber auch nicht gewesen sein", lästerte Selina herablassend, während sie ihm den Schlüssel in die Hand drückte.

„Nur die Linke, die Rechte bleibt zu", instruierte sie ihn, wobei sie sich so positionierte, dass sie ihn mit dem Dolch gleich hätte, wenn er irgendeine Dummheit versuchte.

„So, und jetzt gib mir den Schlüssel zurück und schließe sie um dein Bein."

Unwirsch sah Massimo sie an.

„Darf ich dich daran erinnern, dass ich verletzt bin?"

„Ja was glaubst du, warum wir das hier veranstalten? Sonst hätte ich dich ja einfach so, wie du gewesen bist, liegen lassen können. Und jetzt hör auf zu flennen und tu es!

Zieh daran, damit ich sehe, dass beide Enden wirklich zu sind."

„Bist du jetzt zufrieden?", blaffte Massimo, der noch wesentlich blasser geworden war als zuvor, seitdem er sich aufgesetzt hatte.

Anstatt zu antworten, packte Selina seinen Hemdkragen, zog ihn zur Seite und fuhr mit dem Dolch in die sich auftuende Lücke hinein.

„Schhh, nicht bewegen, du willst doch nicht, dass ich abrutsche", hauchte sie ihm ins Ohr, ehe er sich noch zu einer dummen Panikreaktion hinreißen ließ.

In einer beherzten Bewegung stieß sie den Dolch nach vorne und durchtrennte damit den hellblauen Stoff von

Massimos Hemd. Ein paar weitere Schnitte, und schon hatte sie den linken Ärmel abgetrennt. Noch ein kleiner Schlag seitlich in die Manschette hinein, da flog auch der Knopf davon, sodass sie den Ärmel ungehindert von Massimos Arm ziehen konnte. Den durchlöcherten Stoff auf der rechten Seite riss sie lediglich so viel weiter auf, dass die Wunde gut frei lag. Dann machte sie in den abgetrennten Ärmel in die Mitte einen Knoten, den sie direkt über der Wunde platzierte und mit ein paar Umwicklungen des Stoffs fest fixierte.

„Du musst den Druckverband zwischendurch immer wieder öffnen, damit dein Arm nicht zu lange ungenügend durchblutet wird", instruierte sie Massimo knapp.

Es war nicht zu erwarten, dass er über medizinische Kenntnisse wie Dante verfügte, die für ein halbes Medizinstudium gereicht hätten. Aber er würde doch hoffentlich wenigstens einen ordentlichen Erste-Hilfe-Kurs absolviert haben, denn sie hatte nicht vor, allfällige Wissenslücken hier und jetzt ausführlicher als mit dieser Information zu füllen. Egal wie öde es auch werden würde die Zeit abzuwarten, die Dante im Käfig verbrachte, sie würde sie garantiert nicht damit verbringen, sich mit diesem Psycho zu unterhalten.

Ziemlich erledigt kehrte Selina zu Dantes Tisch zurück. Zwar war sie nicht mehr ganz so steif, nachdem sie sich ein wenig bewegt hatte, aber ihr tat immer noch gefühlt jeder einzelne Muskel weh. Und auch emotional war sie mehr als ausgelaugt. Sie brauchte dringend eine Pause.

Einen Moment starrte sie das Monster aus Edelstahl vor sich bloß wie in Trance an, als erneut Erinnerungen hochkamen, ehe sie wie eine Wilde die Matte herunterriss.

Um nichts auf der Welt würde sie sich da freiwillig drauflegen.

Stattdessen nahm sie die Matte und die am Boden liegende Decke und bereitete sich damit in sicherer Entfernung von Massimo ein Lager am Boden.

# 31

„Es blutet noch immer."

Unwirsch setzte Selina sich auf, sammelte den neben ihr liegenden Dolch ein und ging damit zu Massimo.

Er hatte den Verband, wie sie es ihm gesagt hatte, inzwischen immer wieder gelockert und mühsam unter Zuhilfenahme seiner Zähne wieder festgezogen. Nun saß er mit dem Stoff in der Hand da und drückte ihn so auf die Wunde.

„Keine fiesen Tricks!", mahnte sie ihn rein prophylaktisch, denn das war bei ihm immer angebracht. „Lass sehen."

Mist. Sie hatte ja darauf gehofft, dass Massimo bloß eine Mimose war und wegen nichts jammerte, aber es stimmte, die Blutung war noch immer nicht ausreichend gestillt. Und schön langsam nahm sein Gesicht wirklich einen besorgniserregend bleichen Ton an.

Aber das war ja typisch für Massimo, ein ewiger Quell des Ungemachs.

Widerstrebend ging Selina zum Käfig.

Ebenso wie sie hatte auch Dante schnell festgestellt, dass sitzen ob der geringen Höhe so ziemlich am unangenehmsten war, also hatte er sich stattdessen mit angezogenen Beinen seitlich hingelegt.

Der Anblick ließ neuerlich Wut in ihr hochkochen, insbesondere darüber, dass Dante mit der lächerlich kurzen Zeit im Käfig so unverschämt glimpflich davonkommen würde. Aber ganz so leicht würde sie es ihm auch nicht machen.

Vorsichtig, ohne das Gitter anzustoßen, führte Selina ihre Hand mit dem Dolch ins Innere.

Dante wusste, warum er es so sehr verabscheute, sich zu langweilen. Denn wenn das Gehirn im völligen Leerlauf war und sonst nichts zu tun hatte, begann es gern mal, sich auf Abwege zu begeben und alle möglichen Gedanken aus dem Hut zu ziehen, auf die er kaum Einfluss hatte. Und wenn sich das auch noch mit einer Ausnahmesituation wie dieser paarte, war es sowieso völlig aussichtslos, einfach an etwas anderes zu denken. Da konnte er ebenso gut versuchen, jetzt nicht an einen rosa Elefanten zu denken.

Also hatte er die Zeit damit verbracht, sich von seinem Gehirn vorführen zu lassen, was er zuletzt nicht alles falsch gemacht hatte, was er damit alles ruiniert hatte, und was für unerfreuliche Szenarien sich daraus möglicherweise für die Zukunft ergeben könnten.

Eine kleine Kostprobe also des Höllenritts, auf den er Selina geschickt hatte.

Wenn er doch nur …

Das Gefühl von kaltem, scharfem Stahl an seiner Kehle pflügte wie ein Bulldozer durch seinen Kopf und mähte alles nieder, was sich dort eben noch so getummelt hatte, während sein Herzschlag und sein Adrenalinspiegel von jetzt auf gleich in lichte Höhen schossen. Der Schreck darüber, so eiskalt überrascht worden zu sein, war so groß, dass es ein paar Augenblicke brauchte, bis Dante die Lage mit klarem Verstand erfassen konnte.

Wobei ihn das aber auch gerade mal bis zu der Erkenntnis brachte, dass Selina ihm seinen Dolch an den Hals hielt.

Was war da vorgegangen, während er hier im stillen Kämmerlein gegrübelt hatte?

Angesichts von Selinas labiler Verfassung war es unmöglich zu sagen, ob ihr Zustand gekippt war und sie ihnen allen nun ein blutiges Ende bereiten wollte, oder ob sie bloß ausgesprochen zielsicher seine Ängste bediente, damit auch er einen Hauch von Folter durchleben konnte.

So oder so, er konnte nicht behaupten, dass er es nicht verdient hätte. Außerdem wollte er Selina doch beweisen, dass er bereit war, ihr zu vertrauen. Nach ein paar tiefen Atemzügen war sein Puls wieder herunten und sein Körper nicht mehr angespannt wie eine Klaviersaite.

Tatsächlich ließ auch der Druck der Klinge auf seine Haut im selben Maße nach, wie er sich entspannte, bis Selina sie schließlich ganz wegnahm. Den Zug an der Maske interpretierte er so, dass er sie abnehmen sollte.

Der äußerst unzufriedene Gesichtsausdruck, mit dem Selina ihn empfing, zerstörte jedoch seine Hoffnung sogleich wieder, dass sie Fortschritte machten.

„Massimos Wunde blutet noch immer", informierte sie ihn knapp, doch dann verfinsterte sich ihr Blick. „Du darfst sie versorgen. Aber nur, wenn er die gleiche Behandlung bekommt, die du mir zukommen hast lassen."

Er wusste sofort, worauf sie damit anspielte: Dass er ihr eine Betäubung verwehrt hatte.

„Du bist bewusstlos gewesen, als ich dich genäht habe."

„Aber davor war ich es nicht!", schrie sie ihn erzürnt an. „Ich will einen Beweis sehen, dass du das auch bei jemandem fertigbringst, der dir etwas bedeutet!"

Dante fluchte lautlos. Wenn das so weiter ging, würde sein Bemühen, seine Frau wiederzufinden, damit enden, dass dafür sein Cousin nie wieder mit ihm sprach.

Wenn es ihr bloß um Rache gegangen wäre, hätte er ja versuchen können, es ihr auszureden, aber so? Was außer Lippenbekenntnissen konnte er dagegen schon vorbringen?

„Ich kann es tun, wenn du darauf bestehst", versuchte er es, ohne ihr zu widersprechen. „Aber bist du dir sicher, dass du das miterleben willst?"

Die Frage war überaus berechtigt angesichts dessen, wie sie schon beim Schließen des Käfigs zurückgeschreckt war. Und mit etwas Glück wurde das gerade auch Selina klar, so wie sie geistesabwesend ins Nichts starrend dastand.

Ihr Blick wirkte leer, als sie ihn schließlich wieder bewusst ansah und nach der Käfigtür griff, um sie zu öffnen.

„Raus mit ihm", erklärte sie mit einer Handbewegung zu Massimo matt. „Ich will hier nicht auch noch neugierige Zaungäste haben."

Damit drehte sie sich einfach um und schlurfte zu der nun am Boden liegenden Matte zurück, wo sie sich schützend in die Decke einwickelte. Es schien sie nicht mehr länger zu kümmern, was er wohl machen würde, sobald Massimo aus dem Schneider war.

Es versetzte Dante einen Stich, sie so verloren zu sehen.

Sie entließ ihr Druckmittel nicht, weil sie daran glaubte, es nicht mehr zu brauchen.

Sie hatte schlichtweg aufgegeben.

# 32

Nur am Rande bekam Selina mit, wie Dante Massimo die Handschellen abnahm, ihm beim Aufstehen half und ihn hinausbrachte. Es war dumm von ihr gewesen, sich auf diesen Machtkampf mit Dante einzulassen. Zu glauben, sie könnte sich gewaltsam durchsetzen und ihm irgendetwas abringen. Nichts weiter als ein verzweifelter Versuch, das Unvermeidliche aufzuhalten. Aber früher oder später wäre Dante sowieso durch diese Tür gegangen, und das Schicksal, das nun auf sie wartete, hätte sie eingeholt, egal wie sehr sie es zu verhindern versucht hätte.

Und warum?

Weil sie schwach war.

Zu schwach, ihre Rache zu vollenden. Zu schwach, sich reinen Herzens für Dante zu entscheiden und ihm beizeiten die Wahrheit zu gestehen. Zu schwach, ihr eigenes Schicksal selbst in die Hand zu nehmen, um dem hier ein Ende zu bereiten.

Und obendrein auch noch zu blöd, um nicht dieselben Fehler zu wiederholen. Dass sie gegen Dante nicht ankommen konnte, hatte sie bereits ganz zu Beginn in der Hütte in den Bergen lernen müssen, als ihr toller Fluchtversuch sie beinahe als Wolfsfutter enden hatte lassen. Schon damals hatte ihr das Messer gegen Dante nichts gebracht. Und der Dolch, den sie immer noch in Händen hielt, würde ihr ebenso wenig helfen.

„Darf ich mich zu dir setzen?"

Selina zuckte zusammen. Sie war so in Gedanken gewesen, dass sie gar nicht bemerkt hatte, dass Dante neben sie getreten war. Zu ihrer Überraschung war er immer noch ebenso nackt wie sie auch.

„Wenn du möchtest."

Als ob sie ihn davon abhalten könnte.

Geistesabwesend hielt sie ihm den Dolch hin.

„Du kannst ihn wiederhaben. Ich kann damit ja doch nichts anfangen."

Natürlich nahm ihr Dante seinen Liebling ohne Zögern aus der Hand, ehe sie es sich noch anders überlegte.

„Du hast Gänsehaut", bemerkte er dabei. „Soll ich dir mein Hemd bringen?"

Selina schüttelte den Kopf. Sie hatte sein Hemd schon vorhin nicht anziehen wollen, weil sie Angst davor hatte, was sein Geruch auf ihrer Haut in ihrem angeschlagenen Zustand mit ihr anstellen würde. Außerdem rührte ihr Frösteln von einer Kälte, die von innen nach außen stieg. Die konnte keine Decke und kein Gewand der Welt vertreiben.

Aber wie üblich zählte ihr Wunsch nicht, denn Dante ging trotzdem zu seinen Sachen.

Wo er wider Erwarten aber nicht sein Hemd aufhob und auch nicht seine Hosen, sondern lediglich seinen Dolch ablegte.

„Was hast du jetzt mit mir vor?", fragte Selina tonlos, nachdem Dante neben ihr Platz genommen hatte.

Als keine Antwort kam, drehte sie sich zu ihm. Um überrascht festzustellen, dass er ähnlich verloren aussah, wie sie sich fühlte.

„Versuchen, deine Vergebung zu erlangen?", schlug er einigermaßen ratlos vor. „Auch wenn ich mir sehr bewusst bin, dass das vielleicht zu viel verlangt ist."

Selina musste erst heftig den Kloß in ihrem Hals runterschlucken, ehe sie bang hervorbringen konnte:

„Und wenn es so ist?"

Darauf schüttelte Dante nur den Kopf. Äußerst behutsam griff er nach ihrer Hand und umfasse sie sacht.

„Ich erwarte bloß von dir, dass du mir eine Chance gibst. Meinst du, du schaffst das?"

Gute Frage.

Um ehrlich zu sein, sie war sich nicht sicher.

Allein schon, dass Dante ihre Hand hielt, war gerade eine ziemliche Herausforderung für sie. Ihr Hunger nach Nähe und Berührung war momentan noch enorm, weshalb die Wärme seiner Hand ihr momentan sehr willkommen war. Aber sie war noch genug bei Verstand, um zu wissen, dass das bloß auf ihren äußerst desolaten emotionalen Zustand zurückzuführen war. Der hoffentlich nicht so bleiben würde, wenn sie aus diesem Alptraum in so etwas wie ein normales Leben zurückkehrte. Und dann würden nur noch das Unbehagen und die Furcht bleiben, die sie gerade ebenso empfand.

„Ich werde es versuchen", antwortete sie Dante kleinlaut, denn sie war alles andere als überzeugt, dass es das von ihm gewünschte Ergebnis bringen würde.

Trotzdem schien Dante zufrieden. Aufmunternd drückte er ihre Hand.

„Mehr verlange ich auch gar nicht."

Selina nickte, auch wenn sie ihm nicht glaubte. Vorerst mochte er sich damit ja zufriedengeben, aber mittel- bis langfristig würde ihr bloßes Bemühen nicht ausreichend sein. Was das für sie bedeuten würde, darüber mochte sie gar nicht erst nachdenken.

Ebenso behutsam, wie er sie gehalten hatte, ließ Dante nun ihre Hand los und stand auf.

„Soll ich dir etwas zum Trinken bringen?"

„Nein, danke. Ich habe mich bereits selbst bedient."

Vorhin, als Dante im Käfig gesessen hatte.

Die Freude, die sie darüber empfunden hatte, ihren ausgetrockneten Mund endlich mit Wasser benetzen und den seit Tagen an ihr nagenden Durst stillen zu können, würde sie ihr Leben lang nicht mehr vergessen.

„Gut, dann würde ich sagen, es ist Zeit, diesen Ort zu verlassen."

Rasch legte Dante seinen Dolch wieder an und schlüpfte in sein Gewand.

„Ich bin gleich wieder da", meinte er noch, ehe er hinausging.

Ihn erneut durch diese Tür verschwinden zu sehen, schnürte Selinas Brust derart zu, dass sie kaum atmen konnte. Sie konnte nur inständig hoffen, dass diese Panikanfälle sich legen würden, wenn sie nicht nur den Käfig, sondern auch diesen Raum hinter sich gelassen hatte.

„Hier, ich habe dir etwas zum Anziehen mitgebracht."

Unsicher nahm Selina, immer noch am Boden sitzend, die Unterhose und das Bustier mit den Spaghettiträgern von Dante entgegen. War das wirklich alles, was er ihr gebracht hatte?

Sein Gesichtsausdruck war ernst, als er ihrem fragenden Blick begegnete.

„Was jetzt kommt, wird dir nicht gefallen. Und ich möchte mich vorab dafür entschuldigen. Aber es ist leider unumgänglich."

Schon wieder zog Selinas Brust sich zusammen, nur mit Mühe konnte sie die Tränen zurückhalten. Was auch immer es war, sie fühlte sich absolut nicht in der Verfassung, es bewältigen zu können. Sollte sein Versprechen, sie nicht mehr weiter quälen zu wollen, wirklich so schnell schon vergessen sein?

Ihre Reaktion ließ Dante unglücklich seufzen.

„Das, was hier zwischen uns abgelaufen ist, hat angesichts meiner Position leider ein gewisses öffentliches Interesse erzeugt. So gern ich dir das auch ersparen würde, aber es ist unumgänglich, dass ich vor der versammelten Hausbelegschaft klarstelle, was Sache ist."

Ein Schauer schüttelte Selina, als sie das Häufchen Nichts von einem Gewand in ihrer Hand ansah.

„Du willst mich zur Schau stellen."

„Nicht, um dich vorzuführen", hielt Dante nachdrücklich fest, noch ehe Selina mehr sagen konnte. „Aber es darf keinesfalls der Eindruck entstehen, ich würde wegschauen, wenn es um meine Frau geht. Vor allem nicht in Anbetracht der Umstände. Es wäre ein gefundenes Fressen für diejenigen, die Stefano loyal ergeben und mit meinem Urteil über ihn dementsprechend unzufrieden gewesen sind. Das sind zwar nur ein paar wenige, und bisher hat sich auch noch niemand laut etwas zu sagen getraut. Aber viele sind verunsichert. Immerhin sind alle davon ausgegangen, dass Stefano der nächste Don hätte werden sollen. Wenn hier Gerüchte aufkommen sollten, dass mein Urteilsvermögen wegen dir getrübt sei, könnte die Stimmung kippen. Und das wäre gefährlich. Vor allem für dich."

Verstört starrte Selina Dante an. Das, was er sagte, klang logisch, und so betrübt, wie er dreinsah, wirkte sein Bedauern aufrichtig.

Aber ihr Sinn für die Realität war momentan reichlich angeschlagen. Sie wusste nicht mehr, was sie noch glauben konnte. Dafür war ihr aber umso deutlicher bewusst, dass es eigentlich auch völlig egal war. Sie mochte aus dem Käfig raus sein – was definitiv eine Verbesserung ihrer Situation war, keine Frage – aber eigentlich hatte sich nichts geändert. Sie war noch immer nicht frei zu entscheiden. Ihr Leben gehörte Dante, und er würde bestimmen, wo es lang ging.

Ohne ein weiteres Wort zog Selina das Höschen und das Bustier an. Als sie damit fertig war, wollte Dante sie hochheben, aber diesmal sträubte sie sich dagegen.

„Nein, nicht", protestierte sie verhalten, während sie beschämt zurückwich.

Sie hatte eigentlich gar nicht wirklich damit gerechnet, aber Dante hielt tatsächlich inne.

„Ich verstehe, dass du mir und vor allem dir selbst beweisen möchtest, dass du nicht auf meine Hilfe angewiesen bist. Aber das ist nicht der Moment, um Stärke zu demonstrieren. So schwer dir das auch fallen mag", redete er ihr scheinbar in bester Absicht gut zu, womit er es aber bloß noch schlimmer machte.

Von Schluchzern gebeutelt wandte Selina sich ab, die Arme fest um ihre Beine geschlungen, denn sie brauchte irgendetwas, woran sie sich anhalten konnte.

„Selina ...“

Als Dante sacht ihre Schulter berührte, zuckte sie zusammen.

„Tu nicht so, als wüsstest du nicht, dass ich doch bloß das genaue Gegenteil beweisen könnte!“, stieß sie unter Tränen hervor, ohne ihn anzusehen. „Ich bin schwach ... ich bin erbärmlich ... und ich bin widerlich! Das hast du selbst gesagt. Und es stimmt. Ich weiß ganz genau, dass ich deine Hilfe bitter nötig habe, aber so etwas Stinkendes, Ekelerregendes wie mich greift man doch nicht mal mit der Kneifzange an!“

Gestern im Fieber und mit dem Tod vor Augen hatte sie an derartige Dinge freilich überhaupt nicht gedacht, als Dante sie hochgenommen hatte. Aber heute schämte sie sich in Grund und Boden bei dem Gedanken daran, was für eine Zumutung das für ihn sein musste.

Doch ehe sie sich versah, umfasste Dante sie an Rücken und Beinen, um sie hochzuheben. Und diesmal ließ er sich von ihrem Widerwillen dagegen auch nicht davon abbringen, im Gegenteil, er drückte sie sogar noch entschlossener an sich.

„Selbst wenn du aus einer Jauchegrube steigen würdest, könnte mich das nicht davon abhalten, dich in meine Arme zu ziehen. Erst recht nicht, wenn du durch meine Schuld darin gelandet bist. Wenn hier einer von uns widerlich ist, dann bin ich das, so wie ich dich behandelt habe.“

So schön das auch klang, mehr als seine Worte waren es die Wärme seiner Haut und sein vertrauter Geruch, die Selina etwas zur Ruhe kommen ließen. Erschöpft barg sie ihren Kopf an seiner Schulter, die Nase in sein Hemd vergraben, das so unvergleichlich angenehm und frisch roch im Vergleich zu dem, was sie verströmte.

„So ist es gut“, lobte Dante sie zufrieden und streichelte ihren Kopf. „Lass uns gehen, damit wir das möglichst schnell hinter uns bringen können.“

# 33

Emilio hatte, wie Dante es ihm aufgetragen hatte, bereits alle in der großen Vorhalle im Erdgeschoss versammelt.

Als er mit Selina am Arm auftauchte, wurde es augenblicklich mucksmäuschenstill. Ein Hausmädchen schlug sich bei Selinas Anblick entsetzt die Hand vor den Mund.

Wobei sie aber in guter Gesellschaft war mit ihrer Reaktion. Selbst den Männern aus seiner handverlesenen Truppe merkte Dante an, dass sie dieses Bild nicht kalt ließ. Die hatten zwar freilich schon weitaus Schlimmeres gesehen, doch sie wussten auch besser als die anderen, dass Selinas Verletzungen wie ein Eisberg waren: Das, was man sehen konnte, war bloß die Spitze, der überwiegende Teil davon ging weitaus tiefer. Und dass es hier nicht um irgendwen, sondern um seine Frau ging, siedelte es sowieso in einer ganz anderen Kategorie an.

Um Selina nicht unnötig zu quälen, hielt Dante sich nicht mit langen Vorreden auf, sondern kam gleich direkt zur Sache.

„Selina hat einen schwerwiegenden Fehler begangen: Sie hat mich belogen. Sie hat mir Dinge vorenthalten, die ich wissen hätte sollen.

Aber sie ist bei weitem nicht die Erste in der Familie, die etwas derart Unbedachtes aus der Rubrik ‚dumm, aber nicht unverzeihlich' veranstaltet hat. Und vor allem den noch eher jungen Familienmitgliedern – und dazu kann man Selina durchaus zählen, nachdem sie erst kürzlich zu uns gestoßen ist – gestehen wir nach der Verbüßung einer des Vergehens angemessenen Strafe stets die Chance zu, derartige Fehler einzusehen und sich zu bessern."

Behutsam stellte Dante Selina auf ihre eigenen Beine, auch wenn sie das absolut nicht wollte. Es bedurfte ein klein wenig Nachdrucks, um sie dazu zu bewegen, ihn loszulassen und ihren Kopf nicht in seinem Hemd zu vergraben. Aber so schwer es ihr auch fallen mochte, es war um der Glaubwürdigkeit willen nun mal leider unabdingbar, dass die Leute auch ihr Gesicht zu sehen bekamen.

Und es tat seine Wirkung. Mehr noch als ihr desolates Äußeres war es wohl der verstörte Ausdruck dieser eigentlich so starken und resoluten Frau, der einige der Anwesenden sichtlich erschreckte.

Auf zitternden Beinen stehend sprang Selinas Blick unstet zwischen den Anwesenden hin und her. Sie konnte sich nicht daran erinnern, sich vor einer Menschenmenge jemals so unwohl gefühlt zu haben. Alle starrten sie an, und es waren vor allem Entsetzen und Abscheu, die sie in den Gesichtern erblickte.

Diese Leute verachteten sie eindeutig für das, was sie getan hatte. Und wer könnte es ihnen übelnehmen? Das war Dantes Familie, nicht ihre. Was Dante gesagt hatte, bedeutete doch bloß, dass die sie nicht in Stücke reißen sollten.

Sie hatte hier keine Freunde.

Sie gehörte nicht hier her.

Und auch sonst nirgendwo hin.

Die niederschmetternde Erkenntnis, wie allein und verlassen sie war, ließ Selinas Knie noch weicher werden.

„Es tut mir so leid", schluchzte sie noch kläglich und schlug sich beschämt die Hände vors Gesicht, als ihre Beine ihr den Dienst versagten.

Aber diesmal fiel sie nicht. Diesmal war Dante da, um sie aufzufangen.

Der Gedanke daran, wie selbstverständlich sie sich früher darauf verlassen hatte können, dass er dies stets tun würde, gab ihr in ihrem elenden Zustand endgültig den Rest. Ihre Brust wurde ihr so eng, dass sie nicht einmal mehr weinen konnte, während ihr ganzer Körper unter der Last der überbordenden Gefühle unkontrolliert zu zittern begann.

---

Selinas Zusammenbruch kam nicht unerwartet und offen gesagt auch nicht ganz ungelegen für Dante, nur in der Heftigkeit hätte es ihn nun nicht gebraucht.

Schnell hob er sie wieder auf seine Arme und zog sie schützend an sich, ehe er sich mit ernster Miene nochmal an die versammelte Belegschaft wandte:

„Selina hat ihre Strafe erhalten. Und allen, die mutmaßen mögen, sie wäre als meine Frau unangemessen glimpflich davongekommen, sei hiermit versichert, dass genau das Gegenteil der Fall ist. Sollte mir dennoch zu Ohren kommen, dass irgendwer es wagt, das in Zweifel zu ziehen, dann werde ich demjenigen eine Kostprobe davon verpassen, was Selina durchgemacht hat, damit er in Zukunft weiß, wovon er redet.

Und wenn wir schon dabei sind, um auch hier sämtlichen Gerüchten vorzubeugen: Selina ist keine Verräterin. Das steht außer Zweifel. Nicht, weil sie meine Frau ist, sondern weil ich sie auf Herz und Nieren geprüft habe und sie zu hundert Prozent bestanden hat. Wer etwas anderes behauptet, ist ein Lügner. Und wie es Lügnern ergeht, dürfte nun hinlänglich bekannt sein."

Damit war für Dante alles gesagt. Höchste Zeit, Selina nach oben zu bringen, damit sie sich von all den Strapazen erholen konnte.

# 34

Dante trug Selina direkt ins Badezimmer, wo er sie äußerst vorsichtig abstellte, um sicherzugehen, dass sie nicht direkt zusammenklappte, sobald er sie losließ.

„Ich habe mir gedacht, dass du wahrscheinlich als erstes ein Bad nehmen möchtest. Aber wenn du lieber vorher essen oder ...“

„Nein“, fiel Selina ihm eilig ins Wort. „Baden ist gut.“

Nichts auf der Welt wollte sie momentan mehr, als endlich diesen bestialischen Gestank abzuwaschen, den sie verströmte. Vielleicht würde ihr das auch helfen, ihren Selbstwert wieder etwas über das Niveau von bloßem Ungeziefer, das in Dantes Keller hauste, zu heben.

Als Dante beiseitetrat, um die Badewanne einzulassen, ergoss sich durch das Badezimmerfenster das Licht der tief stehenden Sonne über Selina.

*Wunderschön.*

Wie hypnotisiert ging Selina darauf zu, öffnete das Fenster und streckte ihren Kopf hinaus, wo er von einem eher kühlen Lüftchen umspielt wurde.

Sie war überzeugt gewesen, die Sonne nie wieder zu sehen. Nie wieder zu spüren, wie der Wind über ihre Haut strich. Es kam ihr wie ein Wunder vor, nun hier zu stehen und das Licht und die Wärme der Sonne genießen zu können.

Dante trat neben sie und wischte sacht über ihre Wange. Erst da wurde Selina so richtig bewusst, dass ihr schon wieder Tränen übers Gesicht liefen. Der Gedanke, dass dies offenbar schon zum Normalzustand für sie wurde, trieb ihr eine Gänsehaut über den ganzen Körper.

„Dir ist kalt. Wir sollten das Fenster besser wieder zumachen", missdeute Dante ihre Reaktion. „Wenn du möchtest, können wir ja nachher einen Spaziergang machen."

Selina nickte bloß und ließ sich von Dante zur Badewanne geleiten, wo er ihr galant seinen Arm als Stütze beim Einsteigen offerierte.

*Oh, war das schön.*

Mit einem erleichterten Seufzen ließ Selina sich in das warme Wasser gleiten, das Dante großzügig mit ihrem Lieblingsbadezusatz angereichert hatte, wodurch sie in einem üppigen, wohlduftenden Schaumberg versank.

„Ist es okay, wenn ich hierbleibe?"

*Nein.*

Um ehrlich zu sein, wäre ihr wohler, wenn Dante nicht neben der Wanne herumlungern würde, aber das traute sie sich nicht zu sagen. Dafür hatte sie viel zu große Angst, in was seine vermeintliche Fürsorge umschlagen könnte, wenn sie sie ablehnte. Also fügte sie sich neuerlich mit einem Nicken, denn ihrer Stimme traute sie momentan ebenso wenig wie Dante.

Erschöpft streckte Selina ihre Glieder aus und machte es sich bequem. Und nach ein paar Minuten siegten das wohlig warme Wasser und ihre Müdigkeit über alle Bedenken. Was sollte schon passieren, wenn sie kurz die Augen schloss? Dante stand drüben am Fenster, sie würde ihn hören, wenn er wieder zu ihr kam.

———◆———

Das Wasser über ihrem Gesicht und Dantes Hand in ihrem Nacken ließ Selina schreiend hochfahren. Ihr Herzschlag überschlug sich ebenso wie sie selbst bei dem panischen Versuch, sich in den beengten Verhältnissen der Badewanne vor Dante in Sicherheit zu bringen.

Bis sie bemerkte, dass Dante einen Schritt von der Wanne zurückgetreten war und gar keine Anstalten machte, nach ihr zu greifen.

„Selina, beruhige dich", sprach er ihr sanft zu, als sie ihn mit weit aufgerissenen Augen verängstigt anstarrte. „Du bist eingeschlafen und dein Kopf ist ins Wasser gekippt. Ich wollte dich bloß wieder aufrichten."

Seine Worte schafften es nur langsam, durch das übermächtige Bild durchzudringen, wie Dante sie gnadenlos unter Wasser tauchte, bis ihre Luftreserven bis zum wirklich letzten Quäntchen erschöpft waren.

„Tut mir leid, ich ..."

Ihre Stimme versagte.

Beschämt wandte sie sich von Dante ab, das Gesicht in ihren Händen verborgen.

Sie war echt ein Wrack. Anders konnte man es nicht sagen.

Nicht nur, dass sie völlig überzogen reagiert hatte, in absoluter Missdeutung der Situation. Und dann auch noch wegen so etwas. Sie hatten das so oft gemacht. Sie selbst hatte Dante sogar dazu angestiftet, ihr dabei zu helfen, ihre Grenzen kennenzulernen und den Erfolg ihres Trainings zu überprüfen. So stolz war er auf sie gewesen, wie viel sie aushalten hatte können und wie eisern ihre Selbstbeherrschung gewesen war.

Und nun?

Nun weinte sie wie ein kleines Kind, bloß weil ihr ein wenig Wasser ins Gesicht gespritzt war.

Ein Wrack war nicht mehr zu reparieren. Vielleicht wäre es wirklich besser, wenn Dante sie hier einfach versenkte. Sie würde ja doch nie wieder auf hoher See fahren. Bestenfalls würde sie als ein würdeloses Ausstellungsstück enden. Mit einem Schild dran: ‚Bitte nicht berühren', damit sie nicht zerbrach.

Konsequenterweise zuckte sie natürlich auch zusammen, als Dante sie sacht an der Schulter berührte.

„Nein, mir tut es leid. Ich habe ja auch wirklich alles dafür getan, dein Misstrauen zu verdienen. Aber ich verspreche dir, das ist jetzt vorbei. Ich werde dir nichts mehr antun."

Darauf konnte Selina bloß hysterisch lachen.

„Du meinst vorläufig. Auf Dauer würdest du das doch nie aushalten."

Aber Dante schüttelte den Kopf und sah sie äußerst ernst an.

„Nein, ich meine es so, wie ich es gesagt habe. Ich schwöre dir hiermit hoch und heilig, dass du absolut nichts von mir zu befürchten hast, und zwar so lange, bis du mich ausdrücklich von diesem Schwur entbindest. Wohlgemerkt unter der Annahme, dass du nicht losziehst und irgendetwas Gravierendes verbrichst, was ich gezwungen wäre zu ahnden. Wovon ich aber nicht ausgehe."

Zaghaft sah Selina Dante an. Ihrer bisherigen Erfahrung nach hatten Dantes Versprechen immer Bestand gehabt, und sie wusste, dass ein Schwur keine Kleinigkeit für ihn war. Er würde ihn ernst nehmen.

Aber das war bloß ein Faktum, das in ihrem Kopf herumgeisterte. Und zwar in einem Bereich, in dem das Bauchgefühl nicht nachsehen ging, bevor es mit Panik reagierte. Da zogen erst mal all die schmerzlichen Erfahrungen, die sie machen hatte müssen.

Glücklicherweise war Dante aber mehr ein Mann der Taten als der Worte, weshalb er darauf verzichtete, sie weiter rational überzeugen zu wollen. Stattdessen zupfte er spielerisch an einer ihrer Haarsträhnen.

„Ich würde dir gerne die Haare waschen. Darf ich?"

„Natürlich", erwiderte Selina schüchtern, wobei sie ungeachtet von Dantes Versprechen immer noch in erster Linie die Angst dazu antrieb, seinen Wünschen widerspruchslos nachzukommen.

„Lehn dich zurück und entspann dich", suggerierte ihr Dante verführerisch, wobei er ihren Kopf mit seinen Händen umfing. „Ich pass auf dich auf."

Mit einem tiefen Atemzug zur Beruhigung kam Selina seiner Aufforderung nach, sich zurückzulehnen. Das mit der Entspannung klappte weniger gut, ihr Körper war steif wie ein Brett, als ihr Kopf von Dantes Händen gestützt halb ins Wasser eintauchte.

„Das machst du sehr gut", lobte Dante ihre Bemühungen dennoch mit sanfter Stimme, ehe er sie wieder hochhob und zum Shampoo griff.

———◆———

In einen dicken, flauschigen Mikrofaserbademantel gehüllt trat Selina aus dem Bad in das angrenzende Schlafzimmer hinaus. Ungeachtet ihres emotionalen Ausbruchs fühlte sie sich nach dem Bad doch deutlich besser als zuvor. Auf alle Fälle wesentlich weniger abstoßend. Und ihr Körper hatte endlich wieder eine Temperatur, die sie nicht als unangenehm empfand.

Dante war nicht da, aber sie hörte seine Stimme aus einem benachbarten Zimmer, wie er auf Italienisch mit jemandem redete.

Zaghaft ging sie weiter ins Wohnzimmer, wo ihr der verführerische Duft einer kräftigen Hühnersuppe in die Nase stieg, der sie weiter ins Esszimmer lockte. Dort war Maria gerade fertig geworden damit, den Tisch für zwei zu decken.

Als sie Selina in der Tür erblickte, sah sie sich unsicher zu Dante um.

Selina konnte dem Wortwechsel zwischen den beiden nicht folgen, sie bemerkte bloß, dass Maria es offenbar sehr eilig hatte, sich förmlich zu verabschieden und zu verschwinden.

Aber was hatte sie erwartet?

Maria hatte sie schon vorhin unten in der Eingangshalle mit Abstand am fassungslosesten von allen angesehen. Kein Wunder, für jemanden wie Maria musste es unvorstellbar sein, wie sie es wagen hatte können, Dante zu hintergehen. Im besten Fall hielt sie sie für eine Vollidiotin, womöglich aber auch für verachtenswerten Abschaum.

Wahrscheinlich wäre sie noch eine ganze Weile wie erstarrt dagestanden, wenn Dantes Aufforderung, sie solle doch Platz nehmen, sie nicht aus ihren wehmütigen Gedanken gerissen hätte.

Mit einem Bärenhunger setzte Selina sich. Aber als sie den Löffel in die eigentlich köstlich aussehende und ebenso riechende Suppe tauchte, erschien ihr unvermittelt die Vorstellung, wie Dante ihr das Gericht über den Trichter einflößte, und ihr wurde übel.

Unsicher schielte sie zu Dante rüber. Er hatte sich ihr gegenüber hingesetzt, doch anstatt zu essen, sah er sie bloß an.

Ihr Magen, der eben noch vor Hunger geknurrt hatte, drehte sich.

Sie konnte das nicht essen. Woher wusste sie, dass das wirklich bloß Suppe war?

Das Bild mit dem Trichter erschien ihr wieder.

Nur mit Mühe konnte sie das Zittern ihrer Hand unterdrücken. Sie konnte nicht einfach sagen, dass sie das nicht essen würde, das würde Dante nicht akzeptieren.

„Alles in Ordnung?"

Vor Schreck entglitt Selina der Löffel. Mit einem lauten Klirren schlug er erst auf dem Rand des Porzellans auf, ehe er mit voller Breitseite in der Suppe landete und diese auf dem Tischtuch und ihrem Bademantel verspritzte.

„Es tut mir leid!"

Die Hände abwehrend vor sich gehoben wurde Selina ganz klein auf ihrem Sessel, während schon wieder die Panik an ihrem ganzen Körper hochkroch und sie zu verschlingen drohte.

Aber alles, was Dante tat, war ihr eine Serviette zu reichen.

Peinlich berührt nahm Selina zaghaft wieder eine normale Sitzhaltung ein und die Serviette entgegen, um ihren Bademantel damit abzuwischen. Nachdem sie fertig war, griff Dante seinerseits zum Löffel. Bestimmt wirkte es seltsam, aber sie konnte nicht anders, als Dante dabei anzustarren, wie er die Suppe aß. Weshalb sie auch hastig den Blick senkte, als er es bemerkte.

„Willst du tauschen?", fragte er ganz unverfänglich.

*Ja.*

„Nein", lehnte sie stattdessen hastig ab.

„Doch, ich sehe es dir an der Nasenspitze an", widersprach er mit der Andeutung eines Lächelns, das irgendwie aufgesetzt wirkte.

Selina bekam Gänsehaut unter ihrem Bademantel.

„Ich weiß doch, wie sehr du auf die Karotten stehst, und auf meinem Teller sind mehr. Komm, lass uns tauschen."

Was? Karotten? Wovon redete er da?

Es dauerte einen Augenblick, bis Selinas Gehirn von paranoid auf rational umschaltete und sie begriff, dass Dante freilich genau wusste, dass es hier nicht um Karotten ging. Er bemühte sich nur redlich darum, sie nicht als verrückt dastehen zu lassen.

Was er bestimmt in bester Absicht tat.

Trotzdem schaffte Selina es nicht, sich so richtig darüber zu freuen. Stattdessen bereitete es ihr vielmehr Sorgen, was für ein offenes Buch sie für Dante war, und wie leicht er das dazu benutzen konnte, sie zu manipulieren. Erst recht, wenn sie so neben der Spur war, wie jetzt gerade.

Um ihn nicht vor den Kopf zu stoßen, reichte sie ihm mit einem knappen Dank dennoch ihren Teller und nahm dafür seinen entgegen.

Die ersten paar Löffel nahm Selina noch eher verhalten. Aber dann kam ihr Körper doch wieder zu der Erkenntnis, wie unglaublich hungrig sie eigentlich war, so dass sie gleich drei Teller hintereinander verputzte. Sie hätte sich sogar noch einen vierten genommen, wenn Dante nicht hinterfragt hätte, ob das nicht etwas zu viel auf einmal sei, denn es war ja nicht bloß Suppe, sondern auch ein Haufen Nudeln, Fleisch und Gemüse. Womit er ehrlich gesagt Recht hatte. Aber nach dem Erlebnis, gut eine Woche die meiste Zeit hungern zu müssen, hatte Selina irgendwie das Gefühl, essen zu müssen was ging, solange es möglich war.

„Du siehst müde aus", attestierte Dante ihr nach dem Mahl.

„Bin ich auch."

Unschlüssig sah Selina aus dem Fenster. Es war zwar schon dunkel, aber zum Schlafen gehen eigentlich noch zu früh. Doch sie war so erledigt, dass sie die Augen kaum noch offenhalten konnte. Erst recht, nachdem sie nun auch noch so üppig gespeist hatte.

„Na komm, ich bring dich ins Bett", drängte Dante sie sanft, ihrem Bedürfnis nach Schlaf nachzugeben.

Müden Schrittes schlurfte Selina auf direktem Weg ins Bett, während Dante die Vorhänge zuzog.

Warm und weich empfingen die Matratze und ihre Decke sie, was Selina ein glückseliges Lächeln ins Gesicht zauberte. Noch nie war sie so dankbar dafür gewesen, sich in ein Bett kuscheln zu können. Die Decke bis zur Nase hochgezogen schlief sie binnen kürzester Zeit ein.

# 35

Verwirrt kam Selina zu sich.

Wo war sie? Warum war es um sie herum stockfinster?

Sie hatte sich doch ins Bett gelegt. Warum sah sie nicht zumindest die leuchtenden Ziffern ihres Weckers?

Außerdem tat ihr vom Rücken bis in die Beine hinunter alles weh, so wie sie dalag. Es war wohl Zeit, sich anders hinzulegen.

Was zum Teufel ...?!

Wieso konnte sie sich nicht bewegen?

Panik ergriff sie, rasend schnell und noch mächtiger, als sie es die letzten leidgeprüften Tage schon erlebt hatte.

Was war hier los?!

Was hatte Dante mit ihr gemacht?!

War sie etwa zurück in dem Käfig?

Zwar spürte sie keine Fesseln, aber das musste nichts heißen, denn von den diffusen Schmerzen abgesehen war ihr Körper so empfindungslos, als wäre er gar nicht da.

Mit der Kraft der Verzweiflung versuchte Selina mit aller Macht, irgendein Körperteil zu bewegen.

Vergeblich. Nichts rührte sich.

Ihre Angst steigerte sich ins Unermessliche. Sie konnte kaum noch atmen.

*Nein! Ich will hier raus!*

Nichts. Sie konnte nicht einmal schreien.

„DANTE!"

„Selina, was ist los?"

Mit einem Mal löste sich die Blockade von ihrem Körper, es wurde hell um sie herum, und Selina schnellte hoch. Ihr Atem ging stoßweise, als wäre sie einen Sprint gelaufen, während sie sich verstört umsah.

Aber alles war normal. Sie saß in ihrem Bett, neben ihr an der Bettkante Dante, der sichtlich besorgt ihre Hand hielt.

„Du hast laut geschrien. Hast du schlecht geträumt?"

„Tut mir leid, dass ich dich aufgescheucht habe. Es geht schon wieder", beschwichtigte sie ihn ausweichend und entzog ihm ihre Hand.

Darüber wollte sie nicht weiter sprechen. Stattdessen schlug sie hastig die Bettdecke zur Seite und sprang fluchtartig auf.

„Ich bin nicht mehr müde", murmelte sie, obwohl es kurz vor Mitternacht war, während sie ihren Bademantel auflas und sich auf den Weg ins Wohnzimmer machte.

*3:30*

Nachdem sie zwei Stunden lang Sitcoms geschaut hatten, die Selina bestenfalls halblustig gefunden hatte, hatte Dante verfügt, dass sie sicher nicht die ganze Nacht vor dem Fernseher hängen würden und es höchste Zeit fürs Bett war.

Daher lag Selina nun schon seit fast eineinhalb Stunden im Bett und starrte auf die Leuchtziffern des Weckers. Eigentlich hätte sie inzwischen gerne mal die Augen geschlossen, aber dann hätte sie ihren Leuchtturm nicht mehr im Blick. Und sie hielt die Finsternis einfach nicht aus. So wie es dunkel wurde, fühlte sie sich in ihr Verlies zurückversetzt, wo der Wahnsinn regiert und sie schon nicht mehr gewusst hatte, was real und was bloß ein Traum gewesen war.

Dass Dante neben ihr lag und im Schlaf tief und gleichmäßig atmete, machte es auch um nichts besser, im

Gegenteil. Selina hatte sich ganz ans äußere Ende ihrer Bettseite gedrängt, eine halbe Drehung und sie würde hinausfallen. Aber sie würde sich nicht drehen, schon mal wegen des Lichts nicht, und ebenso wenig wegen Dante. Er hatte einen leichten Schlaf, und sie wollte ihn um keinen Preis damit wachhalten, dass sie neben ihm rotierte, weil sie keinen Schlaf fand.

Gerne hätte sie sich eingeredet, dass sie ihrem Mann gegenüber bloß rücksichtsvoll war, aber der wahre Grund war einfach viel zu präsent in ihrem Geist, als dass er sich so einfach kaschieren hätte lassen: Sie hatte Angst.

Schrecklicherweise sogar noch weitaus mehr, seit sie aus dem Käfig heraußen war.

Was wohl daran lag, dass sie in dem Käfig schon ganz unten gewesen war. Dort hatte sie wirklich nichts mehr gehabt, außer der Gewissheit, dass Dante damit fortfahren würde, sie zu foltern, egal was sie tat.

Das war nun ganz anders. Mit einem Mal hatte sie so viel, das sie wieder verlieren konnte.

Sie hatte versucht, es positiv zu sehen, die Dankbarkeit zu genießen, die sie nun für Dinge empfand, die man sonst als selbstverständlich nahm:

Wasser in uneingeschränkter Verfügbarkeit.

Etwas zu essen.

Nicht frieren zu müssen.

Ein Bett mit einer kuscheligen Decke.

Kleidung.

Bewegungsfreiheit.

Lauter Dinge, über die sie nie großartig nachgedacht hatte.

Weshalb sie sich auch nie zuvor davor gefürchtet hatte, all dies nicht mehr zu haben. Überhaupt hatte sie ihr ganzes Leben lang eher nach dem Grundsatz gelebt, dass sie nicht viel zu verlieren hatte. Angst hatte sie immer nur als etwas sehr Unmittelbares, Konkretes erlebt. Zum Beispiel wenn jemand eine Waffe auf sie gerichtet hatte. Damit konnte sie umgehen. Diese diffuse, allgegenwärtige Angst, die sie nun ständig begleitete, war ihr dagegen bisher völlig fremd gewesen.

Wie sollte sie jemals wieder so etwas wie ein normales Leben führen, wenn sie ständig von der Furcht begleitet wurde, alles verlieren zu können? Jeder Schritt könnte ein Fehler sein.

Und selbst, wenn sie sich gar nichts zu Schulden kommen ließ, wer sagte ihr, dass nicht eine schiefe Optik allein schon reichen würde, sie wieder ins Verderben zu stürzen? Schließlich hatte sie niemanden, der sich in so einem Fall für sie einsetzen würde. Sie würde ganz allein dastehen und Dantes Wut darüber ertragen müssen.

*Allein.*

Der Gedanke hallte in ihrem Kopf wieder und ließ sie frösteln.

Eine richtige Familie, so wie Dante sie hatte, in der man sich umeinander kümmerte und füreinander da war, hatte sie sowieso nie gehabt. Und selbst der laue Abklatsch davon, in dem sie groß geworden war, existierte nicht mehr.

Ihre Eltern und ihre Schwester waren tot.

Ihr Ersatzvater Ted war tot.

Und ihre engste Freundin Vanessa hielt sie für tot.

Wahrscheinlich war es auch besser, sie in dem Glauben zu belassen, denn diese Lüge würde sie ihr ohnehin nie verzeihen. Vanessa hatte schon bei ihrem Vater kein Verständnis dafür aufbringen können, was er für den Job alles geopfert hatte. Und was waren schon verpasste Geburtstage und Abschlussfeiern im Vergleich zur vorgeblichen Beerdigung der allerbesten Freundin, die fast wie eine Schwester für sie war.

Und Tyler konnte sie von der äußerst kurzen Liste ihrer Freunde wohl genauso streichen, nachdem Dante ihm gesteckt hatte, dass sie ihn ebenfalls benutzt und belogen hatte.

Was auch für alle Mitglieder aus Dantes Familie galt, mit denen sie versucht hatte, sich anzufreunden. Die Aufstellung unten hatte für sie eine deutliche Sprache gesprochen: Diese Leute verabscheuten sie. Mochte Dante auch von Vergebung reden, in Wahrheit würde gewiss niemand von denen sie vermissen, wenn sie irgendwann endgültig im Keller verschwinden sollte.

Das war also die ruhmreiche Bilanz, die sie mit nicht mal Mitte dreißig über ihr Leben ziehen konnte: Sie stand ganz allein da, mit einem Ehemann, vor dem sie Angst hatte und den sie nicht verlassen konnte. Sie würde den Rest ihres Lebens in diesem Haus verbringen, ständig darauf bedacht, Dante nur ja alles recht zu machen, aus Angst, sonst seinen Zorn heraufzubeschwören.

So viel dazu, dass sie geglaubt hatte, sie würde genau wissen, auf wen sie sich hier einließ, und dass sie damit umgehen konnte. Sie hätte abhauen sollen, als sie Dante das erste Mal so richtig in Aktion erlebt hatte, damals, als sie hineingeplatzt war, wie er den Eindringling in der Mangel gehabt hatte. Spätestens da hätte sie begreifen sollen, dass Dante aus gutem Grund von allen gefürchtet wurde, und sie gut daran tun würde, sich ausnahmsweise mal der Mehrheit anzuschließen, anstatt wie üblich gegen den Strom zu schwimmen.

Aber nein, sie hatte ja in Punkto den gesunden Menschenverstand ausschaltenden Gefühlen mit Rache und Liebe gleich den Doppeljackpot gezogen. Wobei die wirkliche Dummheit gewesen war zu glauben, sie könnte beides haben. Alles wäre gut gegangen, wenn sie sich mit Stefanos Tod begnügt und danach schleunigst das Weite gesucht hätte. Oder wenn sie sich aus vollem Herzen auf ein Leben mit Dante eingelassen hätte. Aber beides zusammen war einfach nur Wahnsinn gewesen.

So leise sie konnte, schob Selina sich unter der Decke hervor. Das hier war keine Perspektive, wie ihr Leben weitergehen konnte. Und sie würde nicht noch einmal dem Fehler verfallen, eine grundlegende Entscheidung aufzuschieben, bis es zu spät war. Es war höchste Zeit, ihr Schicksal endlich wieder selber in die Hand zu nehmen.

Selina nahm offensichtlich an, dass er friedlich weiterschlief, aber in Wahrheit hatte Dante es wie üblich sofort bemerkt, dass sie das Bett verlassen hatte. Und wie sonst auch, tat er auch diesmal so, als wäre er weiterhin im Land der Träume, damit sie kein schlechtes Gewissen haben musste, ihn geweckt zu haben.

Nur, dass sie diesmal nicht auf die Toilette schlich, sondern äußerst leise und vorsichtig ums Bett herum, zu seinem Nachtkästchen, auf dem sein Dolch lag.

Sein Herzschlag beschleunigte sich.

Was hatte sie vor?

Nahezu lautlos nahm sie den Dolch an sich.

Was so oder so eigentlich nur fatal enden konnte.

Trotzdem zwang Dante sich dazu, weiterhin auf Tiefschlaf zu machen. Wenn er jemals wieder ruhig schlafen wollte neben seiner Frau, dann brauchte er Gewissheit. Denn ein leiser Zweifel nagte immer noch an ihm.

Was, wenn er sich geirrt hatte? Wenn Selina bloß so abgebrüht war, einfach auf eine bessere Chance als unten im Keller zu warten. Zuzutrauen war es ihr allemal.

Er hörte, wie Selina in der Stille tief Luft holte. Dann sah er im Halbdunkel, wie sie die Waffe hob, während sie kaum hörbar flüsterte:

„Leb wohl, Dante."

Wie von der Tarantel gestochen fuhr Dante hoch. Mit der einen Hand packte er die Hand, in der sie den Dolch hielt, seine andere Hand stieß flach, aber doch heftig, gegen ihren Brustkorb, während er gleichzeitig seine Arme ruckartig auseinanderzog.

Selina kreischte erschrocken auf. Derartig überrumpelt hatte sie seinem Angriff absolut nichts entgegenzusetzen, so dass er ohne Probleme ihren Arm sicher vom Körper wegbringen und dort festhalten konnte.

*Verflucht ...*

Er war zu langsam gewesen. Es war zu dunkel, um es zu sehen, aber er konnte das Blut riechen.

„Lass sofort den Dolch los!", knurrte Dante ungehalten, während er im Geiste bereits zu zählen begann.

Seine Sorge war zu beherrschend, um sich großartig in Geduld zu üben. Wenn sie bis drei nicht einlenkte, würde er sie gewaltsam entwaffnen.

Aber so weit kam er nicht beim Zählen.

Zu seinem Schrecken sackte Selina von jetzt auf gleich in sich zusammen, als hätte jeder einzelne Muskel in ihrem Körper sich in Pudding verwandelt. Sein Dolch entglitt ihrer Hand und landete mit einem dumpfen Geräusch auf dem Teppich, während sie selbst nur durch seinen Griff an ihrem Arm vor einem ungebremsten Fall bewahrt wurde.

Keine Zeit verlierend hob Dante Selina sofort wieder hoch und legte sie aufs Bett, ehe er endlich dazu kam, das Licht am Nachtkästchen einzuschalten.

Am liebsten hätte er es sofort wieder ausgeschaltet.

Selina hatte sich einen Kopfpolster geschnappt, den sie zu einer Kugel zusammengerollt verzweifelt umklammert hielt, während sie so bitter weinte, dass ihr ganzer Körper davon geschüttelt wurde.

Und er musste jetzt wieder das Arschloch sein, das von ihr verlangte, den Polster loszulassen, damit er sich ihren Hals anschauen konnte.

*Echt großartig.*

Aufgewühlt sah er sich um. Es gab keine nennenswerten Blutspuren, die Wunde konnte also nicht gravierend sein. Vermutlich bloß ein vergleichsweise harmloser Kollateralschaden, als er ihr die Klinge vom Hals weggerissen hatte. Denn wenn sie es geschafft hätte, die Hauptschlagader zu erwischen, dann würde es hier ganz anders aussehen.

Beruhigt von der Gewissheit, dass sie nicht binnen der nächsten Minuten vor seinen Augen verbluten würde und er sich daher in Geduld üben konnte, ließ Dante sich neben Selina auf dem Bett nieder.

Er hatte keine Ahnung, ob sie es schätzen würde, oder ob er ihr damit noch mehr Leid antat, aber er fühlte sich so schuldig und hilflos, dass er gar nicht anders konnte, als ihr behutsam seine Hand auf ihren ihm zugewandten Rücken zu legen und sie sanft zu streicheln. Sein Erfahrungsschatz darin, Leute höchst effizient zu Grunde zu richten war enorm, aber er hatte nicht den blassesten Schimmer, wie man jemanden in Folge wieder auf die Beine half. Dafür hatte er noch nie Bedarf gehabt.

Doch bei allem Bedauern, das er hierfür empfand, wusste er doch nicht, was er hätte anders machen sollen. Schließlich war es nicht er, sondern Selina gewesen, die zuerst zur Waffe gegriffen hatte. Was hätte er denn tun sollen angesichts der realen Möglichkeit, dass sie ihn erschießen könnte?

Auf sein Herz hören?

Das war in Schockstarre verfallen, als seine Frau ernsthaft auf ihn gezielt hatte, und damit für gute Ratschläge nicht mehr zu gebrauchen zu gewesen. Und auf die wenigen Regungen, die es noch von sich gegeben hatte, hatte er sehr wohl gehört, denn die hatten ihn glücklicherweise davon abgehalten, sie einen grausamen Tod sterben zu lassen.

Mit ihr reden?

Ja, er hätte sich anhören können, was sie ihm unten im Keller so verzweifelt sagen hatte wollen. Nur sah er selbst im Nachhinein keine Chance, dass er ihr auch nur irgendetwas davon geglaubt hätte.

Die Wahrheit war, er würde in derselben Situation wieder genauso handeln. Und er brauchte gar nicht darauf zu hoffen, dass Selina ihn nie danach fragen würde, denn es stand zu befürchten, dass ihr das bereits klar war.

„Warum hast du mich aufgehalten?", stieß Selina auf einmal unter Tränen mühsam hervor, als seine Hand sich ihrem Hals annäherte.

„Du kannst nicht ernsthaft von mir erwarten, dass ich untätig zusehe, wie du dich umbringst", antwortete Dante mit belegter Stimme.

„Warum denn nicht? Das ist schließlich meine Entscheidung!"

„Das betrifft aber nicht nur dich allein!", fuhr er sie ungewollt aufbrausend an.

„Wen sollte es denn kümmern? Ich bin doch schon lange tot. Es gibt sogar einen Grabstein, auf dem mein Name steht!"

„Was redest du da? Es gibt einen Haufen Leute, die wissen, dass du noch sehr lebendig bist und denen du am Herzen liegst", versuchte er sie zu beschwichtigen.

„Deine Familie? Als ob mich von denen jemand vermissen würde. Die hassen mich doch alle!"

Bestürzt sah Dante sie an.

„Das ist überhaupt nicht wahr. Wie kommst du bloß darauf?"

„Ach komm, ich bin doch nicht blind! Ich habe doch gesehen, wie ablehnend sie mich alle angesehen haben."

„Nein, deine Augen sind ausgezeichnet. Aber ich habe dennoch etwas anderes gesehen", meinte er sanft, und legte ihr seine Hand auf den Arm. „Diese negativen Gefühle, die du wahrgenommen hast, haben nicht dir gegolten, sondern dem, was ich mit dir gemacht habe. Wenn die jemanden hassen, dann bin ich derjenige, nicht du."

„Hör auf! Diese Leute sind deine Familie. Die würden alles für dich tun. Die lieben dich."

„Vielleicht. Aber vor allem haben sie alle Angst vor mir. Weil sie genau wissen, dass ich derjenige bin, der sie holen kommt, wenn sie sich vergehen."

Zaghaft drehte Selina sich ein wenig zu ihm um, so dass sie ihn ansehen konnte.

„Aber du kennst mich besser als all die anderen", fuhr Dante fort, nun, da er ihre Aufmerksamkeit hatte. „Du weißt, wie sehr ich diesen Job hasse. Das habe ich dir davor schon oft genug erzählt, und du hast es auch selbst festgestellt. Ich wollte dir das nie antun müssen."

Selina schüttelte den Kopf.

„Warum gibst du dir so viel Mühe mit mir?", schniefte sie. „Nachdem ich dich in eine so unmögliche Lage gebracht habe. Ich habe dich doch von Anfang an nur belogen und benutzt."

„Nein, nicht nur. Und ich würde alles dafür tun, dieses Vertrauen, das du mir früher entgegengebracht hast, wiederherzustellen."

„Wenn es doch nur so wäre. Das alles wäre nie passiert, wenn ich dir wirklich vertraut hätte."

„Sei nicht zu hart zu dir. Ich würde nicht wagen, mir anzumaßen zu behaupten, dass ich an deiner Stelle besser gehandelt hätte."

Vorsichtig griff Dante nach dem Kopfpolster.

„Würdest du den loslassen, damit ich mir deinen Hals ansehen kann?", fragte er ohne Druck.

Es fiel Selina sichtlich schwer, den Polster aus ihrer Umarmung zu entlassen, aber schließlich rang sie sich doch dazu durch, womit sie ihm endlich die Schnittwunde offenbarte. Die Klinge hatte quer über den Hals ihre Haut durchschnitten, war aber zum Glück nicht tiefer gegangen. Es trat zwar immer noch Blut aus, doch die Menge war unbedenklich.

„Versprich mir, dass du so etwas nie wieder tun wirst", forderte er in einer für ihn äußerst ungewöhnlichen Mischung aus Angst und Autorität.

„Ich ...", fing Selina an, schaffte es aber nicht, weiterzusprechen.

Entschlossen nahm Dante ihre Hand in seine.

„Wir schließen einen Pakt: Du versprichst mir, weiterzuleben. Und ich verspreche dir, alles dafür zu tun, dass du bald wieder froh darüber bist, dich so entschieden zu haben."

Es war wirklich nicht mehr als der sprichwörtliche Funken Hoffnung, den er in Selinas Blick ausmachen konnte. Aber unter den gegebenen Umständen war das schwache Nicken, zu dem Selina sich schließlich durchrang, wohl schon so ziemlich das beste Ergebnis, das zu erhoffen gewesen war.

# 36

„Guten Morgen. Na, geht es dir heute besser, nachdem du ausgeschlafen hast?", begrüßte Dante Selina, als
sie spät am Vormittag aufstand.

Selina nahm sich einen Moment Zeit, die Frage zu
beantworten.

Ihr tat immer noch, oder besser gesagt nun wieder,
alles weh, denn Dante hatte ihr in der Nacht noch eine
Schmerztablette gegeben, damit sie besser schlafen
konnte. Immerhin hatte das Mittel lang genug gewirkt,
dass sie sich wirklich ausschlafen hatte können, ehe ihr
das Liegen wieder so unangenehm geworden war, dass
sie davon aufgewacht war.

Aber sie musste sagen, sie fühlte sich ihres wie gerä-
derten Körpers zum Trotz deutlich besser.

Klarer im Kopf.

Nicht mehr so, als würde sie am Rande des Wahnsinns
balancieren.

„Ja, ein wenig", erwiderte sie schließlich verhalten.

Denn so froh sie auch über diese kleinen Fortschritte
war, sie war immer noch weit davon entfernt, sich selbst
wiederzuerkennen.

Was sich schon mal darin zeigte, dass sie schon wieder im Bademantel steckte, weil sie unfähig gewesen war,
sich zu entscheiden, was sie anziehen sollte.

Oder daran, wie zaghaft und unschlüssig sie immer noch in der Tür zum Wohnzimmer stand, anstatt sich einfach normal zu verhalten.

„Soll ich uns Frühstück kommen lassen? Oder willst du lieber gleich einen Brunch?"

Noch mehr Entscheidungen.

Himmel, warum überforderte er sie in aller Früh gleich so?

„Hast du etwa auch noch nichts gegessen?"

„Nein, ich habe auf dich gewartet, damit wir zusammen essen können."

„Such du es dir aus."

Sie war ja nicht einmal fähig eine Entscheidung zu treffen, die nur sie betraf, wie sollte sie da auch noch für ihn etwas beschließen? Das konnte Dante eindeutig besser als sie. Und er hielt ja sowieso gerne das Zepter in der Hand.

Was er auch sogleich bewies, indem er zu ihr kam, ihre Hand nahm und sie zur Couch führte, damit sie sich setzte.

„Dann Frühstück. Du solltest nachher etwas Ordentliches zu Mittag essen."

Es dauerte nicht lange, bis es höflich klopfte, und Maria den Servierwagen mit dem Frühstück hereinrollte. Selina saß bereits am Esstisch und wartete, denn sie hatte sich in der Zwischenzeit nichts Besseres anzufangen gewusst.

In dem Bestreben möglichst unbefangen zu wirken, versuchte Selina sich an einem schlichten:

„Guten Morgen", aber selbst das klang reichlich holprig und ging auch prompt voll in die Hose.

Es war Maria sichtlich unangenehm, den Blick zu heben und sie anzusehen. Und als sie es dann doch tat, erbleichte sie regelrecht und wich augenblicklich einen Schritt zurück. Vermutlich wäre sie Hals über Kopf geflüchtet, wenn sie damit nicht Dante gegenüber in noch größeren Erklärungsnotstand gekommen wäre, der sich inzwischen zu ihnen gesellt hatte.

„Scusi, Signore Dante", entschuldigte sie sich sogleich, bemüht, die Fassung wiederzufinden. „Ich wollte nicht …"

Die Situation war so unangenehm, dass Selina am liebsten den Bademantel über den Kopf gezogen und sich unter dem Tisch verkrochen hätte.

„Ist schon gut, Maria", erwiderte Dante zur allgemeinen Überraschung richtiggehend einfühlsam. „Es ist okay. Du musst dich nicht zurückhalten. Im Gegenteil, ich denke, es würde Selina guttun, wenn du ganz offen bist."

*Was redete er da?!*

„Wisst ihr was, ich werde im Wohnzimmer warten, damit ich euch nicht störe."

*Was? Nein!*

Er konnte sie jetzt doch nicht mit ihr allein lassen! Erst recht nicht, nachdem er Maria auch noch aufgehetzt hatte!

Zitternd verfolgte Selina, wie Dante rückwärts aus der Tür trat und die beiden Flügel ganz leise vor sich schloss.

„Du musst nicht bleiben, wenn du meinen Anblick nicht erträgst", erklärte Selina schließlich mit schwacher Stimme, den Blick immer noch auf die Tür statt auf Maria gerichtet, nachdem sich erst mal keine von ihnen etwas zu sagen getraut hatte. „Ich kann den Tisch auch selber decken."

„Wie? Aber nein Signora, das ist ein furchtbares Missverständnis!"

„Ach komm. Ich habe doch gesehen, wie du mich ansiehst, seit ich wieder da bin und wie du eben reagiert hast."

„Aber doch bloß, weil ich so erschrocken bin, als ich das an Ihrem Hals gesehen habe!", beteuerte Maria betroffen.

Und dann brachen alle Dämme bei ihr. Weinend stürzte Maria auf Selina zu, sie warf sich ihr halb niederkniend um den Hals, um sie ganz fest zu umarmen.

„Ich habe solche Angst um Sie gehabt!", schluchzte sie aufgelöst. „Da ist so viel Blut auf dem Teppich gewesen! Ich habe so viel geweint, als ich es ausgewaschen habe, weil ich gefürchtet habe, dass Sie schon tot sein könnten. Und als ich gehört habe, dass Signore Dante Sie im Keller eingesperrt hat, habe ich noch mehr Angst um Sie gehabt. Ich habe jeden Tag für Sie gebetet. Ich war so glücklich, als Sie wieder herausgekommen sind. Und so bestürzt, was Sie mitgemacht haben mussten. Ich bin doch gestern Abend nur deshalb so schnell wieder verschwunden, weil ich da schon nahe dran gewesen bin, die Fassung zu verlieren. Ich habe Sie nicht damit auch noch belasten wollen."

Selina war sprachlos. Vor allem vor Rührung, dass es ja doch jemanden gab, der sich um sie sorgte. Aber zum Teil doch auch vor Fassungslosigkeit, wie sehr sie sich geirrt hatte. Was war nur aus ihrer Fähigkeit geworden, Menschen recht treffsicher einschätzen zu können? Irgendwie fühlte sie sich gerade wie im Blindflug.

Oder war es vielleicht gar nicht wahr? Hatte Dante Maria bloß beauftragt, ihr dies zu erzählen?

Wohl eher nicht, befand Selina vorsichtig hoffnungsvoll. Schließlich fiel es ja nicht jedem so leicht wie ihr, auf Bestellung Tränen zu fabrizieren. Und Maria war definitiv nicht von diesem Schlag.

Zumindest bildete sie sich das ein ...

„Ich habe nicht gedacht, dass irgendwer hier Mitleid mit mir haben würde", stammelte Selina unsicher. „So sehr, wie ihr alle hinter Dante steht."

Maria hob den Kopf und sah sie an, wobei sich ein schwaches Lächeln unter ihren Tränen formte.

„Signore Dante hat Recht: Man merkt, dass Sie erst seit kurzem bei uns sind und das mit der Familie noch immer nicht so recht verstanden haben. Wir sorgen uns um jedes Familienmitglied."

Betrübt ließ Selina den Kopf hängen.

„Ich gehöre aber nicht zu eurer Familie."

„Aber natürlich tun Sie das, Signora!"

Sie schüttelte den Kopf.

„Dante hätte mich nie geheiratet, wenn er die Wahrheit gewusst hätte. Dass er mich jetzt noch behält, liegt doch bloß daran, dass er nicht die Option hat, sich scheiden zu lassen."

„Das hat er wirklich so gesagt?"

„Naja, den ersten Teil nicht. Aber in Bezug auf Scheidung ist er sehr eindeutig gewesen."

„Es stimmt, er kann sich nicht scheiden lassen, das kommt bei uns absolut nicht in Frage. Die Ehe ist heilig. Aber es ist schon vorgekommen, dass Paare sich trennen, wenn sie es gar nicht mehr miteinander aushalten. Es gibt keine Pflicht, in einem gemeinsamen Haushalt zu leben."

„Tatsächlich?"

Dass diese Möglichkeit existierte, war ihr nicht bewusst gewesen.

Aber in ihrem Fall war es wohl etwas komplizierter, ging es doch nicht nur um die Ehe, sondern auch darum, dass sie nichts ausplauderte, was nicht nach außen dringen sollte.

„Ich möchte nicht neugierig erscheinen, und es geht mich auch nichts an ...", fing Maria vorsichtig an. „Das, was sie durchgemacht haben, muss schrecklich gewesen sein. Aber sie beide haben mit Gottes Segen diesen Bund geschlossen. Sie haben sich vor Gott etwas geschworen. Es ist oft schwer zu verstehen, warum Gott uns so harte Prüfungen auferlegt. Aber wir müssen Vertrauen in ihn haben und daran glauben, dass sein Weg der richtige für uns ist."

Als Selina sie darauf nur schweigend mit großen Augen anstarrte, fragte Maria sichtlich besorgt:

„Haben Sie etwa wirklich keinerlei Hoffnung für sie beide mehr?"

„Ich weiß nicht, ich ..."

Selina stockte. Sollte sie ausweichen? Oder konnte sie es wagen, sich Maria anzuvertrauen?

„Ich habe Angst vor ihm", platzte es mit unterdrückter Stimme aus ihr heraus.

„Oh, Signora."

Mitfühlend umarmte Maria sie, denn wer sollte das besser nachvollziehen können. Sie hatte sich so schon immer vor Dante gefürchtet, und obendrein hatte ihr eigener Mann erst unlängst im Suff seinen Frust über seine Entlassung an ihr ausgelassen und sie grün und blau geschlagen.

„Darf ich dich etwas fragen? Etwas Persönliches?", fragte Selina zaghaft.

„Si, Signora."

„Hast du es überwunden?"

Oje. Die Art, wie Maria ihren Blick senkte, war eigentlich schon Antwort genug.

„Es ist nicht mehr so schlimm wie am Anfang. Wir schlafen inzwischen wieder gemeinsam im Schlafzimmer. Marco scheint es auch wirklich ernsthaft zu bereuen. Er trinkt nicht mehr und er hat tatsächlich angefangen, sich im Haushalt nützlich zu machen, wo er kann. Aber das ungute Gefühl, wenn er mich berührt, ist noch immer nicht ganz weg. Dann frage ich mich manchmal schon, wen ich da eigentlich geheiratet habe."

Selina wurde flau im Magen, während ihr Gesicht deutlich an Farbe verlor.

„Tja, da darf ich mich wohl nicht beschweren. Ich habe ja gewusst, auf wen ich mich einlasse", erklärte sie angespannt mit einem nervösen Lächeln.

Als sie spürte, wie ihr schon wieder die Tränen kamen, ließ Selina verzweifelt den Kopf in ihre Hände fallen.

Hastig nahm Maria sie wieder tröstend in die Arme:

„Oh, Signora ... ich weiß, es ist schwer. Das war es mit meinem Mann schon, ich kann mir gar nicht ausmalen, wie schwer das erst mit Signore Dante sein muss. Ich fürchte mich ja so schon vor ihm. Um ehrlich zu sein, habe ich sie vom ersten Tag an bewundert dafür, wie unerschrocken sie ihm begegnet sind. Sie sind so viel stärker und mutiger als ich. Und deshalb bin ich mir ganz sicher, dass Sie das auch wieder überwinden werden."

Unsicher nahm Selina die Hände vom Gesicht und sah Maria besorgt an.

„Warum eigentlich? Hat Dante dir mal etwas getan?"

„Aber nein, Signora!", versicherte Maria ihr hastig, ehe sie etwas verlegen erklärte: „Es ist nur ... ich weiß, es ist kindisch und lächerlich, aber meine Eltern haben mich als Teenager ständig damit eingeschüchtert, dass sie es Signore Dante erzählen würden, wenn ich nicht folgsam wäre, und dass er dann kommen und mich bestrafen würde. Das hat mir so viele Alpträume beschert, dass ich bis heute nicht darüber hinweggekommen bin."

Dann hatte Dante mit seiner Vermutung tatsächlich Recht gehabt. Immerhin ein kleiner Lichtblick, dass er nichts aktiv dazu beigetragen hatte. Der nur leider dadurch wieder getrübt wurde, dass Dante bei ihrem ersten Treffen aber auch nicht davor zurückgeschreckt war, Marias Ängste schamlos für seine Zwecke auszunutzen.

„Und trotzdem arbeitest du hier?", zeigte Selina sich äußerst verwundert.

„Ich habe mich nicht dafür beworben. Signore Dante hat mir die Stelle angetragen. Und da sagt man nicht nein, auch wenn er damals noch nicht der Don gewesen ist."

„Heißt das etwa, er hat dich dazu genötigt?!"

Zu dem Zeitpunkt waren sie bereits verheiratet gewesen. Hätte sie das gewusst, dann hätte sie derartigen Rekrutierungspraktiken entschieden einen Riegel vorgeschoben.

„Aber nein, ganz im Gegenteil!", versuchte Maria jedoch sofort ihre Aussage zu relativieren. „Ich habe mich geehrt gefühlt, als Signore Dante gesagt hat, er sucht für seine Frau ein Kammermädchen, das absolut loyal und vertrauenswürdig ist. Und dass ich seine erste Wahl dafür wäre. Außerdem hat mir die Aussicht gefallen, für Sie zu arbeiten. Ich habe nicht bloß deshalb zugesagt, weil mich sonst alle gefragt hätten, wie dumm man sein kann, so ein Angebot auszuschlagen.

Vielleicht ist es Ihnen ja ein Trost, Signora, dass es zumindest besser geworden ist, seit ich hier arbeite und Signore Dante besser kennengelernt habe."

Ehrlich gesagt war es das nicht. Denn die Quintessenz von Marias Worten war für Selina, dass sich das Trauma wohl lindern, aber nicht völlig überwinden ließ. Zumindest nicht so bald.

Emotional überwältigt von dieser niederschmetternden Erkenntnis, barg Selina den Kopf wieder in ihren Händen.

„Nicht doch, Signora, es wird sich bestimmt alles wieder einrenken für sie", versuchte Maria etwas hilflos, sie zu trösten.

„Nein, das wird es nicht! Denn ich kann mir keine Zweifel leisten", schluchzte Selina und machte eine ausladende Geste mit der Hand. „Du kennst doch das Zimmer dort drüben! Ich dränge dir wohl keine schockierenden, intimen Neuigkeiten auf, wenn ich dir sage, dass Dante bloß auf Dinge steht, die meilenweit von Blümchensex entfernt sind."

„Nein, das ist wohl kaum ein Geheimnis", bestätigte Maria zwar, aber sie wirkte dennoch peinlich berührt.

„Irgendwie habe ich Dante von Anfang an vertraut. Frag mich nicht warum. Vielleicht hat er auch bloß davon profitiert, dass er neben Massimo noch vergleichsweise gut dagestanden ist. Jedenfalls habe ich daran glauben können, dass er seine Grenzen in einem für mich erträglichen Bereich ziehen würde."

Selinas Kehle schnürte sich so sehr zu, dass sie kaum weitersprechen konnte.

„Aber jetzt weiß ich es besser. Scheinbar gibt es nichts, was er nicht tun würde, wenn er es gerade für zweckdienlich hält."

Sie sah Maria verzweifelt an.

„Vielleicht mag ich das diesmal ja verdient haben.

Aber ich habe eine scheiß Angst davor, dass er es irgendwann wieder für notwendig halten könnte, ganz ohne, dass ich etwas verbrochen hätte. Einfach, weil er sich niemals sicher sein wird, ob er mir glauben kann."

# 37

Das unvermittelte Läuten ihres Telefons erschreckte Selina so dermaßen, dass sie meinte, einen Herzinfarkt zu bekommen. Mit einem Satz sprang sie von der Couch auf, um einen Sicherheitsabstand zwischen sich und das Handy zu bringen. Sowie sie den erreicht hatte, verfiel sie jedoch in Schockstarre. Mit vor Entsetzen geweiteten Augen starrte Selina das bimmelnde und brummende Gerät an.

„Willst du nicht abheben?"

Selina bekam gleich den zweiten Herzinfarkt. Und das nicht bloß, weil sie Dantes Kommen nicht bemerkt hatte.

„Ich habe es nicht angefasst!", beteuerte sie sofort panisch.

„Selina, es ist alles gut", erwiderte er sacht, nahm ihr Handy vom Tisch und hielt es ihr hin.

„Das ist Callahan. Er macht sich Sorgen um dich. Du solltest mit ihm reden. Bevor er noch durchdreht und hier aufkreuzt, um dich zu retten."

Das sich ihr nähernde Telefon schaffte es, Selina aus ihrer Erstarrung zu befreien. Und zwar, um wild den Kopf schüttelnd so überhastet zurückzuweichen, dass sie beinahe rücklings hingefallen wäre.

„Ich schwöre, ich habe ihm nie erzählt, wo wir wohnen!"

Das unverminderte Klingeln wurde immer bedrohlicher.

„Und ich habe auch nicht vor, mit ihm zu reden!"

Irgendetwas in Dantes Mine änderte sich. Aber so komplett wie sie zuletzt darin versagt hatte, Gesichtsausdrücke zu deuten, wagte sie mitten in einer Panikattacke erst gar keinen Versuch, das zu interpretieren.

„Schon gut. Ich werde für dich abheben, okay?"

*Nein. Nicht okay!*

Wollte Dante sie damit auf die Probe stellen? Ihre Loyalität prüfen?

Oder wollte er Tyler die Gelegenheit geben, sie dafür zusammenzustauchen, dass sie ihn ebenfalls nach Strich und Faden belogen hatte? Wäre eine effiziente Methode, diese letzte Brücke zu ihrem alten Leben auch noch komplett einzureißen.

„Ich habe gewusst, Sie melden sich wieder", eröffnete Dante das Gespräch auf Lautsprecher.

„Kunststück, solange sie Selina haben."

Dazu äußerte sich Dante nicht. Stattdessen fragte er:

„Und, wie stehen wir heute zueinander? Sind Sie diesmal bereit, mir zu glauben?"

„Das, was Sie mir letztes Mal erzählt haben, stimmt wohl", räumte Tyler zähneknirschend ein.

Sein Tonfall ließ Selina zusammenzucken und noch einen Schritt weiter zurückweichen. Dante hatte ihr von seinem Gespräch mit Tyler erzählt. Am liebsten hätte sie sich in Luft aufgelöst.

„Was mich aber in keinster Weise beruhigt im Hinblick darauf, was Sie deshalb mit Selina angestellt haben", fügte Tyler noch schärfer hinzu.

Dantes Blick fiel auf sie.

„Sie steht neben mir. Ich würde sie Ihnen ja gerne geben. Aber sie weigert sich leider gerade strikt, mit Ihnen zu reden."

„Ja, klar. Was Besseres ist Ihnen nicht eingefallen? Sagen Sie mal, für wie dumm halten Sie mich eigentlich?"

Dante hielt Selina das Telefon neuerlich hin.

„So kommen wir nicht weiter. Selina, wärst du wohl bitte so freundlich Agent Callahan wenigstens ‚Hallo‘ zu sagen, damit er sich davon überzeugen kann, dass du sehr wohl in der Lage bist zu sprechen?"

Selina wollte einen weiteren Schritt zurück machen, aber hinter ihr war bereits die Wand. Die Panik kam so schnell und heftig, dass sie alles andere niederriss. Die Hände auf die Ohren gepresst, die Augen fest zugekniffen, kauerte sie sich hastig ganz klein zusammen.

„Lasst mich in Ruhe, alle beide!", kreischte sie verzweifelt. „Ich werde nicht mit Tyler reden!"

In einem plötzlichen Ausbruch, den sie sich selber nicht erklären konnte, fuhr Selina auf einmal hoch und riss Dante das Handy aus der Hand.

„Mir geht's gut! Ruf mich nicht mehr an!", schrie sie das Gerät am Rande eines kompletten Nervenzusammenbruchs an.

Dann riss sie die rückwärtige Verkleidung auf und zog die SIM-Karte heraus. Ihr Smartphone schmetterte sie achtlos auf die Couch, die kleine Karte mit dem Chip drückte sie dagegen äußerst nachdrücklich Dante in die Hand.

„Mach damit, was du willst! Ich brauch sie nicht!"

Völlig aufgelöst rannte Selina davon. Sie schlug die Schlafzimmertür hinter sich zu und hoffte, dass Dante ihr nicht nachkommen würde. Ganz fest einen Polster umklammernd sank sie neben dem Bett auf den Boden zusammen, wo sie sich zwanghaft vor und zurück wiegend die Augen ausweinte.

# 38

„*Also jetzt erzähl mal, wie geht es Selina?*", kam Dantes Mutter gleich ohne Umschweife zur Sache, kaum, dass sie im Salon auf einem kleinen Sofa platzgenommen hatte.

Mit einem resignierten Seufzen ließ Dante sich ihr gegenüber in einem Fauteuil nieder.

„*Wie sagt man doch so schön: ‚Sei vorsichtig mit dem, was du dir wünscht. Es könnte in Erfüllung gehen.' Also ja, so wie die Dinge momentan stehen, kann ich mir wohl sicher sein, dass sie das nicht nochmal wagen würde, mich derart zu hintergehen. Das Problem dabei ist nur, dass sie auch sonst rein gar nichts mehr tut.*

*Zum einen, weil sie panische Angst hat, dass ich irgendeine ihrer Aktivitäten für verdächtig halten könnte. Sie hat die SIM-Karte aus ihrem Handy entfernt und mir aufgedrängt, und sie hat das Passwort für das WLAN rausgelöscht. Außer mit mir und fallweise mit ihrem Kammermädchen hat sie mit noch niemandem auch nur ein Wort gewechselt. Unseren Privatbereich verlässt sie sowieso bloß, wenn ich mit ihr spazieren gehe. Und da*

muss ich sie jedes Mal mehr oder weniger hinausschlei-
fen.

Denn das andere Problem ist, dass sie sich offenbar
für gar nichts mehr begeistern kann. Das fängt schon in
der Früh damit an, dass ich ihr das Gewand herrichten
muss, weil sie sonst beim Auswählen einer Hose und eines Shirts vor dem offenen Kasten regelrecht festfriert.
Und als wäre es nicht schon schlimm genug, dass sie fast
den ganzen Tag vor dem Fernseher campiert, sie sucht
sich nicht einmal interessante Sendungen heraus, sondern lässt einfach laufen, was beim Einschalten einge-
stellt ist. Selbst wenn da Tele-Shop oder eine Seifenoper
läuft.

Ich bin mit meinem Latein echt am Ende. Egal was ich
versuche, egal wie sehr ich mich um sie bemühe, ich
dringe einfach nicht zu ihr durch.

Schön langsam fürchte ich, dass ich ihr gar nicht helfen kann – weil ich ihr eigentliches Problem bin.

Vielleicht ist das Einzige, was ich für sie tun kann, sie
von hier fortzuschicken."

Seine Mutter bedachte ihn mit einem missbilligenden
Blick, der bezeugte, dass sie das für eine Schnapsidee
hielt.

„Wozu? Damit du nicht nur ihr, sondern auch dein
Leben komplett ruinieren kannst?"

„Ich habe geglaubt, du bist hergekommen, um mir zu
helfen", beschwerte sich Dante verstimmt. „Wenn ich
mich abwatschen lassen will, kann ich auch einfach zu
Massimo gehen und ihn fragen, ob er sich nicht für die
blutige Nase revanchieren will."

Natürlich reagierte seine Mutter darauf weder mit
Mitgefühl und erst recht nicht mit einer Entschuldigung.
Stattdessen belehrte sie ihn streng:

„Du weißt, was ich dir immer gesagt habe: Wenn du
den Kopf in den Sand steckst ..."

„... bettelst du geradezu darum, dass man dir ein
Messer in den Rücken sticht. Na wie schön, dass du damit
gleich zur Stelle bist", ätzte Dante.

„Ich benenne die Dinge bloß beim Namen. Wie stellst
du dir das vor, wenn Selina hier auszieht? Dass du die

*Verantwortung einfach abgibst und dich entspannt zu-*
*rücklehnst? Das schaffst du nie, du wirst hier durchdre-*
*hen, und das weißt du auch. Die Zügel aus der Hand zu*
*geben ist einfach nicht dein Ding, erst recht nicht, wenn*
*es um etwas geht, das dir wichtig ist.*

*Und Selina? Realistisch gesehen kannst du sie nur an*
*einem abgeschiedenen Ort unterbringen, denn ihr labiler*
*Zustand macht sie erst recht zu einem Pulverfass. Das*
*wird nicht gerade zu ihrer Stabilisierung beitragen, denn*
*dort wird sie sich erst recht wie eine Gefangene vorkom-*
*men. Was sie ja de facto auch ist. Und sie wird auch ihre*
*Angst vor dir nicht ablegen, bloß weil sie dich nicht mehr*
*jeden Tag sieht. Wahrscheinlich wird sie dann stattdessen*
*in der Paranoia leben, dass du sie heimlich überwachst."*

*„Okay, ich habe es kapiert. Wenn du nun die Güte*
*hättest, mir zu sagen, was ich stattdessen machen soll?*
*Denn wie gesagt, mir gehen schön langsam die Ideen*
*aus."*

Seine Mutter erhob sich.

*„Ich rede mal mit Selina. Dann sehen wir weiter."*

Das ungewohnt resolute Klopfen an der Tür ließ Selina
erschrocken zusammenfahren, denn außer Maria hatte
sich hier bisher noch niemand blicken lassen, seit sie aus
dem Keller zurückgekehrt war.

Wer auch immer es war, wartete nicht auf Antwort,
stattdessen wurde die Tür einfach geöffnet.

Es war ihre Schwiegermutter, die da erschien.

„Darf ich reinkommen?"

Eine eher rhetorische Frage, denn sie trat bereits ein
und schloss die Tür wieder hinter sich.

Wahrscheinlich sollte sie aufstehen, um ihren Gast zu
begrüßen, aber während sie noch damit beschäftigt war,
sich dazu aufzuraffen, war Caterina bereits bis zur Couch
vorgedrungen.

„Was schaust du dir da an?"

„Ähm ..."

Selinas Blick wanderte zum Fernseher.

„Eine Dauerwerbesendung für einen Wischmopp."

*Wie peinlich.*

„Na ich glaube, das können wir getrost abdrehen, ohne dass du etwas versäumst. Wenn du wohl so freundlich wärst?"

Etwas ratlos sah Selina sich nach der Fernbedienung um. Wo war das Ding überhaupt? Ach ja, dort.

Behäbig raffte sie sich hoch, um das Teil zu holen und den Knopf zu drücken, ehe sie sich müde wieder auf die Couch fallen ließ und sich ihrem Gast zuwandte.

Ach herrje. Dieser Blick sprach Bände.

„Ist das wirklich alles, was du aus der zweiten Chance, die Dante dir geschenkt hat, machen möchtest?", inquirierte Caterina missbilligend, ehe sie abfällig nachsetzte: „Wenn ich das gewusst hätte, hätte ich mir die Mühe sparen können, ihn davon zu überzeugen, dass er dich wieder rauslassen soll."

Ihre harschen Worte waren wie eine Ohrfeige für Selina, führten sie ihr doch einmal mehr vor Augen, wie erbärmlich und was für eine Enttäuschung sie war. Aber mehr noch ließ die Vorstellung Selina zusammenzucken, wo sie jetzt sein könnte, wenn ihre Schwiegermutter sich nicht für sie eingesetzt hätte.

Als sie nichts zu ihrer Verteidigung erwiderte, trat Caterina dicht an sie heran, fasste ihr ans Kinn und zog ihren Kopf zu sich heran, um ihre leeren Augen eindringlich zu mustern.

„Du willst wirklich aufgeben? Einfach so?

Das ist jemandem deines Formats nicht würdig."

Beschämt wich Selina ihrem Blick aus.

„Ich bin offenbar doch nicht so stark, wie ich vorgegeben habe zu sein. Das war wohl genauso eine Lüge wie alles andere."

Mit einem sachten Streicheln über die Wange zog Caterina ihre Hand zurück.

„So ein Unsinn. Das Gegenteil ist wohl eher der Fall. Es erfordert schon einiges an Courage, sich überhaupt mit Dante einzulassen, aber dann auch noch mit deinen ursprünglichen Absichten ... Hut ab, kann ich da nur sagen."

„Ist wohl eher Dummheit als Mut gewesen."

„Ach? Und welche neu gewonnene Weisheit hat dir vermittelt, dass das, was du jetzt abziehst, irgendwie gescheiter wäre?"

Ein Frösteln durchlief Selina, das sie dazu brachte, die Arme schützend um sich zu legen.

„Du hast ja keine Ahnung, was für ein Horror das da unten gewesen ist", flüsterte sie mit erstickter Stimme. „Das möchte ich nie wieder erleben müssen. Niemals."

„Das ist überaus verständlich. Aber niemand, und am allerwenigsten Dante, erwartet von dir, dass du dein Leben dafür zum bloßen Vegetieren degradierst."

„Mag sein. Aber es ist schwer, richtig zu leben, mit dem Wissen im Nacken, dass man sich keinen Fehler erlauben darf."

„Jetzt wollen wir aber mal die Kirche im Dorf lassen. Du weißt schon, warum Dante dich in diesen Käfig gesteckt hat. Ein Komplott von dem Ausmaß, wie du es geplant gehabt hast, passiert einem nicht aus Versehen. Es sollte wohl möglich sein, dass du Derartiges in Zukunft unterlässt."

„Ich weiß genau, wieso mir das widerfahren ist: Weil er mir nicht mehr vertrauen kann!"

Aufgebracht sah sie Caterina an.

„Ich habe keine Ahnung, was er in mir sieht. Und das macht mir Angst! Ich weiß, er gibt sich viel Mühe, damit alles wieder normal wird. Aber woher weiß ich, dass nicht beim kleinsten Anlass seine Wut auf mich wieder mit ihm durchgeht?"

„Was heißt hier wieder?", entgegnete ihre Schwiegermutter leicht herablassend. „Und wenn er nach dem, was du dir schon geleistet hast, nicht die Beherrschung verloren hat, kannst du dich wohl ziemlich auf der sicheren Seite wähnen, dass das auch nie passieren wird."

Selina schüttelte verärgert den Kopf.

„Wie kommst du dazu zu behaupten, dass er nicht ausgerastet ist? Du bist ja nicht dabei gewesen!"

„Schätzchen", belehrte Caterina sie von oben herab, „wenn Dante seinen Emotionen freien Lauf gelassen hätte, dann wäre von dir nicht mehr genug übriggeblieben, als dass wir dieses Gespräch führen könnten. Ich muss im Gegenteil sogar sagen, dass er sich bemerkenswert gut im Griff gehabt zu haben scheint, wenn ich mir dich so ansehe."

Ihre Aussage ließ Selina erschrocken zurückweichen.

„Wieso erzählst du mir so etwas? Das ist alles andere als beruhigend."

„Doch, es ist ungemein beruhigend. Aber du verstehst es noch immer nicht, nicht wahr? Mit dem, was du getan hast, hast du nicht einfach nur Dante hintergangen. Es ist ein Verbrechen an der Familie gewesen. Womit du Dante in die unmögliche Situation gebracht hast, seine eigene Frau richten zu müssen. Er hat es getan, weil er dazu verpflichtet gewesen ist, nicht weil er ein unbeherrschter Choleriker ist, dem ein paar Sicherungen durchgebrannt sind. Du hast offenbar gar keine Ahnung, wie sehr ihn das zerrissen hat. Und wie sehr er darunter leidet, mitansehen zu müssen, wie du nun vor dich hinsiechst, wissend, dass er dir das zum Schutz der Familie angetan hat.

Ich kann dir versichern, Dante wäre nichts lieber, als dass du sauber bleibst und er so etwas nie wieder tun muss. Er hat nicht das geringste Interesse daran, krampfhaft nach etwas zu suchen, woraus er dir einen Strick drehen kann.

Betrachte es doch mal nüchtern: Wenn du bisher keine Angst vor ihm gehabt hast, obwohl du mit diesem Rucksack an Geheimnissen allen Grund dazu gehabt hättest, dann musst du dich jetzt, wo die Karten am Tisch liegen, erst recht nicht mehr fürchten."

„Das sagt sich so leicht."

„Niemand hat behauptet, dass es einfach wäre. Ihr werdet beide hart dran arbeiten müssen, diese Ehe wieder zu kitten und zur Normalität zurückzufinden. Vor allem dir wird es zweifellos einiges an Überwindung abverlangen. Aber so wie ich das sehe, empfindet ihr beide noch immer mehr als genug füreinander, dass sich der Aufwand lohnen wird."

Dagegen ließ sich schlecht was einwenden. Aber …

„Und wenn ich nicht stark genug dafür bin?", fragte sie mutlos.

Caterina schüttelte den Kopf.

„Das bist du, das steht außer Zweifel. Dein Problem ist ein ganz anderes, nämlich dass du dich im Kreis drehst. Deine Lage scheint dir aussichtslos, das deprimiert dich und macht dich antriebslos. Und das hindert dich daran, etwas zu unternehmen, um deine Lage zu verbessern. Was dich wiederum darin bestätigt, dass es keine Hoffnung auf Besserung gibt. Du brauchst eine helfende Hand, um aus diesem Teufelskreis herauszukommen, denn allein wirst du das nur sehr schwer schaffen.“

„Es ist ja nicht so, dass Dante es nicht versucht hätte ...“

„Ich habe eigentlich mehr an kleine Helfer in Pillenform gedacht. Ich weiß, Dante hält von so etwas nicht viel, aber in deinem Fall erachte ich das als absolut notwendig. Ich werde ihm sagen, dass ich unseren Hausarzt herbestellen werde, damit er dir etwas Entsprechendes verschreibt. Du wirst sehen, sobald wieder ein paar Glückshormone in deinem Hirn zirkulieren, wird dir auch aufgehen, dass du mehr willst, als dein Leben vor dem Fernseher mit schwachsinnigen Sendungen zu vergeuden.“

Mit einem Hauch von Hoffnung sah Selina Dantes Mutter an. Da sie Dantes Einstellung in Bezug auf Psychopharmaka durchaus teilte, wäre sie selber nie auf diese Möglichkeit gekommen. Aber in Anbetracht der Tatsache, dass sie gerade zum ersten Mal einen Ausweg sah, der ihr nicht die unmögliche Aufgabe abverlangte, sich am eigenen Schopf aus dem Sumpf zu ziehen, war sie mehr als bereit, es zu versuchen.

Zufrieden lächelnd über den Erfolg, den sie erzielt hatte, umfasste Caterina Selinas Hände, um sie aufmunternd zu drücken.

„Du wirst das schaffen. Leute wie wir geben nicht auf. Vergiss das nicht.

Und ich gehe jetzt und rede nochmal mit Dante.“

Selina nickte. Es tat gut, diese Worte von jemandem zu hören, mit dem sie sich identifizieren konnte, der ihr irgendwie ähnlich war. Das war doch etwas anderes, als wenn Dante so etwas sagte.

Aber als ihre Schwiegermutter sich zum Gehen wandte, fiel ihr noch etwas ein.

„Caterina?", hielt Selina sie unschlüssig auf.

„Ja?"

„Als du gemeint hast, von mir wäre jetzt nichts mehr übrig, wenn Dante die Beherrschung verloren hätte ... ist das rein hypothetisch gewesen?"

„Oh. Du weißt es also gar nicht?"

Wenn sie nicht auf der Couch gesessen wäre, wäre Selina einen Schritt zurückgewichen. Das seltsam unterkühlte Lächeln, mit dem Caterina ihr geantwortet hatte, erinnerte sie nämlich frappant an Dante. Einzig ihre weitaus grazilere Statur ließ es nicht ganz so furchteinflößend wirken wie bei ihrem Sohn.

„Nein ..."

„Was hat Dante dir denn erzählt, warum er selbst auf eurer Hochzeit keinen Tropfen Alkohol angerührt hat?"

„Nichts. Ich habe das auch nie hinterfragt. Er behält eben lieber einen klaren Kopf."

„So könnte man es freilich auch ausdrücken."

Es war echt gruselig, wie perfekt ihr Lächeln noch immer saß. Sie schien nicht das geringste Problem damit zu haben, dass sich Aggressionsprobleme bei ihrem Sohn scheinbar gleich in Mord und Totschlag äußern konnten.

„Aber wenn du es genau wissen willst, fragst du Dante lieber selber. Zumal ich die Geschichte ja auch nur aus Erzählungen kenne."

Damit war sie weg und ließ Selina verdattert zurück.

# 39

„Stimmt etwas nicht? Du wirkst, als würde dich etwas beschäftigen."

Er hatte sich ja zuletzt schon an einiges an eher absonderlichem Verhalten von Selina gewöhnt, aber dass sie ihn einerseits ständig verstohlen ansah, dabei aber gleichzeitig jeglichen Blickkontakt mied, war neu. Und es konnte kein Zufall sein, dass dies unmittelbar nach dem Besuch seiner Mutter bei ihr auftrat.

„Nein. Es ist nichts. Alles gut", erwiderte sie aufgeschreckt.

Also die Sorge, dass er es nicht erkennen würde, wenn sie ihn wieder anlog, konnte er eindeutig begraben. Das konnte selbst ein Kind mit den Fingern im Süßigkeitentopf besser als sie momentan.

Er schaltete den Fernseher ab und setzte sich gegenüber von Selina auf die Couch.

„Hast du mir nicht versprochen, ehrlich zu mir zu sein?"

Obwohl er es wirklich einfühlsam und absolut nicht tadelnd gesagt hatte, zuckte Selina so heftig zusammen, als hätte er sie geschlagen.

Er hatte keine Ahnung, was die beiden Frauen besprochen hatten, daher war es ihm absolut rätselhaft, woher seine Mutter die Zuversicht nahm, dass Selinas Zustand sich bald bessern könnte. Zwar hatte er in Ermangelung einer besseren Idee zugestimmt, den Arzt zu konsultieren, aber auch der würde keine Wunder wirken können.

„Nein, so ist es nicht! Ich schwöre dir, ich verheimliche dir nichts!", bemühte sich Selina verschreckt, ihn zu beschwichtigen, obwohl dafür gar keine Notwendigkeit bestand.

„Das habe ich auch gar nicht angenommen", versuchte Dante, sie zu beruhigen. „Ehrlich zu sein bedeutet schließlich auch ganz schlicht, sich vor dem anderen nicht zu verschließen."

„Gilt das auch für dich?", fragte Selina vorsichtig nach, womit sie Dante einigermaßen überraschte.

„Natürlich", versicherte er ihr.

„Ich ... ähm ... ich ... möchte dich ... ähm ... etwas fragen ..."

„Nur zu. Du kannst mich alles fragen, was du willst", ermutigte er sie.

Doch anstatt etwas zu sagen, rutschte Selina bloß nervös auf der Couch umher.

„Na komm schon, einfach frei raus damit, egal was es ist."

Man konnte förmlich sehen, wie Selina all ihren Mut zusammenkratzte, um schließlich unter großer Überwindung folgenden Satz auszuspucken:

„Woher kommt es, dass du um Alkohol so einen Bogen machst?"

Okay, er hatte gesagt egal was, aber bei der Frage fiel ihm doch die Kinnlade runter.

„Darf ich erfahren, was dich gerade jetzt darauf bringt?", forschte er so gelassen es ging nach, auch wenn er schon wusste, dass ihr diesen Floh bloß seine Mutter ins Ohr gesetzt haben konnte. Er würde wohl hernach ein ernstes Wörtchen mit ihr reden müssen, was sie sich dabei bloß gedacht hatte, denn das war absolut nicht hilfreich.

„Ähm ... naja ... deine Mutter ... ist wohl der Meinung ... dass ich ... ähm ... mir völlig umsonst Sorgen mache ... und dass du ... äh ... eigentlich eh sehr ... naja ... ähm ... beherrscht geblieben bist. Und jetzt frage ich mich ... nun ... wann ich denn ... Grund ... zur Sorge hätte?"

Echt? Das hatte seine Mutter ihr also gesagt?

Dass sie sich nicht so anstellen solle, denn er konnte sich noch viel schlimmer aufführen, als er es schon getan hatte?

Großartig! Das würde Selina gewiss ungemein beruhigen!

Wieder einmal schrie alles in ihm danach, sie in seine Arme zu ziehen, um seinen Gefühlen für sie auch Ausdruck zu verleihen, aber die letzten Wochen hatten ihn gelehrt, dass Selina das nicht schätzen würde. Also rang er den Drang nieder, ebenso wie die Verärgerung über seine Mutter, um ihr wenigstens verbal glaubhaft versichern zu können:

„Du hast überhaupt keinen Grund, dir Sorgen zu machen. Es wird niemals vorkommen, dass ich ausraste und im Affekt über dich herfalle. Das schwöre ich dir, bei allem, was mir heilig ist."

Selina nickte zwar, um seine Aussage anzuerkennen, aber nachdem sie neuerlich ein wenig Mut gesammelt hatte, erwiderte sie kleinlaut:

„Das ist aber nicht die Antwort auf meine Frage gewesen."

Ihre Hartnäckigkeit brachte Dante dazu, sich mit einer Hand die Haare zu raufen, während er einmal tief durchatmete.

Was sollte er ihr darauf antworten?

Er konnte sie schlecht anlügen, nachdem er eben noch von Ehrlichkeit in ihrer Beziehung gesprochen hatte.

Aber die Wahrheit könnte alles noch viel schlimmer machen.

„Ich nehme nicht an, dass du dich damit begnügen wirst, wenn ich dir sage, dass ich ausreichend schlechte Erfahrungen damit gemacht habe, um für alle Zeiten die Finger davon zu lassen?"

Selina antwortete nicht.

„Habe ich mir schon gedacht", seufzte er unglücklich.

Von allen möglichen Zeitpunkten, um ihr von der mit Abstand schlimmsten Episode aus seinem Leben zu erzählen, war dies wohl der denkbar schlechteste.

# 40

Ganz in schwarz gekleidet, die Kapuzen ihrer Pullover über den Kopf gezogen, schlichen Dante und Massimo im Schutz der Dunkelheit bei den Docks herum.

„Wie wäre es dort vorne?", schlug Dante vor. „Von dort hat man eine fabelhafte Aussicht."

„Ja, nur leider versperrt uns der Zaun den Weg", gab Massimo zu bedenken, was Dante aber in keiner Weise beeindruckte.

Zielstrebig ging er auf das Tor zu. Es war nur mit einem einfachen Vorhängeschloss gesichert. Kein Problem für sein Taschenmesser. Einmal kurz mit der Klinge ins Schlüsselloch gefahren, und schon sprang das billige Ding auf.

„Na los!", forderte er Massimo auf, der sich immer noch unsicher umsah, während er bereits auf der anderen Seite des Zauns war.

„Du weißt, was für einen Ärger das gibt, wenn sie uns erwischen!", zischte Massimo besorgt.

„Und wenn schon! Komm endlich!"

Was machte sich der kleine Schisser denn dauernd so ins Hemd, was Papa wohl dazu sagen würde? Wann immer irgendetwas schief ging, musste ja sowieso er und nicht Massimo den Kopf dafür hinhalten. Das, was Massimo an Prügel von seinem alten Herrn abbekam, war doch bloß ein Witz im Vergleich zu dem, was er immer einstecken musste.

Aber anders als Massimo würde er sich davon gewiss nicht kleinkriegen lassen. Und lange würde das sowieso nicht mehr so weitergehen. Er hatte im letzten Jahr einiges an Größe und Gewicht zugelegt, seit kurzem war er auch im Stimmbruch. Schön langsam wurde er vom Kind zum Mann, und dann würden sie ja sehen, ob sein Onkel immer noch den Mumm hatte, ihn so zu behandeln. Wo er sich doch jetzt schon nur noch behaupten konnte, wenn ihm zwei seiner Schläger zu Hilfe kamen, um Dante festzuhalten. Und selbst die hatten letztes Mal schon ihre liebe Not mit ihm gehabt. Bald schon würde der Tag kommen, an dem sich das Blatt wenden und er den Spieß umdrehen würde.

Anstatt Massimo noch weiter zuzureden, machte Dante sich einfach auf die Socken. Denn was bei kleinen Kindern wirkte, funktionierte bei Massimo ebenfalls: einfach weitergehen, dann kommen sie dir schon nachgelaufen, weil sie auf keinen Fall allein zurückbleiben wollen.

Kurz darauf standen sie vor dem Kran zum Beladen der Frachter, auf den Dante es abgesehen hatte.

„Du willst da jetzt wirklich hinaufklettern?"

Dante schnaubte abfällig, nahm seinen Rucksack ab und drückte ihn Massimo so heftig in die Arme, dass dieser ins Straucheln kam.

„Dann mach dich wenigstens nützlich und halt das, wenn du mal wieder kneifen willst."

„Was kann ich dafür, dass ich nicht schwindelfrei bin?", verteidigte Massimo sich beleidigt.

„Lahme Ausreden, wie immer. Wenn du ein bisschen Mumm hättest, würdest du dich davon nicht abhalten lassen."

Verärgert ließ Dante Massimo stehen. Es zipfte ihn an, dass er nie irgendetwas so richtig Cooles mit Massimo zusammen machen konnte, weil der immer bei allem schon mal präventiv kalte Füße bekam. Jetzt konnte er da wieder alleine hinaufsteigen, was halt doch nur der halbe Spaß war.

Nach einer kurzen Sichtung des Schlosses, das den Zugang zur Leiter sicherte, beschloss Dante, dass es ihn nicht freute, das zu knacken. Stattdessen kletterte er einfach außen an dem Käfig so weit hoch, bis der Abstand der Stangen groß genug war, dass er zu der Leiter hineinschlüpfen konnte. Der Rest war dann ein Kinderspiel. Ohne auch nur einmal mit einem flauen Gefühl im Magen nach unten zu sehen, kletterte Dante flugs bis ganz nach oben und dann auch noch auf den Ausleger hinaus.

Cool. Der Ausblick war echt mega von hier oben. Massimo wusste ja nicht einmal, was er hier gerade verpasste.

Nachdem er sich einmal um die eigene Achse gedreht hatte, setzte Dante sich hin und ließ die Beine über dem Abgrund baumeln.

Und jetzt?

Allein hier sitzen konnte irgendwie auch nichts. Erst recht nicht, da er doch eigentlich hierhergekommen war, um mit Massimo seinen sechzehnten Geburtstag zu feiern.

„Ich hoffe, du hast inzwischen nicht schon alles ausgetrunken", scherzte Dante heiter, als er Massimo den Rucksack wieder abnahm.

„Ich habe nicht mal reingeschaut. Abgemacht ist abgemacht."

Dante ergriff die Hand, die Massimo ihm darbot, und sie klopften sich kameradschaftlich auf die Schulter.

„Wir könnten uns dort drüben hinsetzen", schlug Massimo vor, und deutete auf die Hafenmauer.

Der Platz hatte freilich nicht den Coolness-Faktor des Kranauslegers, aber davon abgesehen konnte man eigentlich nicht maulen. Die Beine über dem sanft an die Mauer brandenden Meer baumeln lassend, packte Dante seinen Rucksack aus.

„Wo hast du den denn her?", fragte Massimo mit großen Augen, als Dante den teuren Grappa zwischen ihnen hinstellte.

„Na was meinst du?" Verschmitzt zwinkerte er Massimo zu. „Aus der Bar deines Vaters natürlich. Oder glaubst du, ich habe dreihundert Dollar für eine Flasche Alk übrig?"

„Du bist echt des Wahnsinns. Warum provozierst du Papa auch noch absichtlich? Wenn er das herausfindet ...“

„Wie sollte er? Es hat mich niemand gesehen, wir saufen das jetzt aus und die Flasche hauen wir nachher weg. Keine Zeugen, keine Beweise – kein Verbrechen. Außerdem ist es mein Geburtstag und wir wollen unseren ersten Rausch doch standesgemäß begehen, nicht mit irgendeinem billigen Fusel. Da kann dein Vater ruhig ein bisschen was springen lassen dafür. Es trifft ja keinen Armen."

Okay, die kleinen Wegwerf-Plexiglasbecher, in die er das teure Gebräu nun einfüllte, waren weniger standesgemäß, aber wen juckte das schon.

„Prost!", stießen sie an, um dann jedoch beide erst mal zögerlich zu schnuppern.

„Sollen wir erst mal kosten, oder kippen wir es gleich auf Ex?"

Dante grinste bloß.

„Was frag ich auch so blöd", meinte Massimo kopfschüttelnd. „Na schön. Eins, zwei, drei ...“

Beide stürzten die Menge von ungefähr einem Stamperl in einem Zug runter und knallten den Becher zwischen ihnen auf den Boden.

„Hui, das fährt ganz schön ein!"

„Und wie. Los, wir trinken noch einen!"

⚔

Dante war gerade dabei, zum wiederholten Mal die Gläser zu füllen, als er ein Geräusch vernahm.

„Ich glaube, wir bekommen Gesellschaft", stellte er recht verstimmt fest, während er die Flasche zuschraubte.

„Was treibt's es da?!", schrie ihnen da auch schon der Mann entgegen, der gerade um die Ecke gestapft kam.

Mit seinem Becher in der Hand musterte Dante ihn. Er war wohl ein Hafenarbeiter, grob geschätzt zwischen dreißig und vierzig Jahre alt, von durchschnittlicher Größe, ein wenig bierbäuchig, aber sicher kein Couchpotato.

„Habt's ihr etwa das Schloss aufbrochen?!"

Dante kippte sich den gesamten Inhalt seines Bechers auf einmal rein und stand auf, wobei er Massimo den Becher in die Hand drückte, um dann offensiv ein paar Schritte auf den Störenfried zuzugehen.

„Nö, es war offen, also sind wir reingegangen. Was regst du dich so auf, bloß weil wir hier sitzen und uns das Meer anschauen?", stänkerte Dante zurück.

„Als ob's dabei bleiben würd! G'sindel wie euch kenn ich zur Genüge. Erst sauft's euch an und dann verwüstet's alles. Schleicht's euch an einen öffentlichen Strand, wenn's das Meer sehn wollts! Das is Privatbesitz! Und jetzt marsch, bevor ich euch Beine mach!"

Die Aggressivität des Mannes fand in Dante einen Resonanzkörper, der mehr als bereit war, sie zu verstärken und zu spiegeln.

„Du meinst, du kannst mich rauswerfen?", spottete er provozierend. „Versuch's doch, wenn du dich traust!"

Der Hafenarbeiter knurrte ungehalten und kam mit finsterer Miene näher. Auch Dante setzte sich in Bewegung.

So schlicht wie der Mann aussah und redete, so schlicht war auch sein Kampfstil. Er machte die klassische Eröffnung mit einem rechten Haken, dem Dante selbst in seinem angetrunkenen Zustand mühelos ausweichen konnte. Er tauchte unter dem Arm des Mannes durch und nutze dessen fehlende Deckung, um ihn hart in die Flanke zu schlagen.

Der Treffer saß, und Dante schaffte es, hinter seinen Gegner zu kommen, wo er dessen Arm als Stütze packte, um mit aller Kraft von hinten gegen seine Kniekehle und die Wade zu treten. Als der Hafenarbeiter darauf stöhnend zu Boden ging, warf Dante sich wie ein Berserker von hinten auf ihn drauf, packte seinen Schopf, und schlug seinen Kopf mehrmals hart auf dem Asphalt auf, bis sein Gegner merklich benommen war.

„Dante, komm! Lass uns abhauen!"

Sein Geist registrierte flüchtig, dass Massimo etwas gesagt hatte, aber er fühlte sich nicht angesprochen. Das hier war erst vorbei, wenn er es sagte, und nicht, sobald Massimo kalte Füße bekam.

Wie von selbst fuhr seine Hand in seine Hosentasche, zog das Butterfly-Messer heraus, und ließ es schwungvoll aufklappen, während er von seinem Opfer heruntersteg. Er konnte es sich leisten, denn momentan war der Typ eh ziemlich k.o. Trotzdem hatte er keine Zeit zu verschwenden, wenn er im Vorteil bleiben wollte.

Er packte das eine Hosenbein und zog es ein Stück hoch. Ohne das geringste Zögern setzte er sein Messer an und zog es durch. Das Aufjaulen des Mannes, als Dante ihm die Achillessehne durchtrennte, bezeugte, dass er doch nicht ganz weggetreten war.

Für Dante war es Musik in seinen Ohren. Sein ganzer Körper vibrierte, als er das Blut aus der Wunde austreten sah.

Rasch nahm er sich auch das andere Bein vor.

Es war ein Gefühl, als würde der Schnitt auch bei ihm etwas freisetzten, etwas, das sich schon lang angestaut hatte und dessen Entfesslung ihm eine unglaubliche Befriedigung verschaffte.

*So, der wird sich nicht mehr aus dem Staub machen.*

Mit Fußtritten beförderte Dante den Mann von der Bauch- in die Rückenlage. Es war ihm scheißegal, dass er dem Typen damit mehr Möglichkeiten zur Gegenwehr gab. Er wollte ihm in die Augen sehen, während er sein Messer in ihm versenkte.

Entgeistert verfolgte Massimo, wie Dante völlig enthemmt über den Hafenarbeiter herfiel. Er wusste freilich, dass Dante alles andere als zimperlich war, sowohl aus eigener Erfahrung als auch, weil er schon oft dabei zugesehen hatte, wenn Dante andere Burschen verprügelte. Durchaus auch welche, die größer als er waren.

Aber das, was er hier an Kraft und Aggression entfesselte, machte Massimo sprachlos. Es ging seinem Cousin ganz eindeutig überhaupt nicht mehr darum, diesen Kampf einfach zu gewinnen. Stattdessen war er bloß noch frenetisch damit beschäftigt, den eigentlich schon Besiegten mit seinem Messer zu bearbeiten.

Und obwohl das, was er da anrichtete, wahrlich kein schöner Anblick war, schaffte Massimo es dennoch kaum, sich davon loszureißen, so beeindruckend war die ungestüme und zerstörerische Macht, die Dante hier gerade auslebte.

Zumindest so lange, bis seinem vom Alkohol benebelten Verstand endlich klar wurde, dass er nicht länger hier herumstehen und tatenlos zuschauen durfte, wie Dante drauf und dran war, quasi auf offener Straße einen Mord zu begehen.

Den Versuch, Dante neuerlich zum Gehen zu bewegen, konnte er sich von vornherein sparen, das war sowieso aussichtslos angesichts des Blutrausches, in dem Dante sich gerade befand. Und ganz ehrlich, mochten sie sich auch noch so nahestehen, derart von Sinnen wie sein Cousin sich aufführte, hatte Massimo doch Bammel, dass er gleich Dantes nächstes Opfer werden könnte, wenn er unangenehm auffiel.

Wobei Dante das, was er jetzt gleich tun würde, gewiss auch nicht gefallen würde. Aber wenigstens würde ihn sein Unmut darüber erst dann treffen, wenn Dante wieder nüchtern war.

Mit zitternden Fingern kramte Massimo sein Handy heraus und schaute auf das Display.

*Verdammt! Mal wieder kein Empfang!*

Das Gerät vor sich in alle Richtungen bewegend rannte Massimo umher auf der Suche nach einer Stelle, an der das kleine Antennensymbol ihm wenigstens einen Strich gönnte.

*Halt! Hier!*

*Nein. Doch nicht. Vielleicht da unten?*

Also irgendwie waren Handys schon eine lächerliche Erfindung, wenn das Versprechen, damit überall telefonieren zu können oft damit endete, dass man sich in irgendwelchen peinlichen Posen wiederfand, entweder halb am Boden liegend oder sich blöd irgendwohin streckend, weil der Empfang sonst so schlecht war, dass man kein Wort verstand.

Das Telefon knapp über dem Boden haltend betätigte Massimo die Kurzwahltaste.

*„Dante! Hör sofort auf damit!"*

Mit einem heftigen Ruck wurde Dante zurückgerissen, so dass er über den Asphalt kugelte.

Verärgert, derart gestört zu werden, wollte er wieder aufspringen, aber ein herber Tritt mit einem Stiefel gegen seine Brust hielt ihn davon ab und brachte ihn rücklings zu Boden.

*„Himmel noch mal, bist du von allen guten Geistern verlassen?!"*, schnauzte ihn Lorenzo an. *„Was zum Teufel führst du hier auf? Dafür habe ich dich nicht trainiert, dass du losziehst und wahllos Leute in aller Öffentlichkeit abschlachtest!"*

Wütend richtete Dante sich auf die Arme gestützt ein Stück auf.

*„Wir haben überhaupt nichts gemacht! Der Sack da hat angefangen!"*

Dafür kassierte er gleich noch einen Tritt, der ihn neuerlich flach aufschlagen ließ und ihm die Luft aus der Lunge drückte.

*„Ist mir scheißegal, wer angefangen hat, oder was er gemacht hat! Du legst keine Leute um, außer es ist Notwehr!"*

Wie aufs Stichwort war neben ihnen ein Stöhnen zu vernehmen.

*„Was, der lebt noch?!"*, wunderte sich Lorenzo völlig entgeistert angesichts des vielen Bluts und des reichlich entstellten Körpers, was Dante rebellisch lachen ließ.

*„Na bitte, was regst du dich so auf?"*

Obwohl er ihn bitterböse ansah, verzichtete Lorenzo diesmal darauf, ihn erneut zu treten. Stattdessen packte er ihn am Pullover und riss ihn auf die Füße.

*„Du beendest das jetzt auf der Stelle, und dann wirst du mir dabei helfen, diese Sauerei hier zu beseitigen!"*

Dante grinste frech.

*„Geht nicht. Du hast gerade gesagt, ich darf niemanden umbringen."*

Schneller als er schauen konnte, hatte er dafür eine Faust im Magen.

*„Wenn er nicht innerhalb der nächsten zwanzig Sekunden tot ist, kannst du Held dir dein Messer gleich aus deinem eigenen Oberschenkel wieder herausziehen."*

Dante verzog zwar das Gesicht und brummte unwirsch, wagte aber dann doch nicht, Lorenzo noch weiter zu reizen, denn er wusste, dass das keine leere Drohung war.

Mist, jetzt musste er sich schnell entscheiden, Herz oder Halsschlagader.

Er entschied sich für den Hals. Eigentlich hatte er sich ja ein bisschen damit spielen wollen, wie viel Druck er anwenden durfte, ohne gleich alles zu durchschneiden, aber das war in den paar Sekunden, die Lorenzo ihm gegeben hatte, leider nicht drinnen. Also stieß er das Messer seitlich in den Hals und zog es zur Mitte hin durch.

Der Blutfluss war geringer, als er erwartet hatte, aber das lag wohl daran, dass hier sowieso schon alles voll mit Blut war, da war wohl nicht mehr allzu viel übrig gewesen. Aber im Moment war das Blut sowieso zweitrangig. Stattdessen richtete Dante seinen Blick gespannt auf das Gesicht des Mannes. Seine bereits halb geschlossenen Augenlider zuckten noch ein letztes Mal, dann war es vorbei.

Das Bewusstsein, dass er das zu verantworten hatte, ließ Dante mit einem sonderbaren Gefühl zurück, das er auf Anhieb nicht so recht einordnen konnte.

Auf einmal rümpfte Dante die Nase.

*„Hast du einen fahren lassen?"*, fragte er Lorenzo anklagend, der neben ihn getreten war.

*„Nein, das war er."*

„*Der ist tot*", merkte Dante ungehalten an.

„*Eben. Und wenn er vorher nicht am Klo gewesen ist, dann entleeren sich der Darm und die Blase, wenn der Schließmuskel erschlafft*", erklärte Lorenzo trocken. „*Viel Spaß beim Sauber machen. Das kannst du dann mit dem Blut zusammen alles wegwischen.*"

„*Er hat was getan?!*"

Stefano war so aufgebracht, dass er mit hochrotem Kopf aus seinem Sessel aufsprang.

Während Massimo sich unauffällig ein wenig mehr hinter Dante schob, um sich vor seinem Vater zu verstecken, blieb Dante ungerührt stehen und tat so unbekümmert, als würde ihn das gar nichts angehen, während Lorenzo seinem Onkel in schaurigen Details schilderte, was er unten am Hafen verbrochen hatte.

„*Wir haben die Leiche und sämtliche Spuren beseitigt. Von daher haben wir wohl keinen Grund, uns Sorgen zu machen*", schloss Lorenzo seinen Bericht.

Sein Blick fiel auf Dante, Stefanos ebenfalls.

Aber anders als Dante erwartet hatte, war es nicht der Blick, der verheißen ließ, dass sein Onkel zu Erziehungszwecken gleich den Rohrstock zücken würde. Auch das Rot war komplett aus seinem Gesicht verschwunden, stattdessen wirkte er beinahe ein wenig blass.

*Ja sieh mal einer an.*

Es war Dante unmöglich, sich das selbstgefällige Grinsen zu verkneifen, aber sein Onkel schien nach diesem Ausbruch tatsächlich ein wenig Angst vor ihm bekommen zu haben.

Kein Wunder in Anbetracht der Tatsache, dass Dante allen Grund hatte, ihn zu hassen.

Er musste unbedingt morgen Abend nachsehen gehen, ob Stefano nun Wachen vor seinem Zimmer benötigte, um noch ruhig schlafen zu können.

„*Es scheint, dass ich Dantes Gewaltbereitschaft bei weitem unterschätzt habe*", räumte Stefano an Lorenzo gewandt ein. „*Offenbar ist er den Kinderschuhen ent-*

*wachsen. Es wird wohl höchste Zeit, dass er den Ernst des Lebens kennen lernt. Eine strenge, rigorose Ausbildung scheint mir der einzige Weg, damit aus ihm doch noch ein respektables Familienmitglied wird.*"

Dante verzog verächtlich das Gesicht. Das sah seinem Onkel mal wieder ähnlich. Was kam jetzt wohl? Wollte er ihn auf eine Militärakademie oder etwas Ähnliches abschieben, damit man ihm Respekt und Disziplin einbläuen sollte?

„*Das ist eine gute Idee*", pflichtete Lorenzo Stefano überraschend bei. „*Wenn er lernt, seine Ungestümheit unter Kontrolle zu bringen, dann könnte er einige für uns sehr nützliche Talente entfalten.*"

*Du Verräter!*

„*Wenn Sie erlauben, würde ich mich gerne freiwillig melden, um Dante als meinem Lehrling alles von der Pike an beizubringen.*"

Was?

Na ein Glück, dass er das mit dem Verräter eben nicht laut gesagt hatte.

„*Bist du dir sicher, dass du dir das wirklich antun möchtest?*", fragte Stefano, der von den heimlichen Trainingsstunden noch immer nichts wusste, und von der Idee wohl nicht ganz so begeistert war wie Dante. „*Dem so etwas wie Respekt beizubringen, wird nicht einfach werden.*"

„*Ich fühle mich der Aufgabe durchaus gewachsen.*"

Wieder musste Dante grinsen, als Stefano sich eindeutig auf den Schlips getreten fühlte, ob der impliziten Andeutung, dass ihn dies offensichtlich überfordert hatte.

„*Na schön*", stimmte er grummelnd zu. „*Aber um das klarzustellen, du bist ab sofort für ihn verantwortlich. Das heißt, wenn er sich danebenbenimmt, bist du auch dran. Verstanden?*"

Lorenzos Blick wanderte kurz zu Dante, der darauf unauffällig nickte.

Anders als sein Onkel war Lorenzo ein Mann, den er respektieren konnte. Was vor allem daran lag, dass Lorenzo ihn ebenfalls respektierte. Das war etwas, wofür es sich lohnte, sich Mühe zu geben. Er würde ihm keine Schande bereiten.

„*Verstanden, Signore*", bestätigte Lorenzo.

Irgendwie fühlte Dante sich nicht gut, als er am nächsten Morgen erwachte. Sein Kopf brummte, und ihm war flau im Magen. Kam das von dem Grappa oder ...

Langsam setzte Dante sich auf. Wie betäubt starrte er seine Hände an. Sie waren sauber, aber die Erinnerung daran, wie blutverschmiert sie gestern gewesen waren, loderte so heftig vor seinem geistigen Auge auf, dass er das Gefühl bekam, er müsse sie gleich noch einmal waschen gehen.

*Mein Gott, was habe ich getan?*

Er wünschte, er hätte sich so angesoffen, dass er behaupten könnte, er wisse nicht mehr, was er letzte Nacht getan hatte. Aber die Wahrheit war, dass er es sehr wohl wusste, und er hatte es auch gestern die ganze Zeit gewusst.

Er war auf diesen Mann losgegangen in der festen Absicht, ihn mit seinem Messer in Stücke zu schneiden, und er war noch nüchtern genug gewesen, um es derart zu tun, dass er ihn nicht auf der Stelle damit umbringen würde.

Oh Gott, wie lange hatte er wohl gewütet?

In seinem Rausch hatte er das Zeitgefühl völlig verloren, aber davon ausgehend, dass Lorenzo mindestens zwanzig Minuten gebraucht haben musste, um zum Hafen zu kommen ...

Fuck. Lorenzo ...

Wie sollte er ihm nur wieder unter die Augen treten? Erst recht, nachdem er sich gestern in seinem Suff auch noch lustig gemacht hatte über dessen äußerst berechtigten Zorn. Was sollte er ihm sagen, wenn er die unvermeidbare Frage stellte, was bloß in ihn gefahren war?

So glasklar es ihm auch war, was er getan hatte, so völlig blank war er in Bezug auf das Warum.

Er hatte keine Ahnung, wieso er derart ausgerastet war. Im Nachhinein wusste er selber nicht mehr, warum er sich mit Massimo nicht einfach aus dem Staub gemacht hatte, sowie der Typ aufgekreuzt war. So blöd war er doch nicht, einfach ein Massaker zu veranstalten, ohne auch nur einen Gedanken daran zu verschwenden, was nachher aus der Leiche werden sollte. Was hätte er denn gemacht, wenn Lorenzo nicht gekommen wäre, um das für ihn zu regeln?

Und war es eigentlich normal, dass ihm diese Fragen viel mehr zu schaffen machten, als die Tatsache, dass der Mann tot war? Dass er ein menschliches Leben beendet hatte?

An seinem sechzehnten Geburtstag?

Das war selbst in ihrer Familie ein zartes Alter für den ersten Mord.

Nein, das fand er eigentlich nicht so schlimm. Es war eine unglaublich dämliche Aktion gewesen, aber davon abgesehen war es ...

Er traute sich den Satz nicht zu Ende zu denken. Denn irgendwo in seinem Hinterkopf war durchaus noch das Bewusstsein vorhanden, dass das, was er dabei empfunden hatte, absolut nicht normal war.

Sein Blick fiel auf die inzwischen leere Grappa-Flasche, die Lorenzo wohl auf seinem Nachtkästchen abgestellt hatte. Nachdenklich nahm er sie in die Hand.

Nein, er war nicht normal. Doch immerhin war er noch nicht so durchgeknallt, dass ihm das gar nicht auffiel. Aber er musste in Zukunft vorsichtiger sein. Es war unabdingbar, dass er diese Triebe unter Kontrolle bekam.

Er würde sich von niemandem beherrschen lassen, nicht mal von seinen eigenen niederen Instinkten.

Als Dante aus seinem Zimmer kam, wartete seine Mutter bereits auf ihn. Und offenbar hatte sie es schon gehört, denn sie war fuchsteufelswild. Ohne auch nur ein Wort zu sagen, kam sie auf ihn zu und knallte ihm ohne Vorwarnung eine schallende Ohrfeige rein, die einen feurig brennenden, leuchtend roten Handabdruck in seinem Gesicht hinterließ.

Dante war so fassungslos, dass er kein Wort herausbrachte.

Es war das erste Mal, dass seine Mutter ihn geschlagen hatte. Anders als sein Onkel war sie nie der Meinung gewesen, dass das ein probates Erziehungsmittel war.

*„Was hast du dir nur dabei gedacht?!"*, herrschte sie ihn völlig außer sich an, aber er war immer noch sprachlos.

*„Gar nichts, nicht wahr?! Du hast gar nicht nachgedacht!"*

*„Nein"*, räumte Dante äußerst kleinlaut ein.

Von dem großen Gefühl schon ach so erwachsen zu sein, das er gestern vor seinem Onkel gehabt hatte, war rein gar nichts mehr übrig. Stattdessen kam er sich gerade ziemlich klein vor, bloß wie ein Kind, das aus gutem Grund von seiner Mutter ausgeschimpft wurde.

*„Bist du betrunken gewesen?"*, verlangte sie zu erfahren.

*„Ein wenig."*

*„Ein wenig?! Und das reicht, dass du dich so aufführst?!"*

Anstatt etwas zu antworten, sah Dante bloß schuldbewusst zu Boden.

Seine Mutter warf die Hände in die Luft, um ein paar Heilige anzurufen, ehe sie sich wieder scharf an Dante wandte.

*„Du hast die Kontrolle verloren! So etwas darf nie wieder vorkommen! Das wird dich sonst eines Tages in Teufels Küche bringen!*

*Hast du mich verstanden?!"*

*„Ja, Mama"*, erwiderte er zerknirscht.

Mit Mühe zwang er sich, den Blick zu heben, und ihr so wie es sich gehörte in die Augen zu schauen, ehe er versprach:

*„Nie wieder. Ich schwöre es."*

# 41

„So deutlich zu sehen, wohin es führt, wenn ich die Kontrolle verliere, ist mir eine Lehre gewesen. Ich habe seitdem keinen Tropfen Alkohol mehr angerührt und hart daran gearbeitet, meine Aggressionen und meine sadistischen Gelüste unter Kontrolle zu bringen. Ich habe gelernt, meine Triebe zu meinem Vorteil zu verwenden, ohne mich von ihnen beherrschen zu lassen.

Was ich allerdings nie gelernt habe, ist damit umzugehen, dass jemand, den ich liebe, mein Vertrauen missbrauchen könnte.

Ja, ich bin wütend gewesen, und wie. Und ja, ich habe Dinge gesagt und getan, die einfach nur gemein und unterste Schublade gewesen sind. Vor allem das, was ich gesagt habe, tut mir leid, denn das hat nichts mit meiner Pflicht, dich für dein Vergehen bestrafen zu müssen, zu tun gehabt. Ich wollte dich einfach nur demütigen und es dir heimzahlen, wie du auf meinen Gefühlen herumgetrampelt bist.

Aber nichts davon habe ich so im Affekt getan, dass ich mich nachher fragen hätte müssen, was da in mich gefahren ist.

Ob du das nun beruhigend oder sogar noch schlimmer finden sollst, weiß ich nicht. Meine Mutter mag ja besser schlafen in dem Wissen, dass ich erst denke und dann handle. Aber ich kann es dir nicht verdenken, wenn du das ganz anders siehst."

„Ich ... ähm ... also, um ehrlich zu sein ... doch, ich glaube, das beruhigt mich etwas."

Damit hatte Dante nun nicht gerechnet. Mit großen Augen sah er Selina überrascht an.

„Ich habe ja von Anfang an gewusst, mit wem ich mich da eingelassen habe. Und vor allem zu Beginn hat sich meine ganze Zuversicht eigentlich bloß darauf gestützt, dass du mir immer vermittelt hast, völlig Herr der Lage zu sein, und dass du genau weißt, was du tust. Die Vorstellung, dass sich das geändert haben könnte, macht mir ehrlich gesagt mehr Angst als alles andere."

Diesmal hielt Dante es einfach nicht mehr aus, auf Abstand zu bleiben. Er umfing Selinas Gesicht mit seinen Händen und streichelte sacht ihre Wange. Im ersten Moment zuckte sie ein klein wenig zurück, aber nach dem ersten Schrecken kam sie ihm sogar ein wenig entgegen.

„Ich würde mir wünschen, dass du aus der Geschichte vor allem eines mitnimmst: Ich werde denselben Fehler nicht zweimal machen. Egal was auch kommen mag, das nächste Mal reden wir wie zwei Erwachsene darüber, bevor die Situation eskaliert. Abgemacht?"

Selina nicke mit einem unsicheren Lächeln in seiner Hand.

„Okay, abgemacht."

# 42

Dante musste einräumen, dass die Tabletten, die Selina angefangen hatte zu nehmen, seine Erwartungen bei weitem übertroffen hatten. Innerhalb von nur einer Woche war sie regelrecht aufgeblüht. Sie zog sich wieder alleine an, sie freute sich darauf, bei ihren gemeinsamen Spaziergängen rauszukommen, und sie hatte sogar schon Bestellungen aufgegeben, was sie zum Essen haben wollte.

Natürlich konnte das Medikament nicht die Probleme beseitigen, die immer noch zwischen ihnen standen, aber mit Selinas neu gewonnenem Tatendrang sah Dante endlich die Chance, dass sie gemeinsam daran arbeiten konnten.

Angesichts von Selinas Fortschritten hatte Dante sich heute auch zum ersten Mal wieder erlaubt, das Haus für mehrere Stunden zu verlassen, um sich der verschiedensten Dinge anzunehmen, die sich in den letzten Wochen so angestaut hatten. Ein wenig hatte er zwar von daheim aus gemacht, aber insgesamt hatte er seine Arbeit zuletzt doch ganz schön vernachlässigt. Dass er ihr nun wieder nachgehen konnte, war ebenfalls etwas, das ihm eine langsame Rückkehr zur Normalität vermittelte.

Doch als er in ihren Wohnbereich zurückkehrte, musste er sich fragen, ob sein Optimismus nicht verfrüht gewesen war, angesichts dessen, was er vorfand.

Selina saß am Tisch, vor ihr ein Schnapsglas und eine geöffnete Flasche Vodka.

Immerhin schien davon erst ein Glas zu fehlen.

„Sag mir bitte, dass es nicht das ist, wonach es aussieht.“

„Du meinst, dass ich beabsichtige, meinen Kummer in Alkohol zu ertränken? Nein. Das ist lediglich der Versuch, mir ein wenig Mut anzutrinken. Denn das, was es ist, wird dir noch viel weniger gefallen.“

Sicherheitshalber setzte Dante sich erst einmal.

„Na schön. Ich bin ganz Ohr.“

Selina schob ihm die Flasche und das Glas rüber.

„Das ist nicht für mich. Sondern für dich.“

„Wie bitte?“, fragte er mit düsterer Mine.

Das konnte doch unmöglich ihr Ernst sein. Nie hatte sie seine Abstinenz in Frage gestellt, und kaum, dass er ihr den äußerst berechtigten Grund dafür erklärt hatte, wollte sie ihn abfüllen?!

„Ist das eine Nebenwirkung deiner neuen Pillen, die dich solche – im wahrsten Sinn des Wortes – Schnapsideen ausbrüten lässt?“

In der Packungsbeilage war immerhin eine Warnung gestanden, dass das Überwinden der Antriebslosigkeit in seltenen Fällen dazu führen konnte, dass jemand endlich die Kraft fand, den lang geplanten Selbstmord tatsächlich durchzuführen. Und ihn abfüllen zu wollen, grenzte wirklich an Selbstmord.

„Nein. Ich habe mir das lange und gründlich überlegt.“

„Dann denk lieber noch einmal darüber nach. Und zwar so lange, bis du einsiehst, dass dabei nicht Gutes rauskommen kann. Mir ist sowieso völlig schleierhaft, was du dir überhaupt davon versprichst.“

Selina sah in trotzig an.

„Das Gleiche, was du dir davon versprochen hast, mir da unten eine Waffe in die Hand zu drücken. Ich will dein wahres Gesicht sehen, damit ich weiß, woran ich bei dir bin."

„Sag mal, bist du völlig verrückt geworden?!"

„Sagt der Meister der brillanten Ideen. Wenn ich mich recht entsinne, hat Massimo dich das Gleiche gefragt."

„Das ist aber ein verdammt schlechter Vergleich. Denn ich bin nicht so wie du. Bei mir wird nichts Gutes zum Vorschein kommen, wenn ich die Maske fallen lasse. Ich bin einer von der schlimmsten Sorte, ein Sadist, ein Folterknecht, ein Mörder. Das ist mein wahres Gesicht, da habe ich dir auch nie etwas vorgemacht."

„Soll das heißen, wenn du das trinkst, holst du deinen Dolch und zerstückelst mich?", fragte Selina provokant.

Sowohl die Unterstellung als auch der Gedanke daran ließ Dante ungehalten knurren.

„Alkohol treibt niemanden dazu Dinge zu tun, die er absolut nicht will", hielt Selina fest. „Er enthemmt nur. Also sag mir: Muss ich Angst haben, wenn du das trinkst?"

Fuck, was sollte er darauf antworten?

„Dass sich alles in mir dagegen sträubt, dich zu töten, wissen wir doch inzwischen beide. Ich liebe dich."

„Na bitte."

„Nix na bitte! Denn wie du weißt, liebe ich es auch, dich zu quälen! Und du hast es selbst gesagt: Alkohol enthemmt. Also ja: Ich finde, du solltest Angst haben."

Als er sah, wie Selina schluckte, barg Dante betroffen den Kopf in seine am Tisch aufgestützten Hände. Hatte er das eben wirklich gesagt? Wahrscheinlich konnte er Selina jetzt beim Koffer packen helfen.

„Glaubst du das wirklich, oder sagst du das bloß, damit ich dich mit dem Vodka in Ruhe lasse?"

Dante ließ seine Hände seitlich am Kopf hochrutschen und raufte sich die Haare.

„Ganz ehrlich: Ich weiß es nicht. Ich würde dir gerne versichern, wie es sich für einen guten Ehemann gehört, dass ich dir weder wehtun noch dich verletzen möchte, aber das wäre gelogen. Du weißt doch selber, dass es nichts Größeres für mich gibt, als meinen Dolch durch deine Haut ziehen zu dürfen.

Und momentan traue ich mir erst recht nicht. Es fällt mir so schon schwer genug, auf Abstand zu dir zu bleiben. Ich bin ausgehungert nach dir, und der Alkohol wird mich dazu bringen, mir das zu nehmen, was ich begehre, das garantiere ich dir. Und ich wage keine Aussage darüber zu treffen, wie weit ich zu diesem Zweck gehen würde."

Zu Dantes Entsetzten war Selinas Reaktion noch schlimmer als das, worauf er gefasst gewesen war: Sie schob ihm die Flasche noch ein Stück näher hin.

„Ich brauche Gewissheit", erklärte sie mit belegter Stimme. „Ich will wissen, was du für mich empfindest und ob dir wirklich etwas an mir liegt. Dafür bin ich bereit, das Risiko einzugehen."

„Selina ...", aber sie ließ ihn nicht zu Wort kommen.

„Nach einer Woche in der Hölle machen ein paar weitere Stunden auch keinen Unterschied mehr. Du hast mir bereits Schreckliches angetan. Wenn du es wieder tust, dann war es das mit uns. Und wenn du dich weigerst, mir deine wahren Gefühle zu offenbaren, dann wirst du damit auch nichts gewinnen, denn auch dann werde ich dich verlassen."

„Ich würde es durchaus als Gewinn sehen, wenn du wenigstens nicht verletzt wirst dabei."

„Willst du dafür wirklich die Chance verschenken, mich zurückzugewinnen?"

„Ich will nicht, dass du gehst. Aber noch weniger will ich dich dieser Gefahr aussetzen. Wenn ich dir dabei etwas antue, würde ich mir das nie verzeihen."

„Meinst du nicht, dass deine Bereitschaft, dieses Opfer zu bringen, sehr dafür spricht, es doch zu versuchen?"

Unschlüssig sah Dante zwischen Selina und der Flasche hin und her. Er hatte keinen Zweifel daran, dass sie es ernst meinte. Sie würde gehen, wenn er sie nicht überzeugen konnte. Und er konnte es ihr nicht verübeln.

Durfte er das Risiko eingehen?

Was, wenn er es versaute?

Aber konnte er es wirklich unversucht lassen? Oder würde er sich dann ewig vorwerfen, sich nicht hart genug um sie bemüht zu haben?

Er musste an die Worte seiner Mutter denken: *Wenn du den Kopf in den Sand steckst ...*

Schweren Herzens zog er sein Handy aus der Hosentasche.

„Emilio?

Schick alle nach Hause.

Ja, jetzt gleich. Bis auf eine minimale Wachmannschaft sollen alle gehen. Und die sollen sich ausschließlich draußen aufhalten. Selina und ich wollen heute Abend ungestört sein."

Vor allem wollte er keine Kollateralschäden riskieren, indem er auf irgendwen von seiner Belegschaft losging. Es war besser, wenn sich alle von ihm fernhielten.

Er legte das Telefon auf den Tisch.

„Und du bist dir wirklich sicher? Du weißt, wenn ich das erst mal getrunken habe, gibt es kein Zurück mehr."

„Ja, das bin ich", versicherte Selina ihm.

Widerwillig griff Dante zu der Flasche. Einen Moment lang überlegte er, ob er Selina raten sollte, sich zu bewaffnen.

Nein, das wäre keine gute Idee. Zu sehen, wie sie auf ihn anlegte, hatte ihn beim letzten Mal erst so richtig wütend gemacht.

„Na schön. Dann mal Prost."

Direkt aus der Flasche nahm Dante einen großen Schluck. Es fühlte sich an, als würde Feuer seine Kehle hinablaufen und Dante betete, dass das Getränk nicht einen feuerspeienden Drachen aus ihm machen würde, der nichts als verbrannte Erde zurückließ.

Unschlüssig beäugte Dante die Flasche. Wie viel sollte er überhaupt trinken?

Selina reinzudrücken, dass er eh schon angeheitert war, obwohl das nicht stimmte, hatte wohl keine Aussicht auf Erfolg. Vielleicht war es im Gegenteil sogar besser, mehr zu trinken. Wenn er so richtig angesoffen war, würde es Selina hoffentlich leichter fallen, sich gegen ihn zur Wehr zu setzten.

Also nahm er noch einen großen Schluck. Und gleich noch einen.

Aber dann fiel ihm Selina hemmend in den Arm.

„Whoo, also jemand, der sonst nie was trinkt, sollte vielleicht nicht gleich die halbe Flasche in einem Zug leeren."

„Du willst doch, dass es wirkt."

„Ich will aber nicht, dass du dich ins Koma säufst! Jetzt gib dem Vodka mal ein wenig Zeit zu wirken, und wenn du dann immer noch zu nüchtern bist, nimmst du noch einen."

# 43

Selina überließ Dante mit dem Vodka sich selbst und machte es sich mit ihrem Smartphone auf der Couch gemütlich.

Nach rund zwanzig Minuten tauchte Dante mit der Flasche in der Hand ebenfalls im Wohnzimmer auf. Inzwischen schien er sich mit dem hochprozentigen Getränk ja gut angefreundet zu haben, jedenfalls schien der Schluck, den er nun nahm, keine Überwindung mehr für ihn darzustellen.

„Der ist eigentlich ganz gut. Willst du auch noch einen?"

„Nein, danke", lehnte Selina ab. Es war sicher besser, wenn zumindest einer von ihnen beiden nüchtern blieb.

Zusammen mit seiner Flasche ließ Dante sich dicht neben ihr aufs Sofa fallen.

„Ach komm schon, wenigstens einen Schluck. Das macht dich 'n bisschen lockerer. Würde dir guttun."

Er hielt ihr die Flasche hin. Selina nahm sie, aber bloß, um sie auf den Tisch zu stellen.

„Nein. Ich will nicht", stellte sie klar. „Und ich glaube, du hast inzwischen auch genug gehabt."

„Was machst du da eigentlich?", fragte Dante stirnrunzelnd mit Blick auf ihr Handy. „Bist du etwa im Internet? Ich habe geglaubt, du hast die Sim-Karte rausgenommen und das Passwort gelöscht."

„Ich habe sie heute Nachmittag wieder eingesetzt und Emilio um das WLAN-Passwort gefragt. Du hast ja sowieso gesagt, dass ich völlig übertreibe damit, mich so abzukapseln und ich das nicht tun muss."

Dantes Augen verengten sich.

„Und das ist dir ausgerechnet heute eingefallen?"

„Naja, seitdem die Tabletten wirken, fällt mir so einiges ein, das ich gerne wieder tun würde", erklärte Selina ein klein wenig eingeschüchtert ob seiner Reaktion.

„Gib mir das", forderte er streng und nahm ihr das Telefon ab.

Doch wider Erwarten inspizierte er es nicht, sondern legte es neben die Vodkaflasche auf den Couchtisch.

„Das brauchst du heute Abend nicht."

Seine Hand schmiegte sich unter ihrem Ohr vorbei in ihren Nacken. Dann hob er ihre Haare ein wenig an und schnupperte daran.

„Ich liebe den Geruch deiner Haare", raunte er ihr zu.

Selina gab sich alle Mühe, aber diese Nähe war ihr einfach zu viel. Unbehaglich wollte sie ein Stück wegrutschen und sich Dantes Berührung entziehen, aber das war offenbar nicht in seinem Sinne. Seine Hand umfasste ihren Nacken und hielt sie bei sich.

Vielleicht war das Ganze doch keine so gute Idee gewesen. Der Aufschwung der letzten Tage hatte Selina dazu verleitet zu glauben, sie würde damit schon umgehen können, aber dabei hatte sie sich wohl überschätzt.

„Dante, bitte, ich fürchte, ich bin noch nicht so weit", flehte sie kläglich.

Er hielt sie bloß mit einer Hand, und das nicht mal besonders fest, und trotzdem bekam sie schon alle Zustände.

Seine freie Hand legte sich hauchzart auf ihr Gesicht, um seine Konturen nachzufahren und es zu streicheln.

„Hör auf, dir das einzureden. Als du vorhin mit mir geredet hast, war von schüchtern auch keine Spur."

„Das hier ist aber etwas anders", protestierte sie verhalten, während sie recht erfolglos versuchte, ihn von sich wegzuschieben.

„Du wolltest, dass ich dir beweise, dass du mir vertrauen kannst. Dazu wirst du aber schon auch aus deiner Komfortzone herauskommen müssen. Für mich war es auch eine Überwindung, dir meinen Dolch zu geben und nackt vor dir niederzuknien."

Da war etwas Wahres dran. Nur ...

„Ich fürchte, ich schaffe das nicht", jammerte sie kläglich, selber enttäuscht davon, zu was für einem Weichei sie verkommen war.

Dante lachte sanft.

„Das macht nichts, ich erwarte auch gar nicht von dir zu knien.

Und jetzt sei ein braves Mädchen und hör auf damit, deine Hände gegen meine Brust zu stemmen, dann verspreche ich dir auch, ganz sanft zu dir zu sein."

Selinas Herzschlag legte einen Takt zu.

„Und wenn ich nicht brav bin?", fragte sie bang.

Sein Atem streifte heiß ihre Wange, als er seinen Kopf dicht neben ihren brachte.

„Dann wird's noch interessanter."

Mit einem raschen Griff pflückte Dante den Tischläufer vom Couchtisch und benutzte ihn, um Selina die Augen zu verbinden. Noch ehe sie so recht wusste, wie ihr geschah, hatte Dante sie auch schon auf die Arme genommen und war mit ihr aufgestanden. Ein paar schwungvolle Drehungen von ihm, und schon hing sie haltsuchend an seinem Hals.

„So ist es doch gleich viel besser", lobte Dante sie, und er hatte Recht. Seine Wärme, sein Geruch und der sichere Griff, mit dem er sie hielt, wirkten tatsächlich beruhigend auf sie.

Doch als Dante mit ihr losmarschierte, überkam sie neuerlich Unsicherheit.

Wohin brachte er sie?

Durch das Gedrehe hatte sie komplett die Orientierung verloren. Bang klammerte sie sich noch fester um Dantes Hals.

Eine Tür wurde geöffnet.

Der unverkennbare Geruch, der ihr entgegenschlug, ließ Selina augenblicklich derart in Panik verfallen, dass sie Dante bei dem Versuch, sich noch stärker an ihn zu krallen, heftig ihre Nägel in den Nacken schlug.

„Nein, ich will nicht!", kreischte sie.

*Nicht sein Spielzimmer!*

Dafür war sie definitiv noch nicht bereit! In diesem Raum gab es nichts, was kompatibel war mit seinem Versprechen, sanft zu sein!

Dass Dante einfach nur zu lachen begann, bewies wohl, dass der Alkohol seine Wirkung tat. Normalerweise bekannte er nicht derart offen, wie viel Spaß es ihm machte, sie in Angst und Schrecken zu versetzen. Überhaupt hatte er davon aus Rücksicht auf sie zuletzt komplett Abstand genommen.

„Du kannst dich wieder beruhigen, wir bleiben nicht hier", beschwichtigte er sie schließlich. „Ich will nur etwas holen. Komm, mach schön das Klammeräffchen, dann muss ich dich nicht absetzten."

Schnell schlang Selina die Beine um Dantes Taille – an seinem Hals hing sie ohnehin schon bombenfest – damit er sie nur ja nicht ablud auf eines seiner Foltergeräte. Anders als Massimo hatte Dante nämlich keinen Thron, und somit gab es kein einziges Möbelstück hier herinnen, auf dem sie ohne Nervenzusammenbruch hätte Platz nehmen können.

Dante öffnete eine Lade, nahm etwas heraus, schloss die Lade und verließ das Zimmer wieder mit ihr.

Ihre akute Angst legte sich etwas. Wenngleich die Ungewissheit, was Dante mitgenommen hatte, sie nicht wirklich aufatmen ließ.

„Festhalten", meinte Dante nach kurzem Fußmarsch, ehe er sich mit ihr vorbeugte.

Ihr Rücken kam auf etwas Weichem zu liegen. Leicht zitternd löste Selina den Klammergriff ihrer Glieder und ließ das Bett sie auffangen.

Dantes Atem strich heiß über ihre Wange, als er sich dicht über sie beugte.

„Entspann dich", hauchte er ihr zu, während er ihr Gesicht unterhalb der Augenbinde mit Küssen bedeckte. „Du musst keine Angst haben. Ich werde dafür sorgen, dass du es genießen kannst, du musst es bloß zulassen."

„Ich werde es versuchen", hauchte sie zaghaft, denn das war alles, was sie versprechen konnte.

Als seine zarten Berührungen sie schließlich so weit beruhigt hatten, dass sie völlig entspannt dalag, sammelte Dante ihre Hände ein und faltete sie vor ihrer Brust.

Selinas Puls beschleunigte sich wieder. Und noch um einiges mehr, als sie das Seil spürte, das Dante über ihre Unterarme gleiten ließ. Aber gerade, als sie protestieren wollte, legte Dante ihr die Hand auf die Brust, genau über ihrem wild pochenden Herzen.

„Ich werde dir damit keine Schmerzen zufügen", versicherte er ihr. „Ich will lediglich deine Hände fesseln. Du kannst ganz bequem so liegen bleiben, wie du jetzt bist."

Die Art, wie er ihre Angst erfasst hatte, ohne dass sie etwas sagen hatte müssen, erinnerte Selina daran, warum sie immer so großes Vertrauen in ihn gehabt hatte. Was für ein schönes Gefühl das stets gewesen war, ehe es von der Panik abgelöst worden war, er könnte dieses Talent neuerlich gegen sie einsetzen.

Aber Dante hatte Recht, diese Furcht konnte sie nur überwinden, indem sie ihn den Beweis erbringen ließ, dass er ihr Vertrauen immer noch wert war.

Tief durchatmend hielt sie ihm ihre Hände hin, und Dante bedankte sich, indem er einen Kuss darauf hauchte.

Überraschend bedächtig legte er das Seil mehrmals um ihre Handgelenke. Mit jeder einzelnen Wicklung spürte Selina deutlicher, wie das Seil sie gefangen nahm und immer mehr einengte. Dann kam der erste Knoten.

Es war verblüffend, was für einen Kick ihr diese noch relativ lose, gerade mal halb fertige Fesselung bescherte. Dafür hatte es früher ganz andere Kaliber gebraucht. Und vor allem schaffte sie es tatsächlich, es als Kick und nicht als Panik zu empfinden. Nicht zuletzt wegen der Gemächlichkeit, mit der Dante vorging. Normalerweise vollzog er derartige Fixierungen ja eher überfallsartig mit Handschellen oder eventuell Lederfesseln, sprich ohne realistische Chance zur Gegenwehr für sie. Eine kunstvolle Bondage war dagegen schwer umzusetzen, wenn der Partner nicht mitmachen wollte. Es war seine Art ihr zu zeigen, dass ihre Kooperation ihm sehr wichtig war.

Äußerst sorgfältig legte Dante das Seil nun zwischen ihren Armen quer über die bereits getätigten Wicklungen. Der zweite Knoten, der ihre Bewegungsfreiheit deutlich einschränkte und die Fesselung vollendete, kickte sie nochmal heftig, aber sie blieb ruhig.

„Du machst das gut", honorierte Dante mit weiteren Küssen auf ihre nun gefesselten Hände ihre Bemühungen.

Doch dann zog er ihre Hände über ihren Kopf zu einer Längsstange am Kopfende des Bettes. Ihr Atem und ihr Puls beschleunigten sich auf eine Art, dass Selina fürchtete, es würde wieder mit ihr durchgehen. Wenn er sie da anband, war sie ihm ausgeliefert. Es war absolut unmöglich, sich daraus selbst zu befreien.

Auf einmal hielt Selina es nicht mehr aus, die Dunkelheit und die Fesseln beschworen das Bild des Käfigs wieder herauf, und ihre Beherrschung war dahin. Sie begann zu strampeln und versuchte, die improvisierte Augenbinde herunterzuziehen, aber Dante hielt sie davon ab, indem er ihre Arme festhielt.

„Selina, beruhige dich", versuchte er in nachdrücklichem Tonfall, zu ihr durchzudringen.

„Ich kann das nicht!"

„Doch, du kannst das. Weil ich die ganze Zeit bei dir bleiben werde. Ich lass dich nicht wieder allein, versprochen."

Wieder traf er genau den Kern ihrer Angst.

Wenn er ihr das nochmal antat ... dann würde er damit alles, was jemals zwischen ihnen gewesen war, endgültig zerstören. Davon würde sie sich nie wieder erholen.

Aber das wusste er.

Ihre Panik begann abzuklingen.

Es bestand keine Gefahr, dass er es unwissend tun würde. Und er hatte keinen Grund, es absichtlich zu tun.

Zumindest nicht, wenn sie ihm nicht einen geheimen, teuflischen Masterplan unterstellen wollte, um sie fertig zu machen. Aber wenn sie mal so weit wäre, das ernsthaft anzunehmen, dann wäre sie echt ein Fall für die Klapsmühle.

„Siehst du, du schaffst das", sprach Dante ihr gut zu, als sie aufhörte, sich gegen ihn zu stemmen.

Behutsam legte er ihre Hände wieder über ihren Kopf und schob sie an die Stange. Aber selbst mit der logisch fundierten Erkenntnis, dass es eigentlich keinen Grund gab, sich zu fürchten, kostete es Selina alles an Selbstbeherrschung, es ruhig über sich ergehen zu lassen, wie Dante sie mit dem Seil sicher am Bett fixierte.

Als er fertig war, tastete sie zaghaft das Seil ab, das sie erreichen konnte. Sie hatte die vage Hoffnung gehegt, dass Dante zu ihrer Beruhigung so etwas wie eine Reißleine eingebaut hatte, die es ihr ermöglichen würde, sich selbst zu befreien, aber so weit ging seine Nachsicht dann doch nicht. Es war wie üblich absolut ausbruchssicher.

Aber immerhin sorgte er dafür, dass ihre Gedanken nicht lange darum kreisten. Hörbar zufrieden damit, sie nun derart ausgeliefert zu seiner Verfügung zu haben, schob er seine Hände in einer heißen Spur an ihrem Oberkörper nach oben und nahm ihr Shirt dabei mit, um sie zu entblößen. Genüsslich senkte er seinen Mund auf ihre zarte Haut, um sie zu küssen, daran zu saugen und zu knabbern. Vom Schlüsselbein über ihre beiden Nippel ging es über ihren Bauch hinab bis zum Bund ihrer Hose.

Mit ein paar Bewegungen riss Dante ihr die wenig attraktive Jogginghose rasch herunter und warf sie fort.

„So, wo bin ich stehengeblieben", murmelte er, ehe er sein Tun an ihrem Bauch fortsetzte.

Zentimeter für Zentimeter schob er ihre Unterhose nach unten, während er sich weiter vorarbeitete.

Aber dann stockte er plötzlich.

Er setzte sich auf und zog ihr die Unterhose ganz aus. Dann wuschelte er mit der Hand durch den inzwischen ziemlich prächtigen Haarwuchs, der sie in den letzten Wochen genau gar nicht tangiert hatte.

„Ich habe ja nichts gegen Haare, aber im Mund brauch ich sie nicht. Wenn du willst, dass ich weitermache, ist hier erst mal eine Rasur angesagt."

Diese Ankündigung ließ Selina neuerlich ins Schwitzen kommen, denn Dante würde dafür keinen Rasierer verwenden. Und die Freude darüber, ein Messer zücken zu können, schwang überaus deutlich in seiner Stimme mit.

„Aber dazu werde ich dich erst mal in eine bessere Position bringen."

Etwas Kühles umfing ihr Bein über dem Knöchel.

Eine Ledermanschette.

Diesmal ließ Dante sich nicht mehr so viel Zeit wie bei ihren Händen. Mit gewohnter Effizienz zurrte er ihr die beiden Manschetten um ihre Beine und befestigte Seile daran, die er über die Balken warf, die das Bett oben seitlich einrahmen. Es dauerte kurz, bis er die Seile weiter am Bett entlanggeführt hatte, dann wurden Selinas Beine hochgezogen und gespreizt, bis auch ihr Hintern ein Stück abhob. Aber zu ihrer Erleichterung blieb es wie versprochen in dem Bereich, in dem es fürs erste relativ komfortabel war.

Um ihre Bewegungsfreiheit weiter einzuschränken, spannte Dante noch von jedem Bein ein Seil ans Kopfende, sowie ein Seil zwischen ihren Beinen. Als er fertig war, waren ihre Beine so fixiert, dass sie sich bequem von den Seilen tragen lassen konnte, ohne dass sie etwas dafür tun musste, die Position zu halten.

Scheinbar zufrieden mit seinem Werk streichelte Dante über ihre Beine.

„Ich gehe nur ganz kurz ins Bad. Ich bin sofort wieder bei dir", erklärte er ihr in beruhigendem Tonfall.

„Okay", flüsterte Selina, trotzdem beschleunigte sich ihr Herzschlag spürbar, als sie hörte, wie er sich von ihr entfernte.

Wie ein Mantra wiederholte sie im Stillen, dass Dante nur wenige Meter entfernt war und auch jeden Augenblick zurückkommen würde.

Es war eine unglaubliche Erlösung, als er endlich wieder ihr Bein berührte.

„Na, hast du mich vermisst?", neckte er sie schelmisch, und Selina konnte, beflügelt von einem intensiven Glücksgefühl, nicht anders, als ihn dankbar anzulächeln.

„So gefällt mir das", zeigte Dante sich überaus zufrieden, und streichelte über ihr Gesicht.

Unvermutet berührte etwas Kaltes ihre Wange.

Selinas Blut geriet in Wallungen, als sie es als die Klinge von Dantes Rasiermesser erkannte.

„Und jetzt schön stillhalten", mahnte Dante sie, ehe er das Messer wegnahm und damit begann, ihren Intimbereich mit Rasierschaum zu bedecken.

Leichter gesagt als getan, wenn einem das Herz bis zum Hals schlug!

Dabei war es gar nicht die Tatsache, dass Dante gerade ein gut geschliffenes Messer über ihre empfindlichsten Stellen zog, nein noch nicht mal, dass er dabei nicht vollkommen nüchtern war. Sein Können war immer noch virtuos und über jeden Zweifel erhaben. Aber ob das in seinem angetrunkenen Zustand auch für seine Beherrschung galt? Denn schließlich gab es kaum etwas Schöneres für ihn, als eine Klinge durch ihre Haut ziehen zu dürfen. Und er hatte sie gewarnt, dass er sich unter Alkoholeinfluss einfach nehmen würde, was ihm gefiel.

Als er schließlich fertig war und die letzten Reste des Rasierschaums wegwischte, hielt Selina den Atem an in der bangen Erwartung, was nun wohl kommen würde.

Dante lachte.

„Was, jetzt wo ich fertig bin?"

Sie vernahm ein dumpfes Geräusch neben sich.

„Du kannst weiter atmen, ich habe das Messer weggelegt. Heute geht es mir bloß um dein Vergnügen, nicht um meines."

Während Dante sich zwischen ihren Beinen positionierte und seine Finger über ihren frisch rasierten Venushügel gleiten ließ, fragte Selina sich einen Moment, ob Dante den ganzen Vodka, der in der Flasche gefehlt hatte, wirklich getrunken oder nicht doch anderweitig entsorgt hatte. Sein Atem roch zwar danach, und er war weniger reserviert als sonst, aber davon abgesehen wirkte er eigentlich ziemlich normal. Keine Spur von dem Mister Hyde, den er ihr prophezeit hatte.

Sie kam jedoch nicht dazu, den Gedanken weiter zu verfolgen, denn als Dante seinen Mund auf ihre Klitoris senkte und daran zu saugen begann, war alles andere wie weggeblasen.

Ohh, fühlte sich das gut an!

Es war wie eine Offenbarung für sie. Als hätte sie komplett vergessen gehabt, wie gut ihr das tat und wie sehr sie das liebte.

Erst recht, wenn Dante sich mal dazu herabließ, sie oral zu befriedigen. Das gönnte er ihr bloß selten, und wenn, dann nur als Belohnung, wenn sie zuvor besonders arge Strapazen für ihn auf sich genommen hatte. Dieses Verwöhnprogramm einfach so zu bekommen, war also durchaus etwas ganz Besonderes.

Und er verwöhnte sie wirklich nach allen Regeln der Kunst, er saugte, leckte, knabberte, er stieß fleißig seine Zunge in sie und bearbeitete diese äußerst sensible Stelle am Eingang ihrer Vagina damit, bis ihr Hören und Sehen verging. Wobei er freilich nicht ganz aus seiner Haut konnte, denn immer gerade dann, wenn er ihre Lust schon fast bis zum Äußersten gesteigert hatte, legte er eine kleine Pause ein, um sie dann erneut anheizen zu können.

Als es wieder so weit war, konnte Selina nicht mehr an sich halten:

„Nicht wieder aufhören! Bitte, mach weiter!"

Dante lachte leise, dann nahm er ihre Perle zwischen die Zähne und biss sie leicht schmerzhaft, während er gleichzeitig seine Zunge weiter darüber tanzen ließ.

Unter einem beglückten Jubelschrei entlud sich die aufgestaute Erregung in den erlösenden Orgasmus und versetzte ihren ganzen Körper in einen Zustand der Ekstase, den Dante durch sein fleißiges Zungenspiel wunderbar in die Länge zog, bis sie schließlich völlig matt und entspannt dalag.

Die Verschnaufpause war aber nur von kurzer Dauer, nämlich genau so lange, wie Dante brauchte, um sich auszuziehen.

„Warte!", hielt Selina ihn jedoch auf, als Dante wieder ins Bett stieg.

Ein fragendes Brummen war zu vernehmen.

„Nimm mir die Augenbinde runter", bat sie. „Ich will dich dabei sehen."

Ihr Wunsch wurde ihr erfüllt, dazu bekam sie einen leidenschaftlichen Kuss als Draufgabe, ehe Dante sich zwischen ihren Beinen positionierte.

Ungewohnt behutsam drang er in sie ein, um sich dann ebenso vorsichtig in ihr zu bewegen. Seine so hart verfolgte Absicht, das Versprechen von Sanftheit zu halten, wärmte Selinas Herz.

„Du musst dich nicht so zurückhalten", hauchte sie ihm zu.

„Sicher?", fragte Dante angespannt. „Denn ich glaube nicht, dass ich mich wieder einbremsen kann, wenn ich richtig loslege."

Das machte ihr keine Angst. Schließlich hatte er ihr in dieser Hinsicht in der Zeit im Keller auch nichts angetan. Im Vergleich zu den Fesseln war das absolut nicht der Rede wert. Und selbst die ertrug sie inzwischen schon relativ gelassen.

„Nimm dir, was du so lange vermisst hast."

Es sprach für Dante, dass er einen Moment zögerte, um herauszufinden, ob er das wirklich ernst nehmen durfte, aber dann gab es für ihn kein Halten mehr.

Wie ein Verhungernder fiel er nach der langen Zeit der Entbehrung über sie her. Während er mit langen Stößen tief in sie eindrang, gruben sich seine Hände zu Selinas großem Genuss an den verschiedensten Stellen verlangend in ihre Haut. Die Geste war sehr besitzergreifend, und das große Begehren, das er damit verströmte, räumte ihre insgeheim gehegte Angst, dass er sie eigentlich gar nicht mehr wollte, ein für alle Mal aus.

Als Dante sich von einem scheinbar ziemlich heftigen Orgasmus erfasst aufbäumte, wurde Selina von einem Gefühl großer Zufriedenheit erfasst. Wider Erwarten war sie als Frau wieder voll funktionstüchtig, obwohl sie sich doch schon als irreparables Wrack abgeschrieben gehabt hatte.

„Es scheint ganz okay für dich gewesen zu sein", säuselte Dante, als er sich von ihr löste. „Wäre es unverschämt, wenn ich das jetzt weiterhin einmal im Monat machen will?"

Selina musste lachen.

„Sehr sogar! Ich weiß jetzt schon nicht mehr, wie ich den letzten Monat so völlig enthaltsam überstanden habe. Also wage es ja nicht, mich bis zu nächsten Mal einen weiteren Monat warten zu lassen."

„Das wollte ich hören", freute sich Dante und drückte ihr einen Kuss auf den Oberschenkel.

# 44

Nachdem Dante Selina von den Seilen befreit hatte, lagen sie noch eine Weile nackt und eng umschlungen im Bett und genossen die wohlige Lethargie, die auf den Orgasmus gefolgt war.

Bis ein vehementes Klopfen an der Tür die Ruhe störte.

„Was zum Teufel ...?", grollte Dante. „Ich habe Emilio doch gesagt, dass wir ungestört sein wollen."

Er war schon dabei aufzuspringen und in seine Unterhose zu schlüpfen, als es neuerlich klopfte und jemand auf Italienisch rief:

„*Dante! Mach auf! Es ist wichtig!*"

Das wollte er ihm auch geraten haben, denn wenn nicht gerade das Haus in Flammen stand, würde er den Störenfried einen Kopf kürzer machen.

Verstimmt stapfte Dante durch das Wohnzimmer und riss die Tür auf, die zum äußeren Flur führte.

„*Wir haben ein Problem*", erklärte Pietro aufgeregt, während er einfach ungefragt hereinstürmte.

„Nein. *Du* hast ein Problem", stellte Dante düster fest. „Und wenn du nicht auf der Stelle damit Leine ziehst, hast du gleich noch ein zweites Problem, nämlich mich. Welcher Teil von: ‚Ich möchte ungestört sein', ist bei euch Schwachköpfen nicht angekommen?"

Doch anstatt brav den Schwanz einzuziehen und sich schleunigst zu trollen, sah Pietro ihn bloß missmutig an.

*„Ach, jetzt tust du so, als würde dich das alles nichts angehen. Schon wieder wegen deiner Alten, schätze ich mal."*

„Etwas mehr Respekt, wenn du von meiner Frau sprichst!"

*„Respekt? Wofür? Dass das Weib dich verhext hat?"*, ließ Pietro einem offenbar schon länger angestautem Unmut freien Lauf. *„Du bist inzwischen schlimmer als Massimo. Der kümmert sich auch um nichts, aber wenigstens hat sich der keine Meuchelmörderin ins Bett geholt, die ihn um den Finger wickelt."*

Okay, das war nicht bloß ein Tropfen, sondern ein Sturzbach, der das Fass zum Überlaufen brachte. Ohne auch nur einen flüchtigen Gedanken daran zu verschwenden, ob er seine Aggression nicht besser zügeln sollte, rammte er Pietro mit voller Kraft die Faust in den Magen.

Dieser taumelte überrumpelt und nach Luft ringend erst mal ein Stück zurück. Aber als jemand, der es in Dantes Team geschafft hatte, war er kampferprobt genug, sich zu fangen, ehe er noch eine reinbekam. Wutentbrannt schlug Pietro zurück, und Dante musste feststellen, dass der Alkohol sich doch empfindlich auf seine Reflexe auswirkte, was ihm einen satten Kinnhaken bescherte, wie er schon lange keinen mehr kassiert hatte.

Leider brachte ihn das keineswegs zur Besinnung, ganz im Gegenteil, denn nun kochte auch noch der Ehrgeiz in ihm hoch, das nicht auf sich sitzen zu lassen. Betrunken oder nicht, so weit kam es noch, dass einer seiner Untergebenen behaupten könnte, er hätte den Boss vermöbelt! Er würde diesem Hornochsen zeigen, warum man sich mit ihm besser nicht anlegte!

Selina war ebenfalls aufgestanden, nachdem Dante so aufgebracht das Schlafzimmer verlassen hatte. Mit einem äußerst unguten Gefühl im Magen hüllte sie sich bloß rasch in ihren schwarzen Satin-Morgenmantel, um ihm zu folgen.

An der Schwelle zum Wohnzimmer erstarrte sie jedoch. Sie hatte zwar kein Wort von dem verstanden, was Pietro gesagt hatte, aber Dantes Antwort ließ keinen Zweifel daran, dass er über sie geredet hatte, und es dürfte ziemlich abfällig gewesen sein.

Aber bei Pietro hatte sie von Anfang an gespürt, dass er sie nicht leiden konnte, rief Selina sich ins Gedächtnis, um nicht sofort wieder den Halt zu verlieren. Und Dante schien sich ja wirklich sehr entschieden auf ihre Seite zu stellen. Es war beruhigend, das so eindeutig vor Augen geführt zu bekommen.

Allerdings bloß so lange, bis Dante ohne jegliche Vorwarnung auf Pietro losging und damit eine wilde Schlägerei zwischen ihnen beiden anzettelte.

„Nein! Nicht! Hört sofort auf damit mit!", rief sie entsetzt, als Dante wie ein Bulldozer Pietro gegen die Wand hinter ihm rammte.

Aber die beiden Raufbolde schenkten ihr freilich keinerlei Beachtung. Der Tritt, mit dem Pietro sich wehrte, ließ im nächsten Moment schon Dante durch die Gegend segeln.

So viel also zu ihren Zweifeln, ob Dante überhaupt genug getrunken hatte, dass der Vodka eine Wirkung zeigen würde.

Verdammt, was sollte sie bloß tun? Das war alles ihre Schuld!

Hilflos trat Selina näher an das Kampfgeschehen heran. Dante war sichtlich nicht ganz auf der Höhe seiner Fähigkeiten und musste einiges einstecken. Aber seine Angriffe waren dafür derart verbissen und wuchtig, dass sie sich um Pietro mehr Sorgen machte.

Das wilde Hin und Her ging noch ein wenig weiter, ehe Dante schließlich mit ein paar gut platzierten Treffern die Oberhand gewinnen konnte. Doch anstatt es mit einem K.o.-Schlag einfach zu beenden, drängte er Pietro neuerlich gegen die Wand, um auf ihn einzuprügeln.

„Dante! Hör auf damit! Willst du ihn umbringen?!", schrie Selina ihn an, aber er schien gar keine Notiz von ihr zu nehmen.

Notgedrungen fasste sie sich ein Herz und stürzte sich mit beiden Händen auf Dantes Arm, als dieser neuerlich ausholte.

Das brachte ihr endlich seine Aufmerksamkeit, aber sie fiel nicht wie erhofft aus.

„Du hältst dich da raus!", schnauzte er sie an, ehe er Pietro losließ, um sie mit einem Stoß mit der flachen Hand auf die Mitte ihrer Brust derart heftig von sich weg zu schubsen, dass sie mehrere Meter nach hinten flog und äußerst hart am Boden aufschlug. Der glatte Stoff ihres Morgenmantels kam dabei ins Rutschen und klaffte nun weit auseinander, sodass sie entblößt dalag.

Als Pietro angeschlagen den Blick in ihre Richtung wandte, stieß Dante ein unheilverheißendes Grollen aus.

„Wage es nicht, sie anzuschauen!", zürnte er, ehe er ihn mit einem weiteren Schlag an den Rand der Bewusstlosigkeit beförderte.

Einen Augenblick atmete Selina auf, als Dante von ihm zurücktrat. Aber als er zielstrebig ins Esszimmer marschierte, blieb ihr das Herz stehen.

Dort hatte Dante seinen Dolch abgelegt, ehe er sein Besäufnis begonnen hatte!

Ihre Benommenheit überwindend kämpfte Selina sich hastig auf die Beine, als Dante tatsächlich auch schon mit der Waffe in der Hand zurückkehrte.

Und als sie seinen Blick sah, wurde ihr klar, dass seine Mutter Recht gehabt hatte: So wütend er auch auf sie gewesen war, er hatte sich dabei stets unter Kontrolle gehabt.

Jetzt hingegen ...

Die Mordlust stand ihm ins Gesicht geschrieben, und die sichtliche Vorfreude, mit der er einen Finger über die flache Seite des Stahls gleiten ließ, machte Selina klar, wie sehr Dante den Sadisten in sich sonst stets an der Kandare hielt.

Ihr erster Impuls war, eingeschüchtert zurückzuweichen, aber feig zu sein konnte sie sich im Moment gerade überhaupt nicht leisten. Wenn ihn niemand davon abhielt, würde Dante Pietro abschlachten. Und das würde er sich und auch ihr niemals verzeihen, wenn er erst mal wieder bei Sinnen war.

Nur, was sollte sie tun?

Dante hatte sie eben schon zur Seite gefegt, als wäre sie bloß eine Puppe, sie war eindeutig nicht in der Verfassung, sich mit ihm anzulegen. Und eine Waffe zu ziehen wagte sie in seinem momentanen Gemütszustand auch nicht, damit würde sie ihn bloß gegen sich aufbringen, was mit Sicherheit ein unschönes Ende nehmen würde.

Hilfe zu holen war auch keine Option, denn so wie Dante gerade drauf war, würde sie sich nicht darauf verlassen, dass er auf Emilio nicht ebenfalls losgehen würde, was unweigerlich auch in einem Blutvergießen enden würde.

Selinas Herzschlag geriet aus dem Takt, als ihr klar wurde, dass es nur eines gab, was sie tun konnte, um das Ganze vielleicht doch noch zu einem glimpflichen Ende zu bringen. Zum Glück drängte die Zeit zu sehr, als dass sie großartig darüber nachdenken hätte können, denn sonst hätte sie bestimmt der Mut verlassen.

Mit einem beherzten Satz warf sie sich schützend vor den an der Wand zusammengesunkenen Pietro, um Dante den Weg zu versperren.

# 45

„Was soll das werden?", grollte Dante ungehalten. „Ich habe dir gesagt, du sollst dich da raushalten. Außerdem hast du eindeutig viel zu wenig an, um diesem Hurensohn derart nahe zu kommen."

Halb kniend, die Hände beschwichtigend vor sich ausgestreckt, redete ihm Selina sanft, aber bestimmt zu:

„Dante, hör auf damit. Das ist bloß der Alkohol, der da aus dir spricht."

„Ha! Also wenn du mir jetzt damit kommen möchtest, dass ich das eigentlich ja gar nicht will, dann kannst du dir die Mühe sparen."

Er beugte sich zu ihr herab und sah ihr eindringlich in die Augen:

„Ich. Will. Es! Mehr als du dir vorstellen kannst. Also mach Platz, bevor ich mir welchen verschaffe."

Fuck, das lief nicht gut.

Sie hatte sowieso Zweifel gehabt, ob sie wirklich in der Lage war, das durchzuziehen, aber angesichts der Aggressivität, die er auch ihr entgegenbrachte, schien es ihr inzwischen sicher, dass das desaströs ausgehen würde.

Aber was sollte sie machen? Sie hatte keine andere Wahl.

„Jetzt willst du es, aber in ein paar Stunden wirst du dich dafür hassen – und mich wahrscheinlich noch mehr.

Das kann ich nicht zulassen. Wenn du deinen Dolch unbedingt in jemanden versenken willst, dann nimm mich dafür."

Das schlug ein. Und zwar in Form einer Gier, die sich zu seinem Gesichtsausdruck gesellte, die eindeutig sexueller Art sein musste, so wie sich seine Unterhose von jetzt auf gleich ausbeulte.

„Du bietest dich mir freiwillig an?"

Selina schluckte. Ja, sie hatte natürlich gehofft, dass er darauf anspringen würde, aber nun, da er so direkt fragte ...

Okay, ihre Bereitschaft, sich ihm auszuliefern ging ihm offenbar immer noch über alles andere. Aber wer sagte ihr, dass ihm das Bestreben, ihr Vertrauen zu bewahren, momentan auch noch etwas wert war? Im Fall von Pietro waren ihm die langfristigen Konsequenzen ja scheinbar völlig egal, beziehungsweise vielleicht gar nicht bewusst.

Bei dem Gedanken daran, auf was sie sich hier möglicherweise einließ, schnürte Selina sich neuerlich die Brust so fest zu, dass sie kaum atmen konnte.

Nein, sie war echt noch nicht bereit hierfür.

Sie hatte heute Abend gerade mal den ersten Schritt zu einer langsamen Annäherung gemacht. Das war noch meilenweit von so einem Angebot entfernt, wie sie es Dante in ihrer Hochzeitsnacht gemacht hatte. Und da waren die Umstände weitaus bessere gewesen als hier und jetzt.

Aber sie konnte nicht nein sagen. Das alles war allein ihre Schuld. Sie konnte nicht feig den Kopf einziehen und Dante in sein Verderben laufen lassen.

„Ja."

Das Zittern in ihrer Stimme sprang auf ihren ganzen Körper über, was Dante zu ihrem Entsetzten mit sichtlicher Freude registrierte.

Beiläufig gab er Pietro einen Fußtritt, aber sein Blick blieb auf Selina geheftet, während er herrisch befahl:

„Raus mit dir. Das hier geht dich nichts an."

Diesmal war Pietro schlau genug, keine Widerworte zu geben, sondern schleunigst das Weite zu suchen.

Die Tür fiel hinter ihm mit einem lauten Knall zu, der Selina zusammenzucken ließ.

„Endlich sind wir wieder ungestört. Nur du und ich", fasste Dante ihre Angst in Worte, ehe er sie mit einer Hand an ihrem Hals in eine stehende Position zog, während er ihr mit der anderen den Dolch vor die Nase hielt.

„Los, gehen wir. Ich kann es gar nicht erwarten, endlich anzufangen."

Abrupt ließ er sie los, um gleich darauf ihre Haare zu packen und sie daran rücklings mit sich zu ziehen, geradewegs ins Horrorkabinett, wo er mitten im Raum mit ihr anhielt.

Indem er ihr von hinten die Hände auf die Schultern legte und seinen Kopf dicht neben ihren brachte, drehte er sich langsam mit ihr herum.

„Die Qual der Wahl, bei der Wahl der Qual", hauchte er dabei in ihr Ohr.

*Atmen, ruhig und tief weiteratmen ...*

Sie war schon seit sie diesen Raum betreten hatte heftig am Rande eines Panikanfalls. Wenn sie beim Anblick all dieser Folterinstrumente nun zu hyperventilieren begann, dann war es ganz aus. Und die Art, wie Dante sich sichtlich an ihrer Angst weidete und sie auch noch gezielt schürte, rüttelte heftig an dem letzten Pfeiler der Hoffnung, an den sie sich noch klammerte.

Auf einmal stoppte Dante die Drehbewegung.

„Wir nehmen das hier."

*Nein ... NEIN!!!*

Neben ihr schnupperte Dante geräuschvoll, ehe er leise und furchteinflößend zu lachen begann.

„Das muss wohl der Duft der Angst sein."

*Atme, atme!*

Ihr ganzer Körper wurde von einer lähmenden Furcht erfasst, die sie so fest im Griff hatte, dass sie kaum noch Luft bekam.

Den spürbaren Beweis seiner Erregung an ihren Hintern gedrängt, öffnete Dante nun den Gürtel ihres Morgenmantels und schob ihn von ihren Schultern. Der feine Stoff glitt lautlos an ihrem Körper hinab auf den Boden und hinterließ sie fröstelnd mit einer Gänsehaut.

Noch etwas, das Dante sichtlich gefiel, so wie er zart darüberstrich, während er neben sie trat.

„Nimm Platz", forderte er sie mit dunkler Stimme und einer einladenden Handbewegung auf.

Doch Selina rührte sich nicht.

Das war nicht, was sie erwartet hatte. Bisher hatte Dante stets großen Wert darauf gelegt, ihre Bereitwilligkeit eben durch die Abstinenz jeglicher Fixierung zu unterstreichen.

Und nun das.

Wie erstarrt stand sie da, während sehr lebhaft die Erinnerung hochkam, welcher Folter Dante sie in dem Käfig mit den Fesseln ausgesetzt hatte.

„Na los, setzt dich", flüsterte Dante ihr drohend zu. „Du weißt, wenn du mich um den Kick betrügst, ein williges Opfer zu haben, hole ich mir einen auf andere Art."

„Ich habe gesagt, dass ich dir gestatten werde, mich mit deinem Dolch zu schneiden", widersprach Selina mit dünner, brüchiger Stimme. „Hiervon war keine Rede. Und überhaupt, wie willst du dir sicher sein, dass ich freiwillig bleibe, wenn du mich festschnallst?"

„Lass die Haarspalterei!", wies Dante sie zurecht. „Du weißt, dass es nichts wert ist, wenn du mir nicht völlig freie Hand lässt."

Er legte ihr von vorne beide Hände ans Schlüsselbein und ließ sie langsam, drohend ein Stück nach oben rutschen, wobei er ihren Hals umfing und den Druck sukzessive verstärkte.

„Ich will nichts weniger, als dass du dich mir völlig hingibst."

Dabei ließ sein Tonfall keinen Zweifel daran, dass er erwartete, auch zu bekommen, was er begehrte.

Selina schüttelte unter seinem Griff verhalten den Kopf. Sie wünschte wirklich, sie könnte seiner Forderung nachkommen, aber ...

„Du machst mir Angst, Dante."

Und es wurde um nichts besser dadurch, dass ihr Bekenntnis ihm ein genussvolles Lächeln ins Gesicht zauberte, als Zeichen eines Gefühls, das er sichtlich auskostete, ehe er sich zu ihr beugte, um ihr ganz nah an ihrem Ohr zuzuhauchen:

„Ich weiß. Und das wird es umso kostbarer machen."

Auf einmal begann Selinas Sicht zu verschwimmen.

Voller Panik schossen ihre Hände hoch, ungeachtet des Wissens, dass es völlig sinnlos war, an Dantes Armen zu zerren.

„Nicht Dante! Bitte!", krächzte sie schwankend.

„Du musst loslassen", flüsterte er ihr ein. „Wenn du mir dein Vertrauen schenkst, werde ich gar nicht anders können, als es wie einen kostbaren Schatz zu hüten."

„Und wenn ich nicht stark genug dafür bin?"

„Nicht denken. All die schwierigen Fragen kannst du getrost mir überlassen."

„Du bist betrunken", wandte Selina verzweifelt ein.

„Noch stehst du ja wohl, oder? Ich habe das im Blut, dagegen ist das bisschen Alk gar nichts."

Tatsächlich, wenn Dante unvermindert fest auf ihre Schlagader gedrückt hätte, dann wäre sie inzwischen schon umgefallen. Er musste den Druck äußerst sensibel dosiert haben, um sie genau in diesem schwummerlichen Zustand zu halten.

Selina bemerkte, wie sich ganz unbewusst der Klammergriff ihrer Hände um Dantes Arme gelockert hatte.

Er hatte gar nicht vor, ihre Bewusstlosigkeit dazu zu nutzen, sie gegen ihren Willen möglichst unproblematisch zu überwältigen. Vielmehr wartete er darauf, dass sie bereit war, sich freiwillig da hineinfallen zu lassen.

Ihre Finger krampften sich neuerlich zusammen.

„Ich habe immer noch Angst", flüsterte sie.

*Drei ... zwei ... eins ....*

Mit einem Ruck der Überwindung riss Selina ihre Hände von Dantes Armen. Zumindest ihr Kopf wusste, dass es besser war, Dantes Wünschen nachzukommen, auch wenn ihr Herz das momentan emotional nicht untermauern konnte.

Sie konnte gerade noch Dantes überaus zufriedenes Lächeln erkennen, ehe es finster um sie wurde.

# 46

*Was? Wo? Wie?*

Ach ja, richtig, sie lag am Boden, weil sie bewusstlos geworden war, als Dante sie gewürgt hatte. Offenbar immer noch an derselben Stelle, wo sie umgekippt war.

Hatte sie irgendwas verpasst, während sie weg gewesen war?

Es erweckte nicht den Anschein, sie lag ganz normal in Seitenlage da, Dante saß neben ihr auf dem Boden und hielt ihre Hand.

„Oh, schön, du bist wieder wach", begrüßte Dante sie zurück, und hob ihre Hand an seinen Mund.

Doch als seine Zunge sacht über die empfindliche Haut auf der Innenseite ihres Handgelenks strich, löste sie ein scharfes Brennen aus. Impulsiv zuckte Selina zurück, und Dante ließ zu, dass ihre Hand aus seinem lockeren Griff herausglitt.

Okay, sie hatte wohl doch etwas verschlafen.

Auf ihrer blassen Haut zeichneten sich in Rot drei präzise ausgeführte, parallele Schnitte ab.

Hoffentlich nicht so tief, dass es dauerhafte Spuren hinterlassen würde, sonst würde jeder, der das sah, gewiss vermuten, dass sie versucht hatte, sich die Pulsadern aufzuschlitzen.

Aber diesbezüglich konnte sie wohl unbesorgt sein, denn egal wie arg es zunächst auch gewirkt hatte, bei seinen spielerischen Ritzereien hatte Dante noch nie Narben hinterlassen. Und so wie das hier aussah, war sie bereit ihm zu glauben, dass er selbst in angetrunkenem Zustand noch zu der ihm eigenen, weit überdurchschnittlichen Präzision imstande war.

Ihr Blick wanderte von ihrem Handgelenk zu Dante, der gerade aufstand, um hinter das schaurige Gerät zu treten, das sie erwartete. Mit sadistischer Vorfreude deutete er erst auf sie, dann auf die Stelle vor sich.

„Lass mich nicht warten", mahnte er sie, als sie seiner Aufforderung nicht gleich Folge leistete.

Ihre Beine zitterten so sehr, als sie aufstand, dass Selina fürchtete, sie würden ihr Gewicht nicht tragen können. Aber sie wusste, dass es ja doch kein Entrinnen für sie geben würde. Und wenn sie daran dachte, wie außer sich Dante eben bei Pietro gewesen war, wollte sie wirklich nicht herausfinden müssen, was er mit ihr anstellen würde, wenn sie sich nicht wie versprochen fügte.

„Dreh dich um", wies Dante sie an, nachdem sie einfach nur starr am befohlenen Platz zum Stillstand kam.

Wie in Trance drehte Selina sich am Fleck, während sie ihr vergiss-nicht-zu-atmen-Mantra neuerlich bemühte.

Als Dantes Hand sich auf ihren Brustkorb legte und sie einen Schritt nach hinten zog, schoss ihr Puls bei der Berührung der kalten Stahlstange in ihrem Rücken derart nach oben, dass Selina sicher war, ihr Herz würde gleich ihre Brust sprengen. Jedenfalls bewegte es sich stark genug, dass Dante es bemerkte. Er schob seine Hand etwas nach links unter ihre Brust, so dass er das Klopfen deutlich spüren konnte. Und so, wie er genüsslich brummte, war ihre Reaktion auch noch ganz nach seinem Geschmack.

Die Gnadenfrist, die ihr dadurch entstand, war jedoch nur von kurzer Dauer. Entschlossen zog Dante ihren Kopf nach hinten, um den hölzernen Pranger um ihren Hals zu schließen, der waagrecht an der Stange in ihrem Rücken befestigt war. Das Teil war maßangefertigt für sie, so dass sie auf ihrer Haut rundherum gleichmäßig das sie festhaltende Holz spürte.

Als nächstes waren ihre Arme dran. Die fixierte Dante an der auf Schulterhöhe befestigten Querstange in mit Leder gepolsterten Stahlfesseln, die ohne jedes Spiel direkt an die Querstange geschraubt wurden, wobei er ihre Arme stramm nach außen zog.

Selinas Panik wuchs. Das kalte Metall auf ihrer Haut und die zunehmend unbequeme Haltung ließen die Erinnerung an den Käfig auflodern wie eine Stichflamme, die sie zu versengen drohte.

Und dabei war Dante noch lange nicht fertig. Da waren ja auch noch die beiden V-förmig nach vorne stehenden Querstangen, die sich am Ende nach unten bogen, auf die Dante ihre Beine hob, so dass sie wie auf einem Sessel saß. Ein Sessel ohne Sitzfläche freilich, der sie dazu zwang, die Beine gespreizt zu halten, weil Dante ihre Unterschenkel nun mit ebensolchen ledergepolsterten Stahlfesseln wie ihre Arme an den Sesselfüßen fixierte.

Auf einmal verschwand Dante aus ihrem eingeschränkten Sichtfeld, aber nachdem sie es zuvor schon gesehen hatte, wusste sie bereits, was sie nun erwartete. Trotzdem zuckte sie heftig zusammen, als Dante den Plug aus kaltem Edelstahl an ihren Hintern führte.

Für einen kurzen Moment schloss sie die Augen in der Absicht, ein wenig zur Ruhe zu kommen. Was aber komplett nach hinten losging, denn es ließ die Bilder bloß noch lebhafter hochkommen. Mit einem Keuchen riss sie die Augen wieder auf, genau in dem Moment, als Dante ihr den Plug in ihren Anus drückte.

Selinas Gefühle überschlugen sich, die Panik der Erinnerung mischte sich mit der Erkenntnis, dass es diesmal weit weniger schlimm war, da der Plug erstens kleiner und zweitens gut geschmiert war. Aber allein zu ertragen, wie er über einen Haken fest verschraubt an der senkrechten Stange hängend ihr Becken in Position hielt, war schon eine immense Herausforderung für sie.

Zu guter Letzt justierte Dante auch noch sowohl die Höhe der Stange für ihre Arme als auch den Pranger nach oben, um ihren Oberkörper zur vollen Streckung zu bringen.

Damit war sie absolut bewegungsunfähig, und es war keine angenehme Position, in der sie fixiert war.

Selina brach der Schweiß aus, ihr Puls raste, ihr Atem ging stoßweise und ihr ganzer Körper fing unkontrolliert zu zittern an.

„Hm", machte Dante mit Blick auf ihre schlotternden Knie.

Als er sich daraufhin von ihr abwandte, war es endgültig um Selina geschehen.

„Wo gehst du hin?! Nein! Lass mich nicht allein!"

Mit einem süffisanten Lächeln sah er sie über die Schulter an und legte einen Finger auf die Lippen:

„Schhh. Ganz ruhig. Du kannst dir absolut sicher sein, dass ich nirgendwohin gehen werde, ehe deine Haut von meinem Dolch gezeichnet ist."

*Nicht wirklich beruhigend.*

„Und wenn du damit fertig bist?", fragte sie bang.

Das brachte Dante herzhaft zum Lachen.

„Das bereitet dir ernsthaft mehr Sorgen als das mit dem Dolch?"

Selina konnte daran nichts Erheiterndes finden. Auch wenn er es ihr in Abrede gestellt hatte, sie war damals absolut bereit gewesen, den Käfig gegen den Dolch zu tauschen.

„Dazu habe ich ja wohl auch allen Grund."

Ihr anklagender Tonfall ließ Dante bloß mit den Schultern zucken.

„Also wenn du dir sicher bist, diesen Teil zu überstehen, musst du dich vor dem, was danach kommt, gewiss nicht mehr fürchten. "

Am liebsten hätte Selina vor Ärger, Frust und Verzweiflung laut geschrien. Warum nur konnte er ihr nicht einmal einfach etwas klipp und klar zusagen? Eine eindeutige Aussage, etwas, woran sie sich festhalten konnte.

Aber sie verbat sich den Ausbruch. Sie würde ihn nicht auch noch dafür belohnen, dass er sie in ihrer Not derart hängen ließ. Stattdessen wandte sie in stillem Protest trotzig den Blick ab, als er zu ihr zurückkehrte. Eine Drehung des Kopfes ließ der Pranger leider nicht zu.

„Na sieh mal einer an", meinte Dante überaus erfreut. „Das sieht mir doch schwer danach aus, dass sich meine kleine Wildkatze endlich wieder aus ihrem Versteck wagt."

Er fuhr ihr mit einer Hand in die Haare und kraulte sie kurz wie eine Katze hinter dem Ohr.

„Zu schnurren hat sie wohl noch immer nicht gelernt. Aber egal, solange sie schreien kann."

Eigentlich hätte Selina ihre Verachtung gerne noch ein wenig hochgehalten, aber als Dante einen Schritt zurücktrat, hielt sie es dann doch nicht aus, dem was sie erwartete mit blinder Ignoranz entgegenzutreten, also folgte sie Dante mit ihrem Blick.

Auch das noch!

Dante hatte den kurzen Ausflug unternommen, um eine Spreizstange mit zwei runden, mit Leder gepolsterten Enden zu holen, die er ihr nun knapp über dem Knie zwischen die Oberschenkel klemmte. Damit hatte sich das leichte Schwanken ihrer Beine, zu dem sie zuvor gerade noch fähig gewesen war, nun auch erübrigt.

Sichtlich zufrieden musterte Dante sein Werk, um dann endlich voller Vorfreude seinen Dolch zu ziehen.

„Wir werden uns langsam steigern", erklärte er, als er hinter sie trat. In seiner Stimme schwang deutlich die Erregung mit. „Ich werde dort anfangen, wo es am wenigsten wehtut."

Selina keuchte auf bei der Berührung ihres Rückens, aber noch war es bloß Dantes Hand, die sacht darüber glitt.

Dann eine Eiseskälte auf ihrem Schulterblatt. Die Breitseite des Dolchs.

Mit einem tiefen Atemzug stieß Selina die Luft aus. Der gewohnte Ablauf ließ sie ungeachtet der sie erwartenden Schmerzen etwas zur Ruhe kommen. Angenehmere Erinnerungen kamen auf, als sie sich auf das Brennen des ersten Schnitts vorbereitete, Bilder ihrer Hochzeitsnacht.

Die überaus vertraute Empfindung, als die Klinge ihre Haut durchschnitt, katapultierte Selina in eine andere Zeit zurück.

*Du kannst ihm vertrauen*, hallte es in ihrem Kopf wieder.

Selbst unter den strammen Fesseln spürte Selina deutlich, wie die nervöse Anspannung sich auflöste, ihr Puls kam merklich zur Ruhe und die Gänsehaut legte sich.

Auch Dante bemerkte es.

„Gut so. Lass dich fallen", flüsterte er ihr lockend zu, seine von Erregung geschwängerte Stimme war die pure Verführung.

Mit Muse setzte er zum nächsten Schnitt an.

Selinas Weg in die Entspannung wurde jäh gestoppt.

Was machte er da? Das war nicht seine übliche Art, die Klinge zu führen. Schlichte, gerade Schnitte, das war es, was sie von ihm gewöhnt war. Aber das, was er da jetzt gerade in ihren Rücken ritzte, war viel eher ein Halbkreis.

Okay, das war lächerlich. Machte sie sich jetzt ernsthaft Sorgen, weil er mit dem Dolch einmal abgebogen war? Denn davon abgesehen, hatte es sich um nichts anders angefühlt als der erste Schnitt.

Trotzdem, das Bewusstsein, dass doch nicht alles wie immer und wie gewohnt war, ließ sie mit einem leicht unguten Gefühl zurück. Wer wusste schon, auf was für Ideen Dante unter dem Einfluss des Alkohols sonst noch kommen würde?

Nachdem Dante damit fertig war, ihren Rücken beiderseits der Wirbelsäule mit irgendwelchen Mustern zu verzieren, trat er wieder vor sie.

Als sich ihre Blicke trafen, streckte Dante die Hand nach ihrem Gesicht aus. Sein Griff war fest, verlangend, als er ihr erst über die Wange streichelte, und dann seine Finger in ihren Haaren vergrub. In seinen Augen loderte eine Gier, die noch lange nicht gestillt war, und doch lag gleichzeitig eine Zufriedenheit und Gelöstheit in seinem Ausdruck, als wären die schwierigen Wochen, die hinter ihnen lagen, wie weggewischt.

Und auch Selina spürte, wie der Anblick ein schweres Gewicht von ihr nahm und ihr einen tiefen, inneren Frieden schenkte. Sie war alles andere als ein nutzloses, ihn bloß belastendes Ding für ihn, das er bloß behielt, weil er nicht wusste, wohin damit. Nein, sie konnte ihm etwas geben, das er sonst nirgends fand: Etwas, das die Bestie in ihm auf tiefster Ebene befriedigte, ohne dass sie dafür wütend hervorbrechen und alles in Stücke reißen musste. Und mochte sie ihm hier auch in ihren Fesseln völlig schutzlos ausgeliefert sein, so war sie doch alles andere als machtlos. Denn Dante wusste verdammt gut, was für eine Wirkung sie auf ihn hatte, und wie süchtig er danach war. Und auch, dass es allein in ihrer Hand lag, es ihm zu gewähren oder zu verweigern. Mochte er es auch gerne mal ein bisschen strapazieren, so würde er doch alles daran setzen, sich ihres Vertrauens als würdig zu erweisen.

Derart beruhigt nahm Selina es gelassen hin, dass Dante an der Außenseite ihres Oberschenkels, wo sie dank des Prangers nicht hinsehen konnte, neuerlich einen der absonderlichen Kreise anbrachte. Was auch immer für dunkle Begierden Dante noch gut verborgen mit sich herumschleppen mochte, sie war sicher, dass diese sich – selbst unter Alkoholeinfluss – seinem obersten Verlangen nach ihrer bedingungslosen Hingabe unterordnen würden müssen.

Nachdem Dante im – ausgesprochen großen – toten Winkel ihres Blickfeldes eine Weile munter die Außenseiten beider Beine von oben bis unten bearbeitet hatte und danach ihren Bauch, tauchte er nun endlich wieder neben ihr auf, wo sie ihn sehen konnte. Seine Fingerspitzen glitten zart über die Außenseite ihres Oberarmes, der sein nächstes Ziel werden sollte.

So gut sie konnte, drehte Selina den Kopf, aber selbst, wenn sie die Augen ganz zur Seite rollte, konnte sie noch immer nicht ausmachen, was Dante da hinter ihr stehend in ihre Haut gravierte. Es schien jedoch immerzu dasselbe

Muster zu sein, und immer war der zweite Schnitt dieser aus dem Rahmen fallende Halbkreis.

Erschöpft schloss Selina die Augen und ließ den Kopf zurück in eine nicht ganz so anstrengende Haltung kippen. Inzwischen forderten sowohl die Fesseln als auch die Schnitte bereits merklich ihren Tribut.

Aber ihre Angst, dass Dante es wieder bis ins Unerträgliche und darüber hinaus treiben könnte, war verflogen. Im Vertrauen darauf, dass er es merken würde, wenn sie am Ende ihrer Kräfte war, gab sie sich ganz dem Schmerz hin, den Dante ihr mit solcher Leidenschaft mit seinem Dolch zufügte.

Leise stöhnend hob Selina die Augenlider, als Dante gerade einen Schritt von ihr zurücktrat, um sein vollendetes Werk zu bewundern. Jedenfalls hoffte Selina das, denn inzwischen waren die Fesseln schon eine ziemliche Qual. Und nachdem Dante sich von der Außen- über die Innenseite der Arme zur Brust vorgearbeitet hatte, um über den Bauch schließlich an der Innenseite ihrer Beine bis ganz nach unten zu wandern, gab es eigentlich kein Körperteil mehr, das er ausgelassen hätte.

„Wundervoll", schwärmte Dante beinahe ehrfürchtig, was Selina ein zufriedenes Lächeln ins Gesicht zauberte.

Doch dann trat er noch ein paar Schritte zurück.

Wo wollte er hin?

„Dante?", fragte Selina, nun doch etwas verunsichert, als er sich jetzt auch noch von ihr abwandte.

*Er spielt nur mit mir*, sprach sie sich selber Mut zu, aber als Dante allen Ernstes den Raum verließ, war es mit ihrer Gelassenheit dahin.

„Dante!", rief sie ihm panisch nach, während sie völlig sinnloserweise begann, an den Fesseln zu zerren.

*Das würde er mir nicht antun*, wiederholte Selina gebetsmühlenartig immer wieder in dem Versuch, wieder halbwegs zur Ruhe zu kommen. Egal wie sadistisch er auch veranlagt sein mochte, so ein Monster war er nicht.

Der Stein der Erleichterung, der ihr vom Herzen fiel, als Dante von seinem kurzen Ausflug zurückkehrte, musste von der Größe eines Findlings gewesen sein.

„Dante!", begrüßte Selina ihn voller Erleichterung.

Und ja, er war wirklich ein Sadist, denn er schämte sich nicht, ihren Ausbruch mit einem reichlich hämischen Lächeln zu quittieren.

„Du hast doch nicht etwa gedacht, ich würde dich so zurücklassen? So halbfertig."

Seine Worte ließen Selina den Schweiß ausbrechen.

*Er spielt nur mit mir*, rief sie sich nachdrücklich ins Gedächtnis, denn er konnte das unmöglich so meinen, wie er es gesagt hatte. Das würde sie nicht überstehen, wenn er das ganze Spielchen nochmal von vorne anfing, und das wusste er auch.

Dann hielt er etwas hoch: ein steril verpacktes Skalpell.

„So labil, wie du zuletzt gewesen bist, habe ich es für eine gute Idee gehalten, die lieber an einen sicheren Ort zu übersiedeln. Deshalb der etwas längere Weg, um mir eines zu holen."

Selina wurde flau im Magen. Zuletzt hatte Dante so eines dafür benutzt, um ihr die Kugel aus der Schulter herauszuoperieren.

Okay, ihre darauffolgende Ohnmacht mochte wohl eher vom Blutverlust hergerührt haben, trotzdem war der Schmerz die Hölle gewesen. Und wenn Dante seinen Dolch gegen ein Skalpell tauschte, war das nie ein gutes Zeichen. Denn alles, was er derart filigran ausführen wollte, war dafür inhärent schon besonders schmerzhaft.

Sichtlich in ihrer Verunsicherung schwelgend kam Dante langsam auf sie zu. Besitzergreifend umfasste er eine ihrer Brüste und drückte sie zusammen, um in den Genuss ihres leisen, langgezogenen Stöhnens zu kommen. Begierig auf mehr davon legte er das Skalpell auf dem Pranger ab, um mit beiden Händen aktiv werden zu können.

Mit geschlossenen Augen genoss Selina stöhnend die schmerzhafte Liebkosung.

„Ich könnte mir nichts vorstellen, das schöner ist als du, wenn du so für mich leidest", hauchte Dante ihr voller Verlangen zu. „Ich bin ausgesprochen zufrieden mit dir. Doch bevor ich dich erlöse, will ich, dass du mir noch ein letztes Opfer bringst.

Aber ich werde es nicht einfach einfordern.

Ich will, dass du es mir schenkst.

Dass ich dich dafür trotzdem nicht losbinde, sondern mich mit deinem Wort zufriedengebe, kannst du als Geschenk meinerseits ansehen."

Seine Worte jagten einen Feuersturm durch Selinas Körper, bei dem ihr heiß und kalt gleichzeitig wurde. Schließlich kannte sie Dantes Hang zum großen Finale, das ihr alles abverlangte. Nur pflegte er normalerweise nicht, sie dafür nochmal extra um Erlaubnis zu fragen. Was sie ihm bei rechter Betrachtung gerade hoch anrechnete.

Eigentlich hätte sie ihm am liebsten gesagt, dass sie fix und fertig war und bloß noch von diesen Fesseln erlöst werden wollte.

Was Dante gewiss bewusst war.

Es musste wirklich viel für ihn an dieser Frage hängen, wenn er bereit war, seinen heiß geliebten krönenden Abschluss dafür aufs Spiel zu setzten.

Oder war er sich einfach so sicher, dass sie ‚Ja' sagen würde, dass er kein Risiko darin sah?

Aus Vermessenheit?

Oder weil er wirklich so sehr an sie glaubte?

„Wirst du meine Entscheidung respektieren, egal wie sie ausfällt?", versicherte sie sich.

„Sonst bräuchte ich nicht zu fragen."

Müde klappten Selina die Augen zu.

„Wärst du sehr enttäuscht, wenn ich ‚Nein' sage?", murmelte sie schlaftrunken.

Das Kneten ihrer Brüste hörte abrupt auf.

„Ja."

Selina musste schmunzeln.

Kurz, klar, ehrlich. Aber keineswegs vorwurfsvoll.

Sie hob die Lieder ein wenig und sah Dante an, den ihre Frage eindeutig eiskalt erwischt hatte.

„Na dann muss ich wohl ‚Ja‘ sagen, denn ich habe nicht vor, dich nochmal zu enttäuschen."

Das Lächeln kehrte auf Dantes Gesicht zurück, breiter noch als zuvor, bis er regelrecht von einem Ohr bis zum anderen strahlte.

„Das ist die Frau, die ich geheiratet habe", verkündete er voller tief empfundener Freude, um auch sogleich nach dem Skalpell zu greifen und damit unter den Pranger und aus ihrem Blick abzutauchen.

Aber Dante machte kein großes Geheimnis daraus, worauf er es abgesehen hatte. Seine Finger glitten zielstrebig über ihren Bauch hinab zu ihrem Venushügel, wo sie sich teilten und sacht zu beiden Seiten über ihre äußeren Venuslippen strichen.

Selina erschauerte. Es war das erste Mal, dass Dante selbst vor dieser hoch empfindlichen Stelle nicht Halt machte. Ob es ihr wohl Sorgen bereiten sollte, dass es dafür erst einen kräftigen Schluck Vodka gebraucht hatte?

Als die Klinge genau in der Mitte ihres Venushügels, nur wenige Zentimeter über ihrer Klitoris, ihre Haut berührte, hielt Selina angespannt den Atem an.

„Du musst dich nicht zurückhalten. Schrei ruhig, wenn dir danach ist."

*NICHT! HILFREICH!*

Aber noch während sie sich über seinen Kommentar aufregte, drang auch schon die Klinge in ihre Haut ein. Mit einem heftigen Zischen rang Selina nach Luft.

Ein gerader Schnitt. Zwei. Und noch ein dritter.

„Du machst das gut", bestärkte er sie mit ruhiger Stimme, während die Finger seiner freien Hand bereits auf Wanderschaft gingen, um den Ansatz ihrer äußeren linken Venuslippe zu spannen.

Verdammt, das war schon ein anderes Kaliber!

Obwohl es diesmal nur zwei Schnitte waren, musste Selina schon ganz schön die Zähne zusammenbeißen, um den Schmerz noch halbwegs würdevoll ertragen zu können.

Wobei die Frage berechtigt war wozu, denn als Dantes Finger noch tiefer wanderten, wurde ihr klar, dass es sich ohnehin als vergebene Mühe erweisen würde.

Als die Klinge dort ihre Haut durchtrennte, musste Selina mit einem lauten Pfeifen Luft holen.

Fuck! Tat das weh!!!

Röchelnd brachte Selina den Schnitt irgendwie hinter sich, aber entgegen ihrer logischen Annahme, dass Dante es nun bei einem Schnitt belassen würde, setzte er die Klinge gleich wieder an.

*Nein, nicht!*

Es war wirklich gut, dass Dante sie nicht befreit hatte, denn so, wie ihr Körper sich gegen die Fesseln stemmte, war klar, dass sie es nicht geschafft hätte, ruhig zu verharren, wäre sie nicht derart stramm fixiert gewesen.

Selina keuchte auf, als die Klinge sich hob, aber die Erleichterung war nur von kurzer Dauer, denn Dante wollte offenbar ‚alle guten Dinge sind drei‘ spielen.

*Halt durch, gleich ist es vorbei!*, machte Selina sich mit zusammengebissenen Zähnen Mut.

Aber ...

*Was, noch einer?!*

Diesmal hielt Selina es nicht mehr aus, erst recht nicht, da nicht klar war, wie lange das noch weitergehen würde. Die Fäuste so fest geballt, dass ihre Nägel sich in ihre Handflächen bohrten, stieß sie einen grollenden Schrei aus.

Dantes leises Lachen drang an ihr Ohr, als er das Skalpell endlich zurückzog. Sie spürte, wie sein heißer Atem über ihren Schoß strich. Die feuchte Berührung seiner Zungenspitze auf ihrer aufgeritzten Haut reichte aus, um einen regelrechten Funkenregen durch ihren Körper zu schicken, der sie hingebungsvoll stöhnen ließ.

Neckend wanderte seine Zunge verheißungsvoll in Richtung ihrer Klitoris, aber mehr als ein flüchtiges Darüberlecken bekam sie nicht.

„Noch sind wir nicht fertig", mahnte Dante sie, ehe er sich auch schon dran machte, nun ihre rechte Venuslippe zu malträtieren.

Inzwischen war Selina so weit, dass sie weder die Kraft noch die Lust hatte, sich großartig in Beherrschung zu üben, stattdessen ließ sie ihren Empfindungen einfach lauthals freien Lauf, was Dante eindeutig genoss. Mit

Hingabe machte er die ersten drei Schnitte, ehe er tiefer wanderte. Selina wunderte sich inzwischen schon gar nicht mehr, als er das Ganze mit nur zwei statt wie vorhin vier Schnitten abschloss, wobei der allerletzte Schnitt zu guter Letzt nochmal der seltsame Halbkreis war.

„Fertig", verkündete Dante, dabei einen Schritt zurücktretend, um sein Werk voller Stolz und Bewunderung zu betrachten.

Mit einem zufriedenen Lächeln ob seiner Begeisterung schloss Selina erschöpft die Augen.

Da berührte etwas sanft und warm ihre Wange. Ohne die Augen zu öffnen, schmiegte Selina sich mit einem leisen Schnurren in Dantes Hand.

„Nicht umfallen, wenn ich die Fesseln jetzt löse", neckte er sie, aber zum Glück entpackte Dante sie in umgekehrter Reihenfolge, wie er sie fixiert hatte, so dass diesbezüglich zu keinem Zeitpunkt Gefahr bestand.

Bis zum Öffnen des Prangers. Denn so wie diese letzte Stütze fiel, sackte Selina zusammen, direkt in Dantes Arm, den er schon mal vorsorglich um ihre Taille gelegt hatte.

Zittrig hob Selina ihre Hand und legte sie auf Dantes Brust. Dabei fiel ihr Blick auf ihren Unterarm und das, was Dante dort eingeritzt hatte.

*Was? Nein, das hat er nicht wirklich …*

Baff drehte Selina erst ihren Arm, dann sprang ihr Blick über den Rest ihres Körpers.

Sie konnte nicht anders, als ungläubig zu lachen.

Das also kam heraus, wenn Dantes Hemmungen flöten gingen?

„Da steht: ‚DANTE'. Und da auch. Überall."

Ihre Verblüffung brachte auch Dante zum Lachen.

„Fällt dir das jetzt erst auf?"

„Auf so etwas Abwegiges wäre ich gar nicht gekommen."

Schließlich war es absolut nicht Dantes Art, eine Beweisorgie zu veranstalten, egal in welcher Lebenslage.

„Also mir gefällt es", meinte er nun aber voller Stolz auf seine Schandtaten. „Ich finde, du hast noch nie schöner ausgesehen."

Selina legte ihm beide Arme um den Nacken und sah ihn schelmisch an.

„Na da bin ich ja mal gespannt, ob du das noch genauso siehst, wenn du erst wieder nüchtern bist."

Schwungvoll hob Dante sie auf seine Arme.

„Erstens bin ich nicht so besoffen. Und zweitens muss ich mir dich nicht schöntrinken."

„Wenn du das sagst."

Sein zufriedenes Brummen ob dieser Antwort war jedoch Beweis genug, dass er sehr wohl betrunken sein musste.

Aber der sinnliche Kuss, den er ihr nun gab, ließ Selina ihre Häme schnell vergessen.

„Ich werde dich jetzt ins Bett tragen, um dort noch ein wenig deine Wunden zu lecken."

„Nur meine Wunden?"

„Du bist heute ganz schön gierig."

„Ich habe es mir auch redlich verdient."

„Stimmt. Das hast du."

Auf einmal zog er sie fest an sich.

„Ich bin so froh, dass ich dich wiederhabe."

„Ich auch", stimmte Selina ihm glücklich zu.

# 47

„Guten Morgen. Na, endlich ausgeschlafen?"

„Geht so."

Die Augen ganz aufzumachen war definitiv noch zu viel verlangt.

„Hast du einen Kater?"

„Geht so."

Begleitet von einem glucksenden Lachen rollte Selina sich unter der Bettdecke auf ihn.

„Hat der Alkohol etwa sämtliche Gehirnzellen abgetötet, in denen dein übriger Sprachschatz abgelegt gewesen ist?", neckte sie ihn frech.

„Geht so."

Ihre Hand glitt tiefer, hinein in seine Unterhose, wo sie begann, seinen Penis auf äußerst stimulierende Weise zu streicheln.

„Und wie findest du das?", fragte sie provokant.

„Geht so."

Scheinbar empört holte Selina geräuschvoll Luft, aber noch ehe sie etwas sagen konnte, packte Dante sie mit einer Hand am Rücken und rollte sich mit ihr herum, so dass er nun oben lag und sein erregtes Glied sich an ihrem Schoß rieb.

„Da drinnen würde es mir nämlich viel besser gefallen", erklärte er fordernd.

Aber als er ihre Handgelenke umfasste und sie unter der Decke hervor nach oben zog, stockte er.

Hastig setzte Dante sich auf, wobei die Decke von ihnen beiden herunterglitt und Selinas nackten Körper enthüllte.

„Fuck. Das war kein Traum. Ich habe das wirklich ...", murmelte er bestürzt.

Zu seiner großen Irritation begann Selina nun auch noch schallend zu lachen.

„Also letzte Nacht bist du noch irrsinnig stolz darauf gewesen."

Stimmt, jetzt wo sie es sagte, fiel es ihm wieder ein.

Verlegen ob dessen, was er sich da geleistet hatte, fuhr er sich mit der Hand durch die kurzen Haare. Man könnte fast meinen, dass er im betrunkenen Zustand auf dem geistigen Niveau stehengeblieben war, das er bei seinem letzten Rausch mit sechzehn gehabt hatte.

„Na immerhin nimmst du es mit Humor."

Zumindest, bis er das sagte, denn ihr Lachen verstummte schlagartig. Stattdessen sah sie ihn nun ernst an, während sie hauchzart ihre Finger auf seine Wange legte.

„Nach allem, was passiert ist, bin ich ehrlich gesagt richtig froh darüber, dass du trotzdem das Bedürfnis verspürst, mich für alle sichtbar als die deine zu kennzeichnen. Das beruhigt mich ungemein."

Dante lächelte schief.

„Das ist gut. Aber ich wünschte trotzdem, ich hätte dir diese Sicherheit auf etwas weniger pubertäre Art vermitteln können."

Nun grinste Selina wieder breit.

„Das ist dir echt peinlich, nicht wahr?"

Tja, was sollte er darauf schon sagen?

Zum Glück musste er jedoch gar nichts sagen, denn anstatt eine Antwort abzuwarten, schob Selina ihm wieder ihre Hand in die Hose.

„Brauchst du eine Gelegenheit zu beweisen, dass du doch ein Mann und kein Bubi mehr bist?"

Als Reaktion auf ihre Unverschämtheit legte Dante sich einfach mal der Länge nach auf sie drauf, ohne ihr jedoch gleich sein ganzes Gewicht aufzulasten. Es reichte aber, um sie ordentlich niederzudrücken. Trotzdem brachte Selina ein Kichern zustande.

„Im Zweifelsfall wärst du jedenfalls ein ganz schönes Riesenbaby."

„Mach nur so weiter, ich liege hier ganz bequem", spottete er überlegen zurück. „Du auch?"

„Eher nicht so sehr", räumte sie um Luft bemüht ein. „Wärst du wohl so freundlich, dich neben mich hinzulegen?"

„Warum sollte ich? Mir gefällt es hier."

„Vorhin hast du gesagt, dass es dir woanders noch viel besser gefallen würde."

„Das stimmt. Aber als erwachsener Mann bin ich durchaus in der Lage, mich zu beherrschen. Und erst recht bin ich reif genug, um zu wissen, dass ich nichts beweisen muss."

Um seinem Standpunkt noch etwas Nachdruck zu verleihen, legte er ein wenig mehr seines Gewichts auf sie.

„Okay, du hast gewonnen, ich nehme alles zurück", räumte sie hastig und völlig ohne Ressentiment ein.

„Das höre ich gerne. Und was ist mein Gewinn?"

„Was auch immer du willst."

„Ich will dich."

„Das geht aber nicht."

„Warum nicht?"

Sie schenkte ihm ein zauberhaftes Lächeln.

„Na weil ich ja sowieso schon dir gehöre."

Mit einer weiteren Rolle tauschte Dante neuerlich ihre Positionen.

„Egal. So oft kannst du dich mir gar nicht schenken, dass ich irgendwann genug von dir hätte."

Verliebt dreinschauend wie ein Teenager gab Selina ihm einen leidenschaftlichen Kuss.

„Und jetzt lass mich dir endlich diese Hose ausziehen."

Damit verschwand sie unter die Decke.

Über alle Maßen zufrieden lehnte Dante sich zurück.

Alles war wieder so, wie es sein sollte. Er konnte sein Glück kaum fassen. Das war einfach ein saugutes Gefühl.

Also das, und das, was Selina gerade mit ihrem Mund an seinem Penis machte.

# 48

Mit gemischten Gefühlen ging Tyler den Gang hinunter. Nach dem verstörend abrupten Ende seines letzten Telefonats mit Selina hatte er mehrmals versucht, sie zu kontaktieren, wobei er aber stets bloß postwendend in der Mobilbox gelandet war. Beinahe einen Monat hatte nun Funkstille geherrscht, ein Monat, in dem er täglich mit sich gehadert hatte, ob er wirklich nicht mehr für Selina tun konnte, als sich von ihr fernzuhalten, so wie sie es – womöglich nicht aus freien Stücken – gefordert hatte. Und dann war vor zwei Tagen plötzlich die Nachricht bei ihm eingetrudelt, dass sie sich mit ihm am üblichen Ort treffen wollte.

Als er die Hand auf die Türschnalle von Zimmer zweiundvierzig legte, zögerte Tyler einen Moment. Selina hatte in der Nachricht auch gefragt, ob er seiner Frau inzwischen endlich mal Lilien mitgebracht hatte. Ob das wirklich ein Beweis dafür war, dass die Botschaft tatsächlich von ihr stammte ... er konnte es nur hoffen.

Entschlossen öffnete er die Tür und trat ein.

*Fuck.*

So schnell er konnte, zog er seine Waffe aus dem Schulterholster unter seinem Sakko heraus. Denn auf dem Bett sitzend erwartete ihn nicht Selina, sondern Napolitani.

Wobei das Bild reichlich irritierend war, wie er ganz gelassen an das Kopfende des Bettes gelehnt im Langsitz dasaß, die Aufmerksamkeit scheinbar bloß auf sein Handy gerichtet, anstatt auf die Tür.

Erst jetzt, wo er bereits die Waffe auf ihn richtete, sah Napolitani recht gleichgültig zu ihm auf.

„Wenn ich mich recht entsinne, haben sie die bloß unter der Bedingung behalten dürfen, sie stecken zu lassen. Sie kennen doch die Regeln: Keine Waffen hier herinnen."

„Und was ist mit Ihnen? Sie wollen mir doch nicht wirklich erzählen, Sie wären ohne Ihren Dolch gekommen. Schon vergessen, ich habe damals mitgehört, als Sie Selina erklärt haben, der wäre ein Teil von Ihnen."

Mit ruhigen Bewegungen lüftete Napolitani seine Anzugjacke ein wenig, um seine Waffe zu offenbaren.

„Kommen Sie wieder runter, es ist ein Dolch, kein Wurfstern", erklärte er dabei lapidar.

„Wenn Sie wollen, dass ich meine Waffe senke, dann legen sie jetzt erst mal ihre ab und stehen dann auf, damit ich sie abtasten und mich vergewissern kann, dass sie nicht noch weitere dabeihaben."

„Wollen Sie mich beleidigen, indem Sie mir derartigen Dilettantismus unterstellen? Sie glauben nicht wirklich, dass ich Ihnen überhaupt die Gelegenheit geben würde, eine Waffe auf mich zu richten, wenn ich es auf Sie abgesehen hätte. Also stecken sie das Ding endlich weg, ehe die Hausherrin das sieht. Das würde ihr nämlich gar nicht gefallen."

„Wo ist Selina?", inquirierte Tyler eindringlich.

Noch ehe Napolitani antworten konnte, ging links von Tyler die Tür zum Bad auf.

„Tyler, nicht!", rief Selina entsetzt, während sie sich schon mit beschwichtigend erhobenen Armen vor ihn warf, um seine Schusslinie zu blockieren.

„Weg mit der Waffe!", fuhr sie ihn aufgebracht an.

So schnell, wie er sie gezogen hatte, steckte Tyler seine Pistole wieder ins Holster, damit er die Hände frei hatte.

Keinen Gedanken mehr an Napolitani verschwendend, legte er Selina die Hände auf die Schultern und betrachtete sie besorgt.

Sie schien abgenommen zu haben, außerdem war sie blass, und ungeachtet ihres stürmischen Auftritts wirkte sie keineswegs so souverän, wie er es von ihr gewohnt war. Er ließ seine Hände über die langen Ärmeln ihres engen, schwarzen Einteilers hinabgleiten. War es bei seinem ersten Besuch hier noch ihr äußerst freizügiges Outfit gewesen, das ihn beunruhigt hatte, so war es nun eher die Tatsache, dass dieses Teil hier zwar sexy war, dabei aber absolut gar keine Haut zeigte.

„Äh, Tyler, was machst du da?", fragte Selina hörbar verunsichert, als er ihre Hände in seine nahm, um sie zu begutachten.

Hinter ihr hörte er Napolitani kurz abfällig lachen.

„Er vergewissert sich, dass ich nicht gelogen habe damit, dass noch alles dran ist an dir."

Schneller als seine massige Statur und seine eben noch so demonstrativ zur Schau gestellte Trägheit vermuten ließen, war Napolitani auf den Beinen.

„Übertreiben Sie es aus Rücksicht auf Selina nicht mit Ihrer Inspektion. Sie weiß, dass ich es gar nicht gerne sehe, wenn andere Männer ihr zu nahe kommen."

Mit einem beherzten Schritt nach vorne versuchte Tyler, Selina hinter sich zu schieben.

„Wenn Sie ein Problem damit haben, dann kommen Sie damit zu mir, aber lassen Sie gefälligst Selina in Ruhe."

Das schien Napolitani zu amüsieren.

„Sie Held. Das ist genau das, wovor Selina Angst hat."

Sein momentanes Zögern ausnutzend, drängte Selina sich wieder als Puffer zwischen ihn und Napolitani. Aber ihr Blick wirkte irgendwie verstört, als sie ihn ansah.

Als Napolitani einen Schritt auf sie zumachte, wollte Tyler Selina schon schützend an sich ziehen, aber zu seiner maßlosen Überraschung entspannte Selina sich sichtlich, als ihr Mann ihr seine Hand auf die Schulter legte. So als würde die Berührung sie erden.

Napolitani musterte ihn eindringlich, dann beugte er sich nahe an Selina heran.

„Ich bin kein Fan von ihm. Werde ich auch nie sein. Aber ich bin überzeugt, dass der Dummkopf hier und jetzt bereit wäre, sich in meine Klinge zu werfen, um dich zu beschützen."

Ein abfälliger Blick streifte Tyler.

„Auch wenn es unnötig wäre. Selina droht keine Gefahr von mir."

Damit richtete Napolitani seine Aufmerksamkeit wieder ganz auf Selina.

„Wenn du willst, kann ich auch hierbleiben."

Aber Selina schüttelte schwach den Kopf.

„Nicht nötig. Ich schaffe das schon."

Napolitani nickte und trat einen Schritt zurück, ehe er sich neuerlich an Tyler wandte:

„Nur um das klarzustellen, ich bin aus genau zwei Gründen hier: Erstens, damit Sie nicht mutmaßen, ob Selina sich heimlich zu dem Treffen mit Ihnen hinausschleichen hat müssen. Und zweitens, um meiner Frau den Rücken zu stärken. Also seien Sie nett zu ihr, dann haben wir auch keine Probleme miteinander."

„Das könnte ich Ihnen ebenfalls mitgeben", merkte Tyler an.

„Ich habe ihr bereits verziehen. Heute sind Sie dran", erwiderte Napolitani schlicht, ehe er ihm völlig unbekümmert den Rücken zuwandte und das Zimmer verließ.

Als die Tür hinter Dante ins Schloss fiel und sie mit Tyler allein war, überkam Selina doch wieder ein enges Gefühl in ihrer Brust. Zwar beruhigte es sie ein wenig, dass Dante Tylers Reaktion ebenso gedeutet hatte wie sie, und ihre Einschätzung nicht bloßes Wunschdenken war. Aber sie wusste auch, dass Tyler anders als Dante durchaus bereit war, sich auch für Leute einzusetzen, die ihm nicht am Herzen lagen.

Selina wartete, bis Tylers skeptischer Blick von der Tür wieder zu ihr wanderte. Offenbar missdeutete er ihr Ringen um die passenden Worte, denn er gab ihr ein Handzeichen.

„Nein, wir werden nicht überwacht", erklärte Selina, wobei sie feststellen musste, dass sie dabei schmunzelte. „Du kannst ganz offen reden."

Aber sein Blick blieb misstrauisch.

„Und was ist mit dir?"

Die Frage traf Selina wie ein Schlag ins Gesicht. Sie zuckte zusammen und wandte beschämt den Blick ab.

„Ich tue das nicht mehr.

Also zumindest gebe ich mir alle Mühe.

Aber ich kann es verstehen, wenn du sauer auf mich bist und mir das nicht glaubst. Schließlich hab ich dich vom ersten Tag an belogen."

„Was?", fragte Tyler verwirrt, ehe er plötzlich begriff. „Nein, ich habe doch bloß gemeint, ob du dich überhaupt noch traust, mit mir zu reden, nachdem er ..."

Noch ehe Selina so recht wusste, wie ihr geschah, zog Tyler sie in seine Arme und drückte sie kurz heftig, ehe er sich abrupt wieder von ihr löste.

„Es tut mir leid", entschuldigte er sich hastig. „Ich wollte nicht zudringlich werden. Es ist bloß ... ich hab mir solche Sorgen um dich gemacht. Es hat mich schlicht verrückt gemacht, dass ich nicht mehr für dich tun habe können, als bloß abzuwarten. Aber ich habe einfach nichts Handfestes gehabt, womit ich einen offiziellen Einsatz hätte erwirken können. Ich wäre ja grundsätzlich auch allein losgezogen, um nach dir zu suchen, aber ganz ehrlich, ich hab zu viel Schiss gehabt, dass es schiefgeht, und ich es damit noch schlimmer mache für dich. Denn damit hat Napolitani am Telefon sehr offen gedroht."

„Ja, ich weiß", meinte Selina betreten. Dante hatte ihr davon erzählt, damit sie nicht annehmen musste, Tyler hätte sich einfach so von ihr abgewandt und sie ihrem Schicksal überlassen.

„Du hast dich richtig entschieden, es nicht zu tun", versicherte sie Tyler, bemüht, ihn von der Schuld freizusprechen, die er bei seinem vermeintlichen Versagen empfand. „Es ist so schon verdammt schwer gewesen, wieder mit mir ins Reine zu kommen. Aber wenn dir durch meine Schuld etwas passiert wäre, dann hätte ich mir das nie verzeihen können."

Behutsam nahm Tyler ihre Hand in seine, sein Blick drückte tiefe Besorgnis aus, als ein Daumen über den Saum ihrer Ärmel strich.

„Du wirkst so ... verändert", stellte Tyler vorsichtig fest. „Was hat er dir nur angetan?"

Selina schüttelte den Kopf und entzog ihm ihre Hand.

„Es ist nicht das, was du wohl denkst."

Eine Erklärung, die Tyler freilich nicht weiterhalf, weshalb Selina sich genötigt fühlte, zumindest ein wenig weiter auszuholen.

„Dantes Methoden sind nicht so plump, wie du vielleicht annimmst. Er hat mich kaum angerührt ... aber nach nicht mal einer Woche war ich trotzdem so weit, dass ich mein Leben für derart wertlos und verwirkt gehalten habe, dass ich ihn angefleht habe, es zu beenden."

Ihr eben noch unruhig umherschweifender Blick richtete sich nun direkt auf Tyler.

„Ich habe viel Zeit gehabt, darüber nachzudenken, was ich alles falsch gemacht habe – was mich in diese Hölle gebracht hat, aus der ich sicher gewesen bin, nie wieder entfliehen zu können. Aber wider Erwarten bin ich doch herausgekommen. Und zwar reicher um die Erkenntnis, dass ich nicht so weitermachen kann wie bisher, weil ich um nichts auf der Welt jemals wieder dort landen möchte."

Sie machte eine kurze Pause, um Mut zu sammeln für das, was sie noch zu sagen hatte.

„Ich weiß, dass Dante dir bereits erzählt hat, dass ich dich auch hintergangen habe. Und ich weiß auch, dass es wohl zu viel verlangt ist zu erwarten, dass du mir das einfach so verzeihen wirst. Ich will nur, dass du weißt, dass es mir ehrlich leidtut. Und dass ich mir geschworen habe, damit aufzuhören."

Irgendwie wirkte Tylers Miene ungläubig, als er sie nun ansah.

Ob sie es vergeigt hatte?

Mit einem leichten Nicken in Richtung der Tür fragte Tyler:

„Ist es wahr, was er vorhin gesagt hat? Er hat dir wirklich vergeben?"

„Ja. Das hat er." Geistesabwesend strich sie über ihren Unterarm. „Da bin ich mir ganz sicher."

Tyler seufzte und stemmte die Arme in die Hüften.

„Meine erste Reaktion war, dass ich es nicht glauben wollte. Meine zweite, als ich es selber überprüft hatte, dass ich sauer auf dich war. Meine dritte, als ich mir ins Gedächtnis gerufen habe, wer es mir gesteckt hat und was dir wohl gerade widerfährt, dass es mir eigentlich völlig egal ist.

Wenn sogar er dir vergeben kann, wieso sollte ich es dann nicht können? Immerhin bist du nicht hinter mir, sondern hinter ihm her gewesen."

Selinas Herz machte einen Satz. Dante war fest überzeugt gewesen, dass Tyler nicht sonderlich nachtragend sein würde, aber sie war sich da keineswegs so sicher gewesen. Tatsächlich fiel es ihr selbst jetzt immer noch schwer, es zu glauben. Wahrscheinlich zeigte Tyler sich gerade bloß deshalb so nachsichtig, weil er einfach noch nicht begriffen hatte, dass es nicht bloß ein Detail war, das sie ihm vorenthalten hatte.

Betrübt schüttelte Selina den Kopf.

„Tyler ... ich bin nicht die, für die du mich hältst. Die Selina, die du zu kennen glaubst, ist um nichts echter gewesen als die, die undercover losgezogen ist. Du hast damals bei der Vorbereitung auf den Einsatz gemeint, ich wäre unglaublich begabt dafür, glaubhaft in eine Rolle zu schlüpfen ... was kein Wunder ist, denn ich tue das, seit ich mich erinnern kann."

Mit einem tiefen Seufzen ließ sie den Kopf hängen.

„Ich hab dir bloß gezeigt, was du sehen wolltest."

„Selina, was redest du da für einen Unsinn? Ich kenne dich seit Jahren, wir waren zusammen im Einsatz. Ich hab dir mein Leben anvertraut. Ich *weiß*, wer du bist."

Selina stieß ein zynisches Lachen aus.

„Ach ja? Na dann frag doch mal Vanessa, wie ich bin. Die wir dir ein völlig anderes Bild von mir zeichnen. Ein viel mädchenhafteres, weil ich mit ihr eben all das mitgemacht habe, was ihr so Spaß macht. Und auch sie wird völlig überzeugt sein zu wissen, wer ich bin, weil wir uns ja schon ewig kennen."

Ihre Stimme driftete noch tiefer ins Sarkastische:

„Ich bin schließlich ihre beste Freundin.

Und was habe ich getan?

Ich bin einfach so verschwunden und habe sie glauben lassen, ich wäre tot.

So schaut das bei mir aus, wenn ich mir mal keine Mühe gebe, das zu sein, was von mir erwartet wird."

Tyler zögerte einen Moment unschlüssig, während sein Blick flüchtig zur Tür schweifte, doch dann legte er ihr die Hand auf die Schulter.

„Du bist viel zu hart zu dir", sprach er ihr unerwartet gut zu. „Du hast getan, was notwendig gewesen ist. Hättest du dich anders entschieden, wärst du jetzt wirklich tot."

Aber Selina schüttelte tief betrübt den Kopf.

„Vanessa wird mir das trotzdem nie verzeihen."

Dann sah sie Tyler ratlos an.

„Ich will nicht mehr lügen. Aber ich kann unmöglich zu ihr gehen, und ihr die Wahrheit sagen."

Tyler räusperte sich.

„Tja, also was das betrifft ... Vanessa weiß bereits, dass du noch lebst."

„Wie bitte?"

Selina war sicher, sich verhört haben.

Tyler nahm die Hand von ihrer Schulter und steckte sie leicht verlegen in seine Sakkotasche.

„Ich weiß, ich hätte es nicht tun sollen ... Aber Vanessa hat derart verloren gewirkt auf deiner Beerdigung, dass ich es, nachdem du dich bei mir gemeldet hast, nicht über mich gebracht habe, sie weiterhin in dem Glauben zu belassen. Ich habe ihr erzählt, du wärst in Zeugenschutz genommen worden, und dass ich es auch erst im Nachhinein erfahren habe. Was ja sogar irgendwie stimmt. Ich hab ihr halt nicht erzählt, dass du dich aus Eigeninitiative just bei denen versteckst, die dich potentiell umbringen wollen."

„Und wie hat sie es aufgenommen?", fragte Selina bang, denn sie war sich nicht sicher, ob sie die Antwort wirklich hören wollte.

Doch Tyler begann zu lächeln.

„Ich glaube, wir kennen dich beide viel besser, als du denkst. Denn mir wäre nicht aufgefallen, dass sie dich nennenswert anders einschätzt als ich. Sie hat gemeint, das sehe dir ähnlich, dich in eine derartige Situation hineinmanövriert zu haben. Natürlich ist sie enttäuscht gewesen, dass du bei ihrer Hochzeit nicht dabei sein konntest. Aber sie ist deshalb nicht sauer auf dich. Ebenso wie ich wird sie vor allem froh sein, dich gesund und munter wiederzusehen."

„Du meinst also, ich kann mich bei ihr melden, ohne dass sie mir gleich den Kopf abreißen wird?", fragte Selina zurückhaltend hoffnungsvoll, denn irgendwie konnte sie es nicht so recht glauben.

„Ruf sie an. Je eher, desto besser", ermunterte Tyler sie ohne einen Hauch von Zweifel.

Selina nahm einen tiefen Atemzug und ließ sich leicht verdattert auf das Bett hinter ihr sinken.

Dante hatte es ihr gesagt. Und lange davor schon hatte Ted es ihr immer wieder gesagt. Aber scheinbar hatte sie erst so richtig auf die Nase fallen müssen, um es endlich zu kapieren:

Sie war nicht allein.

Es gab tatsächlich Leute, denen sie am Herzen lag. Und zwar wirklich sie, nicht bloß das, was sie vorgab zu sein.

„Geht es dir gut?", fragte Tyler, nun sichtlich besorgt.

„Ja", stammelte Selina. „Ja, und wie. Es haut mich einfach nur um, dass ihr scheinbar ernsthaft alle bereit seid, mir noch eine Chance zu geben. Das hätte ich nicht erwartet."

Etwas zaghaft streckte sie die Hand aus, und ließ sich von Tyler wieder aufhelfen, wobei sein Blick neuerlich an ihren Armen hängen blieb.

„Ist auch wirklich alles in Ordnung mit dir?", erkundigte er sich nochmal.

„Ja. Wirklich", bestätigte Selina ihm dezidiert.

„Selina, du musst nicht bei ihm bleiben", brach es plötzlich aus Tyler heraus. „Egal, was er sagt, wir finden einen Weg ..."

„Nein, Tyler", unterbrach Selina ihn.

Ein glückseliges Lächeln legte sich auf ihre Lippen.

„Deine Sorge rührt mich, aber sie ist völlig unbegründet. Ich bin genau da, wo ich sein möchte."

Als er sie nur weiter zweifelnd ansah, griff Selina zum Saum ihres Ärmels.

„Es ist nicht so, dass ich mich dafür schäme – Dante ist es bestimmt peinlicher als mir, wozu er sich da hinreißen hat lassen", erklärte sie mit einem Augenzwinkern. „Ich hab das eigentlich vor allem angezogen, um dich nicht zu beunruhigen. Aber nachdem das scheinbar nicht geklappt hat ..."

Sie schob den Stoff hoch und offenbarte die beiden ‚DANTE'-Schriftzüge, die die Innen- und Außenseite ihres Unterarmes zierten.

„Verflucht nochmal", murmelte Tyler, fassungslos auf ihren Arm starrend.

Aber dann sprang sein Blick weiter, über den Rest ihres komplett bedeckten Körpers.

„Das ist noch längst nicht alles, nicht wahr?"

Ungeachtet von Tylers Entsetzen, konnte Selina nicht anders, als versonnen zu lächeln.

„Es sind insgesamt vierundzwanzig."

„Vierundzwanzig?! Hält der Typ dich etwa für einen Adventkalender?"

Selina brach in Gelächter aus.

„Dafür hat Dante keine vierundzwanzig Tage gebraucht, sondern bloß eine Nacht.

Und sei nachsichtig mit ihm, er ist betrunken gewesen, sonst wäre ihm das nie eingefallen."

„Diese Info beruhigt mich nicht im Geringsten, ganz im Gegenteil."

Selina legte ihm beschwichtigend die Hände auf die Schultern.

„Komm wieder runter, Tyler. Dante ist kein unbeherrschter Säufer, ganz im Gegenteil. Ich habe ihn dazu gedrängt – und zwar sehr vehement.

Den Vortrag, wie dumm das von mir gewesen ist, kannst du dir übrigens sparen, den hat Dante mir vorab bereits gehalten.

Um ehrlich zu sein, habe ich mich zwischenzeitlich selber gefragt, was ich mir dabei gedacht habe. Das Erlebnis war ... extrem. Aber auch sehr heilsam. Für uns beide. Es hat uns die Gewissheit gegeben, die wir dringend gebraucht haben."

„Was für eine Gewissheit?", fragte Tyler leicht aufgebracht. „Dass er gerne mit Messern spielt? Das hätte ich dir auch so sagen könnten."

Aber Selina schüttelte den Kopf.

„Dante *spielt* nicht mit Messern. Nicht mal Massimo würde sich ihm in den Weg stellen, wenn Dante erst mal eine Klinge in der Hand hat. Wenn er eine zieht, dann mit der festen Absicht, sie auch ernsthaft zu benutzen.

Aber bei mir ist es anders. Selbst dann, wenn er sich unter Alkoholeinfluss nicht mehr vollständig unter Kontrolle hat.

Es wäre eine glatte Lüge, wenn ich dir erzählen würde, dass Dante mir niemals wehtun würde – das wird er, denn genau das liebt er mehr als alles andere. Aber es ist nicht gelogen, wenn ich dir sage, dass ich das ebenso liebe. Es mag für dich schwer oder auch gar nicht nachvollziehbar sein, aber es ist tatsächlich so. Daher bitte ich dich, das einfach so zu akzeptieren."

Einen Moment sah Tyler sie ratlos an, dann fuhr er sich mit der Hand durch die Haare und schüttelte den Kopf, als sein Blick zu der Tür wanderte, hinter der Dante wartete.

„Nein, ich begreife es echt nicht", wandte er sich wieder an Selina. „Um ehrlich zu sein, frage ich mich schon, ob dir der Typ nicht in den Wochen, in denen du verschwunden gewesen bist, eine ziemlich gründliche Gehirnwäsche verpasst hat.

Allerdings ..."

Er sah ihr aufmerksam in die Augen.

„Ich bin mir davor schon die ganze Zeit über nicht sicher gewesen, was ich von dem zweideutigen Gerede, dass du deinen Mann liebst, halten soll.

Aber du hast das wirklich ernst gemeint, nicht wahr?"

„Schaut so aus", bekannte Selina, um dann leicht verlegen hinzuzufügen: „Ich wollte wohl weder dir noch mir selber eingestehen, dass meine Gefühle sich längst zum Selbstläufer entwickelt hatten."

„Und wie geht es nun weiter?", fragte Tyler, wobei er sich erneut mit einer Hand durch die Haare fuhr, diesmal allerdings ebenfalls sichtlich aus Verlegenheit.

„Selina Nesbit ist tot", meinte Selina nüchtern. „Belassen wir es dabei. Du weißt, dass es mir gut geht, und bei Vanessa werde ich mich in den nächsten Tagen melden. Aber davon abgesehen, werde ich alles hinter mir lassen und mit Dante völlig neu anfangen."

„Als Frau eines Mafia-Paten?", fragte Tyler zweifelnd.

Selina lächelte.

„Warum nicht? Ein wenig weibliche Vernunft als Gegengewicht zu all dem Testosteron kann hier eindeutig nicht schaden. Und offen gesagt: Auf die Art besteht die Chance, dass ich wirklich etwas verändern kann. Das wäre mir als FBI-Agentin ohnehin nie gelungen."

„Ich gebe es nur ungern zu, aber da ist was dran. Das heißt dann wohl, dass es für uns Zeit ist, Abschied zu nehmen?"

„Warum?", fragte Selina verständnislos, mit dem herausfordernden Nachsatz: „Genierst du dich jetzt etwa, mit mir gesehen zu werden?"

„Nein, natürlich nicht!", verteidigte sich Tyler sofort vehement. „Aber ich schätze mal, deine neue Familie wird etwas dagegen haben, wenn du mit jemandem vom FBI abhängst."

„Wieso? Die kennen alle die Weisheit: „Sei deinen Freunden nahe, aber deinen Feinden noch näher.'"

Tylers verdutzte Reaktion ließ Selina kurz in Gelächter ausbrechen.

„Dante vertraut mir", erklärte sie, nun wieder sachlich. „Und ich kann ja wohl dir vertrauen, nicht wahr?"

„Natürlich kannst du das. Das weißt du doch", versicherte Tyler ihr sofort.

„Na dann ist es ja gut. Denn es liegt ganz an dir zu entscheiden, auf welcher Seite du dich einreihen möchtest.", meinte Selina leichthin, und wandte sich zur Tür, um Dante wieder hereinzuholen.

Die Situation abcheckend, trat Dante ein.

„Habt ihr alles geklärt?"

„Ja, haben wir."

Der Blick, mit dem Dante sie musterte, um ihr Befinden einzuschätzen, wärmte ihr das Herz.

„Selina hat gesagt, es wäre okay, wenn wir weiterhin in Kontakt bleiben", konfrontierte Tyler Dante rundheraus.

Betont gelassen wandte Dante sich Tyler zu, dann zuckte er unbeeindruckt mit den Schultern.

„Ich habe eure bisherigen Treffen überlebt. Daher gehe ich nicht davon aus, dass mich die weiteren umbringen werden", meinte er lakonisch, wobei er Selina aber noch während er sprach an sich zog, um das bei diesen Worten unweigerlich bei ihr aufkeimende schlechte Gewissen sofort wieder im Keim zu ersticken.

Während Selina Dantes Zuneigungsbekundung dankbar annahm und sich ihrerseits an ihn schmiegte, wusste Tyler offenbar nicht so recht, was er davon halten sollte.

„Ich habe keine Ahnung, was Selina in Ihnen sieht", gab Tyler stirnrunzelnd zurück. „Wenn es nach mir ginge, würde ich Sie am liebsten jetzt sofort vom Fleck weg verhaften. Ich bin mir sicher, dass Sie es allein schon für das, was sie zuletzt mit Selina gemacht haben, verdient hätten, im Gefängnis zu verrotten. Aber nachdem Selina mir das – warum auch immer – zweifellos übelnehmen und bestimmt nicht unterstützen würde, werde ich von derartigen Bestrebungen Abstand nehmen."

„Damit sind wir dann wohl quitt. Schließlich habe ich sie auch bloß Selina zuliebe in dem Motel nicht erschossen."

Tyler nickte, dann wandte er sich wieder an Selina, um sich zu verabschieden.

„Pass auf dich auf."

„Kann ich dir nicht versprechen. Du kennst mich ja. Aber ich versichere dir, Dante wird es tun."

„Ich hoffe es", meinte er noch, nickte Dante zum Gruß und verließ das Zimmer durch die offenstehende Tür.

# 49

Als Selina vom Laufen zurückkam, begegnete ihr Emilio in der Eingangshalle. Er schien auf sie gewartet zu haben.

„Und, wie geht es voran?"

Emilio erkundigte sich laufend nach ihren Fortschritten, seit sie ihr Training wieder aufgenommen hatte. Begonnen hatte sie mit Joggen und den Übungen, die ihr der Physiotherapeut verordnet hatte. Inzwischen wagte sie sich auch wieder mit Dante in den Nahkampf, wobei sie es vorerst aber noch eher ruhig angehen ließen.

„Gut, ich bin heute wieder eine Runde mehr gelaufen. Damit bin ich jetzt zurück auf meinem alten Niveau", berichtete sie zufrieden. „Brauchst du etwas von mir?"

„Dante hat mich gebeten dir auszurichten, dass er unten ist und du zu ihm kommen sollst."

Die so harmlos klingende Nachricht brachte Selina zum Erbleichen.

„Warum?", fragte sie mit einem Kloß im Hals, doch Emilio zuckte mit den Schultern.

„Hat er mir natürlich nicht gesagt."

Natürlich nicht. Dante pflegte sein Privatleben privat zu halten, selbst vor seinen engsten Freunden. Eigentlich ein feiner Zug von ihm, dass er nicht überall herumerzählte, was er mit ihr anstellte. Wenngleich es sich zeitweise ohnehin nicht verheimlichen ließ. Seinen Namen auf ihren Armen hatte inzwischen freilich jeder im Haus bemerkt. So gesehen könnte er ab und an durchaus auch einfach ein klein wenig mitteilsamer sein.

„Er hat bloß gesagt, dass ich dich nicht begleiten soll. Er will, dass du allein kommst."

Verunsichert sah Selina in Richtung des Abgangs zum Keller. Sie war seitdem nicht mehr dort unten gewesen.

„Mach dir keine Sorgen", versuchte Emilio ihr Mut zu machen. „Bestimmt will er nur testen, ob du schon stark genug bist, dich dem zu stellen."

Ja, das klang nach Dante.

Bestärkend legte Emilio ihr die Hand auf die Schulter.

„Du schaffst das schon."

„Und wenn nicht?"

„Wenn du willst, gehe ich runter und richte ihm aus, dass du nicht kommst."

Selina schüttelte den Kopf.

„Nein. Nicht nötig. Ich werde selber gehen. Aber danke für das Angebot."

Mit jedem Schritt die Stiege hinunter wurden Selinas Knie weicher. Als sie am Fuß der Treppe angekommen war, musste sie erst mal eine kleine Verschnaufpause einlegen, um sich zu sammeln. Es war eine Schande, sie war bei einem mexikanischen Drogenboss eingestiegen, ohne den Hauch von Furcht, und nun machte sie sich im Keller ihres eigenen Zuhauses fast in die Hose vor Angst.

Sich vorsichtig umsehend schlich sie zu der Tür des Überwachungsraumes. Was eigentlich völlig überflüssig war, denn sie war allein, und es gab auch keinen rationalen Grund anzunehmen, dass ihr jemand auflauern würde.

Sie klopfte vernehmlich an die Tür, aber es kam keine Antwort, also öffnete sie sie einen Spalt. Dante war natürlich nicht drinnen. Aber die Hoffnung stirbt bekanntlich zuletzt.

Bang glitt ihr Blick den Gang hinunter. Es gab noch weitere Räume hier unten, aber sie wusste, dass sie es sich sparen konnte, die auch noch abzuklappern.

Mit klopfendem Herzen ging sie auf die schwere Tür zu, die gleich neben dem Überwachungsraum lag: Das Tor zur Hölle.

Dabei fiel ihr ein, was Dantes Namensvetter darüber einst geschrieben hatte: ‚Die ihr hier eintretet, lasset fahren alle Hoffnung.‘

Wäre als Schriftzug über dieser Tür auch sehr passend.

*Na schön, auf drei. Eins ... zwei ... drei!*

Ihren ganzen Mut zusammennehmend stieß Selina die Tür auf.

Es musste allein der Schock gewesen sein, welcher sie erstarren ließ, und sie somit davon abhielt, auf dem Absatz kehrt zu machen und schreiend davonzulaufen.

„Was macht das Ding noch immer hier?", stammelte sie außer sich. „Du hast versprochen, es zu entsorgen."

„Ja, das habe ich. Aber ich habe nicht gesagt, wann", erwiderte Dante trocken.

„Am besten gestern!"

„Sobald wir ihn nicht mehr brauchen, ist er weg."

Verstört trat Selina einen Schritt zurück.

„Wieso ist er dann noch da?!"

„Ich würde vorschlagen, du beruhigst dich jetzt erst einmal, kommst herein und machst die Tür hinter dir zu."

Aber Selina schüttelte energisch den Kopf.

„Nein. Das ..."

„Meinst du wirklich, du könntest mir davonlaufen?", fiel Dante ihr ins Wort. „Oder dass ich dir überhaupt die Gelegenheit dazu lassen würde, wenn es darauf ankäme?"

Misstrauisch sah sie ihn an.

„Wohl eher nicht", räumte sie ein.

„Ich habe nach dir geschickt, weil ich wollte, dass du ohne Zwang hier herkommst. Und ich will, dass du ebenso ohne Zwang bleibst."

„Und wenn ich nicht will?"

„Dann bleibt der Käfig hier stehen und ich bestell dich jede Woche wieder hier herunter, bis du dich endlich hereinwagst."

Selina holte tief Luft und machte zwei Schritte vor.

„Okay, ich bin drinnen. War es das?"

Eine rein rhetorische Frage.

Natürlich nicht.

„Tür zu. Das geht außer uns niemanden etwas an."

Widerwillig gab Selina der Tür einen Schubs, so dass sie zufiel. Beim Klicken des Schlosses stellten sich ihr die Haare zu einer Gänsehaut auf, auch wenn es gar nicht verriegelt war.

„Bitte. Bist du nun zufrieden?"

Damit, dass sie darauf kein ‚Ja' als Antwort erhalten würde, hatte Selina freilich gerechnet, aber dass Dante nun allen Ernstes die Käfigtür öffnete, ließ ihr das Blut in den Adern gefrieren. Jetzt wusste sie, warum Dante darauf bestanden hatte, dass sie die Tür schloss. Hätte sie einen freien Weg gehabt, wäre sie impulsiv einfach davongerannt und bis zur Erschöpfung weitergelaufen. So aber stolperte sie bloß unbeholfen ein Stück zurück, bis sie die massive Tür wie ein unüberwindliches Hindernis im Rücken hatte.

„Was soll das werden?", stammelte Selina der Panik nahe.

Was einen herben Rückschlag für sie darstellte. Es war inzwischen Wochen her, dass sie so entgleiste. So viel zu ihrer Hoffnung, sie hätte das hinter sich gelassen.

Dante sah sie ernst an.

„Ich will, dass du da hineingehst."

„Sag mal, spinnst du?! Ich soll … Nein … Also das ist … Wie kommst du überhaupt auf so etwas?!"

„Weil ich nicht annehme, dass du das, was du bisher so gemacht hast, an den Nagel hängen und häuslich werden willst. Aber das wird nur gehen, wenn du deine Ängste überwindest. Und zwar alle. Ich muss dir ja jetzt hoffentlich nicht erklären, dass du unmöglich wieder arbeiten kannst, wenn du beim Anblick von Gitterstäben jedes Mal ausflippst."

„Das sind aber nicht irgendwelche Gitterstäbe! Das ist der verfickte Käfig, in dem du mich eine beschissene Woche lang durchgehend gefoltert hast!"

Okay, auch in Bezug darauf, dass sie Dante vergeben hatte, war sie wohl ebenfalls noch nicht so weit, wie sie gedacht hatte.

Was sie auf die Frage brachte, ob das umgekehrt für ihn auch gelten könnte.

Ein äußerst beunruhigender Gedanke in Zusammenspiel mit dem Käfig vor ihr.

Als Dante auf sie zukam, drückte Selina sich verunsichert noch mehr gegen die Tür. Aber alles, was er tat, war sie ganz sanft an den Armen zu fassen und diese auf seine Hände zu betten. Mit den Daumen strich er über die Stelle an ihren Unterarmen, in die er seinen Namen geritzt hatte. Die Blutkruste war schon lange abgefallen, aber die neu gebildete Haut hob sich in hellem Rot immer noch deutlich auf ihren blassen Armen ab.

„Ich weiß. Aber das ist vorbei. Du hast mir genug vertraut, um dich vor meinen Dolch zu werfen, als ich drauf und dran gewesen bin, ein Massaker zu veranstalten. Dagegen ist das hier doch ein Kinderspiel."

„Das hört sich bei dir so mutig an, aber eigentlich ist es eher eine Verzweiflungstat gewesen", bekannte Selina ausweichend.

„Und wenn schon. Hast du es bereut?"

Selina sah erst ihre Arme, dann Dante an.

„Nein."

„Nur darauf kommt es doch an, oder?

Im Übrigen, dafür braucht es Mut, egal woher er sich speist."

Langsam löste Selina sich von der Tür.

„Was, wenn ich jetzt gehen möchte?"

„Das steht dir frei. Aber wie gesagt, der Käfig bleibt, bis du deine Angst vor ihm überwunden hast. Wenn du ihn loswerden möchtest ..."

Unsicher betrachtete Selina das stählerne Monster vor ihr, das mit aufgerissenem Maul auf sie wartete.

Eigentlich wäre sie am liebsten weggerannt, aber sie wusste, dass Dante Recht hatte: Sie musste sich dem stellen, sonst würde sie nie Frieden finden. Ebenso wusste sie, dass es ihr nächste oder übernächste Woche um nichts leichter fallen würde. Und es war auch keine erbauliche Aussicht, wöchentlich hier her pilgern zu müssen, bis es irgendwann vielleicht ein bisschen weniger erschreckend wirkte.

„Gibst du mir deine Hand?"

Sie kam sich wie ein kleines Kind bei der Frage vor, aber sie brauchte die Sicherheit, dass Dante bei ihr war, und zwar mehr als nur durch seine physische Anwesenheit im selben Raum.

Das stumme Nicken, mit dem er aufmunternd ihre Hand nahm, befreite sie jedoch von der Last, sich lächerlich gemacht zu haben. Er schien wie üblich ganz genau zu verstehen, was in ihr vorging, und wie wichtig das für sie war.

Sich an Dantes Hand festhaltend ging Selina verhalten auf den Käfig zu, wobei ihr Griff mit jedem Schritt fester wurde. Als sie schließlich direkt davor stand, traten ihre Knöchel schon ganz weiß hervor.

„Du machst das gut", flüsterte Dante ihr bestärkend zu. „Und jetzt lass los."

Ja, sie musste loslassen. Nicht bloß seine Hand, sondern alles. So wie sie es während einer Session mit Dante tat.

Ihm die Verantwortung überlassen, in dem Wissen, dass er gut auf sie Acht geben würde. Nur für den Augenblick leben.

Für den Augenblick genommen, war der Käfig gar nicht schlimm. Und daran, was morgen oder übermorgen sein würde, sollte sie keinen Gedanken verschwenden.

Nur der Moment.

Dante, der ganz bei ihr war, wie immer voll auf sie konzentriert über sie wachend.

Das war alles, was zählte.

Tief Luft holend drückte Selina noch einmal fest Dantes Hand.

Sie würde es schaffen.

Sie konnte ihm vertrauen.

Ihre Finger lösten sich, und Dante trat einen Schritt zurück.

Selinas Zuversicht schwand schlagartig. Der Verlust des Körperkontakts bescherte ihr ein unerwartet heftiges Gefühl von Verlassenheit. Vielleicht war sie doch noch nicht so weit.

„Ich werde bei dir bleiben", versicherte Dante ihr jedoch sogleich, ruhig und unerschütterlich, wie ein Fels in der Brandung.

Die kurz aufgeflammte Panik legte sich wieder.

Er wusste genau um ihre Ängste. Und würde alles tun, um ihrem Vertrauen in ihn gerecht zu werden.

*Lass dich fallen!*, rief sie sich ins Gedächtnis.

Und dann tat sie es, wortwörtlich. Ihre Beine gaben nach und sie sank auf die Knie.

Als ihre Hand den Käfigboden berührte, war es, als wäre ein elektrischer Schlag in sie gefahren, so heftig durchzuckte das Prickeln ihren ganzen Körper.

Selina richtete den Blick auf ihre Arme, auf Dantes Namensschriftzug. Das Gefühl, als er sie damals fixiert hatte, war ähnlich heftig gewesen. Aber wenn sie das überstanden hatte, dann konnte sie auch dies hier schaffen.

Tapfer rückte sie ein Stück vor. Die zweite Hand hinein. Die Knie nachziehen. Und schon war sie drinnen.

Auf einmal wurde ihr schwindlig. Die Gitterstäbe hart unter ihren Schienbeinen zu spüren, ließ die Erinnerungen wie einen Tornado aufziehen, ein gewaltiger Sog, der sie mit aller Macht vom Jetzt in die Vergangenheit zu ziehen drohte. Immer schneller ging ihr Atem, aber sie schien dennoch nicht genug Luft zu bekommen.

„Ganz ruhig. Es ist alles in Ordnung."

Die Wärme von Dantes Hand auf ihrem Rücken holte Selina gleich einer Rettungsleine in die Gegenwart zurück. Das hier war real, nicht der Horror, den ihr Gehirn in düsteren Farben heraufbeschworen hatte.

„So ist es gut", sprach Dante ihr nochmal zu, nachdem ihre Atmung sich wieder normalisiert hatte, ehe er seine Hand wieder wegnahm.

„Bist du bereit für den nächsten Schritt?"

Wahrscheinlich nicht. Aber wenn Dante ihr weiterhin beistand, war sie bereit, es zumindest zu versuchen. Also nickte sie.

Das leise Klicken der sich schließenden Käfigtür hallte durch ihre Ohren, als hätte sie jemand angeschrien. Aber diesmal würde sie sich nicht wieder in die Vergangenheit reißen lassen. Stattdessen zwang sie sich, den Kopf zu heben und sich umzusehen, wobei sie sich gleichzeitig von der knienden in eine seitlich sitzende Position begab. Die Enge des Käfigs war erdrückend, aber wenn sie ihren Blick nicht auf die Gitterstäbe, sondern auf Dante richtete, der sie seinerseits aufmerksam beobachtete, war es für den Moment auszuhalten.

Mit einem sanften Lächeln griff Dante von oben durch das Gitter und streichelte ihren Kopf.

„Du machst das großartig."

Seine Anerkennung durchflutete Selina mit einem Gefühl von Stolz und Glückseligkeit, das ihr eine solche Leichtigkeit verschaffte, dass sie für einen Moment vergessen konnte, welche Tortur sie hier drinnen durchgemacht hatte.

Dante trat einen Schritt von dem Käfig zurück, von wo aus er sie eine Weile einfach nur beobachtete, ehe er anfing, den Käfig bedächtig zu umrunden. Die Kreise, die er zog, wurden immer größer, bis er sich schließlich von ihr abwandte und einfach so durch den Raum streifte. Aber das beunruhigte Selina nicht. Sie wusste, dass er sofort bei ihr sein würde, wenn sie ihn brauchte, auch wenn er sie nicht die ganze Zeit ansah.

Schließlich zog Dante eine Lade auf und nahm etwas heraus, das er aber versteckt hielt, als er zu ihr zurückkehrte.

„Du schlägst dich so gut, dass ich glaube, den letzten Schritt auch noch wagen zu können."

Die Hand hinter seinem Rücken hervornehmend, offenbarte er ihr ein Paar Handschellen, bei deren Anblick

Selina dann doch wieder ein bisschen anders zumute wurde.

„Wenn du das auch noch schaffst, verspreche ich dir, dass der Käfig heute noch aus unserem Haus verschwindet."

Unsicher starrte Selina die stählernen Fesseln an. Sich die anlegen zu lassen bedeutete, sich wieder an den Rand des Abgrunds zu stellen, den sie damals hinabgestürzt war. Eine Aussicht, die mehr als beängstigend war.

Nur, was blieb ihr anderes übrig? Irgendwann musste sie sich dem stellen, und wenn sie jetzt davonlief, würde das wie ein Damoklesschwert über ihr hängen und sie ständig verfolgen.

Zaghaft streckte Selina eine Hand durch das Gitter über ihr.

„Ich vertraue dir", erinnerte sie ihn mit einem Kloß im Hals, und er umfasste ihre Hand mit seiner.

„Du bist unglaublich", nahm er sichtlich bewegt an, was sie bereit war, ihm zu geben, und Selina wusste, dass er es ehren würde.

Trotzdem war das Gefühl des sich um ihr Handgelenk schließenden Stahls nur äußerst schwer zu ertragen. Ihr Bemühen, ihre Hand nicht zurückzureißen, war so stark, dass sie zitterte.

Sacht umfing Dante ihre bebenden Finger und hielt sie mit seiner Hand umschlossen, bis das unkontrollierte Zucken aufhörte.

„Gut. Und jetzt knie dich hin", wies Dante sie so sanft an, dass es mehr nach einer Bitte denn einem Befehl klang.

Sich auf die warme Berührung an ihrer Hand konzentrierend, während sie seiner Aufforderung nachkam, versuchte Selina, die unschönen Erinnerungen auszublenden. Allen voran den sich vehement aufdrängenden Gedanken, dass sie gerade genau dort stand, wo ihr Martyrium angefangen hatte. Stattdessen fokussierte sie ihre Aufmerksamkeit auf das, was nun anders war als damals:

Die Ruhe, mit der Dante diesmal vorging, die Zeit, die er ihr gab, ihre zweite Hand ebenfalls in seine zu legen, die Behutsamkeit, mit der er ihre Arme hinter ihrem Rücken nach oben zog und die zweite Handschelle schloss.

Aber dann ließ er sie los.

Und ihre Verbindung riss ab.

Das harte Gitter, das sich schmerzhaft gegen ihre Schienbeine drückte, die Anstrengung, die die halbaufgerichtet kniende Haltung ihr abverlangte, der Schmerz in der Schulter, wenn sie zu weit davon abwich, all das ließ das Trauma, das sie damals erlitten hatte, heftig wiederaufleben.

Tränen schossen ihr in die Augen, ihr ganzer Körper bebte unter ihren Schluchzern.

Es war, als hätten die letzten Wochen nie existiert, als hätte sie den Käfig nie verlassen. Sie war zurück an dem Punkt, an dem ihre Verzweiflung überhandgenommen hatte, an dem ihr klar geworden war, dass Dante sie mit ihrem Elend allein zurückgelassen hatte.

Allein mit dem unerträglichen Schmerz.

Wieder und wieder ...

Die Erinnerung daran ließ die Panik mit ihr durchgehen.

„Nein, ich kann das nicht! Ich will hier raus!"

„Selina ..."

„Lass mich raus! Ich will nicht! Ich kann nicht!"

„Selina, ganz ruhig ..."

„Ich will sofort hier raus!!! Raus aus diesem beschissenen Folterinstrument, in dem du mich so lange gequält hast!

Ich will raus!

Ich will raus!!

Ich will raus!!!"

Auf einmal wurde ihr Kopf beherzt von zwei Händen umschlossen und hochgehoben.

„Selina! Selina, schau mich an!"

Durch den Tränenschleier hob sie den Blick.

„Es ist alles gut. Ich bin da. Ich passe auf dich auf", sprach Dante ihr, nun da er ihre Aufmerksamkeit hatte, mit wieder ruhiger Stimme zu.

„Nein, ich halte das nicht aus ..."

„Doch, du schaffst das", widersprach Dante ihr bestimmt.

„Nein!", protestierte Selina aufgelöst und sich verzweifelt windend. „Du hast doch gar keine Ahnung! Du hast mich allein gelassen! Du hast keinen Schimmer, was ich durchgemacht habe!"

„Selina, ich habe dich nie allein gelassen! Egal, was ich dich auch glauben habe lassen, ich habe immer über dich gewacht. Ich würde es gar nicht aushalten, nicht zu wissen, wie es dir geht."

„Wie es mir geht?!
Scheiße ist es mir gegangen!
Ich habe mir vor Verzweiflung die Seele aus dem Leib geheult!"

Ein weiterer Schwall von Tränen flutete ihre Augen.

„Und es macht es um nichts besser, dass du dir das auf deinem Bildschirm angesehen und einen Fick drauf gegeben hast!"

Zu ihrer Verwunderung ließ Dante sich auf einmal auf seinen Hintern plumpsen. Sich mit den Händen an den Gitterstäben anhaltend, ließ er den Kopf hängen.

„Ich weiß", bekannte er, und es klang, als würde er echte Reue dabei empfinden.

Nach einem tiefen Atemzug sah er sie wieder an, sein Blick wirkte gequält.

„Es mag nicht so ausgesehen haben, aber die Wahrheit ist, dass es mich alles andere als kalt gelassen hat, wie du mir nachgeschrien hast. Es hat sich einfach falsch angefühlt, was ich da tue. Aber das habe ich mit Gewalt beiseitegeschoben, weil ich überzeugt gewesen bin, mich von dem Gedanken verabschieden zu müssen, dass zwischen uns je etwas Echtes gewesen ist. Ich war fest entschlossen, mich nicht von irgendwelchen verklärten Gefühlen in die Irre führen zu lassen.

Ich habe keine Ahnung, ob du es nun tröstlich findest, dass du sehr wohl mein Herz bewegt hast, oder ob du mich erst recht dafür verteufeln wirst, dass ich das so eiskalt ignorieren habe können."

Verhalten streckte er die Hand wieder nach ihrem Gesicht aus, offenbar darauf gefasst, dass sie die Berührung ablehnen würde.

„Dass du grundsätzlich dazu fähig bist, mir diese Höllenqualen zuzufügen, hat mich bei weitem nicht so hart getroffen wie zu glauben, dass das bei dir absolut gar nichts auslöst. Von daher bin ich erleichtert zu hören, dass dem nicht so gewesen ist", nahm Selina ihm schniefend die Last, mit seiner Offenheit womöglich alles noch schlimmer gemacht zu haben.

„Wenigstens kann ich reinen Herzens sagen, dass zumindest dahinter kein Vorsatz gesteckt ist. Sondern bloß der erbärmliche Versuch, mit meinen Emotionen klarzukommen, indem ich ihnen ihre Existenzberechtigung abspreche."

Seine Fingerspitzen berührten sacht ihre Haut. Selina neigte ihm den Kopf entgegen, was Dante sichtlich dankbar als Zeichen annahm, ihr die ganze Hand auf die Wange zu legen.

Die Berührung tat ihr gut und ließ die eben heftig aufgewallten Gefühlte wieder etwas zur Ruhe kommen.

„Wenn ich ehrlich bin, muss ich wohl gestehen, dass ich dich nicht bloß hier her zitiert habe, damit du deine Ängste überwindest. Ich habe hier definitiv auch noch einiges aufzuarbeiten."

In plötzlichem Begreifen sah Selina ihn aus tränenverhangenen Augen an.

„Darum geht es dir also. Du willst wissen, ob ich nach all dem immer noch bereit bin, dir so uneingeschränkt zu vertrauen wie früher."

Sichtlich bemüht, ihrem Blick nicht beschämt auszuweichen, sah Dante sie an.

„Ja. Auch wenn ich selber weiß, dass das unangemessen ist. Was du für mich getan hast, damit ich Pietro verschone, war schlicht unglaublich und sollte mir mehr als genug sein. Aber ..."

„... aber es wird dir nicht genug sein, solange es etwas gibt, vor dem ich eine Grenze ziehe. Bedingungslos gibt es nicht zu neunundneunzig Prozent, sondern nur ganz oder gar nicht."

Ihre klaren Worte machten Dante ziemlich verlegen um eine passende Erwiderung.

„Ich wollte damit nicht ...“

„Du musst dich nicht rechtfertigen. Es ist okay.“

Das war es wirklich. Denn sie selbst wünschte sich ebenso sehr wie er, diesen reinen Zustand wieder zu erreichen.

Verblüfft sah Dante sie an. Als ihm auf einmal auffiel, dass seine Streichelbewegung aufgrund ihrer Feststellung zum Erliegen gekommen war. Beinahe ehrfürchtig nahm er sie wieder auf.

„Es kommt mir jedes Mal wieder wie ein Wunder vor, wie sehr du mich verstehst.“

„Ein Kompliment, das dir ebenfalls gebührt.“

„Heute wohl nicht so ganz. Ich habe dich überfordert. Das tut mir leid.“

Er zog den Schlüssel für die Handschellen aus seiner Hosentasche.

„Nein. Steck ihn wieder weg.“

Heute stellte sie eindeutig einen Rekord damit auf, Dante aus dem Konzept zu bringen.

„Bist du dir wirklich sicher?“, fragte er ungläubig. „Gerade eben hat das noch ganz anders geklungen.“

„Du weißt, was meinen Ausraster vorhin ausgelöst hat?“

Dante überlegte einen kurzen Moment.

„Ja“, bestätigte er.

„Na dann ...“

Selina atmete tief durch. Sie würde das schaffen. Das Gespräch eben hatte sie schließlich auch durchgestanden, obwohl sie vorhin überzeugt gewesen war, es keine Sekunde länger mehr auszuhalten.

Dante setzte seine Streicheleinheiten an ihrem Kopf fort, bis sie wieder völlig zur Ruhe gekommen war.

„Ich werde meine Hände jetzt wieder wegnehmen“, warnte er sie diesmal vor, ehe er langsam seine Hände durch das Gitter zurückzog.

Schwer atmend schielte Selina nach vorne, um Dante weiterhin im Blick behalten zu können. Das war okay, solange er in der Hocke dicht vor ihr verharrte, aber als er nach einer Weile aufstand, kehrte die Panik zurück. Diesmal aber immerhin nicht so schlimm, dass es ihr die Sprache verschlug.

„Dante ...", flehte sie verstört.

„Ich sehe dich, auch wenn du mich nicht sehen kannst", versicherte Dante ihr, während er ganz langsam aus ihrem Blickfeld verschwand. „Mach dir keine Gedanken. Vertrau mir einfach", suggerierte er ihr mit einlullender Stimme.

Und Selina war mehr als bereit, sich davon verführen zu lassen. Sie gab die Verrenkungen auf, um Dante nachsehen zu können, stattdessen ließ sie den Kopf einfach erschöpft fallen.

*Nicht denken. Einfach loslassen*, rief sie sich ins Gedächtnis.

Und tatsächlich kam es Selina so vor, dass ihr mit jedem Atemzug ein klein wenig leichter wurde, während sie bloß noch einem einzigen Gedanken nachhing, nämlich dass Dante wie versprochen aufmerksam über sie wachen würde. Das Gefühl der ihr im Nacken sitzenden Panik verflüchtigte sich ganz allmählich und machte einem sich vorsichtig ausbreitenden Stolz Platz.

Sie würde es schaffen. Sie würde im Hier und Jetzt leben und sich nicht von den Geistern der Vergangenheit beherrschen lassen.

Sie würde Dante voll und ganz vertrauen.

Völlig reglos wartete Dante geduldig ab, wie Selina sein Verschwinden verkraften würde. Ehrlich gesagt hatte er nach ihrem Ausbruch zuvor große Zweifel gehegt, dass sie hierbei heute noch einen Erfolg erzielen würden.

Umso beeindruckter war er nun, welch enorme Willensstärke sie aufgebracht haben musste, um ihre eindeutig noch sehr präsenten Ängste so wirkungsvoll unter Kontrolle zu halten. Zu sehen, wie ihre Atmung immer ruhiger wurde, während die nervöse Anspannung zusehends von ihr abfiel, erfüllte ihn mit einem seltsamen Cocktail an überbordenden Gefühlen. Unendliche Erleichterung darüber, dass sie sich nicht länger vor ihm fürchten würde. Das berauschende Gefühl, das ihn stets überkam, wenn sie sich ihm hingab. Und eine für ihn äußerst ungewöhnliche Demut ob des außerordentlichen Geschenks, das sie ihm hiermit gerade machte.

So wie er registrierte, dass Selina mit ihrer Haltung zu kämpfen begann, kehrte er zu ihr zurück und löste sofort die Handschellen.

„Danke", hauchte sie ihm aufrichtig zu, und auf ihren Lippen lag ein Lächeln, als sie sich in eine bequemere Position rollte, zumindest, so weit der Käfig das zuließ.

Schnell öffnete Dante die Tür und reichte Selina die Hand, um ihr herauszuhelfen. Sie nahm seine Hilfe gerne an, und als sie heraußen war, schmiegte sie sich hingebungsvoll aber auch Halt suchend an ihn. Kurzentschlossen hob Dante sie auf seine Arme, was Selina mit sichtlicher Zufriedenheit aufnahm.

„Du bist schlicht unglaublich", zollte er ihr voller Bewunderung seinen Respekt. „Ich trage dich hinauf ins Bad, und während du dich frisch machst, werde ich dieses Monster entsorgen."

Selina nickte und sah zu ihm auf, wobei sie auf bezaubernde Art ein wenig verlegen wirkte.

„Ich bin mir von Anfang an sicher gewesen, dass du irgendwann mein Untergang sein würdest. Und zwar ohne darauffolgende Phönix-aus-der-Asche-Auferstehungsnummer. "

Dante versteifte sich. Aus ihrem Mund war das nun nicht gerade ein Kompliment, aber er konnte es ihr eigentlich nicht wirklich verübeln.

Doch dann legte Selina ihm die Hand auf die Brust.

„Ich hätte nie erwartet, dass du dich schließlich als mein Retter erweisen würdest. Und damit meine ich nicht bloß, dass du mich aus dem Käfig gelassen hast. Mein ganzes Leben lang habe ich immer irgendeine Rolle gespielt, von der ich angenommen habe, dass sie mir Akzeptanz bringen wird. Aber du hast mir bewiesen, dass du mich trotz und nicht wegen meiner Lügen liebst. Bei dir habe ich endlich einen Platz gefunden, an dem ich einfach nur ich selbst sein kann. Das hätte ich nie für möglich gehalten."

Bewegt von ihren offenen Worten drückte Dante sie fester an sich.

„Du kannst getrost überall so sein, wie du bist. Ganz im Gegensatz zu mir.

Aber obwohl du mich wirklich von meiner schlimmsten Seite erlebt hast, bist du immer noch bereit, mir vorbehaltlos zu vertrauen. Mehr noch als du hätte ich nie gedacht, jemanden zu finden, der sich von meinem wahren Wesen nicht abschrecken lassen würde."

„Zwei verlorene Seelen, die sich gefunden haben", scherzte Selina.

„Sieht ganz danach aus", stimmte Dante ihr zu und gab ihr einen Kuss, in den er all das Glück legte, das er gerade dabei empfand.

# Epilog

Ein Handtuch um die Hüften geschlungen, ein zweites über seine Haare reibend, trat Miguel Garcia aus dem kleinen, dampfigen Badezimmer ins Schlafzimmer heraus.

„Sie sind ganz schön schwer zu finden, seit der Polizeipräsident mehr damit beschäftigt ist, seine Haut zu retten als Ihre."

Erschrocken fuhr Garcia auf halbem Weg zu seinem Kleiderkasten herum. Doch als er erkannte, wer ihm da in der Ecke lehnend aufgelauert hatte, schoss ihm sofort die Zornesröte ins Gesicht.

„Sie!", zürnte er mit einer Wut, dass man meinen könnte, er würde jeden Augenblick explodieren. „Sie wagen es ernsthaft, mir nochmal unter die Augen zu treten?!"

Er machte eine ausladende Handbewegung.

„Das ist doch alles Ihre Schuld, nicht wahr!"

„Was? Dass Sie nun auf der Flucht sind, alles verloren haben und anstatt in Ihrer prächtigen Hazienda in dieser Bruchbude hausen? Das ist keine Schuld, das ist Gerechtigkeit. Und ich bin noch lange nicht fertig mit Ihnen."

„Genauso wie ich mit Ihnen. Und diesmal kommen Sie hier nicht lebend raus.

Javier!"

Mit einem überlegenen Lächeln stieß Selina sich von der Wand ab und ließ ihre Stöcke einmal rotieren.

„Sie können rufen, so viel Sie wollen. Javier wird nicht kommen.

Auweh, das hätte ich wohl nicht sagen sollen. Jetzt hab ich Ihnen Angst gemacht."

Ihr Hohn brachte Garcia so auf die Palme, dass er wohl tatsächlich einen Moment überlegte, auf sie loszugehen. Aber dann sprang sein Blick zur Tür. Die zu seinem Pech aber gleich neben Selina lag.

Demonstrativ machte Selina einen weiteren Schritt zur Seite, um sich noch deutlicher vor seinem Fluchtweg zu positionieren.

„Na los. Versuchen Sie es schon. Denn inzwischen haben Sie niemanden mehr, hinter dem Sie sich vor dem bösen Mädchen verstecken können."

*Boom.*

Diesmal überlegte Garcia nicht mehr, stattdessen stürzte er sich wie ein Wilder auf sie.

Oder besser gesagt, er versuchte es. Aber alles, was er zu fassen bekam, war die Luft.

Es war geradezu lächerlich einfach. Dante hatte mit seiner Warnung an ihn beim letzten Mal Recht gehabt: Der alte Mann war wirklich kein ernstzunehmender Gegner für sie. Zwei gut platzierte Hiebe reichten ihr, und schon lag er k.o. am Boden.

Mit ein paar halbherzigen Schlägen ins Gesicht brachte Selina Garcia wieder zu Bewusstsein. Der wütende Blick, mit dem er sie zunächst fixierte, verflog allerdings schnell, als ihm klar wurde, dass sie sich hier nicht in einem Gefängnis befanden. Dazu war der Raum viel zu heruntergekommen, außerdem würde er dann wohl auch nicht mit den Armen stramm über dem Kopf gezogen nackt hier herumstehen.

„Was ist das hier? Wo sind wir?!", verlangte er aufgebracht zu erfahren.

„Ach bitte, tun Sie doch nicht so ahnungslos. Sie haben doch selber schon genug Leute an solche Orte verschleppt. Sie wissen ganz genau, was das hier wird."

Einen Augenblick blitzte deutlich die Angst in Garcias Gesicht auf, aber er verbarg sie rasch wieder hinter einem verächtlich-herablassenden Ausdruck.

„Sie bluffen doch nur. Stefano hat mir erzählt, dass Sie in Wahrheit fürs FBI arbeiten. Sie werden mich nicht kaltblütig umlegen. Außerdem haben wir einen Deal gehabt."

Selina beugte sich näher zu ihm heran.

„Nicht wir. Sie und das FBI. Dem ich übrigens nicht mehr angehöre. Und der Deal hat nicht beinhaltet, dass Sie mir ebenfalls einen Killer auf den Hals hetzen."

„Wie auch immer. Dazu hast du doch gar nicht die Eier, Püppchen. Du siehst mir nämlich absolut nicht aus wie eine Meuchelmörderin."

„Da hast du Recht. Kaltblütiger Mord ist nicht Selinas Fall. Das ist meine Spezialität."

Noch hastiger als zuvor, als Selina ihn von hinten überrascht hatte, drehte Garcia sich um. Und diesmal schaffte er es nicht, das Grauen zu kaschieren, das ihn beim Anblick von Dante samt seines Dolchs erfasste.

„*Du bist sauer wegen dem Killer? Okay, kann ich verstehen. Aber das war verdammt nochmal nicht meine Idee. Das FBI hat mich erpresst. Mit der Waffe, die sie geklaut hat! Sie wollte dich loswerden, Dante. Sie sollte hier stehen, nicht ich!*"

„Spar dir das", meinte Dante gelangweilt. „Das weiß ich alles schon."

Entgeistert sah Garcia ihn an.

„*Du weißt es?! Und es macht dir nichts aus? Sag mal, hat dir die Schlampe etwa das Hirn rausgefickt?!*"

Das brachte ihm einen harschen Schnitt mit dem Dolch quer über die Wange ein.

„Vorsicht, was du über meine Frau sagst. Da bin ich empfindlich."

„Das ist er wirklich", warnte Selina Garcia. „Dafür ist er letztens sogar einem seiner eigenen Leute an die Gurgel gegangen."

„Und Sie finden das okay? Sie sind doch FBI-Agentin", versuchte er nun sein Glück bei ihr. „Wollen Sie wirklich tatenlos dabei zusehen, wie Dante mich umbringt? Das ist Mord! So etwas können Sie doch nicht einfach zulassen!"

Dante trat an Selinas Seite und legte ihr den Arm um die Hüfte.

„Ach bitte", meinte er gelangweilt. „Schon vergessen, du sprichst hier mit derjenigen, die die Weichen dafür gestellt hat, dass ich meinen Onkel umbringe."

Allein die Art, wie er sie bei seinen äußerst klaren Worten noch enger an sich zog, verhinderte, dass Selina sichtbar zusammenzuckte. Dante mochte ihr vergeben haben – was unzweifelhaft eine gewaltige Leistung von ihm war – aber vergessen würde er es niemals. Weshalb sie nun auch hier standen. Denn wie er gerade eben hervorgekehrt hatte: Was für moralische Bedenken hätte sie schon anmelden können, als Dante ihr gesagt hatte, er würde Garcia zur Strecke bringen. Der Typ war definitiv um nichts besser als sein Onkel, und darauf zu hoffen, dass er in absehbarer Zeit in einem ordentlichen Prozess für den Rest seines Lebens weggesperrt würde, war reines Wunschdenken. Also hatte sie zugestimmt, Dante bei seinem Vorhaben zu unterstützen. Schon mal, um zu beweisen, dass sie auch dann loyal zu ihm stehen würde, wenn es mal nicht so einfach war.

Doch ganz ehrlich, nun da die Vorarbeit erledigt war und Dante mit dem Dolch in der Hand dastand, bereit, sein eigenes Urteil zu vollstrecken ... Beim letzten Mal hatte sie ja noch einen Aufstand gemacht, weil Dante vor ihr geheim halten hatte wollen, was er in seinem Folterkeller trieb. Aber seit sie selber eine Kostprobe davon erhalten hatte – und sie wusste, dass es nicht mehr als das gewesen war – wie erbarmungslos und grausam Dante sein konnte, war sie sich echt nicht mehr sicher, ob sie wirklich fähig war, dem beizuwohnen.

Als Dante sich mit einem Kuss wieder von ihr löste, fiel ihr Blick zur Tür. Sie hatte ihm bis hier her geholfen, wer könnte es ihr da verdenken, wenn sie sich nun zurückziehen und vor der Tür warten würde?

Nur, dass die erbärmliche Hütte hier ganz im Gegensatz zu ihrem Keller alles andere als schalldicht war. Sie würde ja trotzdem mehr mitbekommen, als ihr lieb war.

Indes war Dante von vorne an Garcia herangetreten. Einen Moment studierte er ihn mit eiskaltem Blick, ehe er ihm die Spitze seines Dolches an den Bauch legte.

„Glaubst du an Gott?", fragte er, während er die Klinge langsam über den Oberkörper hochzog und dabei einen feinen Schnitt hinterließ, aus dem über die ganze Länge gleichmäßig ganz wenig Blut hervorsickerte.

„*Ich bin ein guter Christ*", spie Garcia ihm mit zusammengebissenen Zähnen verächtlich entgegen. „*Ich gehe jeden Sonntag zur Messe und ich war erst gestern bei der Beichte. Mein Gewissen ist absolut rein. Und was ist mit dir?*"

„Das tut hier nichts zur Sache", erklärte Dante, wobei er gemächlich hinter Garcia trat. „Aber wenn es wirklich einen Gott geben sollte, dann muss er wohl wirklich so vergebend sein, wie es immer heißt. Denn er hat dir in seiner Gnade einen Engel geschickt."

Bei diesen Worten drehte er Garcias Kopf so, dass er Selina direkt ansah.

„Und du Vollidiot hast echt versucht, deinen Schutzengel umzubringen. Was dir zu deinem Glück nicht gelungen ist, denn dann hätte dich echt nichts mehr davor retten können, das absolut elendste Ende zu finden, das man sich nur vorstellen kann.

So aber hast du echt unverschämtes Glück gehabt."

Ein präziser Schnitt von hinten quer über den Hals, das war alles. Dante sah nicht einmal dabei zu, wie Garcia röchelnd sein Leben aushauchte, stattdessen kam er direkt zu Selina herüber.

Verständnislos besah sie Klinge in seiner Hand, die beinahe sauber geblieben war.

„Warum? Du hast doch gesagt, du willst Rache. Wir sind uns doch einig gewesen, dass ich das verstehe."

„Ja. Und dieses Zugeständnis von dir bedeutet mir unheimlich viel. "

Er schüttelte den Kopf.

„Aber als mir vorhin so richtig bewusst geworden ist, dass du hier stehen und mir zusehen wirst, da habe ich es nicht über mich gebracht. Weil ich nicht will, dass du mich so siehst.

Sicher, du weißt, dass ich ein Sadist bin, seit dem Tag, an dem wir uns begegnet sind. Und du hast auch am eigenen Leib erleben müssen, was für ein Monster ich sein kann. Aber immerhin hat mir das definitiv keinen Spaß gemacht, wie du selber festgestellt hast. Das hier dagegen ...“

Etwas hilflos, als würde er um die richtigen Worte ringen, sah Dante sich um.

„Ich hätte es genossen. Aus vollen Zügen.

Und wenn hier irgendwer anderer als du stehen würde, dann würde ich dabei auch nicht die geringsten Gewissensbisse empfinden.

Aber die Vorstellung, dass du das zu sehen bekommst ... Ich habe mir alle Mühe gegeben, dir die Sicherheit wiederzugeben, dass du mir vertrauen kannst ...“

Sacht legte Selina ihm die Hand an die Wange, um es ihm zu ersparen, sein Bekenntnis fortführen zu müssen.

„Es spielt keine Rolle, was du getan hättest, wenn ich nicht da gewesen wäre. Du hast mein Wohl über dein Verlangen gestellt – so wie du es letztlich immer tust. Das ist alles, was für mich zählt.“

Aus Dantes Gesicht wich etwas, als hätte sie eine zentnerschwere Last von ihm genommen. Einen Moment schien er erneut nach Worten zu suchen, aber dann legte er doch einfach seine Lippen auf ihre, um sie heiß und innig zu küssen.

„Komm, das ist nicht der richtige Ort dafür“, murmelte er mit einem Seitenblick auf Garcias Leiche. „Lass uns von hier verschwinden.“

Wenige Minuten später beobachteten Selina und Dante, wie die kleine Holzhütte in der Wüste lichterloh in Flammen aufging. Selina fasste Dantes Hand und blickte ihn an. Hätte ihr das jemand vorhergesagt, als sie sich damals beim FBI verpflichtet hatte, sie hätte ihn für verrückt erklärt. Aber es fühlte sich absolut richtig an. Sie war genau da, wo sie hingehörte.